INHALT

Blüten zur Weihnachtszeit, Charlotte MacLeod   7

Kesseltreiben, Reginald Hill   37

Liz Peters, Privatdetektivin, Elizabeth Peters   67

Auch Engel leben gefährlich, Medora Sale   87

Requiescat in Pace, John Malcolm   107

Schlußverkauf mit Folgen, Dorothy Cannell   127

Ein Fall für Santa Claus, Bill Crider   147

Ein tödlicher Irrtum, Patricia Moyes   171

Miss Melville gibt sich die Ehre, Evelyn E. Smith   189

Schnapsdrossel & Co., Eric Wright   217

Nick Superstar, Mickey Friedman   233

Eine politische Notwendigkeit, Robert Barnard   251

Früchtebrot und Bohneneintopf, Margaret Maron   263

Charlotte MacLeod
Blüten zur Weihnachtszeit

Es war im Jahr 1978, als Professor Peter Shandy mich mit dem Balaclava Agricultural College und dem traditionellen Weihnachtsmarkt dieser landwirtschaftlichen Lehranstalt bekanntmachte...

Wie jeder Leser unseres ersten gemeinsamen Unternehmens bestätigen kann, hat er sich dabei einfach abscheulich benommen.

Seit dieser Zeit habe ich Peter bei sieben weiteren Abenteuern als Miss Watson zur Seite gestanden, bin aber nie mehr während der Vorweihnachtszeit nach Balaclava eingeladen worden – bis es zu diesem merkwürdigen Vorfall kam. Ich erwartete eigentlich, daß der furchtlose Agronom und der möglicherweise noch furchtlosere Präsident der Lehranstalt, Thorkjeld Svenson, mittlerweile selbst der Sache auf die Spur gekommen wären, aber wie es scheint – der Mensch (und das Weihnachtsmarkt-Komitee) denkt, und Gott lenkt.

Ziert die Hallen mit Stechpalmenzweigen, fa, la la la la, la la, la la.«

Professor Peter Shandy vom Balaclava Agricultural College empfand die Aufforderung der Sternsinger als ebenso überflüssig wie den sich daran anschließenden Reigen alberner, bedeutungsloser Silben. Jedes Haus auf dem Crescent war bereits so geschmacklos wie nur irgend möglich herausgeputzt, da Weihnachten nahte. Der jährliche Große Weihnachtsmarkt war nicht nur über den ganzen Campus hinweg und bis hinunter in den kleinen Ort zu hören, sondern auch zu sehen, zu riechen, zu ertasten und sogar zu schmecken, falls man sich nur nahe genug herantraute.

Fast das ganze Jahr über war der von acht Fakultätsgebäuden – einschließlich Peters eigener Behausung – umgebene, halbmondförmige Platz friedlich und still; ein grasbewachsenes Ron-

dell, das von den vertrauenswürdigen Männern der Buildings &
Grounds-Company in geziemender Ordnung gehalten und hier
und da mit dezenten Rabatten voller Frühjahrs-, Sommer- und
Herbstblumen bepflanzt wurde – je nach Jahreszeit. Kaum jedoch waren die Winterferien in Sicht, verwandelte sich der
mittlerweile schneebedeckte Crescent in einen feiertäglichen
Hexenkessel aus blinkenden Weihnachtsbäumen und drolligen
Sperrholz-Lebkuchenhäuschen, aneinandergefügt mittels zuver-
lässiger Schraubenzieher in den Händen muskulöser Studenten,
die sich gleich darauf viel zu weite Elfenkostüme überzogen und
sich freudig in das altehrwürdige Yankee-Vergnügen stürzten,
sich einen ehrlichen Dollar zu verdienen.

An einigen Lebkuchenhäuschen verkauften rosige junge Mädchen mit rüschenbesetzten Morgenhauben und wackere junge
Burschen mit Zylinderhüten und mühsam herangezogenen
Kinnbärten kunstgewerbliche Gegenstände wie Puppen mit Ap-
felköpfen und Wollsachen aus dem Vlies college-eigener Schafe.
Andere verhökerten Glühwein, heißen Kaffee, heiße Schokolade und heißen Pfefferminztee. In einem Jahr hatte man es mal
mit kalter Sirupbowle probiert, die aber keinen Anklang fand.
Der große Verkaufsschlager waren hausgemachte Doughnuts, die
man in irdenen Töpfen (die gar keine waren) warmhielt, deren
elektrische Leitungen man listig den Blicken der Kundschaft
entzog. Auch die Frankfurter Würstchen aus den Collegeküchen
mit ihren feiertagsmäßigen Beilagen aus rot-grünen Pickles verkauften sich gut.

Popcorn und karamelisierte Äpfel fanden immer großen Anklang, ebenso exotischere Nahrungsmittel. Unter den letztge-
nannten war vor allem eine Sorte Gebäck aus Großmutters
Küche hervorzuheben, das aus geraspelter Kokosnuß, Sirup,
geschmolzener Schokolade und einer Reihe weiterer Zutaten
bestand, die sich Professor Peter Shandy – der sich am wenigsten
in Weihnachtsstimmung befindliche Bewohner des Crescent –
lieber nicht vorstellte. Es ist schon ein paar Jahre her, da waren

einem wenig sensiblen Spaßvogel die Ähnlichkeiten dieser plumpen, flachen, braunen Plätzchen mit einem gewissen tierischen Abfallprodukt aufgefallen, das jedem Studenten von Akkerbau und Viehzucht vertraut ist. Dieser Spaßvogel hatte sie Kokosnußfladen getauft, und bei diesem Namen war es geblieben. Sie gingen fast noch schneller weg als die heißen Doughnuts, und Peter Shandy fand sie einfach widerlich.

Aber Peter fand fast alles am Weihnachtsmarkt abstoßend. In den ersten achtzehn Jahren seines Aufenthalts am Crescent hatte er sich als das bei weitem geizigste Fakultätsmitglied erwiesen. Da konnte das Weihnachtsmarkt-Komitee noch so bitten und betteln – er hatte es nicht erlaubt, daß auch nur die kleinste Zuckerstange aus Styropor oder eine Girlande aus Lutschern die simple Würde seines kleinen, alten, rosafarbenen Backsteinbaus befleckt hätte. Dann, nach all diesen Jahren, war es jedoch passiert, daß die Vorsitzende des Weihnachtsmarkt-Komitees ihn mit ihrem Versuch, ihm einen selbstgebastelten Weihnachtsstern aus roten Spülmittelflaschen anzudrehen, so zur Weißglut getrieben hatte, daß er gleich maßlos über das Ziel hinausschoß.

In einem Ausbruch unkontrollierbaren Zornes hatte Peter nämlich eine Mannschaft professioneller Dekorateure angeheuert, die sein Haus in eine wahrhaftige Walpurgisnacht aus grellbunt blinkenden Glühbirnen, einem lebensgroßen Plastikrentier und scheußlichen, höhnisch grinsenden und von innen beleuchteten Santa-Claus-Masken verwandelte. Um dem Zorn seiner Nachbarn zu entfliehen, war er anschließend zu einer Kreuzfahrt aufgebrochen, wurde schiffbrüchig – wie er es nicht besser verdiente – und kehrte schließlich ermattet wieder nach Hause zurück, wo er den toten Körper der Vorsitzenden des Weihnachtsmarkt-Komitees starr und steif hinter seiner Wohnzimmercouch fand.

Es mag seltsam anmuten, aber Peter war diesem bedauernswerten Vorfall nicht nur mit heiler Haut, sondern obendrein noch mit einer Frau entronnen. Unter dem wohltätigen Einfluß seiner entzückenden Helen war der abtrünnige Junggeselle bald in einen relativ zivilisierten Ehemann verwandelt worden. Selbst seine nächste Nachbarin mußte das in ihren schwachen Momenten zugeben, von denen es – wenn man ehrlich sein will – jedoch nicht allzu viele gab. Mittlerweile war Peter sogar so weit besänftigt worden, daß er nicht einmal mehr den leisesten Protestlaut von sich gab, wenn Helen sanft, aber bestimmt darauf bestand, sich in Balaclava nicht viel anders als die übrigen Bewohner von Balaclava zu verhalten.

Zum Glück verfügte Helen über einen exquisiten Geschmack und zog das Einfache dem Bombastischen vor. Einmal war es zwar zu einem unglücklichen Experiment mit Laubsägebäumen aus Buchsbaumholz gekommen, die mit ihrem Gestank nach Katzenpisse das ganze Haus verpesteten, aber im großen und ganzen hatte Helen bisher gute Arbeit geleistet. In diesem Jahr waren ihre weihnachtlichen Dekorationen besonders reizend ausgefallen.

Die Exzesse ihrer Nachbarn vermeidend, hatte sie alle Fenster im Parterre und im ersten Stock, die nach vorne hinausgingen, mit unaufdringlichen Arrangements aus Tannenzweigen herausgeputzt und diese sparsam mit kleinen rosaroten Kugeln und Samtschleifen verziert, die perfekt zu dem Farbton der verwitterten Backsteinmauern paßten. In der Mitte jedes dieser Arrangements thronte eine echte Kerze aus Wachs, über die zum Schutz vor dem Wind eine gläserne Sturmlampe gestülpt war; so konnte man die Kerzen nach Anbruch der Dunkelheit anzünden, ohne damit auch gleich das ganze Haus in Brand zu stecken. An der Eingangstür hatte Helen eine üppige Girlande aus Springkraut mit einer etwas größeren Schleife aus dem bereits erwähnten rosaroten Samt befestigt. An dieser Girlande wiederum hing ein altes Kornett aus Messing, auf dem Peter während seiner High-School-Zeit gespielt hatte; Helen hatte es auf dem Dachboden ausgegraben und so lange poliert, bis man sich darin spiegeln konnte. Peter hatte zwar so getan, als fände er die Sache lächerlich, fühlte sich insgeheim aber sehr geschmeichelt. Er hatte sich sogar die Mühe gemacht, das Kornett mit Draht an der Tür festzubinden, damit es nicht von irgendeinem Souvenirjäger geklaut werden konnte, die sich massenweise auf dem Campus tummelten.

Sie kamen wahrhaftig in Massen angeströmt. Seit den düsteren Jahren der Depression Anfang der dreißiger Jahre gab es nun schon diesen Großen Weihnachtsmarkt in Balaclava. In der Öffentlichkeit bekannt aus Zeitungsartikeln und Fotomagazinen, zu noch größerem Ruhm gekommen durch Funksendungen und Fernsehberichte, war dieser Markt zu einer alljährlichen Tradition in New England geworden und lockte Besucher aus nah und fern in diese ländliche Gemeinde in Massachusetts.

Und von weither kamen sie, und es waren eine ganze Menge. Jedenfalls genügte es, um den örtlichen Polizeichef Fred Ottermole und seine Männer – die in erster Linie aus Officer Budge Dorkin bestanden – oft in große Bedrängnis zu bringen, wenn es darum ging, den Verkehr zu entwirren. Zum Glück verfügte das College über seine eigene und besser ausgestattete Schutztruppe, so daß es selten Probleme gab, Gesetz und Ordnung aufrechtzuhalten.

Das College stand selbstverständlich voll und ganz hinter seinem Großen Weihnachtsmarkt, und das aus gutem Grund. Die dort Studierenden waren nicht gerade reich – die meisten der Studenten arbeiteten sogar nebenbei –, und so bot der Weihnachtsrummel eine willkommene Gelegenheit, sich zusätzliches Geld für das Studium zu verdienen. Eine große Anzahl von Studenten opferte bereitwillig einen Teil oder ihre ganzen Weihnachtsferien. Sie wandten sich der hehren Aufgabe zu, Touristen auszunehmen. Peter empfand durchaus Bewunderung für ihre Opferbereitschaft und respektierte ihre Motive; er sah nur nicht ein, warum sie, in drei Teufels Namen, ihre vermaledeite Tradition nicht woanders abhalten konnten.

Draußen bei den Schweineställen zum Beispiel. In eben diesem Augenblick wickelte ein junger Mann, der einen eben erstandenen Wikingerhelm mit plüschigem Elchgeweih auf dem Kopf hatte, einen Kokosnußfladen aus und warf das Papier in den Schnee. Peter sandte unheilvolle Blicke durch das vordere Fenster im ersten Stock auf ihn hinab und wünschte sich, es wäre bereits die zweite Januarwoche, als er ein Klopfen an der Tür hörte.

Irgendein adleräugiger Besucher mußte den Türklopfer hinter dem Springkraut erspäht haben, oder aber ein ruchloser Tourist versuchte gerade, ihm sein Kornett zu stehlen. Normalerweise hätte Peter das Fenster aufgerissen und den Kopf hinausgesteckt, um die Angelegenheit mit einem lauten Fluch zu erledigen, aber er wollte nur ungern Helens künstlerisches Arrangement aus Tannenzweigen zerrupfen oder gar die Sturmlampe zerbrechen. Es hatte auch keinen Sinn, es mit einem lauten Fluch zu versuchen, da er sich über das allgemeine Tohuwabohu hinweg ohnehin nie hätte Gehör verschaffen können. Also beugte er sich dem Unvermeidlichen und ging hinunter. Vielleicht war es ja sein alter Freund und Nachbar Professor Ames, der nicht wußte, wohin mit sich in der semesterfreien Zeit, und der Lust auf eine Partie Cribbage hatte.

Nein, bei Zeus, es war ungefähr die drittletzte Person, die er erwartet hätte. Moira Haskins, die Revisorin am College, war eine liebe Frau und ihre Nachbarin am Crescent, aber kein Mensch, bei dem Helen und er einfach so mal vorbeigeschaut hätten, beziehungsweise umgekehrt. Peter beschlich eine ominöse Vorahnung, daß Moira etwas auf dem Herzen haben könnte.

Wie es so oft der Fall war, hatte Peter recht. Als er die Bereitschaft erkennen ließ, Moira von ihrem Wettermantel zu befreien und Helen aus ihrem Arbeitszimmer herunterzuholen, wo sie Weihnachtsgeschenke einpackte, da schüttelte die Revisorin jedoch nur den Kopf.

»Vielen Dank, Peter, aber ich kann nicht bleiben. Ich wollte Ihnen nur das hier zeigen und wissen, was Sie davon halten.«

Moiras »das hier« war eine Zwanzig-Dollar-Note. Für Peter sah sie aus wie all die anderen Zwanzig-Dollar-Noten, die er in dieser kostspieligen Jahreszeit mit ungewohnter Freigebigkeit unter die Leute gebracht hatte, bis er seine Lesebrille aufsetzte und sie näher betrachtete. Dann fing er an zu kichern. Dort, wo er das grimmige und drohende Porträt von Präsident Andrew Jackson erwartet hätte, sah er statt dessen das noch grimmigere und noch drohendere Antlitz ihres College-Präsidenten Thorkjeld Svenson.

»Mein Gott! Wo, zur Hölle, kommt das her?«

»Aus einem der Lebkuchenhäuschen, vermute ich. Es war beim Wechselgeld, als Silvester Lomax mir die Einnahmen von gestern abend brachte. Ich saß gerade am Schreibtisch und wollte das Geld für die Einzahlung heute morgen herrichten, als ich plötzlich stutzte und fast laut geschrien hätte. Was halten Sie davon, Peter? Meinen Sie nicht, daß da jemand mit einem Zeichenstift oder ähnlichem auf der Banknote herumgekritzelt hat und...«

»Nie und nimmer. Jacksons Kopf ist länglich und hohlwangig. Das hätte man vielleicht mit Ulysses S. Grant machen können, falls man vielleicht den Bart abbekommen hätte. Eine Sekunde, ich glaube, ich habe...« Er wühlte in seiner Brieftasche und zog einen Fünfziger heraus, sehr verwundert, daß er tatsächlich noch einen von dieser Sorte besaß. »Sehen Sie, Grant hatte ein schweres, breites Gesicht wie unser Präsident. Sieht aus, als wäre er aus Mount Rushmore gemeißelt worden.«

»Ja, ich sehe«, erwiderte Moira. »Warum hat man denn aber keinen Fünfziger statt eines Zwanzigers hergenommen?«

»Wahrscheinlich deshalb, weil Fünfzig-Dollar-Noten nicht so häufig sind und deswegen einer genaueren Untersuchung unterzogen würden. Ist das der einzige Geldschein, der Ihnen untergekommen ist?«

13

»Bis jetzt, ja. Jedenfalls der einzige, der aufgetaucht ist. Heute ist der fünfte Tag des Weihnachtsmarktes, und wir haben bereits eine ziemliche Menge Geld eingenommen, wissen Sie. Es ist schwer zu sagen, wie viele Scheine uns da vielleicht entschlüpft sind.«

»Nicht allzu viele, denke ich. Die Ähnlichkeit ist bemerkenswert.«

»Sie ist erschreckend.« Moira erschauderte fröstelnd, obwohl sie ihren Wettermantel nicht ausgezogen hatte. »Aber Präsident Svenson sieht auch mehr wie ein Präsident aus als die meisten anderen Präsidenten. Selbst wenn einem dieser jungen Leute an den Verkaufsständen etwas aufgefallen wäre, hätten sie bestimmt gedacht, daß der Kopf auf der Banknote dort hingehört. Die meisten von ihnen haben wahrscheinlich ohnehin noch nie etwas von Andrew Jackson gehört. Ich bin gespannt, was Dr. Svenson dazu sagen wird.«

»Er wird sich darüber amüsieren, natürlich immer vorausgesetzt, wir bleiben nicht auf einem ganzen Stapel dieser Dinger hocken. Was den Schein hier betrifft...«

Peter nahm die erstaunliche Fälschung wieder an sich und gab Moira im Austausch dafür eine echte Zwanzig-Dollar-Note, die er noch in seiner Brieftasche gefunden hatte. »Ist das ein fairer Tausch?«

»Aber nein, Peter. Warum sollten ausgerechnet Sie diesen Verlust tragen?«

»Welchen Verlust denn? Diese Banknote hier ist ein Sammlerstück und mehr als die aufgedruckten Ziffern wert. Ich betrüge das College wahrscheinlich mehr als der eigentliche Fälscher. Moira, Moira, das ist eine unglaublich professionelle Arbeit. Sehen Sie sich doch nur diese Kunstfertigkeit an. Können Sie mir sagen, warum ein Mensch mit dem Talent, solch prachtvolle Blüten herzustellen, seine Zeit mit einem Jux vergeuden sollte, der ihn geradewegs ins Gefängnis bringen kann?«

»Nun, nein, darüber habe ich noch nicht nachgedacht. Es ergibt wirklich keinen Sinn, nicht wahr?«

14

»Vielleicht doch, auch wenn mir im Moment noch keine Erklärung einfällt. Hören Sie, Moira, wir sollten die Sache noch eine Weile für uns behalten. Es steckt vielleicht mehr dahinter, als man auf den ersten Blick vermuten könnte. Ich würde mich gerne noch etwas umhören, bevor wir die anderen informieren. Geben Sie mir Bescheid, falls noch weitere Scheine auftauchen, ja?«

»Aber natürlich, Peter. Ich will bestimmt nicht, daß das College in irgendwelche dunklen Geschichten verwickelt wird, besonders nicht jetzt zur Vorweihnachtszeit. Sie wissen doch, wie solche Geschichten übertrieben und völlig verzerrt werden. Aber sind Sie auch ganz sicher, daß ich damit nicht zum Präsidenten gehen sollte?«

»Das können Sie gar nicht, er ist momentan beim Skifahren. Wir machen folgendes, Moira: Ich werde dafür sorgen, daß unsere Wachleute den Studenten eine generelle Warnung zukommen lassen, ein Auge auf merkwürdige Banknoten zu haben. Eine so große Veranstaltung wie diese hier, die noch dazu von Amateuren organisiert wird, bietet eine nahezu ideale Situation, um Falschgeld in Umlauf zu bringen. Wenn ich so darüber nachdenke, dann überrascht es mich eigentlich, daß es den Weihnachtsmarkt nicht schon früher getroffen hat. Nun gut, wir werden auch damit fertig. Vielen Dank, daß Sie gleich gekommen sind, Moira.«

»Danke, daß Sie mit Ihre Aufmerksamkeit geschenkt haben. Es tut mir leid, wenn ich Sie mit meinen Problemen überfalle, aber es kommen ja alle zu Ihnen, nicht wahr?«

Das entsprach leider der Wahrheit. Peter war Balaclavas inoffizieller Privatdetektiv seit dem großen Debakel während eines früheren Weihnachtsmarktes, als Präsident Svenson ihn mit den gräßlichen Folgen eines boshaften Scherzes konfrontiert und ihm den Job ausgehalst hatte, einen Mörder zu fangen.

Peter wußte, daß die Sache sowieso an ihm hängenbleiben würde; deswegen konnte er sich ebensogut gleich an die Arbeit machen, auch wenn er nicht die leiseste Ahnung hatte, wo er anfangen sollte. Er brachte die Revisorin zur Tür und stieg mit der falschen Zwanzig-Dollar-Note in der Hand die Treppe hinauf.

»Helen, was hältst du davon?«

»Wovon?« erwiderte seine Frau etwas gereizt. »Drückst du mit dem Finger mal auf diesen Knoten, bist du so nett? Ich begreife nicht, warum die Arbeit, die Päckchen einzupacken, immer an der Frau hängenbleibt. Ich möchte wetten, Margaret Thatcher packt keine Geschenke ein.«

»Hättest du sie nicht im Laden einwickeln lassen können?«

»Selbstverständlich nicht. Da muß man so lange anstehen, bis einem die Füße abfallen, und dann verlangen sie auch noch einen Dollar extra für einen Bogen scheußliches Geschenkpapier und irgend so eine dumme kleine Schleife. Du kannst deinen Finger jetzt wieder wegnehmen.«

»Nein, kann ich nicht, du hast ihn mit eingebunden.«

»Oh, Peter!« Seufzend befreite Helen den gefangenen Finger und zog den Knoten fester. »Also gut, was soll ich mir jetzt anschauen?«

»Da ist das Prachtstück.«

Peter reichte ihr den Geldschein. Sie starrte ihn ungefähr eine Viertelsekunde ungläubig an und brach dann in schallendes Gelächter aus.

»Wo, um alles in der Welt, hast du den denn her?«

»Von Moira Haskins. Sie war eben da.«

»Warum hast du mich nicht gerufen?«

»Das wollte ich ja, aber sie hat gemeint, sie könne nicht lange bleiben.«

»Warum ist sie dann überhaupt gekommen? Es sieht Moira gar nicht ähnlich, mit Scherzartikeln hausieren zu gehen.«

»Es war ihr auch gar nicht nach Scherzen zumute. Dieses Ding hier ist nämlich gestern abend unter den Einnahmen vom Weihnachtsmarkt aufgetaucht.«

»Willst du damit sagen, daß irgend jemand es tatsächlich geschafft hat, den Leuten Thorkjelds Porträt als gesetzliches Zahlungsmittel unterzujubeln?«

»Das genau scheint der Fall zu sein. Es sei denn, irgendein Werkstudent hat sich einen Scherz damit erlaubt, was mir für die Hersteller von Kokosnußfladen aber doch etwas zu subtil erscheint, muß ich sagen.«

»Ich verstehe, was du meinst.« Helen griff zu dem Vergrößerungsglas, das sie zum Studium alter Dokumente aus der historischen Buggins-Sammlung benutzte, deren Kuratorin am hiesigen College sie war. »Weißt du, Peter, diese Ähnlichkeit mit Thorkjeld ist eine wahre Meisterleistung. Ich glaube, das Original ist eigentlich mit Tusche und Feder gezeichnet, da es aber gleichzeitig alle Eigenheiten eines Stahlstichs aufweist, kann ich das nicht mit Sicherheit sagen. Ich nehme mal an, daß der Künstler – und ich verwende dieses Wort mit Absicht – eine echte Zwanzig-Dollar-Note kopiert, das Medaillon auf der Vorderseite herausgeschnitten und anstelle von Andrew Jackson seine eigene Zeichnung von Thorkjeld Svenson eingesetzt hat. Anschließend hat er den Schein dann wieder kopiert. So etwas ist ganz leicht zu bewerkstelligen, wenn man Zugang zu einem Farbkopierer hat.«

»Und was hat der Künstler für ein Papier verwendet?«

»Ich schätze, wir haben es hier mit einem hochwertigen, faserhaltigen Banknotenpapier zu tun, das man zuerst in schwarzen Tee oder ähnliches getaucht und hinterher zerknittert hat, damit es authentischer aussieht. Es fühlt sich zwar nicht ganz wie ein echter Geldschein an, aber ich verstehe durchaus, daß ein im Verkauf unerfahrener Student mit kalten Händen und vierzehn Kunden, die lautstark danach verlangen, endlich bedient zu werden, nicht unbedingt auf solche Kleinigkeiten achtet, vor allem nicht bei Dunkelheit und den vielen bunten Lämpchen. Das ist schlicht und einfach eine Frage des richtigen Zeitpunkts und des richtigen Ortes. Aber warum ausgerechnet Thorkjeld?«

»Moira vermutete, vielleicht aus dem Grund, weil die Studenten dann annehmen würden, daß er hierher gehört.«

»Da hat sie wahrscheinlich recht. Wie viele von diesen Dingern sind denn bereits aufgetaucht?«

»Bis jetzt nur der Schein hier, soweit Moira weiß. Sie wird mir aber sofort Bescheid geben, wenn sie noch mehr davon bekommt. Ich frage mich jedoch, ob ich mit dem hier nicht zur Polizei gehen soll für den Fall, daß die Banknoten auch anderswo in Umlauf gebracht worden sind.«

Helen schüttelte den Kopf. »Das scheint mir sehr unwahrscheinlich, meinst du nicht auch? Für mich sieht das Ganze eher danach aus, als ob sich da jemand einen kleinen privaten Scherz auf Kosten des College erlaubt habe.«

»Für einen kleinen privaten Scherz scheint mir das zwar eine ganze Menge Aufwand zu sein«, erwiderte Peter, »aber ich muß zugeben, auf mich macht die Sache einen ähnlichen Eindruck. Fällt dir vielleicht jemand aus dem Lehrkörper ein, der so gut zeichnen kann und für so etwas in Frage käme?«

»Dr. Porble ist immer für einen Jux zu haben« – Porble war der College-Bibliothekar und so etwas wie Helens Vorgesetzter –, »aber zeichnen kann er überhaupt nicht. Er bringt nicht einmal ein paar Kritzeleien zustande. Er notiert sich seine Einfälle – die er am liebsten immer für sich behält – in der Deweyschen Dezimalklassifikation, setzt dann sein verschmitztes Grinsen auf und streicht alles wieder durch.«

»Ihr habt nicht zufällig eine Federzeichnung des Präsidenten in eurem Archiv, die Porble eventuell verwendet haben könnte?«

»Wir haben zwar ein paar boshafte Karikaturen von ihm, aber da ist nichts darunter, das auch nur im entferntesten Ähnlichkeit mit einem Stahlstich hätte. Weißt du was, Peter? Ich wette mit dir um einen Nickel, daß dieses Porträt hier von der Fotografie in der Festschrift abgezeichnet wurde, die die Kunstabteilung zur Feier des fünfundzwanzigsten Jubiläums von Thorkjelds Präsidentschaft am College herausgegeben hat.«

»Das Foto, das Shirley Wrenne von ihm gemacht hat und auf dem er aussieht wie Zeus auf der Suche nach einem geeigneten Ziel für seine Blitze? Donnerwetter, Helen, du könntest recht haben. Was ist eigentlich aus dieser Festschrift geworden? Hatten wir hier nicht auch ein Exemplar davon herumliegen?«

»Ja, aber ich habe es mit in die Bibliothek genommen. Die Festschrift aus unserem Archiv ist nämlich verschwunden.«

»Seit wann?«

»Keine Ahnung. Um dieses spezielle Archiv hat sich eigentlich nie jemand besonders gekümmert. Hätte diese Festschrift allerdings eine Reihe langweiliger Statistiken beinhaltet, hätte Dr. Porble sie sicherlich mit Argusaugen bewacht. Soll ich hinübergehen und unser Exemplar zurückholen?«

»Nein, spar' dir die Mühe, ich muß ohnehin aus dem Haus. Ich habe Moira versprochen, den Sicherheitsdienst zu bitten, überall darauf hinzuweisen, daß man die Augen nach Falschgeld offenhalten soll – was immer das auch nützen mag. Essen wir heute abend zu Hause, oder ziehst du es vor, von einem attraktiven und verwegenen Ritter entführt und auf eine Pizza eingeladen zu werden?«

»Nun, Sir, ich wickle hier nur die Päckchen ein. Sie werden schon die Zustimmung des Butlers einholen müssen. Aber warten wir doch ab, wozu wir Lust haben, wenn es soweit ist.«

Helen verabscheute den Großen Weihnachtsmarkt nicht in dem Maße, wie Peter dies tat; sie empfand auch nicht denselben panischen Drang wie er, den Menschenmassen und dem Radau zu entfliehen. Denn, was man nicht abschaffen konnte, das mußte ertragen werden. Es gab schließlich immer noch den Fakultätsspeisesaal, in den man sich zurückziehen konnte; vorausgesetzt natürlich, das gesamte dortige Personal war gerade nicht damit beschäftigt, die Stände mit gerösteten Marshmallows oder eine der anderen unaussprechlichen kulinarischen Scheußlichkeiten zu versorgen. Peter biß die Zähne zusammen, schlüpfte in seinen alten Karomantel und in seine Stiefel mit den

Gummisohlen und stemmte sich tapfer der anbrandenden Woge aus Festlichkeit entgegen.

Das Büro des Sicherheitsdienstes befand sich im hinteren Teil des Campus; unter anderen Umständen hätte Peter diesen kleinen Spaziergang sehr genossen, wäre er dabei nicht ständig von stämmigen Studenten in drolligen Elfenkostümen bedrängt worden, die gegen die Kälte vermummte Touristen auf grellroten Handschlitten mit keck geschwungenen Kufen hinter sich herzogen. Peter gelang es schließlich, sich sowohl unter ein schützendes Dach zu retten, als auch Silvester Lomax in dem kleinen Backsteinbau ausfindig zu machen. Er zeigte ihm Moiras Fund und erklärte, warum er gekommen sei. Silvester gestattete sich bloß ein kurzes, schadenfrohes Schnauben und machte sich gleich daran, ein gestrenges Rundschreiben zu verfassen.

Angesichts dieser Tüchtigkeit wollte Peter auch nicht länger herumstehen und seine Zeit mit Smalltalk vertrödeln; also ging er in die Bibliothek und überzeugte sich selbst, daß die Fotografie in der Festschrift tatsächlich als Vorlage für das Porträt auf der Banknote gedient haben könnte. Es waren nur ungefähr fünfhundert Exemplare dieser Festschrift gedruckt worden, schätzte er, und davon wiederum war bestimmt nicht mehr als die Hälfte mit nach Hause genommen und an eben jenen Orten verstaut worden, an denen die Menschen nun mal ihren nutzlosen Tand unterbringen. Das würde das Feld zwar etwas einengen, aber doch nicht sehr.

Er hielt sich noch eine Weile in der Bibliothek auf, ging dann kurz ins Gewächshaus hinüber, um sich ein paar neue Baumsorten anzuschauen, und bewegte sich anschließend langsam wieder Richtung Crescent. Der Anblick Purvis Minks – das war einer von Silvesters Untergebenen, der die Rundschreiben an die Studenten in den Lebkuchenhäuschen verteilte – versetzte ihn vorübergehend in Hochstimmung; weniger tröstlich jedoch war es, als er sah, wie die gehetzten Studenten nur einen flüchtigen Blick auf diese Rundschreiben warfen, ehe sie sie hinter die

Krüge mit den Pickles steckten. Da konnte er ebensogut nach Hause gehen und nachschauen, ob Helen noch ein paar Knoten für ihn zu binden hatte.

Am nächsten Morgen stand Moira Haskins frühzeitig an seiner Türschwelle, verwirrt und besorgt aussehend. »Es ist wieder passiert, Peter.«

»Sie haben noch einen Schein gefunden?«

»Nein, gleich zwei. Haben Sie mit dem Sicherheitsdienst gesprochen?«

»Das habe ich, und Purvis Mink hat auch gleich ein entsprechendes Rundschreiben verfaßt. Ob die Wachleute später noch einen Rundgang gemacht haben, um die Studenten von der Abendschicht zu warnen, oder nicht, kann ich Ihnen zwar nicht sagen, aber ich denke doch, daß sie es getan haben. Gestern abend herrschte jedoch wie üblich ein schauderhaftes Gedränge. Da wir ja kaum neben jeden Stand einen Wachmann zur Überprüfung aller Geldscheine, die über den Ladentisch wandern, postieren können, sehe ich leider keine Möglichkeit, wie wir den Verteiler zu fassen kriegen sollen.«

»Es sieht also so aus, als ob es nur einer wäre, nicht wahr? Aber ob das nun die Aufgabe erleichtert oder nicht, ist schwer zu sagen. Das ist ja so, als würde man eine Stecknadel im Heuhaufen suchen! Nun denn, ich muß hinunter zur Bank. Was meinen Sie, soll ich jetzt mit dem Manager sprechen oder nicht?«

»Ich weiß nicht, Moira. Ich werde noch mal mit den Wachleuten reden und dann wieder zu Ihnen kommen.«

»Vielen Dank, Peter. Nett, daß Sie so behilflich sind. Oh, Ihre Katze geht aus.«

»Das ist schon in Ordnung, sie läuft nie weit weg; Jane macht sich nur ungern ihre Pfoten naß. Außerdem haßt sie diese Menschenmassen noch mehr als ich.«

Zu so früher Stunde waren noch keine Besucher unterwegs. Die Studenten sammelten noch den Abfall des vorigen Tages ein, streuten frischen Sand auf die vereisten Wege, ersetzten ausgebrannte Glühbirnen an den strapazierten Christbäumen und kümmerten sich um all die unzähligen Dinge, die getan werden mußten, ehe der Ansturm erneut einsetzte. Es herrschte eine merkwürdig friedfertige Stimmung. Peter blieb noch einen Augenblick an der Tür stehen und schaute zu, wie seine kleine Tigerkatze federnd den kurzen Weg vor dem Haus hinunterlief und dabei alle paar Schritte stehenblieb, um jede einzelne ihrer weißbestrumpften Pfoten verärgert auszuschütteln. Sie würde nicht lange ausbleiben. Das tat sie nie. Peter zog sich in sein winziges Büro im Parterre zurück und machte sich an die Korrektur von Examensarbeiten.

Helen war in die Bibliothek gegangen. Das Telefon läutete nicht ein einziges Mal, auch von draußen drangen noch keine Geräusche herein. Wie Peter so in fast vollständiger Stille vor sich hin korrigierte, empfand er seine Arbeit sogar als fast erträglich. Er mußte bereits ungefähr eine Stunde daran gesessen haben, als ihm auffiel, daß zwar bereits die ersten Touristen eintrafen, Jane jedoch noch immer nicht zurückgekehrt war. Wo, zum Teufel, steckte sie nur? Ganz bestimmt hätte er es gehört, wenn sie sich bemerkbar gemacht hätte, um wieder ins Haus zu kommen; Jane hatte ihre Familie gut erzogen. Etwas beunruhigt stand Peter auf und ging zur Tür.

Jane war weder auf der Schwelle noch auf dem kurzen Weg davor zu sehen. Sie, die eingefleischte Hauskatze, befand sich mitten auf der zugeschneiten Rasenfläche. Sie, die versnobte Aristokratin, die sich immer fernhielt von allem anderen Katzengetier, diese empfindsame Seele, die nicht einmal den Crescent überqueren wollte, um ihre eigene Mutter im Haus der Enderbles zu besuchen – dieses schüchterne Tier also führte eine Meute fauchender Katzen bei ihrem Angriff auf eines der Lebkuchenhäuschen an.

Seltsamerweise handelte es sich dabei aber nicht um den Stand mit den Frankfurter Würstchen und den Hamburgern, was noch einigermaßen Sinn ergeben hätte. Nein, es war der Stand mit den Lebkuchennikolausen, den kandierten Äpfeln, dem Popcorn und den Kokosnußfladen. Während Peter völlig verdutzt auf die hektische Balgerei blickte, bahnte sich eine großmütterlich aussehende Frau ihren Weg durch die Meute und erstand drei dieser Kokosnußfladen: je einen für die beiden Kleinen, die an ihrem Mantel hingen, und einen, der möglicherweise für Großpapa bestimmt war, und den sie in ihrer geräumigen Handtasche unterbrachte. Das kleine Mädchen wickelte ihren Fladen aus dem Wachspapier, biß prüfend ein kleines Eckchen ab, wickelte ihn wieder ein und verstaute ihn sorgfältig in der Tasche ihres Schneeanzugs. Der kleine Junge hingegen riß das Papier einfach auf und biß ein großes Stück ab.

Peter zuckte erschaudernd zusammen, der kleine Junge seltsamerweise auch. Er zog eine schreckliche Grimasse und warf den Rest des Kokosnußfladens auf die Erde. Sofort stürzten sich die versammelten Katzen darauf, allen voran die sanfte Jane. Das war zuviel für Peter. Hut- und mantellos stürmte er an den Tatort, um sein geliebtes Schmusetier aus diesem kreischenden und kratzenden Knäuel zu retten, wobei er selbst reichlich zerschunden und zerschrammt wurde. Aber er schaffte es, immerhin ein Stückchen dessen, was der kleine Junge weggeworfen hatte, an sich zu reißen. Das zarte Kätzchen hingegen wollte gar nicht gerettet werden, es wollte nur diesen Kokosnußfladen.

Auf dem Weg nach Hause wehrte Jane sich nach Leibeskräften, beruhigte sich aber wieder, sobald sie im Haus war, wo sie sich zum Schmollen sofort in eine Ecke verzog. Peter trug seine so schmerzhaft errungene Trophäe in die Küche, legte sie auf einen Unterteller, rupfte sie mit Hilfe von ein paar Zahnstochern auseinander und schaute sich die Sache genau an. Wie er erwartet hatte, war das Stück von faseriger Beschaffenheit, aber nicht alle Fasern stammten von der Kokosnuß.

Peter isolierte ein Stück der fremden Substanz, schnupperte daran und probierte sie schließlich mit äußerster Vorsicht. Seine Entdeckung überraschte ihn nicht. Dann trug er etwas Heilsalbe auf die schlimmsten seiner Wunden, versuchte Jane zu beruhigen, die ihn jedoch nur anfauchte, und ging schließlich wieder zu dem fraglichen Lebkuchenhäuschen hinaus. Die anderen Katzen balgten sich immer noch um ein paar Krumen; einige versuchten sogar, auf die Verkaufsfläche zu klettern, wo sie jedoch mit Fußtritten verjagt wurden. Die wenigen frühen Besucher rieben sich verwundert die Augen, und die Weihnachtsmarktverkäufer wußten überhaupt nicht, was sie von der Sache halten sollten.

»Ich habe keine Ahnung, was in sie gefahren sein könnte«, stammelte die jüngste unter den Studenten, eine junge Frau mit großen Augen und einer Morgenhaube, die traurig und schief auf ihrem Kopf saß. »So haben die sich noch nie aufgeführt.«

»Ich schätze, sie hatten auch noch nie Gelegenheit dazu«, meinte Peter. »Wer hat denn eigentlich den letzten Schub Kuhfladen gebracht?«

Das Mädchen starrte den Stapel auf der Verkaufsfläche an, ihre beiden Kameraden sie, und Peter alle drei. Balaclava war kein großes College. Professoren und Studenten lernten sich ziemlich schnell kennen, wenn schon nicht beim Namen, dann wenigstens vom Sehen.

Der junge Bursche mit dem Zylinderhut gehörte zu Peters Studenten und war schon etwas älter. Er stammte aus Maine, schlief im Wohnheim und arbeitete im Gewächshaus, wenn er nicht gerade in seinen Seminaren war oder mit Kokosnußfladen dealte. Die andere junge Frau, auch bereits ein höheres Semester, studierte im Hauptfach Botanik. Auch sie lebte im Wohnheim, und ihre Botanikhefte waren die reinsten Kunstwerke. Sie kam jedoch jeden Monat in den Genuß eines komfortablen Schecks und war mit dem jungen Mann mit dem Zylinder verlobt. Laut Aussage von Mrs. Mouzouka von der Hauswirtschaftsabteilung war sie nicht einmal in der Lage, Wasser heißzumachen. Wahrscheinlich war sie nur hier, weil sie in der Nähe ihres Verlobten sein oder weil sie nicht zu Hause bleiben wollte, vielleicht aber auch aus beiden Gründen. Sie hätte das Porträt von Dr. Svenson gezeichnet haben können. Sie hätte sich auch leicht das nötige Pflanzenmaterial dafür besorgen können. Aber niemals wäre sie in der Lage gewesen, diese Kokosnußfladen herzustellen.

Von dem Mädchen mit den großen runden Augen wußte Peter nur, daß sie ein Erstsemester war, Hauswirtschaftslehre studierte und nicht im Wohnheim lebte. Da es in dem kleinen Ort nur wenige Apartments zu mieten gab – und die wenigen alle von Professoren besetzt waren –, mußte sie entweder bei ihrer Familie leben oder sich anderswo eingemietet haben. Peter setzte ein so strenges Gesicht wie möglich auf; wie es ihm eben möglich war angesichts der Tatsache, daß ihm eines der halbwüchsigen Kätzchen der Enderbles gerade am Hosenbein hochkletterte.

»Also los, ihr drei, jetzt raus mit der Sprache. Wessen Idee war es, diese besonderen Kuhfladen zu backen?«

»Kuh-Kuhfladen?« stammelte die Erstsemester-Studentin. »Ich weiß gar nicht, wovon Sie reden.«

»Diese Viecher hier wissen es.« Peter setzte die junge Katze auf den Verkaufstisch; sie steuerte schnurstracks die übergroße Kompottschale an, in der die Kokosnußfladen lagen. »Sie können ihr gerne einen abgeben. Sie können sie sowieso nicht mehr verkaufen.«

Der Student im höheren Semester nahm sich einen Fladen, schnupperte daran und biß zaghaft davon ab. »Das schmeckt ja – Kathy, da hört der Spaß aber auf! Wir hätten alle im Knast landen können, und man hätte womöglich noch den Großen Weihnachtsmarkt geschlossen.«

»Gerry, was redest du da eigentlich?« fuhr ihn seine Verlobte an. Auch sie nahm sich jetzt einen Kuhfladen, knabberte daran, zog erst ein Gesicht, brach dann aber in schallendes Gelächter aus. »Du Idiot, kannst du denn kein Cannabis von Katzenminze mehr unterscheiden? Clarice, hast du vielleicht irgendeine Idee, wie das passiert sein könnte?«

Clarice hatte überhaupt keine Ideen, sondern brach in Tränen aus. Peter legte ihr beruhigend die Hand auf den Arm.

»Ich denke, Sie kommen besser mit mir, Miss – äh –«

»Sis-Sissler. Bin ich jetzt verhaftet?«

»Natürlich nicht. Ich habe gar nicht die Autorität, irgend jemanden zu verhaften; wir müssen uns nur mal unterhalten. Miss Bunce« – endlich fiel ihm der Name der älteren Studentin wieder ein – »vielleicht wären Sie so freundlich, auch mit uns zu kommen. Schaffen Sie es eine Weile allein, Pascoe?«

»Ich schätze schon, Professor«, erwiderte das männliche Mitglied der Gruppe. »Falls es Ihnen nichts ausmachen würde, die Beweise sicherzustellen, dann würden vielleicht auch diese Viecher verschwinden. Ich glaube, diese Kleine hier wird gleich auf die Theke kotzen.«

»Das ist ein hervorragender Vorschlag, Pascoe. Sie haben sicher etwas, worin man diese Kuhfladen verstauen kann. Komm schon, Kitty-Kätzchen, ich bringe dich besser nach Hause. Sind die Damen bereit?«

»Ka-Kathy braucht nicht mitzukommen«, schniefte die unglückselige Miss Sissler. »Sie-sie hat gar nichts getan.«

»Das ist schon in Ordnung, Clarice«, meinte Miss Bunce. »Es macht mir nichts aus.«

»Nun, aber mi-mir.«

»Na gut, wenn du es so möchtest.«

Mit einem energischen Wippen ihrer Morgenhaube machte Miss Bunce sich daran, den Verkaufstisch aufzuräumen. Eine Reihe enttäuschter Katzen im Schlepptau, lieferte Peter die junge Katze bei Mrs. Enderble an, führte dann seine Quasi-Gefangene erst zum nächsten Abfalleimer und daraufhin in den Speisesaal der Fakultät. Er würde keine junge Studentin in sein eigenes Haus einladen, noch dazu, nachdem sie sich geweigert hatte, eine Anstandsdame mitzunehmen, und dann auch noch in Abwesenheit von Helen. Peter ging davon aus, daß der Speisesaal um diese Zeit des Tages menschenleer sein würde, und das war er auch. Niemand war zu sehen, bis auf einen Studenten, der hier als Kellner arbeitete und nur zögernd an ihren Tisch kam, um ihre Bestellung aufzunehmen.

»Also, Miss Sissler«, sagte Peter, »was möchten Sie haben? Tee? Kaffee? Heiße Schokolade?«

»Sch-Strichnin, bitte.«

»Jetzt kommen Sie aber, so schlimm ist es nun auch wieder nicht. Zwei Kaffee, bitte, und ein paar Muffins. Aber nur die einfachen, nicht Ihre Weihnachtsspezialitäten.« Peter war an diesem Morgen nicht nach zerhäckselten, rot- und grünkandierten Kirschen zumute.

Keiner von beiden sagte ein Wort, bis der Kellner den Kaffee und die Muffins gebracht hatte und wieder in der Küche bei irgendwelchen anderen kulinarischen Scheußlichkeiten verschwunden war. Peter wartete, bis die tränenreiche Miss Sissler Milch und Zucker in ihren Kaffee gegeben und zögernd einen Schluck davon getrunken hatte.

»Also, Miss Sissler, wären Sie so freundlich, mir jetzt alles zu erklären?«

Sie schüttelte heftig den Kopf. Wieder stiegen Tränen in ihre großen runden Augen. »Ich kann nicht, Professor Shandy. Wirklich, ich kann nicht.«

»Junge Frau, versuchen Sie vielleicht, hier die Heldin zu spielen? Da, nehmen Sie lieber ein Muffin, und erzählen Sie mir, wen Sie decken. Ist es Ihr Freund?«

»Nein!«

»Werden Sie von jemandem erpreßt, der versucht, auf diese Art und Weise den Großen Weihnachtsmarkt zu ruinieren?«

»Nein.«

»Können Sie mir dann erklären, warum Sie, in drei Teufels Namen, so ein dummes Kunststück aufgeführt haben? Haben Sie wirklich geglaubt, daß es Marihuana war, was Sie in diese teuflischen Dinger getan haben?«

»J-Ja.«

»Wo hatten Sie es her?«

»Ich ha-habe es gefunden.«

»Wo?«

»Es hing da.«

»Es hing wo?«

»In der Kü-Küche.«

»In wessen Küche? Doch nicht hier im College?«

»Selbstverständlich nicht! Mrs. Mouzouka würde nie…«

»Nein, das kann ich mit auch nicht vorstellen. Kommen Sie schon, Miss Sissler, bringen wir es hinter uns. Ich muß noch Examensarbeiten korrigieren, und Sie müssen den nächsten Schwung Kuhfladen backen; diesmal allerdings genau nach Rezept, so scheußlich das auch sein mag. Das College verläßt sich auf Sie, vergessen Sie das nicht. Wo backen Sie diese Dinger eigentlich? Sie leben nicht im Wohnheim, nicht wahr? Wo ist denn Ihre Familie?«

»In F-Florida. Ich wohne bei meiner Großtante, hier in Balaclava Junction.«

»Und ihr Name…?«

»Miss Viola Harp. Sie kennen sie. Sie fertigt alle Diplome des College in Schönschrift an.«

»Tatsächlich? Ich fürchte, ich bringe sie im Augenblick nirgends unter.«

»Das tut keiner! Keiner beachtet sie! Das ist ja der Grund, weshalb sie…«

Miss Sissler versuchte es mit einem weiteren Schluck Kaffee, bekam ihn aber in die falsche Kehle. Während Peter ihr zusah, wie sie in ihre Serviette hustete, fing er langsam an zu begreifen. Er holte die drei gefälschten Zwanziger aus seiner Brieftasche und legte sie auf den Tisch.

»Das ist der Grund, weshalb sie so wütend auf das College wurde und das hier fabrizierte, nicht wahr?«

Und ein weiteres Mal fing Miss Sissler heftig zu schluchzen an.

»Ist schon in Ordnung, Miss Sissler. Würden Sie aber trotzdem so freundlich sein und mir erklären, weshalb der Ausflug Ihrer Tante ins Fälschergewerbe Sie dazu inspiriert hat, einen noch haarsträubenderen Anschlag gegen das College zu planen? Mit welcher Absicht hat Ihre Tante das eigentlich getan? Braucht sie so dringend Geld?«

»Sie hat genug, um sich über Wasser zu halten. Gerade mal so. Aber das ist nicht der Grund. Sie hat es getan, weil sie nirgends Beachtung findet. Nie hat sie jemand beachtet. Seit siebenundzwanzig Jahren fertigt sie nun schon die Collegediplome an, und nicht einmal, nicht ein einziges Mal ist je einer zu ihr gekommen, um ihr zu sagen, was für eine gute Arbeit sie leistet. Sie hat auch dieses kleine Bild vom Verwaltungsgebäude gezeichnet, das im Sekretariat hängt. Nicht ein Mensch hat ihr je gesagt, wie hübsch es ist. Und es ist sehr hübsch! Es ist einfach entzückend! Ihr seid alle nichts weiter als ein Haufen verknöcherter Egoisten. Ich mache meiner Tante nicht den geringsten Vorwurf. Es geschieht euch nur recht. Ich war gestern abend am Verkaufsstand, als Tante Viola gekommen ist, und stand genau daneben, als Kathy das Geld von ihr entgegengenommen, aber nicht bemerkt hat, daß es nicht echt ist. Ich habe kein Wort gesagt. Und ich würde es wieder tun! Hören Sie, ich würde es wieder tun!«

»Ich höre Sie, Miss Sissler. Hat Miss Harp denn vor, es wieder zu tun?«

»S-sie sagte, sie würde so lange weitermachen, bis es jemand merkt. Tante Viola ist fest entschlossen, sich endlich Anerkennung für ihre Arbeit zu verschaffen, selbst wenn sie dafür ins Gefängnis muß. Und ich kann ihr das nicht zum Vorwurf machen! Ich werde sie sogar begleiten. Nur zu, Professor Shandy, verhaften Sie mich!«

»Tut mir leid, Miss Sissler, ich habe Ihnen bereits erklärt, daß ich nicht der Campus-Sheriff bin. Aber um auf meine Frage zurückzukommen, was hat Sie auf die Idee gebracht, Katzenminze in die Kuhfladen zu tun? Und wie kamen Sie nur auf den

Gedanken, Ihre Tante könnte Marihuana im Haus haben? Raucht sie es etwa?«

»Natürlich nicht, sie würde lieber sterben. Ich dachte mir nur – oh, ich weiß nicht mehr, was ich mir gedacht habe. Aber ein Junge in Florida hatte mal etwas Hasch, und ich dachte mir, vielleicht hat Tante Viola es ja aus Versehen gepflückt. Sie pflückt immer alles mögliche und hängt es dann zum Trocknen auf; es gefällt ihr, sie findet es malerisch. Das Grünzeug war eben da, und ich habe es genommen. Nun gut, vielleicht bin ich nicht gerade ein As in Botanik, aber daran ist das College schuld, nicht ich. Ich wollte überhaupt nie Botanik studieren. Sie und Ihr blöder, veralteter Lehrplan!«

»Wie Sie meinen, Miss Sissler, ich werde im Namen des College gerne voll und ganz die Schuld auf mich nehmen, wenn Sie mir nur endlich sagen, was Sie auf die Idee gebracht hat, für Ihre Tante in die Bresche zu springen.«

»Es war das gestrige Rundschreiben des Sicherheitsdienstes, in dem sie darauf hinwiesen, daß man auf Falschgeld achten sollte. Da wußte ich, daß Tante Violas Arbeit bemerkt worden war und daß man ihr auf der Spur war. Und es ist ja alles schön und gut, wenn sie sagt, daß es ihr nichts ausmacht, ins Gefängnis zu gehen, aber ich weiß, daß sie es nicht aushalten würde. Tante Viola ist nicht mehr die Jüngste, müssen Sie wissen, und sie – nun, sie hat gern schöne Dinge um sich. Sie würde ihren Kanarienvogel und ihren Goldfisch schrecklich vermissen. Sie würde sterben, davon bin ich überzeugt! Und dabei habe ich sie so lieb. Also dachte ich mir, wenn ich Marihuana unter die Kokosnußfladen mische, dann verursacht das bestimmt einen Riesenwirbel, der die Aufmerksamkeit des Sicherheitsdienstes von den gefälschten Banknoten ablenkt.«

»Ist Ihnen denn nie der Gedanke gekommen, daß Sie selbst vielleicht erwischt werden könnten? Oder daß es für Ihre Tante sogar noch schlimmer wäre, wenn Sie verhaftet würden?«

»Oh, nein, aber warum hätte man mich auch verhaften sollen?

Ich meine, eine Menge Leute backen doch für den Weihnachtsmarkt, sie bringen alles mögliche daher. Es hätte doch jeder sein können. Na ja, vielleicht nicht gerade jeder. Ich hätte jedenfalls die Geschichte von dem geheimnisvollen Fremden mit der Skimaske erzählt – nicht sehr originell, wie? Also, was werden Sie jetzt machen, Professor Shandy?«

»Ich werde meinen Kaffee austrinken und dann zahlen.«

»Und dann?«

»Vertrauen Sie mir, Miss Sissler. Vielleicht möchten Sie sich ja Ihr Gesicht noch etwas erfrischen, bevor wir gehen. Ihre Tante wird um diese Tageszeit doch zu Hause sein, oder?«

»Nein! O mein Gott, das habe ich ja ganz vergessen! Sie wird hierherkommen und eine weitere Banknote einwechseln. Sie hat gemeint, sie würde es dieses Mal am hellichten Tag versuchen, da es die letzten beiden Male niemand bemerkt hat. Sie glaubte nämlich, es habe vielleicht an der Dunkelheit und den vielen bunten Lichtern gelegen. Kommen Sie schon, wir müssen sie abfangen!«

Sie nahmen sich gerade noch die Zeit, daß Miss Sissler ihre Serviette in ihr Wasserglas tauchen, die Tränenspuren aus ihrem Gesicht entfernen und daß Peter etwas Geld auf dem Tisch hinterlegen konnte, ehe sie auf den mittlerweile stark von Touristen belebten Weihnachtsmarkt hinausstürmten. Die Katzen waren längst alle fort, aber eine zierliche, schmale Gestalt in einem altmodischen, dunkelgrünen Wintermantel mit schwarzem Astrachankragen und schwarzem Filzhut auf dem Kopf kam gerade den Gehweg herauf und fixierte grimmig das mittlerweile schon bekannte Lebkuchenhäuschen. Peter hatte das vage Gefühl, sie in den vergangenen paar Jahrzehnten immer wieder mal im Ort gesehen zu haben.

»Da ist sie!« rief Miss Sissler. »Beeilen Sie sich!«

Allein kommt man immer noch am schnellsten vorwärts. Deshalb überließ Peter die Erstsemesterstudentin samt Morgenhaube allein ihrem Kampf, sich einen Weg durch die Menge zu bahnen, und stürmte vorwärts, wobei er alle Höflichkeit im Interesse der Schnelligkeit beiseite ließ. Es war ungefähr noch eine Armlänge, die die zierliche, schmale Gestalt von dem verhängnisvollen Verkaufsstand trennte, als er sie erreichte.

»Miss Harp?« Peter hatte sich wieder in den Gentleman zurückverwandelt, der er eigentlich war, seinen Hut gezogen und eine freundliche Miene aufgesetzt. »Mein Name ist Shandy. Ich war gerade auf dem Weg zu Ihnen, das College schickt mich. Wahrscheinlich ist der Zeitpunkt nicht gerade günstig, Sie um einen Gefallen zu bitten, aber ich wäre wirklich sehr dankbar, wenn Sie einen Moment für mich erübrigen könnten. Ah, da ist ja Ihre Nichte. Miss Sissler, würden Sie uns Gesellschaft leisten? Möchten die beiden Damen mir nicht die Ehre geben und mich nach Hause begleiten? Es ist das kleine rote Backsteinhaus gleich da drüben. Ich bin nicht sicher, ob meine Frau im Augenblick zu Hause ist, aber ich weiß, wie sehr sie sich wünscht, Sie endlich kennenzulernen. Meine Frau ist nämlich eine große Bewunderin Ihrer Arbeit, Miss Harp, wie wir alle übrigens.«

»Tatsächlich?« Miss Harp war nicht so leicht zu überrumpeln, als daß sie ihren Groll gleich so ohne weiteres vergessen hätte. »Ich kann mich nicht erinnern, daß man mir das schon jemals gesagt hätte.«

»Nun, Miss Harp, wenn die Tatsache, daß das College Ihnen immerhin schon seit siebenundzwanzig Jahren die Anfertigung aller Diplome anvertraut, nicht bereits unsere Wertschätzung Ihres Talents ausdrückt – dann weiß ich wirklich nicht mehr, was noch. Was mich aber zu meinem eigentlichen Anliegen führt. Passen Sie auf diese Stufe hier auf, sie ist vielleicht etwas glatt. Möchten Sie nicht Ihren Mantel ablegen?«

»Nun, ich...«

Peter bedrängte sie nicht. Miss Harp glich selbst einem Kanarienvogel, dachte er, so winzig, zerbrechlich und leicht zu irritieren war sie. Als sie jedoch soweit aufgetaut war und den obersten Knopf ihres Mantels aufgeknöpft hatte, war er nicht überrascht zu sehen, daß sie darunter einen altmodischen Spitz-kragen trug, der mit einem schmalen, goldenen Medaillon befestigt war, in dem sich ein gepreßtes Veilchen befand. Es war nur allzu verständlich, daß man ein so zartes Wesen wie sie nicht hinter Gitter sperren konnte, und deshalb kam er besser gleich auf sein Anliegen zu sprechen, ehe sie anfing, unruhig zu werden.

»Vielleicht gehen wir ins Eßzimmer, wenn es Ihnen nichts ausmacht. Es ist bequemer für Sie, wenn Sie dort am Tisch schreiben. Ich möchte Sie nämlich um Ihr Autogramm bitten.«

»Mei-mein Autogramm?«

»Wenn Sie so freundlich wären.« Peter holte die drei Zwanzig-Dollar-Noten aus seiner Brieftasche und legte sie vor sie hin.

»Wie Ihnen sicher klar sein dürfte, Miss Harp, werden diese drei Banknoten einmal wertvolle Sammlerstücke sein. Wir wissen Ihre Güte, sie dem Großen Weihnachtsmarkt zur Verfügung zu stellen, durchaus zu schätzen, aber es würde uns noch glücklicher machen, wenn Sie sie vorher noch signieren könnten. Könnte ich Sie vielleicht jetzt dazu überreden? Ein Schein ist für das Collegearchiv bestimmt, einer als Weihnachtsgeschenk für Präsident Svenson, und der dritte, muß ich gestehen, wird in meine eigene Sammlung wandern. Wenn Sie also so freundlich wären. Vielleicht hier, über dem ›Schatzmeister der Vereinigten Staaten‹? Ich hoffe nur, ich habe auch einen würdigen Füllfederhalter.«

Miss Harp war wiederum nicht so irritiert, um nicht sofort in ihrer Handtasche zu kramen. »Oh, das ist schon in Ordnung, Professor Shandy. Ich habe selbst einen.«

Es war ein schlanker Füllfederhalter aus Perlmutt mit einer goldenen Spitze, der vermutlich – wie seine Besitzerin – aus den zwanziger Jahren dieses Jahrhunderts stammte. Mit sicheren, entschlossenen Schriftzügen fügte Miss Viola Harp ihre eigene Unterschrift der des Schatzmeisters der Vereinigten Staaten an.

»So, das wär's, Professor Shandy. Ist es das, was Sie wollten?«

»Genau so habe ich es mir vorgestellt, Miss Harp. Und nun zu meinem Hauptanliegen. Wir hegen nämlich die Hoffnung, daß Sie uns die Originalzeichnung verkaufen werden, die in der Tat meisterhaft ist. Wir würden sie gerne einrahmen – in Gold, wenn das in der kurzen Zeit machbar ist – und sie dem Präsidenten und seiner Frau im Rahmen eines Empfangs überreichen, der am« – er warf einen verstohlenen Blick durch die Tür auf den Küchenkalender – »am achtzehnten Februar stattfinden wird. Wir hätten natürlich gerne, daß Sie auch diese Zeichnung signieren, und hoffen, daß Sie sich darüber hinaus einverstanden erklären, an dem Empfang teilzunehmen und das Porträt selbst zu überreichen – sozusagen als Hommage an Ihre Kunstfertigkeit und in Erinnerung an Ihre lange Verbundenheit mit dem College. Wir – äh – wissen natürlich nicht, welchen Preis Sie für die Zeichnung verlangen, aber würden eintausend Dollar – äh – angemessen sein?«

Miss Harp hatte sich jetzt kerzengerade aufgerichtet, glücklich wie ein Kanarienvogel, der gerade einen nagelneuen Wetzstein für seinen Schnabel bekommen hat.

»Eintausend Dollar wären wirklich angemessen, Professor, aber ich würde Ihnen das Porträt gerne schenken. Sozusagen als mein Dank an das College, daß man mir in all den Jahren so viel Glauben und Vertrauen entgegengebracht hat. Und selbstverständlich«, fügte sie hinzu und warf stolz den Kopf zurück, »werde ich an dem Empfang teilnehmen, mit Freuden. Nach so vielen Jahren, in denen ich mit angesehen habe, wie meine Arbeit von anderen an andere vergeben wurde, wird es mir eine willkommene Abwechslung sein, meine Arbeit einmal selbst zu überreichen. Ich werde Ihnen das Porträt bringen, sobald ich es signiert und aufgezogen habe.«

»Wie überaus gütig von Ihnen, Miss Harp. Das Komitee wird entzückt sein. Wir werden uns wegen der weiteren Einzelheiten hinsichtlich des Empfangs und der Überreichung dann wieder mit Ihnen in Verbindung setzen.«

Das heißt, sobald Helen und ihm eine vernünftige Ausrede für dieses Ereignis eingefallen war, sie die Einzelheiten festgelegt und eine entsprechend eindrucksvolle Gästeliste zurechtgebastelt hatten. Was tatsächlich hinter diesem Anlaß steckte, mußte ja nicht unbedingt in der breiten Öffentlichkeit bekannt werden, nur der Präsident, seine Frau und vielleicht noch Moira Haskins sollten davon erfahren. Überraschenderweise malträtierte der immer lauter werdende Trubel draußen am Crescent nicht länger mehr Peters Ohren.

»Nochmals vielen Dank, Miss Harp, und ein fröhliches Weihnachtsfest. Miss Sissler, ich nehme an, daß Sie Ihre Tante nach Hause begleiten wollen. Ich werde für Sie bei Miss Bunce und Mr. Pascoe vorbeigehen und den beiden erklären, daß Sie nach Hause gegangen sind, um Ihre Fladen fertigzustellen.«

»Aber das werden sie nicht verstehen!«

»Sie werden es verstehen. Fröhliche Weihnachten, Miss Sissler.«

Nach einem letzten Schniefen brachte die Erstsemesterstudentin dann doch noch ein wässriges Lächeln zustande. »Fröhliche Weihnachten, Professor Shandy.«

Arm in Arm spazierten Großtante und Großnichte den Fußweg in Richtung Ortschaft hinunter. Während Peter ihnen nachschaute, wie sie sich ihren Weg durch die Marktbesucher bahnten, näherte sich ihm eine reumütige Tigerkatze und rieb ihren Kopf an seinem Hosenbein. Er hob sie auf und kitzelte sie hinter den Ohren.

»Fröhliche Weihnachten, Jane. Wenn du dich in Zukunft wieder besser benimmst, dann bitten wir die Frau vom Weihnachtsmann vielleicht, dir ein paar frische Fladen mit Katzenminze zu backen.«

Reginald Hill
Kesseltreiben

Beinahe wären wir nicht in den Genuß dieser Geschichte gekommen. Doch zum Glück hat Reginald Hill erst kurz nach der Beendigung von »Kesseltreiben« erfahren, daß er für seinen Roman *Bones and Silence* den Goldenen Dolch der British Crime Writers Association gewonnen hat. Wäre die Nachricht früher bei ihm eingetroffen, wäre er viel zu aufgeregt gewesen, um weiterschreiben zu können, sagt er.

Bis jetzt hat dieser Gentleman aus Yorkshire erst eine weitere Kurzgeschichte produziert, in deren Mittelpunkt der farbige, westindische Detektiv Joe Sixsmith steht, der seine Fälle beide Male mehr mit Glück als mit Verstand löst. Diese Geschichte war dann auch für das *Oxford Book of English Detective Stories* ausgewählt worden... was nicht weiter überrascht, wenn man weiß, welche internationale Reputation Reg Hill für seine präzise Sprache, seinen trockenen Humor und die überraschenden Wendungen in seinen Geschichten genießt.

Nettleton war ein großer, in Tweed gekleideter Mann in mittleren Jahren. Er hatte ein Gesicht wie einer jener hochnäsigen Hunde, von denen die Reichen die Parks der Armen vollscheißen lassen.

Joe Sixsmith freute sich, ihn zu sehen, auch wenn ihm sein Aussehen nicht gefiel. Es war immer noch besser, sich über den Anblick von Leuten zu freuen, die einem nicht gefielen, als sich schuldig zu fühlen, den Menschen Geld abzuknöpfen, deren Anblick einem gefiel. Wie sich ein guter Privatdetektiv überhaupt fühlen sollte, das wußte Joe nicht, was hauptsächlich daran lag, daß er sich für keinen guten Privatdetektiv hielt. Nicht, daß er nichts herausgefunden hätte, nur, die Dinge, die er herausfand, waren oft nicht die Dinge, für deren Aufdeckung er bezahlt wurde. Es gab im Englischen sogar ein Wort dafür:

Serendipity, was man nur sehr unzulänglich mit »mehr Glück als Verstand haben« erklären kann.

Als er den Ausdruck zum erstenmal hörte, dachte er, er bedeute soviel wie »Mundgeruch«. Er wäre fast ernsthaft beleidigt gewesen, wenn die alte Dame, die das von ihm behauptete, nicht gleichzeitig einen Scheck für ihn ausgeschrieben hätte.

»Was soll das denn sein?« hatte er gefragt.

»Das Talent, nützliche Entdeckungen dem Zufall zu verdanken«, erklärte Miss Negus und reichte ihm den Scheck, die erste Rate jenes Geldes, das anzunehmen er sich immer schuldig fühlen sollte. »Das ist auch der Grund, warum ich zu Ihnen gekommen bin. Ich habe mich mit all meinem logischen Denkvermögen auf mein Problem konzentriert, aber hinterher stand ich wieder mit leeren Händen da. Deswegen bin ich jetzt auch bereit, mir einen etwas ungewöhnlicheren Ansatz eine Stange Geld kosten zu lassen.«

Nachdem sie ein Leben lang unterrichtet hatte, widmete Miss Negus ihren Lebensabend wohltätigen Werken. Ihr Name tauchte auf den Ausschußlisten der meisten größeren Wohltätigkeitsverbände in der Umgebung auf, doch im Mittelpunkt ihrer Bemühungen stand eine Gruppe, die sie selbst gegründet hatte: die VVH, die Vereinigung zur Verteidigung von Haustieren. Die VVH existierte seit fünf Jahren, und das gegenwärtige »Problem« bestand in dem Einnahmerückgang der letzten beiden Jahre. Miss Negus hatte das »Gefühl«, daß da etwas nicht stimmte. Da der Großteil der Einnahmen der VVH aus Sammelbüchsen stammte, hatte Sixsmith den Verdacht, daß es vergebliche Liebesmühe wäre, etwas dagegen zu tun, selbst wenn es etwas zu tun gegeben hätte. Doch Miss Negus ließ sich nicht so leicht abwimmeln. Also trieb er sich viele Stunden in der Kälte herum. In dieser Zeit zog er sich sowohl eine Grippe als auch jede Menge Schuldgefühle zu. Er lungerte in zugigen Einkaufszentren herum in der Hoffnung, eine der ältlichen Sammeldamen der VVH dabei zu überraschen, wie sie ihrer Büchse mit einem Küchenmesser zu Leibe rückte.

Als er jetzt die Nachricht auf seinem Anrufbeantworter vorfand, daß ein Mr. Nettleton um fünf Uhr wieder anrufen würde, verbesserten sich angesichts der Aussicht auf einen neuen Klienten schlagartig sowohl seine Gesundheit als auch seine Stimmung.

Zusammen mit der Nachricht war auf dem Band auch eine Telefonnummer hinterlassen worden für den Fall, daß er die Verabredung nicht einhalten könnte. Joe schaute daraufhin im Telefonbuch nach und fand die dazugehörige, äußerst vornehme Adresse heraus. Anschließend ging er in die Bibliothek, um sich über den betreffenden Mann zu informieren, wobei er sich gar nicht mehr wie ein schon fast kahlköpfiger Dreher mittleren Alters aus Westindien, der sein überflüssiges Geld ziemlich unklug unter die Leute brachte, vorkam, sondern wie ein richtiger Privatdetektiv.

Hochzufrieden kehrte er zurück. Nettleton war – unter anderem – auch Steuerberater. Joe konnte Geld riechen, richtiges Geld. Und jetzt saß der Mann vor ihm und setzte zum Reden an.

»Sagen Sie mir, Mr. Sixsmith«, sagte er gedehnt, »wenn Sie den Satz ›eine englische Weihnacht auf dem Land‹ hören, welche Assoziationen haben Sie dann?«

»Das ist wirklich eine interessante Frage«, erwiderte Sixsmith und verstummte wieder. Er hatte die Erfahrung gemacht, daß Leute, die interessante Fragen stellten, sie meistens gleich selbst beantworteten.

»Ich hoffe, Sie empfinden sie nicht als unfair, da unterschiedliche Kulturen selbstverständlich auch unterschiedliche Traditionen haben...«

Er denkt, ich sei gerade erst vom Bananendampfer gestiegen! Zeit für ein kleines Rollenspiel.

Sixsmith fixierte Nettleton mit seinem stahlharten Detektivblick und ließ seine Faust auf den Schreibtisch niedersausen. Die dramatische Wirkung wurde jedoch zunichte gemacht durch ein Protestgeheul aus der untersten Schublade, in der seine Katze

Whitey schlief, aber Joe überhörte es einfach, beugte sich vor und sagte: »Okay, Schluß mit dem Gesülze, jetzt wird Klartext geredet. Ich nehme an, Sie wissen, wer ich bin, sonst wären Sie wohl nicht hier. Ich darf Ihnen das Kompliment zurückgeben. Sie sind Antony Nettleton, dreiundvierzig Jahre, verheiratet, vier Kinder, zwei an der Universität, zwei im Internat. Sie sind Seniorberater bei Nettleton and Jones, niedergelassener Steuerberater, parteiloses Mitglied des South East Herts County Council, Vorsitzender im Rotary-Club, Captain Ihres Golfclubs, Koordinator des United Appeal Fund und Großes Einhorn des verehrungswürdigen Ordens der Rothirsche. Richtig?«
Er lehnte sich mit einiger Befriedigung zurück.
Nettleton hatte es vor Überraschung die Sprache verschlagen.
Dann sagte er: »Nein, bin ich nicht.«
»Wie bitte?«
»Sie verwechseln mich mit meinem berühmteren und wesentlich aktiveren jüngeren Bruder Antony, bei dem ich im Augenblick wohne. Ich bin *Ambrose* Nettleton.«
»Oh, Scheiße«, entfuhr es Sixsmith.
»Denken Sie sich nichts dabei«, meinte Nettleton lächelnd. »Das ist ein ganz natürliches Versehen. Wir sprachen jedoch gerade über eine Weihnacht auf dem Land...«
Eine solch großzügige Haltung verdiente eine Belohnung. Da konnte er wenigstens so tun, als würde er mitspielen.
Also sagte er: »Dickens, Postkutschen und so weiter?«
»Ganz genau«, erwiderte Nettleton und schluckte den Köder, wie Sixsmith es von ihm erwartet hatte. »Feuer im Kamin, Schlittschuhlaufen auf dem zugefrorenen Dorfteich, Glühwein, Blindekuh und Such-den-Pantoffel und all die anderen alten Spiele. Aber ich darf Ihnen sagen, Mr. Sixsmith, daß Dickens sich getäuscht hat. Ich lebe und arbeite in Frankreich, aber vor einigen Monaten habe ich ein kleines Anwesen in Cumbria erworben. Meine Frau und ich, wir haben uns bereits die ganze Zeit darauf gefreut, Weihnachten dort zu verbringen. Aber je

näher der Termin rückt, desto mehr wird uns klar, daß es dort keine heile Welt mehr gibt. Oh, sicherlich, es gibt noch die traditionellen Spiele, aber nicht Blindekuh und Such-den-Pantoffel. Heutzutage werden Spiele gespielt, die weitaus weniger harmlos sind: Fasanen wildern, Tannen abholzen und Wild aufscheuchen.«

»Fasanen wildern, äh?« meinte Sixsmith. »Mann, das klingt ja wirklich schlimm. Aber Tannen abholzen? Das verstehe ich nicht ganz.«

»Tannen – wir haben eine ganze Schonung davon«, erklärte Nettleton. »Das heißt, wir hatten sie. Irgend jemand hat gestern nacht fast alle jungen Bäume abgeholzt. Die liegen jetzt bestimmt schon auf irgendeinem Verkaufsstand. Als Weihnachtsbäume, wissen Sie. Sie haben doch zu Hause sicher auch einen Christbaum, oder?«

»In Luton? Ja natürlich, man kommt sich in der Luton High Street um diese Jahreszeit fast wie in einem Dschungel vor.«
Vorsicht! Keine ironischen Bemerkungen bei einem unsicheren Kandidaten, ehe du nicht seinen Scheck eingelöst hast. »Und Sie haben auch noch etwas von Wild erwähnt? Das Wild *aufleuchten*, oder wie war das?«

»*Aufscheuchen.* So wie in dem Weihnachtslied... ›Wenn die Sonne aufgeht und das Wild aufgescheucht wird...‹ – eine Metapher für die Jagd: ein vor Kälte klirrender Wintermorgen, Jäger im roten Rock, eine Meute Jagdhunde – die traditionelle Weihnachtskartenidylle eben. Nur daß das, was bei uns vor sich geht, nichts damit zu tun hat. Es ist eine häßliche Angelegenheit, die verstohlen und mitten in der Nacht durchgeführt wird. Die Einheimischen bei uns nennen so etwas ›Lichtjagen‹. Dazu ziehen sie hinaus in den Wald oder hinauf in die Berge, wo das Wild seine Schlafplätze hat, und schrecken es mit starken Taschenlampen aus dem Schlaf. Das Wild ist völlig überrumpelt und wie gelähmt von dem Lichtstrahl. Dann schicken diese Bastarde ihre Wildererhunde in das Rudel, um die Hirsche zu reißen. Oder sie setzen dem Ganzen mit einer Axt oder einer Hacke selbst ein Ende. Einfach abstoßend ist das.«

»Was sind das für Hunde?«

»Irgendwelche Mischlinge, normalerweise eine Kreuzung aus einem Schäferhund und einem Windhund.«

Nettleton stieß den Satz mit so viel Geringschätzung hervor, daß Sixsmith – trotz seines vorherigen Entschlusses – nicht umhin konnte zu sagen: »Reinrassige Jagdhunde töten wohl humaner, schätze ich.«

»Was soll das heißen?« fuhr Nettleton ihn an. »Gegen eine ordentlich durchgeführte Treibjagd kann doch wohl kein Mensch etwas einzuwenden haben. Sie sind nun mal Teil unserer alten, ländlichen Tradition. Aber ich habe etwas gegen gedankenlose Diebe, die auf mein Land schleichen, um dort alles niederzumetzeln. Erst gestern habe ich nur ein paar hundert Meter oberhalb von Skellbreak Hall im Wald einen großen Haufen blutiger Eingeweide und dazu noch einen Hirschkopf und Hufe gefunden. Diese Bestien haben das Tier doch tatsächlich noch an Ort und Stelle auseinandergenommen und zerstükkelt! Mary und ich sind im Augenblick zwar allein, aber zu Weihnachten werden wir das Haus voller Gäste haben, und ich mag mir gar nicht vorstellen, daß sie oder ihre Kinder einen derartigen Schock erleben könnten, das sage ich Ihnen.«

»Haben Sie mit der Polizei darüber gesprochen?«

»Selbstverständlich. Aber ich habe nur das Übliche zu hören bekommen: Die Geschichte sei zu unspektakulär, außerdem sei es bereits zu spät. Wir leben ziemlich abseits, wissen Sie. Dort oben müssen Sie schon auf sich selbst aufpassen. Aber sogar die Einheimischen warnen uns davor, irgendwelchen Lichtern nachzugehen, falls wir welche sehen. Diese Bastarde haben nämlich vor dem menschlichen Leben genausowenig Respekt wir vor Tieren und sind durchaus fähig, einen mit einer Hacke oder sogar mit einem Gewehr anzugreifen.«

Sixsmith gefiel das gar nicht, was er da hörte. Er sagte: »Mr.

Nettleton, was wollen Sie von mir? Schauen Sie mich genau an, ehe Sie antworten. Ich bin keiner von diesen martialischen Kämpfertypen, die man im Kino sieht. Ich springe nicht plötzlich auf und ziehe dem bösen Buben mit meinen Füßen einen Scheitel. Ich bin der, der vor Ihnen steht.«

»Ich bin nicht auf der Suche nach einer Kampfmaschine«, erwiderte Nettleton. »Sie sind mir als ein Mann empfohlen worden, der die Dinge vorsichtig und aus ungewöhnlicher Perspektive angeht. Wissen Sie, ich glaube nämlich, daß diese Taschenlampenwilderer bei uns in der Gegend zu Hause sind. An dem Vorabend des Tages, an dem ich die Eingeweide fand, waren wir in unserem Pub, im Hunnisage Arms. Natürlich kamen wir mit Freunden auch auf die Wilderer zu sprechen. Meine Frau verlieh ihrer Meinung mit ziemlich deutlichen Worten Ausdruck. Alle könnten das gehört haben, das Pub war ziemlich voll. Als wir dann reichlich spät gingen – die Sperrstunden werden dort oben recht flexibel gehandhabt –, mußte ich feststellen, daß irgend so ein Bastard die Umrisse eines Hirschgeweihs auf meine Motorhaube geritzt hatte.«

»Einer der Wilderer, meinen Sie? Haben Sie irgendeine Vermutung?«

»Es gibt da einen ziemlich üblen Burschen namens Eddie Stamp. Ich habe ihn einmal im Wald erwischt. Er behauptete zwar, er würde nur den Waldweg benützen, aber ich gab deutlich zu verstehen, daß ich ihm, falls ich ihn noch einmal antreffen sollte, so in den Hintern treten würde, daß er keinen Waldweg mehr bräuchte. Er könnte es gewesen sein, das wäre sein Stil. Aber ich habe keine Beweise. Deswegen würde ich Sie gerne engagieren, Mr. Sixsmith, damit Sie sich dort oben etwas umsehen. Auf dem Anwesen gibt es eine umgebaute Scheune, die in der Urlaubszeit immer vermietet wird. Sie können dort wohnen.«

»Ein Farbiger, der mitten im Winter ganz allein dort haust? Ich würde ganz schön auffallen.«

»Nein, das würden Sie bestimmt nicht. Viele Leute verbringen ihren Weihnachtsurlaub im Lake District. Und wenn Sie nicht allein kommen wollen, nehmen Sie Ihre Frau mit. Oder eine Freundin.«

»Ich habe keine Frau. Und diese Katze ist meine einzige Freundin.«

Eine schwarzweiß gefleckte Katze war aus der Schublade auf den Schreibtisch gesprungen und gähnte Nettleton unhöflich ins Gesicht. »Was meinst du, Whitey? Würde dir ein Ausflug aufs Land Spaß machen?«

»Tut mir leid, keine Haustiere«, sagte Nettleton. »So ist das Reglement.«

»Nein? Nun, dann tut es mir auch leid. Ohne Whitey keinen Blackie, so lautet unser Reglement, Mr. Nettleton.«

Der Mann runzelte die Stirn und meinte widerstrebend: »In Ordnung. Bringen Sie Ihre Katze mit. Dann sind wir uns also einig?«

Die Sache kam Sixsmith zwar immer noch verrückt vor, aber er brauchte den Job, nicht zuletzt, weil er so einen guten Grund hatte, endlich damit aufzuhören, Miss Negus' Geld aus dem Fenster zu werfen.

Als er sie anrief, um ihr zu sagen, daß er weg müsse, meinte sie nur: »Macht nichts. Um diese Jahreszeit hat ohnehin der United Appeal Fund die Oberaufsicht über meinen VVH. Unsere Sammler werden also gut überwacht. Aber hören Sie deswegen nicht auf, weiter über mein Problem nachzudenken, Mr. Sixsmith. Ich weiß, wie banal Ihnen die Angelegenheit erscheinen muß, aber während meiner Jahre als Lehrerin habe ich es immer sofort gerochen, wenn etwas nicht in Ordnung war, kaum daß ich das Klassenzimmer betreten hatte.«

Das arme alte Mädchen, dachte Sixsmith. Selbst ihre Nase wurde einmal alt. Er machte sich daran, als Vorbereitung auf die bisher erste Reise, die ihn nördlich von Birmingham führen sollte, seine dicksten Pullover einzupacken.

Es kam noch schlimmer, als er befürchtet hatte. Er geriet in drei arktische Schneestürme, kam mindestens fünfmal vom Weg ab und mußte hilflos mit ansehen, wie die Temperaturanzeige seines alten Morris Oxford bis in den roten Bereich kletterte, während er Berge, steil wie die Eiger-Nordwand, hinauf- und hinunterkurvte, ehe er die gewundene Privatstraße zu Skellbreak Hall entlangschlich. In der Dämmerung sah er nicht viel von dem Gebäude, aber es schien genauso auszusehen, wie man sich im Kino ein solches Anwesen vorstellt.

Eine Frau öffnete ihm die Tür. Sie war um die Dreißig und bereits am Verblühen, hatte ihre Bemühungen aber noch nicht aufgegeben. In ihrem mürrischen Mundwinkel baumelte eine Zigarette.

»Oh, Sie sind es«, sagte sie mit der herrischen Bestimmtheit der tennisspielenden Klasse. »Bleiben Sie dort stehen.«

Er blieb stehen, bis sie mit einem Schlüssel zurückkam.

»Am anderen Ende der Auffahrt ist links eine Durchfahrt. Die Scheune liegt dann gleich geradeaus. Was glotzen Sie denn so?«

Sixsmith sagte: »Als Sie sagten: ›Sie sind es...‹«

»›Ein kleiner, schäbig gekleideter schwarzer Mann‹, das hat mein Mann mir gesagt. Sie sind doch dieser Detektiv, nicht wahr?«

»Nun, ja. Und Sie sind Mrs. Nettleton?«

»Wer, zum Teufel, sollte ich sonst schon sein?« wollte sie wissen.

»Entschuldigen Sie, aber Ihr Mann hat mir keine so detaillierte Beschreibung von Ihnen gegeben. Es freut mich, Ihre Bekanntschaft zu machen, Mrs. Nettleton. Ich hoffe, daß ich Ihnen bei Ihrem kleinen Problem behilflich sein kann.«

Das hörte sich ja recht geschliffen an, dachte er. Zeig ihr ruhig, daß du auch Klasse hast.

»Bei welchem Problem denn?« fragte sie.

»Wegen dieser – wie hat Ihr Mann sie noch gleich genannt? – wegen dieser Taschenlampenwilderer.«

»Oh, diese Bastarde meinen Sie. Die sind doch kein Problem«, meinte sie verächtlich. »Denen bräuchte man nur ein paar mit der Schrotflinte draufbrennen, und schon wären sie verschwunden.«

»Aber wenn sie hier auf Ihrem Anwesen Ihren Wildbestand dezimieren...«

»*Anwesen*? Herr im Himmel, er hat doch wohl nicht wieder damit angegeben, oder? Hören Sie, zwanzig Morgen morastiges Hügelland und ein bißchen Wald sind noch lange kein Anwesen. Und was die paar Hirsche und Rehe angeht – sicher ballern die Leute hier ziemlich unüberlegt in der Gegend herum, aber das bißchen Wild, das es hier gibt, ist überhaupt kein reguläres Jagdwild. Hier gibt es keine offizielle Bejagung. Diese paar kümmerlichen Rehe – wenn Sie nicht aufpassen, kommen die aus dem Wald herunter und knabbern Ihnen die Blumen an.«

»Also hätten Sie gegen eine ordentliche Jagd überhaupt nichts einzuwenden?«

»Auf dem Pferderücken? Selbstverständlich nicht. Aber sieht nicht so aus, als würde das hier so schnell was werden; die jagen hier sogar die Füchse zu Fuß.«

»Aber dieses Wildern mit den Taschenlampen, das stört Sie doch, oder?« hakte Sixsmith nach, der gerne etwas Klarheit gehabt hätte.

»Selbstverständlich. Das ist ganz und gar nicht sportlich, was diese heimtückischen kleinen Kerle hier treiben, die aus ihren Löchern gekrochen kommen, um sich etwas Geld zu verdienen. Die Araber haben schon recht. Hackt ihnen die Hände ab, das läßt die Verbrechensrate sinken. Ich kann mir aber gar nicht vorstellen, wie Sie Ambros' Meinung nach dagegen vorgehen sollen. Na ja, es ist sein Geld. Aber laufen Sie mir nicht ständig vor den Füßen herum, okay?«

Sie wollte die Tür wieder zumachen. Sixsmith sagte: »Mr. Nettleton ist also nicht zu Hause, wie ich annehme.«

»Glauben Sie wohl, ich würde mir hier den Hintern abfrieren, wenn er da wäre?« fuhr sie ihn an und knallte die Tür zu.

Sixsmith fand problemlos die Scheune. Nach diesem wenig

herzlichen Empfang hätte es ihn nicht verwundert, wenn man von ihm erwartet hätte, in Gesellschaft von Ochsen auf einem Strohballen zu nächtigen. Statt dessen stellte sich heraus, daß man die Scheune mit viel Sorgfalt in ein gemütliches Cottage mit zwei Schlafräumen und allem Komfort umgebaut hatte. Jemand hatte sogar die Heizstrahler eingeschaltet und Vorratskammer und Kühlschrank aufgefüllt.

Sixsmith öffnete für die Katze eine Büchse mit Thunfisch und leerte ihren Inhalt auf einen Unterteller; Whitey kam gerade schnurrend von einer Erkundungstour durch ihr neues Reich zurück.

»Es gefällt dir hier, hmm? Das ist schön, aber ich will nicht, daß du die wilden Tiere hier am Ort belästigst, hörst du mich?«

Für sich selbst bereitete er Rührei zum Abendessen. Ungefähr eine Stunde nach seiner Ankunft sah er ein Paar Autoscheinwerfer die Auffahrt heraufkommen und hörte das Dröhnen eines sportlichen Motors. Wahrscheinlich kam Nettleton zurück, dachte er. Aber wenn er es war, dann hielt der Mann es offensichtlich nicht für notwendig, ihn persönlich zu begrüßen. Gegen halb elf ging Joe zu Bett; Whitey kuschelte sich neben ihn auf das Federbett. Er schlief sofort ein, wachte aber kurz nach Mitternacht wieder von dem Gefühl auf, daß es stockfinster in dem Zimmer war. Kein tröstliches Rechteck aus schwachem Licht war zu sehen, kein Fenster, durch das der Widerschein der nächtlichen Stadt hereingefallen wäre.

Whitey hatte es geschafft, ihren Kopf unter das Federbett zu stecken.

»Gute Idee, Mann«, sagte Sixsmith, zog die Decke über den Kopf und schlief wieder ein.

Er wurde noch ein weiteres Mal geweckt, diesmal von dem bereits erwähnten Automotor. Jetzt aber schimmerte das Fenster wie ein bleiches Viereck im Dunkeln, und Sixsmith blieb noch so lange liegen, bis die Blässe zu erglühen begann. Dann stand er auf, zog die Vorhänge zurück und fand sich einem blauen

Himmel gegenüber, der sich über Baumwipfeln wölbte, die von der aufgehenden Sonne vergoldet wurden. Unter den Bäumen bewegte sich etwas. Er stieß das Fenster auf, und zu seinem großen Entzücken hasteten zwei Rehe davon und sprangen hinauf in den Wald.

Nettleton kam am späten Morgen, um ihn willkommen zu heißen.

»Haben Sie sich bereits eingelebt?« fragte er. »Tut mir leid, daß ich nicht dasein konnte, aber ich mußte aus geschäftlichen Gründen in Manchester übernachten.«

»Ich fühle mich sehr wohl. Was soll ich jetzt tun?«

»Fangen Sie mit Ihren Ermittlungen an.«

»Oh, sicher. Hätten Sie vielleicht irgendeinen Vorschlag, wo? Als Fährtensucher bin ich momentan etwas eingerostet.«

»Wie wäre es mit dem Pub? Ich sage Ihnen, wie Sie hinkommen.«

Nettletons Beschreibung nach lag das Hunnisage Arms nur eine Meile weiter oben an der Straße. Bis Sixsmith es jedoch gefunden hatte, waren fünfzehn zusätzliche Meilen auf seinem Tacho. Ein zerbeulter Pickup mit Vergaserschaden bog vor ihm auf den Parkplatz ein. Drei Männer stiegen aus, ländlich gekleidet in Arbeitshosen und Gummistiefeln, die Hemdsärmel trotz der Minusgrade hochgekrempelt. Sixsmith ließ sie in das Pub vorausgehen und schaute sich währenddessen auf dem Parkplatz um. Er war groß und ohne jede Beleuchtung. Der perfekte Ort für den Künstler, der die Motorhaube verziert hatte.

Die Theke war leer bis auf die drei Männer, die nicht aufblickten, als er eintrat. Der Wirt, ein kleiner Mann mit Bart, machte ihr Desinteresse mit einer besonders herzlichen Begrüßung wieder wett; wahrscheinlich in der Hoffnung, dachte Sixsmith zynisch, daß er nur die Vorhut einer vielköpfigen und hungrigen Familie wäre, die draußen im Wagen wartete.

Wenn das tatsächlich der Fall war, muß zur Ehrenrettung des Wirts jedoch gesagt werden, daß seine Jovialität die Enttäuschung überlebte, als Sixsmith erklärte, er sei allein. »Das heißt, bis mein jüngerer Bruder und seine Familie über Weihnachten nachkommen«, fügte er hinzu; diese Geschichte hatte er sich als Begründung für sein ganz und gar unfeiertägliches Alleinsein ausgedacht. »Ich habe mich freiwillig als Vorhut zur Verfügung gestellt, um das Cottage zu lüften und die besten Pubs herauszufinden. Aber ich schätze, ich muß gar nicht mehr lange herumsuchen.«

»Wir würden uns freuen, wenn es Ihnen hier gefällt.«

»Das tut es. Wo kommt eigentlich der Name her?«

»Die Hunnisages sind der örtliche Landadel«, erklärte der Wirt. »Ihnen gehört fast die Hälfte des Grund und Bodens hier. Ihre Vermieterin ist eine Hunnisage.«

»Mrs. Nettleton?« fragte Sixsmith überrascht.

»Ganz genau. Sie ist irgendwie weitläufig mit dem jungen Sir Andrew verwandt. Er hat den Titel geerbt, als sein Onkel im letzten Frühjahr verstarb. Das Herrenhaus und der größte Teil des Grundbesitzes wurden natürlich mit vererbt, aber da Skellbreak Hall erst spät in den Besitz der Familie kam und nie dem Erbgut zugeschlagen wurde, hat Sir Andrew es Mary Nettleton überlassen. Er hatte wohl schon immer eine Schwäche für ihre Mutter, wie es scheint.«

»Dann gehört das Haus also ihr, nicht Nettleton?« fragte Sixsmith.

»Das ist richtig, auch wenn er es gern hat, daß die Leute das Gegenteil glauben. Nicht, daß ich etwas gegen den Mann hätte«, fügte er als vorsichtiger Gastwirt hastig hinzu.

Als Sixsmith ging, nannten sie sich bereits beim Vornamen.

»Bis dann, Joe. Sie lassen sich hoffentlich bald wieder blicken.«

»Schon heute abend, Dave. Ich koche nicht gern für mich allein.«

Draußen auf dem Parkplatz standen die drei Männer, die kurz vor ihm das Pub verlassen hatten, und spähten unter die Motorhaube des Pickup.

»Sieht kaputt aus, Charley«, meinte der eine.

Charley, der ältere der drei und eindeutig der Besitzer des Wagens, stieß einen wilden Fluch aus. »Schätze, ich rufe besser mal den Kerl in der Garage an«, sagte er.

Sixsmith schlenderte zu ihnen hinüber und fragte: »Haben Sie Ärger?«

»Wie Sie sehen«, knurrte Charley.

»Was dagegen, wenn ich mir das mal ansehe?«

Mit dem erfahrenen Auge desjenigen, der es gewohnt ist, alte Automotoren auch noch nach ihrem Verfallsdatum am Laufen zu halten, warf er einen Blick hinein. Dann ging er zum Kofferraum seines eigenen Wagens, kehrte mit einer Schachtel voller Werkzeug und einer riesigen Auswahl an Ersatzteilen wieder zurück und machte sich am Vergaser zu schaffen.

»Probieren Sie es jetzt mal«, sagte er.

Charley probierte es. Der Motor sprang gleich beim ersten Mal an, und Charleys übellauniger Skeptizismus machte einem begeisterten Entzücken Platz.

»Herrgott noch mal, so gut hat er seit Jahren nicht mehr geklungen!« rief er. »Danke, Kumpel. Ich schulde dir einen Drink. Hab jetzt nur keine Zeit, wir sind schon spät dran. Aber da du ja in der Scheune von Skellbreak wohnst, sieht man dich hier bestimmt wieder, richtig? Bis bald!«

Der Pickup röhrte davon.

Soviel zu desinteressierten Landbewohnern, dachte Sixsmith. Die Kerle hatten wahrscheinlich mit großen Ohren jedes Wort mit angehört, das er gesagt hatte!

Aber das nützte ihnen nicht viel.

Als er an diesem Abend erneut das Arms betrat (nach einer Fahrt, die von fünfzehn auf drei Meilen geschrumpft war), war er noch keinen Meter hinter der Tür angelangt, als Charley sich von einem vollbesetzten Tisch neben einem prasselnden Kaminfeuer erhob und rief: »Hierher, Joe! Setz dich zu uns. Dein Geld kannst du heute steckenlassen.«

Joe. Wahrscheinlich kennt er auch schon meine Sozialversicherungsnummer, dachte Sixsmith. Da muß ich ja noch eine Menge lernen über diese Detektivarbeit!

Er setzte sich und wurde den sieben oder acht Männern am Kamin als genialer Mechaniker auf der Durchreise vorgestellt. Bald wurde ihm klar, daß alle bereits bestens über ihn im Bilde waren und jedes winzige Detail der gezielten Desinformation kannten, die er Dave, dem Gastwirt, hatte zukommen lassen. Sie schienen alle wirklich sehr freundlich zu sein, ohne diese mißtrauische Reserviertheit, die der Städter von der Landbevölkerung eigentlich erwartet. Nur einer unter ihnen, ein kleiner, drahtiger Mann mit dunklem Teint, war nicht so herzlich bei seiner Begrüßung. Als sich herausstellte, daß dies Eddie Stamp war, empfand Sixsmith zum ersten Mal Verständnis für Nettleton.

Nach seinem vierten Glas wurde Charley redselig.

»Du solltest dich hier oben niederlassen, Joe«, sagte er. »Einem Burschen mit deinen Fähigkeiten wird nie die Arbeit ausgehen.«

Die anderen fielen zustimmend ein, nur Eddie Stump meinte: »Bißchen hoch im Norden, würde ich sagen. Sie sind für diese Kälte doch gar nicht gebaut, habe ich recht?«

Ehe Sixsmith sich eine passende Antwort überlegt hatte, mischte Charley sich ein. »Die Familie deiner Mutter hat es auch ganz gut ausgehalten, und die kommt doch ursprünglich aus Ägypten, richtig? Auf wen geht die nächste Runde? Eddie, ich glaube, du bist dran.«

Während der Mann sich widerstrebend erhob und an die Theke ging, sagte Charley: »Er ist halber Zigeuner. Achte nicht auf ihn, er ist harmlos.«

Etwas später herrschte eines jener bleiernen Schweigen, von dem gerade lärmende Runden oft befallen werden; vom Parkplatz hörte man das Dröhnen eines kraftvollen Sportwagenmotors.

»Das klingt ja ganz nach dem scharfen Andy. Du solltest besser deine Alte einsperren, Dave«, rief Stamp.

Alle stimmten in das Gelächter ein, nur Dave nicht.

»Der scharfe Andy? Wer ist das?« fragte Sixsmith.

»Sir Andrew Hunnisage von Hunnisage Manor«, erklärte Charley. »Die Hälfte aller Männer hier arbeitet auf seinem Besitz oder auf Farmen, die er an sie verpachtet hat. Hinter seinem Rücken lachen sie zwar über ihn, aber schau sie dir nur an, wie sie an ihre Mützen fassen werden, wenn er gleich hereinkommt.«

Sixsmith überzeugte sich selbst. Es waren zwar gar nicht so viele, die sich an die Mütze faßten, aber fast jeder erwiderte das herzliche »Guten Abend!«, mit dem der schlaksige junge Mann in Jeans und karierter Holzfällerjacke seine Ankunft an der Theke ankündigte. Er hatte eine gelangweilt aussehende junge Frau bei sich, die sich auf einen Barhocker setzte und ziemlich viel stämmiges Bein zeigte, während ihr Begleiter mit diversen Gästen ins Gespräch kam.

»Er scheint mit den Leuten ja gut auszukommen«, bemerkte Sixsmith.

»Das ist ihm anerzogen«, erwiderte Charley. »Es hat auch keinen Sinn, sich mit ihm anzulegen, wie ein paar von den Burschen es bereits versucht haben.«

»Ich hätte nichts dagegen, mir die Kleine etwas zur Brust zu nehmen«, sagte einer aus der Runde und warf einen lüsternen Blick Richtung Theke.

Und in dem darauffolgenden Gelächter hörte Sixsmith, wie Eddie sagte: »Da kenne ich aber jemanden, der eifersüchtig auf die junge Dame sein dürfte.«

In den darauffolgenden Tagen mußte Sixsmith zu seiner großen Überraschung feststellen, daß er seinen Aufenthalt in diesem unbekannten Winkel des Landes doch recht genoß. Charley hatte ihn »adoptiert« und ließ keine Gelegenheit aus, ihn im Distrikt herumzuzeigen.

Was seine Untersuchung betraf, machte er allerdings keine Fortschritte. Nach einer Weile war es nicht schwierig, Charley dazu zu bringen, von sich auf auf das Thema »Taschenlampenwilderei« zu sprechen zu kommen, und der Landbewohner drückte auch seinen offensichtlich echten und tief empfundenen Abscheu vor solchen Praktiken aus. Auch wenn seine Beteuerungen, daß kein Einheimischer so etwas machen würde, vielleicht parteiisch waren, so wurden diese doch von Sixsmith' eigener Einschätzung seiner abendlichen Trinkkumpane gestützt, wobei nur Eddie Stamp eine mögliche Ausnahme bildete. Und selbst in dem Fall fragte Sixsmith sich, ob sein Mißtrauen nicht eine unbewußt rassistische Reaktion auf die Tatsache war, daß dieser ein »halber Zigeuner« sei.

Nach einer Weile fing er jedoch an, Schuldgefühle zu entwickeln, weil er Nettletons Geld sinnlos verschwendete, aber bei ihren kurzen täglichen Treffen wurde er von seinem Auftraggeber kein einziges Mal zu größerer Aktivität gedrängt. Und so fiel es ihm nicht schwer, sich dem langsamen, ruhigen Rhythmus des Landlebens hinzugeben. Er fing sogar an, seine gemütlichen Spaziergänge über das »Anwesen« zu genießen, angetan mit einem Paar übergroßer Gummistiefel, die er in der Scheune gefunden hatte. Zu seiner großen Erleichterung entdeckte er dabei aber keine blutigen Überreste irgendwelcher Taschenlampenwilderei, sondern nur jede Menge lebender Hirsche und Rehe. Diese schüchternen, grazilen Tiere zu beobachten, bereitete ihm große Freude.

Dann aber lief er eines Tages Mary Nettleton über den Weg, und ihre Begrüßung machte jeden fehlenden Druck seitens ihres Gatten mehr als wett.

»Sind Sie immer noch da?« herrschte sie ihn an. »Sie verdienen Ihr Geld auch im Schlaf, oder?«

»Das sollten Sie besser mit Ihrem Mann besprechen, Ma'am«, erwiderte er.

»Ja, das werde ich auch. Gehen Sie mir nur aus den Augen. Ich bin gern für mich allein, wenn ich auf meinem eigenen Grund und Boden spazierengehe.«

Und dann blieb sie noch mal stehen und starrte ihm düster hinterher, während er sich aus ihrem Blickfeld zurückzog.

Er kehrte zu der Scheune zurück, wo Whitey ausgestreckt vor dem Kaminfeuer lag. Der Kater hatte sich sogar noch mehr als Sixsmith an das Leben auf dem Land gewöhnt.

»Whitey, mein Junge«, sagte Sixsmith, »genieße es, solange du noch kannst. Ich befürchte, unsere Zeit hier ist bald abgelaufen, wenn diese verärgerte Lady mit ihrem Mann gesprochen hat. Ich denke, daß sie glaubt, wir seien hinter anderen Dingen her als hinter Wild, und vielleicht glaubt ihr Mann das auch. Was meinst du dazu?«

Whitey gähnte, leckte sich gedankenverloren eine Pfote und drehte sich um, um seine andere Seite zu wärmen.

Als Sixsmith an diesem Abend aus dem Pub nach Hause kam, den Bauch voller Bier, beschloß er, Nettleton am nächsten Morgen aufzusuchen und ihm zu sagen, daß er die Sache aufgeben würde. Trotzdem fühlte er sich schuldig, seine Arbeit nicht erledigt zu haben.

Schuldgefühle und Bier sind eine gefährliche Kombination, wie er später noch feststellen sollte.

Er wollte nämlich gerade von der Hauptauffahrt in Richtung Scheune abbiegen, als er ihn durch den Wald hinter Skellbreak Hall schimmern sah – zwar zerrissen von den dicken, knochigen Ästen der vielen Bäume, aber durchaus deutlich zu erkennen: einen hellen Schein, der in der Ferne leuchtete, wahrscheinlich irgendwo auf halbem Weg hangaufwärts.

Das konnten nur die Wilderer sein.

Zuerst tat Sixsmith das einzig Vernünftige und fuhr zum Haus, damit Nettleton die Polizei verständigte. Aber das Gebäude lag in Dunkelheit gehüllt, und auf sein Läuten öffnete niemand. Und jetzt fing der von Bier und Schuldgefühlen genährte Blödsinn an.

Statt in sein Bett zu gehen, öffnete Sixsmith den Kofferraum seines Wagens, zog sich die übergroßen Gummistiefel an, holte seine Taschenlampe aus dem Handschuhfach und machte sich auf in den Wald.

Zuerst ging alles gut. Er war mittlerweile genügend mit den Waldwegen vertraut, und seine Taschenlampe spendete ebenfalls ausreichend Licht, so daß er nicht vom Weg abkam. Er erspähte das Licht auf dem Hang zwar nur noch in unregelmäßigen Abständen, aber das spielte keine Rolle. Wenn er nur immer geradeaus und den Hang hinaufging, mußte er seinem Ziel bald so nahekommen, daß er eingreifen konnte.

Es war, als er über die Bruchsteinmauer kletterte, die das Waldstück von dem nackten Abhang trennte, daß ihn die ersten Zweifel befielen. Doch er schob sie sogleich beiseite. Dort oben befand sich ein Tier in großer Gefahr, und um ein Gemetzel zu verhindern, hatte man ihn schließlich bezahlt.

Er stürmte weiter. Das Licht der Wilderer war inzwischen ganz verschwunden. Eigentlich war alles um ihn herum verschwunden. Ihm wurde auch klar, warum, als der dichte Regen, der sich den Hang herunterwälzte, schließlich auch ihn traf. Und als ob das alles noch nicht genügt hätte – die bis zu diesem Zeitpunkt eher ruhige Nacht explodierte in einem brüllenden Sturmwind, der ihn fast von den Füßen riß und seine Ohren mit dem Dröhnen einer anrollenden Brandung erfüllte.

Bier und Schuldgefühle wurden schlagartig weggeschwemmt. Es war Zeit für sein Bett und eine Tasse Kakao. War er denn blind und taub? Egal, er mußte einfach immer nur hügelab laufen.

Und genau das probiere er auch, bis ihm klar wurde, daß der Boden steil anstieg.

Kein Problem, dann mußte er eben die Richtung ändern, bis es wieder nach unten ging. Nur, daß er nach einer kleinen Weile wieder nach oben kletterte!

Jetzt fiel ihm wieder ein, daß der scheinbar so glatte Hang in Wirklichkeit sehr trügerisch war. Er war voller Bodenwellen, ganz zu schweigen von den vielen steilen und steinigen Wasserläufen. Sixsmith blieb mit einem Fuß in einem Heidekrautstrauch hängen und wäre beinahe gestürzt. Sein anderer Fuß stieß gegen einen harten Felsen, und er schlug der Länge nach hin. Er blieb eine Weile nach Luft schnappend liegen, stand wieder auf und tastete sich langsam weiter vorwärts. Er machte einen, machte zwei Schritte und stimmte plötzlich in das Gebrüll des Windes mit ein, als sein linkes Bein in den Boden sackte und immer weiter darin versank, bis ein morastiger Schwall eiskalten Wassers in seinen Gummistiefel schwappte. Er konnte seinen Fuß wieder befreien, aber der Stiefel blieb stecken. Sixsmith mußte seine ganze Kraft aufwenden, um auch den Gummistiefel frei zu bekommen. Wo, zum Teufel, kam an diesem Hang nur dieser Morast her? Das Wasser müßte doch im Boden versickern, oder nicht?

Seine geologischen Überlegungen wurden schlagartig unterbrochen, als direkt vor ihm mit schrecklichem Gebrüll ein riesiger Schatten auftauchte. Sixsmith stürzte in das morastige Loch zurück, dem er gerade erst entronnen war, hilflos dem Angriff ausgeliefert. Doch seinen weitaufgerissenen Augen bot sich nur der Anblick eines hellen Hinterteils, das eilig verschwand.

Er hatte ein Wild aufgescheucht! Selbst seinem großstädtischem Gehirn war jetzt klar, daß dies keine Nacht für Wilderer war. Das einzige Wesen, das sich an diesem Abhang in Gefahr befand, war ein Trottel namens Joe Sixsmith...

Dann stellte er fest, daß er auch noch seine Taschenlampe verloren hatte, die wahrscheinlich in dem Schlammloch steckte. Das einfachste wäre gewesen, sich hinzusetzen und auf die Dämmerung zu warten. Doch als er spürte, wie die Kälte durch die Haut bis auf seine Knochen drang, begriff er, daß er nicht so lange warten konnte.

Also machte er sich ein weiteres Mal auf – dieses Mal auf allen vieren. Unbeholfen wie ein verwundetes Tier auf der verzweifelten Suche nach einem Unterschlupf kroch er über den Boden.

Und in dem Moment traf ihn der Lichtstrahl der Wilderer.

Und das war durchaus wörtlich gemeint. Aus der Dunkelheit heraus zielte ein mächtiger weißer Blitz nach ihm, dessen wuchtiger Aufprall ihm den Kopf zurückriß und ihn benebelt und geblendet liegen ließ. Der Blitz nagelte ihn auf dem Boden fest, und er war unfähig, seine Gliedmaßen zu bewegen, während sein verzweifeltes Hirn nur auf Flucht programmiert war. Er war völlig ihrer Gnade ausgeliefert. Sie konnten die Hunde auf ihn hetzen, damit sie ihm die Kehle aufrissen, oder sie konnten selbst kommen und ihm mit ihren Äxten und Messern das Leben aus dem Leib hacken.

»Keine Bewegung!« übertönte eine Stimme den Wind. »Ruhig liegen bleiben.«

Er hätte gelacht, hätte er noch die Kraft dazu gehabt. Weshalb den Atem verschwenden, um einem Felsen zu heißen, sich nicht zu bewegen, einem Baum, stillzustehen?

Sie kamen jetzt, ihn zu holen. Er konnte sie nicht sehen, aber er spürte, daß sie kamen, näher und näher, bis sie neben ihm waren und er ihre Hände auf seinem Arm fühlte.

»Himmel, Mann«, sagte eine besorgte Stimme. »Du bist vielleicht schwer zu sehen in dieser Dunkelheit! Was suchst du hier eigentlich? Wieso spazierst du um diese Tageszeit hier oben herum?«

Und der Strahl der Taschenlampe wanderte zur Seite, so daß Charleys besorgtes Gesicht in seinem Widerschein zu erkennen war; und noch etwas sah Sixsmith, nämlich die tiefe und felsige Wasserrinne, in die er unweigerlich gestürzt wäre, wäre er auch nur noch einen Meter weitergekrochen.

»Du hattest deine Brieftasche im Pub vergessen«, erklärte Charley, als sie in dem gemütlichen Wohnzimmer der Scheune saßen und Scotch tranken. »Da dachte ich mir, ich bringe sie dir auf meinem Nachhauseweg besser gleich vorbei. Vor Skellbreak Hall habe ich dann deinen Wagen gesehen, aber keine Spur von dir. Und dann glaubte ich, oben im Wald den Schein einer Taschenlampe zu sehen, und bin dir nachgestiegen. Was, zum Teufel, hattest du da oben nur zu suchen, Joe?«

»Hast du denn das andere Licht am Hang nicht gesehen? Die Taschenlampen der Wilderer?«

»Wilderer? In einer solchen Nacht? Bestimmt nicht! Das einzige, was ich gesehen habe...

Charley fing zu lachen an.

»Was ist los?« fragte Joe pikiert.

»Habt ihr Typen aus dem Süden denn noch nie den Mond gesehen?«

»Den Mond? Mach dich nicht lustig über mich! Selbstverständlich habe ich schon den Mond gesehen. Das ist doch dieses große runde Ding am Himmel. Aber das, was ich oben am Hang gesehen habe, lag tiefer. Und es war auch nicht rund...«

»Ich habe ihn auch gesehen! Er ging gerade über dem Hang auf, aber die zackigen Kronen der Bäume und die vorüberjagenden Wolken ließen ihn nicht als Scheibe, sondern als verschwommenen Streifen erscheinen. Du dummer Kerl. Du bist dem Mond hinterhergejagt!«

Sixsmith nahm noch einen kräftigen Schluck von seinem Drink. Whitey kam hereingeschlichen, um nachzuschauen, was los war. Mit dem tröstenden Mitleid desjenigen, der nichts Törichtes darin erkennen kann, dem Mond hinterherzujagen, rieb die Katze sich an seinen Beinen.

Aber das Glück war ihm trotzdem treu geblieben, dachte Sixsmith. Vielleicht verfügte er nicht nur über das Talent, Dinge durch Zufall zu finden, sondern auch, sie ebenso wieder zu verlieren.

Er sagte: »Nur gut, daß ich meine Brieftasche vergessen habe. Ich bin dir zu großem Dank verpflichtet, Charley.«

»Ah, ja, deine Brieftasche«, sagte der Cumbrier bedeutungsschwanger. »Ich habe einen Blick hineingeworfen, um nachzusehen, wem sie gehört, und habe dabei diese Karte entdeckt. Warum hast du mir nicht verraten, daß du Detektiv bist?«

»Es tut mir leid, Charley, aber ich kannte dich ja nicht, oder? Und als wir uns dann anfreundeten, wollte ich nicht, daß du denkst, ich versuche nur, dich auszuhorchen. Ich meine, anfangs habe ich das schon getan, aber dann habe ich angefangen, mich hier wohlzufühlen... Du bist doch hoffentlich nicht beleidigt?«

»Ich soll von einem Mann beleidigt sein, der dem Mond hinterherjagt? Was denkst du nur! Aber du *bist* doch wegen eines Falles hier, richtig?«

Er ist völlig fasziniert, dachte Sixsmith. Das liegt alles nur am Fernsehen!

Er sagte: »Ja. Das ist auch der Grund, warum ich oben am Hang war.«

Nachdem er alles erzählt hatte, schüttelte Charley bloß den Kopf und meinte: »Wilderei? Klingt mir aber nicht nach einem passenden Job für einen Privatschnüffler.«

»Für mich auch nicht. Ich denke aber, daß Nettleton glaubt, seine Frau habe mit jemandem eine Affäre, und nun erwartet er von mir, daß ich der Sache auf den Grund gehe, ohne daß er mich explizit auf diesen Fall ansetzen müßte!«

»Das klingt ziemlich an den Haaren herbeigezogen. Aber er hat recht, oder?«

Er schaute Sixsmith erwartungsvoll an.

»Ich nehme es an. Der scharfe Andy, nicht wahr? Aber behalte es für dich.«

»Hey, du bist ja wirklich ein Detektiv«, meinte Charley erfreut. »Wie hast du das herausgefunden?«

»Sein Wagen ist in der Nacht, in der ich ankam, zum Haus hinaufgefahren, und Nettleton war an diesem Abend geschäftlich in Manchester. Und der Wagen ist erst am nächsten Morgen wieder weggefahren. Außerdem hat meine Anwesenheit auf dem Anwesen Mrs. Nettleton sehr nervös gemacht. Sie hat offensichtlich angenommen, ihr Mann sei ihr auf die Schliche gekommen. Aber was ist mit dir? Wie bist du dahintergekommen?«

»Oh, das war nicht so kompliziert«, sagte Charley. »Eddie Stamp hat die beiden oben am Hang erwischt, wie sie ihm gerade die Beine um den Hals geschlungen hat.«

»Dann war es also Eddie, der an dem bewußten Abend das Hirschgeweih in Nettletons Wagen geritzt hat, richtig? Nur daß es kein Hirschgeweih, sondern die Hörner eines betrogenen Ehemannes darstellen sollte.«

»Ich nehme es an. Ein alter Zigeunertrick. Er hätte es bestimmt nicht getan, wenn ich in der Nähe gewesen wäre. Aber um Eddie gegenüber fair zu sein, Nettleton ist in der Vergangenheit ziemlich anmaßend mit ihm umgesprungen. Was wirst du jetzt tun, Joe? Es ihm sagen, oder was?«

»Ich bin engagiert worden, um ein paar Wilderer zu schnappen, und bin dabei fast ums Leben gekommen«, sagte Sixsmith. »Ich würde sagen, ich habe mir mein Honorar redlich verdient.«

Die Tür ging auf, und Nettleton stand unter dem Rahmen. Sein Gesicht war rot vom Alkohol. Vielleicht hatte das aber auch einen anderen Grund.

»Oh, tut mir leid«, sagte er. »Aber wir haben eben beim Heimkommen Ihren Wagen oben am Haus gefunden, und ich war etwas in Sorge, daß Ihnen etwas zugestoßen sein könnte.«

»Nein, es ist alles in bester Ordnung, Mr. Nettleton«, erwiderte Sixsmith.

Charley stand auf und ging zur Tür.

»Sehen wir uns noch mal, bevor du abreist, Joe?« fragte er.

»Mit Sicherheit. Nochmals vielen Dank, Kumpel.«

Nettleton sagte erst wieder etwas, als sich die Tür hinter Charley geschlossen hatte.

»Abreisen?« fragte er. »Sie wollen weg?«

»Es sind nur noch ein paar Tage bis Weihnachten«, antwortete Sixsmith. »Sie werden mich doch sicher nicht hier haben wollen, wenn Ihre Gäste kommen. Außerdem glaube ich, daß meine Arbeit hier beendet ist.«

»Glauben Sie? War ja nicht sehr erfolgreich, nicht wahr?«

Der Mann legte keinen Vorwurf in seine Stimme, aber irgendwie klang seine Gleichgültigkeit beleidigender als blanke Verachtung.

»Das kommt darauf an, wie Sie die Sache betrachten, Mr. Nettleton«, gab Sixsmith zurück. »Wenn Sie mir den wahren Grund meines Aufenthalts hier genannt hätten, hätte ich vielleicht mehr ausrichten können.«

Er bereute bereits, es gesagt zu haben, noch ehe er den Satz beendet hatte, aber Nettletons Miene zeigte ihm, daß er ins Schwarze getroffen hatte.

»Was meinen Sie mit dem wahren Grund?« fragte er polternd, was jedoch nicht sehr überzeugend wirkte.

»Hören Sie, es tut mir leid. Vergessen Sie es. Es ist egal. Mein Honorar für häusliche Angelegenheiten ist dasselbe.«

»Häusliche Angelegenheiten?« fragte Nettleton. »Sie meinen die Dienstboten?«

Seltsamer Heiliger. Für wen hielt der sich bloß?

»Nein. Ich meine Beschattung von Ehemännern und Ehefrauen, Schlüssellochfotos und so weiter. Wie ich bereits sagte, es tut mir leid, aber ich habe ein Recht zu erfahren, womit ich es zu tun habe...«

Sixsmith sah, daß er sich völlig unnötig Gedanken machte. Denn Nettleton lächelte. Ein aufrichtiges, ungezwungenes, aber auch blasiertes und selbstgefälliges Lächeln. Ein völlig undurchsichtiges Lächeln.

»Wissen Sie, Mr. Sixsmith«, sagte er schließlich, »ich denke wirklich, daß ich mit Ihnen nur mein Geld verschwendet habe, aber Sie werden Ihr Honorar bekommen, nur keine Angst. Schicken Sie mir Ihre Rechnung. Und falls ich Sie nicht mehr sehen sollte, wünsche ich Ihnen ganz besonders fröhliche Weihnachten.«

Er verließ lachend den Raum, aber sein Lachen klang nicht nach dem Weihnachtsmann.

Sixsmith nahm seinen Whisky mit ins Bett, wo er noch lange wach lag. Er schaute in die Lampe und unterhielt sich mit Whitey, der sich wie üblich auf dem Federbett zusammengerollt hatte.

»Das ist ein spaßiger Mann, Whitey«, sagte er. »Holt mich hierher unter dem Vorwand, daß ich ein paar Wilderer fangen soll, obwohl ihm das Wild völlig egal ist. Also denke ich, daß es vielleicht seine Frau ist, die ihn betrügt und die ich überprüfen soll, aber wie es scheint, ist ihm auch das völlig egal. Wenn das stimmt, Whitey, was, zum Teufel, steckt dann wirklich hinter der Sache? Warum wollte er mich unbedingt hier oben haben? Warum, Whitey? Warum?«

Als einzige Antwort ertönte ein sanftes Schnarchen. Seufzend drehte er sich um und zog an der Kordel, um die Lampe auszuschalten.

Es war, als sei sein Geist bisher wie gelähmt gewesen und habe sich hilflos im Kreis um einen glänzenden Strahlenkranz gedreht, denn plötzlich, als ihn die Dunkelheit überfiel, sah Sixsmith alles deutlich vor sich.

Er hatte die falsche Frage gestellt. Sie lautete nicht: Warum will er mich hier oben haben? Sie lautete vielmehr: Warum will er mich *nicht* dort unten haben?

Antony Nettleton kam aus seinem Büro und schloß sorgfältig die Tür hinter sich ab. Er war der letzte, der ging, und vor Neujahr würde keiner mehr ins Büro kommen. Es war Heiligabend. Heute abend würde er mit seiner Familie hinauf nach Cumberland fahren, um gemeinsam mit seinem Bruder eine schöne, altmodische englische Landweihnacht zu feiern. Eine Aussicht, die ihn mit echtem Vergnügen erfüllte. Er liebte diese Jahreszeit.

»*The holly and the ivy*«, pfiff er vor sich hin, als er den nur schwach beleuchteten Korridor entlangging... »*The holly bears*

the crown... The rising of the sun, and the running of the deer... –
Wenn die Sonne aufgeht und das Wild aufgescheucht wird...
Plötzlich ging das Licht auf dem Gang aus, und totale Finsternis
umhüllte Nettleton.
»Was, zum Teufel...?« rief er.
Es dauerte nur einen Sekundenbruchteil, dann tauchte aus der
Dunkelheit wieder Licht auf. Aber kein matter Streifen, sondern
ein gleißender Strahl, der ihn noch mehr blendete als die
vorhergehende Dunkelheit.
Er hielt sich die Hand vors Gesicht, aber es war sinnlos, er sah
trotzdem nichts. Dann fing jemand an zu flüstern.
»Hallo, Mr. Nettleton. Mr. Antony Nettleton. Tony. Ich habe
eine Nachricht für Sie von Ihrem Bruder Ambrose. Sie lautet: Es
hat nicht funktioniert. Ihr Fehler war, daß Sie versucht haben,
etwas ungeschehen zu machen, das niemals geschehen ist. Und
das nur, weil Miss Negus Ihnen erzählt hat, daß dieser Kerl, den
sie dafür engagiert hat, sich um ihr kleines Problem zu kümmern,
in dem Ruf steht, immer mehr herauszufinden, als er eigentlich
soll.«
»Was reden Sie da, zum Teufel? Wer sind Sie?« fragte Nettleton.
»Seit zwei Jahren hat Miss Negus nun schon dieses Problem. Seit
drei Jahren sind Sie als Koordinator des United Appeal Fund
tätig und zuständig dafür, daß zu Anlässen wie Weihnachten,
wenn alle Wohltätigkeitsvereine ihre Einnahmen zusammen-
werfen und anteilsmäßig wieder ausschütten, alles ordnungsge-
mäß abläuft. Im ersten Jahr haben Sie sich noch zurückgehalten,
aber dann haben Sie zugeschlagen. Wirklich eine großartige
Idee, Tony. Zehn Prozent querbeet haben Sie für sich dabei
abgezweigt; die Quittungen gingen ohnehin alle an Sie, und die
Buchungen liefen alle über Ihre Kanzlei. Wenn Sie sich doch
nur an die Großen gehalten hätten, Tony, an die, bei denen
die Computer miteinander kommunizieren. Computer werden
nicht neugierig. Aber Sie mußten ja unbedingt auch noch den
kleinen Laden von Miss Negus schröpfen, und die arbeitet noch

mit einem Abakus. Sie hat gleich gerochen, daß da etwas faul war, und hat es Ihnen auch noch gesagt. Nie wäre sie auf die Idee gekommen, es könne etwas mit dem United Appeal Fund zu tun haben, vor allem nicht, da er ja von dem kleinen Tony Nettleton geleitet wird, der einmal in ihrer Klasse war. Ich bin zwar überzeugt, daß die Einnahmen des VVH von nun an bis auf den letzten Penny stimmen würden, aber heuer hielten Sie es doch noch für das beste, sich diesen dummen Privatschnüffler wenigstens so lange vom Hals zu schaffen, bis der Weihnachtsfang im Netz war. Als nun Ambrose zu Ihnen kommt und Ihnen von seinen Wilderern erzählt, da wittern Sie Ihre Chance und bitten ihn: ›Hey, Bruderherz, tu mir einen Gefallen und schaff mit diesen schwarzen Typen vom Hals. Engagiere ihn für diese Sache.‹ Das war ein Fehler, Mann. Alles, was dieser schwarze Kerl in der Angelegenheit von Miss Negus bis zu diesem Zeitpunkt unternommen hatte, war, sich beim Observieren alter Damen mit Sammelbüchsen eine Erkältung zu holen.«

»Sind Sie das, Sixsmith? Sie sind es, nicht wahr? Was glauben Sie wohl, was Sie hier treiben?«

»So etwas nennt man Taschenlampenwilderei, Mann. Sie sind wie gelähmt, können sich nicht bewegen, nicht mehr denken, bekommen kaum noch Luft. So müssen Sie wie angewurzelt stehenbleiben, bis die Hunde kommen und Sie fertigmachen. Hören Sie die Hunde schon, Tony?«

»Was wollen Sie? Schalten Sie dieses Ding ab! Wir können doch über alles reden!«

»Reden? Worüber, Tony? Nächstenliebe? Über Weihnachten? Über die Zeit der Geschenke? Wie großzügig sind Sie denn, Tony? Lassen Sie uns ein paar Zahlen hören.«

Nettleton stieß einen Seufzer aus, der beinahe erleichtert klang. »Ich wußte doch, daß wir miteinander reden können«, sagte er. »Wieviel wollen Sie? Tausend? Eine prozentuale Beteiligung? Ich habe die Zahlen hier. Setzen wir uns und schauen sie uns an. Nur machen Sie um Gottes willen dieses verdammte Licht aus!«

»Okay, Tony, wenn Sie das wollen.«

Der Strahl erlosch, und das Deckenlicht ging wieder an.

Da standen fünf Gestalten anstelle der einen, die Nettleton eigentlich erwartet hatte. Zwei davon trugen Uniform. Eine dritte in einem grauen Anzug schnappte mit den Fingern und befahl »Faßt ihn«, als würde er ihm ein paar Collies auf den Hals hetzen. Die beiden Constables traten neben ihn. Einer ergriff seinen Arm, der andere entwand seinen tauben Fingern die Aktentasche. Dann führten sie ihn ab.

Als Nettleton an den letzten beiden Gestalten vorbeikam, sagte er mit dünner Kinderstimme: »Tut mir leid, Miss Negus.« Joe Sixsmith würdigte er nicht eines Blickes.

»Ich habe mich so in ihm getäuscht«, sagte die Frau, als sie auf die Straße traten. »Meine Nase hat mich tatsächlich schmählich im Stich gelassen.«

Über den Dächern strahlte ein heller Mond. Sixsmith schaute hinauf und lächelte.

»Man sagt, daß Scotch ein gutes Heilmittel für geschwächte Nasen sei, Miss Negus. Gleich um die Ecke ist ein nettes Pub.«

»Wieso nicht?« meinte sie. »Schließlich habe ich mich in Ihnen nicht getäuscht.«

Im Pub wurden Weihnachtslieder gesungen . »*The Holly and the Ivy.*«

»Aber trotzdem hat er mir leid getan, er sah so schrecklich hilflos aus in diesem Lichtkegel. Macht man tatsächlich auf diese Art und Weise Jagd auf Rotwild? Wie niederträchtig.«

»*Wenn die Sonne aufgeht und das Wild aufgescheucht wird. . .*«

»Ja. Bei Rotwild ist das wirklich niederträchtig«, stimmte Joe Sixsmith ihr zu.

Aber bei einer Ratte war es genau das richtige.

Elizabeth Peters
Liz Peters, Privatdetektivin

In der letzten Zeit waren es ja vor allem die abgebrühten Detektivinnen, die Schlagzeilen machten, aber darunter ist keine, die abgebrühter wäre als Liz Peters. Sie ist die pfiffigste Weihnachtsüberraschung, die Sie dieses Jahr auf Ihrem Gabentisch erwarten dürfen: scharf wie Dijon-Senf, schnell wie eine Tigerin und doppelt so bösartig, wenn Sie so unvorsichtig sind, ihr in die Quere zu kommen... Doch irgendwo unter ihrer harten Schale verbirgt sich auch noch eine Schmusekatze, wenn ich mich nicht irre.

Vielleicht ist Ihnen in der letzten Zeit die vielseitige Schöpferin dieser Dame auch unter einem ihrer vielen anderen Pseudonyme untergekommen: als Barbara Mertz beispielsweise, Mag. Phil., deren Arbeiten in Ägyptologie mittlerweile zu den Standardwerken gehören; oder als Barbara Michaels, Bestseller-Autorin geschickt konstruierter Thriller; oder als Elizabeth Peters, deren gelehrt-übermütige, klassische Kriminalromane mehr Schwung in die Geschichte gebracht haben, als Cleopatra es jemals gewagt hätte. Ja, sie liebt Schokolade, Katzen, Hunde, Kinder und antike Haarnadeln, aber nicht unbedingt in dieser Reihenfolge. Und es stimmt, sie ist eine reizbare Dame, die bereit ist, für ihre Ansichten zu kämpfen. Aber leider nimmt sie im Augenblick keine Ermittlungsaufträge mehr an... Das ist schade, aber nicht einmal ein Großmeister kann alles zur gleichen Zeit erledigen.

Ich hatte keinen Kater. Diese Gerüchte über mich stimmen alle nicht; die werden nur von Leuten in die Welt gesetzt, die mich um meine Fähigkeit beneiden, mit harten Sachen umzugehen. In Wahrheit kann ich vor dem Schlafengehen drei riesige Schokoriegel verputzen und wache am nächsten Morgen immer noch hungrig wie ein Baby auf.

Nichtsdestotrotz war ich an diesem Morgen nicht gerade in Höchstform. Als ich meine Hosen anzog, ein Bein nach dem anderen (ich mache es immer so), blieb ich erst mit der Ferse am Saum hängen, dann klemmte der Reißverschluß, und schließlich brach ich mir bei dem Versuch, ihn aufzubekommen, auch noch einen Fingernagel ab. Das Wetter war miserabel – grau und windig, und nicht einmal der öde Regen hatte den Mut, sich in Schnee zu verwandeln. Schließlich war es bereits Heiligabend. Man möchte meinen, der Himmlische Vater dort oben hätte wenigstens soviel Anstand, für eine weiße Weihnacht zu sorgen. Aber ich verließ mich nicht darauf. Ich verlasse mich auf gar nichts mehr.

Auch mein Arbeitszimmer wirkte deprimierend. Das war nicht das sanfte Winterlicht, das als samtiger Belag alle Oberflächen bedeckte, das war Staub. Meine Putzfrau hatte sich diese Woche nicht blicken lassen.

Ich arbeite von zu Hause aus, weil es so bequemer ist; ich meine, ständig einen Personal Computer und einen Drucker mit sich herumzuschleppen, das ist auf die Dauer ziemlich lästig. Ich schreibe Kriminalromane. Das ist ein schmutziges Geschäft und völlig überflüssig. Ich mache es deshalb, weil es immer noch besser ist, als Leichen einzubalsamieren oder Ställe auszumisten. Man sagt, das Leben eines Schriftstellers sei sehr einsam. Das ist alles Quatsch. Ich genieße einen solchen Ruf, daß die Leute mir die Bude einrennen. Viel zu viele, leider, aber so ist das nun mal in meinem Geschäft. Viel zu viele Leute. Das gleiche könnte man von der Welt im allgemeinen behaupten, wenn man einen Hang zur Philosophie hätte. Was bei mir der Fall ist.

Sie fragen jetzt vielleicht, warum ich mich selbst als Privatdetektivin bezeichne, obwohl ich in Wirklichkeit doch Schriftstellerin bin. (Fragen können Sie, aber Antwort bekommen Sie keine. Es geht niemanden etwas an, wie ich mich nenne.) Die Wahrheit ist, daß ich nicht weiß, wie ich an diese Schnüfflerei geraten bin. Ganz bestimmt nicht wegen des Geldes. Jeder weiß doch, daß Privatdetektive arme Schlucker sind; schauen Sie sich doch nur mal ihre Klamotten an, ihre schäbigen Apartments, ihre verbeulten Autos. Einige der Mädels können sich nicht einmal einen Hut leisten. Aber warum habe ich es dann getan? Ganz einfach, weil das alles nun mal exisiert – der Dreck, der Schmutz, die Ungerechtigkeit, der Schmerz. Die Menschen in ihrem Leid, die bluten, sich quälen und um Hilfe rufen. Wenn einer von denen mir den Teppich vollblutet, dann muß ich doch was dagegen unternehmen. Ich meine, was soll das, dieser Teppich hat mich immerhin eine Stange Geld gekostet. Es ist schließlich ein antiker Buchara. Und den soll ich mir von irgend jemandem vollbluten lassen?

Ich muß zugeben, dieser Morgen bot keinen hübschen Anblick. Staub, Hundehaare, Zigarettenasche und noch ein paar andere unappetitliche Dinge (einschließlich der Hunde selbst). Nach einer Tasse von meinem üblichen Gebräu mit Milch und Zucker – so trinke ich ihn nun mal, und wenn sich die Leute dabei etwas denken, nur zu – fühlten sich meine Augäpfel etwas weniger wie hartgekochte Eier an. Ich zündete mir eine Zigarette an. Was soll's, man stirbt nur einmal. Mein Schreibtisch thronte wie ein archäologischer Ausgrabungshügel inmitten meines schichttief angehäuften Lebensmülls. Ich mußte über ein paar leblose Körper hinwegsteigen, um ihn zu erreichen. Auch auf meinem Stuhl lag so ein schlaffer Leichnam. Als ich ihn zur Seite schob, biß er mich. Aber was bedeutet schon eine weitere Narbe? Ich bin voll davon. So ist es nun mal in meinem Geschäft. Katzen sind da nur eines der Risiken. Aber die Hunde sind auch kein Honiglecken. Sie beißen zwar nicht, dafür stolpere ich ständig über sie.

Ich setzte mich an meinen Schreibtisch und zündete mir eine Zigarette an. Der leere Schirm des Computers starrte mich an wie das Auge eines toten Zyklopen. Mein Magen drehte sich wie ein Gehängter, der am Ende eines Seils baumelt. Jetzt geht dieser Quatsch wieder los, dachte ich mir. Ich zwang meine Finger auf die Tastatur. So war es jeden Morgen. Es würde nie leichter werden. Es gibt keine Worte. Das war das Problem – die fehlenden Worte. Wenigstens fielen mir keine ein. Aber irgendwie mußte ich mir ein paar tausend davon ausdenken, sie richtig hinschreiben, sie in die Maschine hämmern und hoffen, daß sie einen Sinn ergaben, wenn sie wieder herauskamen. Das ist mein Job. Es gibt schlimmere – Autopsien durchführen und Mülleimer ausleeren zum Beispiel. Aber um neun Uhr früh an einem trüben Wintermorgen an einer öden Landstraße in Maryland fiel mir keiner ein; außerdem verstopften mir der Staub und die Katzenhaare meine Nebenhöhlen, ein paar der Hunde hatten Flöhe, und mein Kopf war so leer wie der von Dan Quayle. Ich zündete mir eine Zigarette an.

Auf dem Kaffeebecher schwamm kalter Schaum, und der Aschenbecher quoll über von stinkenden Zigarettenkippen, als ich aus meiner Erstarrung erwachte und feststellte, daß auf dem Bildschirm vor mir Worte standen. Sie schienen sogar richtig geschrieben zu sein. Ich fragte mich kurz, was meinen kreativen Schub unterbrochen hatte, aber da hörte ich bereits die Schritte. Schwere, zögernde Schritte, die näher und näher kamen, die sich unausweichlich entlang der düsteren Korridore des Hauses auf mich zubewegten...

Ich schaute auf die Hunde. Eigentlich sollten sie bellen, wenn sich jemand der Tür nähert. Aber das machen sie nie. Hätte ich nicht ihr Schnarchen gehört, hätte ich sie für tot gehalten.

Näher und näher kamen die Schritte. Und sie wurden langsamer und langsamer. Er steigerte die Spannung absichtlich und ließ mich warten. Ich nahm eine Hand von der Tastatur und strich mir die glänzenden Wellen meines dicken bonzefarbenen Haares aus der Stirn.

Die Lampe, die neben mir auf dem Schreibtisch stand, warf einen hellen Lichtkegel über die Tastatur, aber der Rest des Zimmers war voller winterlicher Schatten. Er tauchte als noch dunklerer Schatten auf, schweigend und vornübergebeugt. Ich zündete mir eine Zigarette an.

»Hey, Jaz«, sagte ich. »Hast du Zeit für einen...«

Er hatte nicht. Er war ein großer Mann. Als er auf dem Boden aufschlug, wirbelte er eine Staubwolke auf, die den Schein der Lampe verdüsterte und meine Nebenhöhlen noch mehr verstopfte. Ich mußte unbedingt diese Putzfrau anrufen, überlegte ich zwischen zwei Niesanfällen. Sie war die Cousine von Jaz, oder seine Großmutter oder ähnliches. Er hatte sie für mich gefunden. Er erledigte immer solche Dinge für mich. Er hatte immer Zeit für einen...

Ich stand auf und schaute über den Schreibtisch hinweg. Er lag mit dem Gesicht nach unten und rührte sich nicht. Ein grauer Film bedeckte seine vollen schwarzen Haare. Ich weiß, wie der Tod aussieht. Ich habe ihm oft ins Gesicht gesehen... wie viele Male? Vierzig-, fünfzigmal, vielleicht öfter. Ich habe das im Griff. Aber ich ertappte mich bei dem Gedanken, wie gut, daß Jaz mit dem Gesicht nach vorne auf den Boden gefallen ist, damit ich mir das nicht anschauen mußte: die starken weißen Zähne nicht wie sonst zu einem freundlichen Grinsen entblößt, sondern in der endgültigen Grimasse des Schmerzes erstarrt; die sanften braunen Augen starr und weit aufgerissen und voller Hundehaare... Nennen Sie mich ruhig sentimental, wenn Sie wollen, aber staubige Augäpfel gehen mir immer wieder nahe.

Während ich so dastand und jene sanfteren Gefühle unterdrückte, die sich in allen Kriminalschriftstellern verbergen, die wie ich nebenbei als Privatdetektive arbeiten – und das trotz unserer Anstrengungen, eine harte Schale um uns zu errichten, damit wir mit den kranken, abstoßenden, scheußlichen Realitäten des Lebens zurechtkommen, ohne unsere Integrität oder unsere Nerven zu verlieren, damit wir weiterhin unsere Arbeit erledigen und hin und wieder ein kleines Stück Dreck von der Erde abkratzen können, damit sie sich zum besseren wendet, wenn nur nicht so unendlich viele... Wie dem auch sei, nachdem ich meine Augen mit meinem Ärmel getrocknet hatte, funkelte mich von Jaz' breitem Rücken etwas an.

Ich mußte erst die Hunde beiseite schieben, ehe ich mich neben ihn hinknien konnte. Die sind so doof. Sie merkten nicht einmal, daß er tot war. Sie stubsten ihn mit ihren Schnauzen an und forderten ihn auf, aufzustehen und mit ihnen zu spielen, wie er es sonst immer tat.

Wenn dieses Ding nicht in seinem Rücken, sondern in seiner Brust gesteckt hätte, hätte es eine Schmuckbrosche oder ein Orden sein können. Die farblosen Steine glommen schwach in dem staubigen Zimmer. Es waren keine Diamanten und auch kein Straß. Die Steine waren aus Glas. Das mußte ich schließlich wissen, ich hatte die Hutnadel immerhin für lumpige zehn Dollar erstanden. Ich sammle nämlich Hutnadeln. Nur eine meiner kleinen Schwächen. Das letzte Mal, daß ich dieses besondere Exemplar gesehen hatte, war... Ich konnte mich nicht mehr erinnern, wann das gewesen war. War sie zusammen mit den anderen in der Porzellanschale gelegen, als ich das letzte Mal nachgesehen hatte? Das dumme war, ich hatte nicht genau hingeschaut. Man achtet nie so genau auf seine vertrauten Objekte, die Wochen, Monate oder gar Jahre immer am selben Platz liegen. Man geht einfach davon aus, daß sie dort sind, wie es bisher immer der Fall gewesen war. Aber ich erkannte die Hutnadel trotzdem sofort wieder – das heißt, ihren Kopf –, und ich wußte nur zu gut, wie der Rest davon aussah. Fünfundzwanzig Zentimeter polierter Stahl, hart und tödlich. Zu Zeiten der Queen Victoria hatte man ein Gesetz erlassen, wonach die Nadeln, mit denen die Frauen ihre riesigen Hüte feststeckten, eine bestimmte Länge nicht überschreiten durften. Welche Ironie, dachte ich, während ich mir eine neue Zigarette anzündete. Den Männern schwillt gleich der Kamm, wenn der Gesetzgeber nur versucht, ihnen zu untersagen, die Uzis gleich in Massen zu horten, aber eine Frau durfte nicht einmal eine lausige Hutnadel besitzen...

Das Gehirn spielt einem seltsame Streiche, wenn plötzlich ein Freund tot vor einem zusammenbricht. Ich grübelte nämlich gerade darüber nach, ob es immer noch Gesetze gab, die Hutnadeln unter Strafe stellten, als ich ein Geräusch hörte, das mich so schlagartig wieder in die Gegenwart zurückholte, als ob man mir eiskaltes Wasser ins Gesicht gespritzt hätte. Mein Haus ist das letzte in einer Sackgasse draußen auf dem Land; wenn ich also einen Wagen kommen höre, dann weiß ich, daß er zu mir will. Dieser hier kam etwas zu schnell und mit quietschenden Reifen die steile Kurve zu mir heruntergerast. Ich schaffte es gerade noch rechtzeitig zum Fenster, um zu sehen, wie er vor der scharfen Biegung zu meiner Einfahrt seine Fahrt verlangsamte. Erstaunlich. Er hatte doch tatsächlich soviel Grips, nicht die Sirene zu benutzen. Aber auf das Blinklicht hatte er nicht verzichten können; es drehte sich wie eine ersterbende Sonne und schickte seine roten Strahlen durch den Regen.

Es war, als wäre plötzlich ein dicker Vorhang vor meinen Augen weggerissen worden, der den Blick freilegte; ich sah alles so klar vor mir wie einen schriftlichen Haftbefehl. Man hatte mich hereingelegt. Aber clever. Ein Toter in meinem Arbeitszimmer, meine Hutnadel, die in seinem Herzen steckte, und die Bullen, die man rechtzeitig genug verständigt hatte, damit sie mich auf frischer Tat und sozusagen mit blutigen Händen ertappten. (Das ist eine Redewendung, die wir Privatdetektive gerne benutzen; aber es gab nicht viel Blut, und ich war auch nicht so unvorsichtig gewesen, die Leiche anzufassen.) Trotzdem saß ich tief in der Scheiße. Das waren nicht einfach die Bullen, das war Sheriff Bludger, meine persönliche Nemesis. Wir waren uns früher schon mal in die Quere gekommen – es war dabei um Waffengesetze gegangen –, und er war nicht gerade verrückt nach mir. Als der dickköpfige, primitive Chauvinist, der er war, würde er jubilieren angesichts der Aussicht, mich neben einer Leiche zu erwischen, in deren Rücken meine Hutnadel steckte.

Der Polizeiwagen bog in die Auffahrt ein und wurde wieder schneller, so daß der Kies von seinen Reifen spritzte. Eine der Katzen fing zu fauchen an. Ich warf ihr einen auffordernden Blick zu. »Halt sie auf, Diesel«, stieß ich hervor. Der Kater sprang vom Fensterbrett und lief zur Hintertür. Die Hunde waren bereits dort versammelt und wedelten mit den Schwänzen. Sie konnten es kaum erwarten, die netten Polizisten anzuspringen, ihnen die Hände zu lecken und ihnen Bälle zu apportieren, damit sie mit ihnen spielten. Die Hunde waren ungefähr so nützlich wie Häschen, aber als ich meine Tasche packte, sah ich, daß Diesel bereits die übrigen Katzen um sich versammelt hatte, alle sechs. Sie waren wegen des Regenwetters heute im Haus. Diesel allein wiegt schon fast zwanzig Pfund, und Bludger leidet an unheilbarer Katzenphobie. Ich schätzte, daß mir ungefähr drei Minuten blieben.

Ich lief zur Vordertür hinaus, während Bludger und Konsorten versuchten, zur Hintertür hereinzukommen. Leider stand mein Caddy auch hinten. Ich schlich mich vorsichtig um das Haus und erschauderte, als der eisige Regen mein Gesicht traf; dann kroch ich durch die Büsche weiter, bis ich die Garage erreichte. Als ich um die Ecke spähte, sah ich den Streifenwagen vor den Stufen stehen, die zur Hintertür führen. Die Tür stand offen, und von innen konnte ich allen möglichen Lärm hören – Hunde, die bellten, und Männer die fluchten. Von den Katzen war nichts zu hören. Im Gegensatz zu Hunden und Klapperschlangen warnen sie ihre Gegner nicht, ehe sie zuschlagen. Sie sind nicht höflich. Das ist einer der Gründe, warum ich Katzen so mag.

Mein Caddy schnurrt leise wie ein Kätzchen und springt in Windeseile an. Ich war schon aus der Garage und fuhr die Auffahrt hinunter, ehe Bludger überhaupt Wind davon bekam, daß etwas passiert war. Der verdammte Dummkopf – wenn er den Polizeiwagen am Tor gelassen hätte, um mir den Weg zu versperren, hätte ich schön in der Tinte gesessen, aber nein, er mußte ja bis vor die Haustür fahren. Sein großer Bierbauch ist schuld daran, daß er nur die paar Meter zu Fuß geht, die unbedingt sein müssen, schätze ich. Dieser Bauch schwabbelte jetzt wie Wackelpudding, als er brüllend aus der Hintertür gestürzt kam und mit seiner lächerlichen Waffe herumfuchtelte.

Ich erwiderte sein Winken, während ich den Caddy durch das Tor jagte.

Ich strich mir eine Locke meines glänzenden bronzefarbenen Haares aus den Augen und stemmte meinen Fuß auf das Gaspedal. Der Wagen röhrte wie eine Rakete die Steigung hinauf und legte sich brav in die Kurven. Eure Porsches und Ferraris können mir alle gestohlen bleiben; es geht einfach nichts über einen zweisitzigen Cadillac, um die Bullen abzuhängen. Nicht, daß ich auf eine Verfolgungsjagd quer durch das County scharf gewesen wäre. Zu schnelles Fahren ist gesellschaftlich unverantwortlich, und außerdem konnte Bludger mich jederzeit am Paß abfangen; er kannte die Nebenstraßen ebensogut wie ich und verfügte über genügend Männer. Deshalb mußte ich untertauchen, und zwar schnell – möglichst innerhalb der nächsten dreißig Sekunden –, und ich wußte auch schon, wie.

Ich bete nicht oft, aber in diesem Moment schickte ich ein Stoßgebet an den Schutzpatron aller Privatdetektive, während ich auf das Stopsignal oben am Hügel zubrauste. Mein Flehen wurde erhört, die Hauptstraße war frei. Statt nach links oder rechts abzubiegen, trat ich auf die Bremse und ließ den Caddy quer über die Straße und auf das Seitenbankett schlittern. Dort stand immer noch ein großer, grün-weißer Wohnwagen, der als Unterkunft für Bauarbeiter gedient hatte; die Brücke über den Fluß war schon vor drei Monaten fertiggestellt worden, aber bisher hatte man es noch nicht geschafft, den Bauwagen wieder abzutransportieren. Das war typisch. Aber ein Glück für mich. Ich schaffte es gerade noch. Ein paar Zentimeter meiner hinteren Stoßstange waren zwar noch zu sehen, als der Streifenwagen auftauchte, aber Bludger bemerkte es nicht. Er war viel zu sehr damit beschäftigt, sich zu überlegen, wo ich hingefahren sein könnte. Die Entscheidung war nicht schwer, selbst für sein beschränktes Gehirn; wäre ich nach rechts abgebogen, wäre ich auf der Brücke gelandet und hätte meilenweit eine kerzengerade Strecke vor mir gehabt. Nach links hingegen führte die Straße durch hügeliges und kurviges Gelände. Also fuhr Bludger nach links.

Ich wartete, bis er außer Sicht war. Dann legte ich meinen Sicherheitsgurt an, wozu ich vorher keine Zeit mehr gehabt hatte, fuhr rückwärts aus meinem Versteck und über die Brücke. Ich muß zugeben, mein Puls ging ziemlich schnell, denn jetzt kam es darauf an; sollte Bludger doch noch nachdenken und bald wieder umdrehen, würde er mich unweigerlich entdecken. Ich konnte also nicht bleiben, wo ich war, da jeder Wagen, der den Hügel herunterkam, den Caddy gesehen hätte.

Der Schutzheilige aller Detektive ließ mich jedoch nicht im Stich. Wir schossen über die Brücke und den Hügel hinauf in Richtung Großmutters Haus... Die Auffahrt zu ihr war ein ausgewaschener Pfad, auf dem nur noch hier und da ein paar Körner Kies lagen, und selbst das Haus sah wie eine verlassene Ruine aus. Großmutter kam auf die verwitterte Veranda heraus, ihre Flinte über dem Arm, und blinzelte in den Regen. Als sie mich erkannte, glitt ein zahnloses Grinsen über ihr faltiges Gesicht unter dem verblichenen Sonnenkäppi.

»Hey, Liz. Hast du Zeit für ein...«

»Nein, Grannie.« Ich warf meine Tasche über die Schulter. »Ich muß mir deinen Pickup ausleihen. Wenn Bludger den Caddy findet, dann sag ihm, ich hätte deinen Laster geklaut, okay?«

Grannie schickte einen dünnen Speichelstrahl in das Unkraut neben den Stufen. »Der Schlüssel steckt. Laß mir deinen hier; ich fahre den Caddy in den Schuppen, sobald du weg bist.«

Aus dem Augenwinkel nahm ich eine Bewegung am Fenster wahr. Irgend etwas flatterte gegen die Scheibe wie eine gefangene Motte. Eine Hand – zu klein, zu dünn und viel zu blaß... Ich schluckte schwer und winkte zurück. »Wie geht's Danny?«

»Okay. Der Rollstuhl, den du ihm geschenkt hast, ist ihm wirklich eine große Hilfe. Schätze, du hast keine Zeit, um ihm kurz ›Hallo‹ zu sagen? Er sieht nicht viele Leute und ist verrückt nach dir...«

76

»Weil er eben nicht viele Leute sieht.« Ich zwang mich zu einem Lächeln in Richtung Fenster, wo Dannys kleines blasses Gesicht an die Scheibe gepreßt war. Sicher war ihm der Rollstuhl eine Hilfe, aber was für ein beschissenes Weihnachtsgeschenk für ein Kind. Ich hatte eine große rote Schleife über den Sitz gebunden, sie aber wieder abgemacht – der Kontrast zwischen Weihnachtsfreude und trauriger Realität war einfach zu groß; auch einer von diesen ironischen Kontrasten, die wir Privatdetektive ständig um uns herum zu sehen bekommen…

Ich schluckte noch schwerer und stopfte meine kalten Hände in die Taschen meiner Jeans. Meine Finger ertasteten etwas Weiches. Ich zog es heraus. Sie war zwar etwas zerdrückt, aber Danny und ich waren uns beide einig, daß wir Schokolade so am liebsten mochten. »Gib ihm das, Grannie. Als Unterpfand für bessere Zeiten. Sag ihm – sag ihm, daß ich wiederkomme und Heiligabend bei ihm sein werde.«

Grannie riß ihre wässrigen Augen so weit auf, wie ihre faltigen Lider es erlaubten – was nicht sehr weit war. »Aber Liz, das ist doch deine eiserne Ration. Wie willst du ohne sie auskommen…«

»Ich werde es schon schaffen«, sagte ich heiser. »Kein Problem. Bis später, Grannie – es sei denn, ich hocke bis dahin im Knast.«

Sie bot mir ihr Gewehr an, das Sonnenkäppi und den schmutziggrauen Pullover, den sie sich über die Schultern gehängt hatte. Ich nahm die letzten beiden Sachen, zwinkerte ihr verschwörerisch zu und lief zum Pickup.

Als ich die Interstate 75 in Richtung Süden hinunterbrauste, kamen mir zwei Streifenwagen entgegen, die nach Norden fuhren. Ich lächelte grimmig. Alle Gauner im County hatten heute einen Feiertag und würden ihre Frauen verprügeln, mit Drogen handeln und ungestört besoffen Auto fahren können; Bludger hatte bestimmt jeden verfügbaren Polizisten auf mich harmloses Wesen angesetzt.

Ich hatte Bludger schon seit Monaten im Visier. Ich konnte

einfach nicht glauben, daß er so dumm war, wie er aussah. Denn wenn der nicht bis zum Hals im Drogenhandel steckte, warum kam er mir dann ständig in die Quere, wenn ich wieder mal versuchte, einen örtlichen Drogendealer festzunageln? Im Laufe der letzten Jahre war der Drogenhandel im County um ein Hundertfaches angestiegen. Und dabei handelte es sich nicht um die paar jugendlichen und erwachsenen Übeltäter, die auf irgendwelchen Waldlichtungen Marihuana anpflanzten, nein, hier ging es um Crack und Koks, das die Dealer aus den Großstädten, die auf dem Land lukrativere Märkte und sicherere Operationsbasen vorfanden, in großen Mengen heranschafften. Hin und wieder hob Bludger ein paar Jugendgruppen aus, und dann gab es immer ein großes Hallo in der Lokalzeitung. Aber ich wußte es – und Bludger hätte es ebenfalls wissen sollen –, daß man so das Problem nicht lösen konnte. Die Kids in diesen Gruppen unterstützten keine millionendollarschwere Industrie. Die wahren Käufer mußten Leute mit Geld sein, und solche Leute kauften nicht auf der Straße.

Ich hatte ein ganz persönliches Interesse am Drogengeschäft. Seinetwegen hatte ich eine verdammt gute Putzfrau verloren – Dannys Mom. Sie war gerade sechzehn, als sie Danny bekam, nachdem sie überstürzt einen Kerl geheiratet hatte, der sie mit monotoner Regelmäßigkeit verdrosch, bis ihm dieses Freizeitvergnügen keinen Spaß mehr machte und er sie sitzen ließ. Drei Kinder (von denen zwei starben, fragen Sie aber nicht, wie), keine Ausbildung, keine beruflichen Fähigkeiten – ein Wunder, daß sie es überhaupt so lange durchgehalten hatte. Es war nach dem Tod ihres zweiten Kindes, daß sie angefangen hatte, die Drogen zu nehmen, die sie schließlich töteten. Deshalb versuchte Grannie jetzt, einen Siebenjährigen mit nichts als Luft und Liebe großzuziehen, und ich saß da mit einer faulen Nichtskönnerin als Putzfrau. Sie verstehen, es war dieser lästige Umstand, der mich wütend machte, nicht Sentimentalität. Wir abgebrühten Kriminalschriftstellerinnen sind nicht sentimental.

Grannies Pickup machte einen Lärm wie ein Traktor. Ich lenkte ihn auf die Auffahrt zur Schnellstraße und fuhr nach Osten, Richtung Baltimore. Noch ein paar Meilen, und ich hätte die County-Grenze hinter mir. Nicht, daß mir das viel genützt hätte; Bludger würde bestimmt sowohl die staatliche Polizei als auch seine Kollegen von jenseits der Grenze verständigt haben. Ich fuhr ungefähr vierzig Meilen, nicht weil ich etwa der Verkehrspolizei aus dem Weg gehen wollte, sondern weil der Pickup nicht schneller fuhr.

Es mußte eine Verbindung zwischen Jaz' Ermordung und meinen Ermittlungen der letzten Zeit geben. Konnte es sein, daß Bludger selbst mich hereingelegt hatte? Ich hatte mit Jaz über meinen Verdacht gegen ihn gesprochen, nachdem er mir von einem Freund erzählt hatte, der wegen Drogenhandels in Washington D. C. verhaftet worden war. (Es ist heutzutage schwer, überhaupt noch jemanden zu finden, der nicht jemanden kennt, der wegen Drogenhandels unten in Washington verhaftet wurde.) Aber würde Bludger tatsächlich einen Mord begehen, um mich von einer bestimmten Fährte wegzulocken? Doch nur, wenn ich ihm bereits hart auf den Fersen war, wovon ich offensichtlich keine Ahnung hatte.

Der graupelige Regen fiel jetzt dichter, und die Scheibenwischer schienen unter Arthritis zu leiden. Ich beschloß, die Straße zu verlassen, fuhr zu einem McDonald's, wo ich mir einen Kaffee und einen Big Mac mit allem leistete (was soll's, man stirbt nur einmal) und stellte mich auf den Parkplatz.

Mir kommen die besten Ideen immer beim Essen. Keine Ahnung, warum das so ist. Vielleicht stimuliert das Cholesterin meine Gehirnzellen. Nachdem ich meinen Big Mac gegessen hatte, zündete ich mir eine Zigarette an und fuhr weiter in das Einkaufszentrum. Es war weihnachtlich dekoriert – das war es bereits seit Mitte Oktober – und bot den deprimierendsten Anblick, den ich je gesehen hatte. Die Girlanden und Blumengewinde aus Plastik waren zu einem graugrünen Etwas verblaßt und hingen wie tote Papageien an Straßenlampen und in Auslagen. Von ihren glänzenden roten Plastikschleifen troff träge der Regen. Strategisch plazierte Lautsprecher plärrten klassisches Weihnachtsliedgut: »Ich habe Mommy den Weihnachtsmann küssen gesehen.« Als nächstes wären mit Sicherheit folgende Titel an der Reihe wie: »Ich wünsch' mir nichts als meine beiden Vorderzähne im Strumpf«, oder »Mir ist ganz gleich, wer du bist, Dicker, schaff mir nur die Rentiere vom Dach.« Ich schluckte die anbrandende Woge von Übelkeit hinunter, die in meiner Kehle hochstieg, und mir fiel wieder ein, daß ich meinen Vorrat an Rennie-Magentabletten auffüllen mußte. Wir Privatdetektive sind Großabnehmer von solchem Zeug. Besonders um Weihnachten herum.

Ich vermißte plötzlich die altmodischen Telefonzellen, bei denen man noch eine Tür hinter sich zuziehen konnte, aber Grannies Sonnenkäppi war mir eine große Hilfe; es hielt mir den Regen aus dem Gesicht und zufällige Passanten davon ab, mein Gespräch mit anzuhören.

Zuerst rief ich in Jaz' Büro an. Mary Jo hatte Dienst an dem Tag. Sie war sehr gesprächig, aber ich schnitt ihr das Wort ab. Ich wollte ganz bestimmt nicht diejenige sein, die ihr die Sache mit Jaz beibrachte. Deshalb fragte ich sie nur, welche Zustellungen er an diesem Morgen gehabt hatte, ehe er zu mir kam. Einige der Namen kannte ich, andere nicht. Aber sie ergaben einen Sinn. Nachdem ich aufgelegt hatte, rief ich Rick an. Auch er war sehr gesprächig. Alle wollen dauernd reden. Ich erklärte ihm, was ich von ihm wollte. Er stieß hervor: »Verd... Sch..., Liz...«

»Paß auf, was du sagst, Rick. Du weißt, daß meine Leser keine schmutzigen Worte hören wollen.«

»Oh – oh, sicher. Aber was...«

»Mach dir keine Gedanken. Sei einfach da. Ich habe den Fall gelöst, jetzt kannst du die Verhaftungen vornehmen. Ich will nicht das Lob dafür einstreichen, das wollte ich noch nie.«

»Aber...«

Ich hängte ein.

Rick war mir noch einen Gefallen schuldig. Was heißt einen – drei, nein vier. Unsere Beziehung war rein gesellschaftlicher Natur – das hört sich immer besser an. Wir hatten uns auf einer Party kennengelernt, bei einem dieser schrecklich langweiligen Washingtoner Abende, die man als Schriftsteller über sich ergehen lassen muß; ich hockte in einer Ecke, hielt mich an meinem Drink fest und fragte mich gerade, wie bald ich wohl abhauen könnte, als ich ihn sah. Und er mich. Unsere Augen trafen sich quer durch den Raum... Später unterhielten wir uns. Er fragte mich, womit ich meinen Lebensunterhalt verdiene, ich erwiderte höflich seine Frage – so hatte es angefangen. Er ist bereits ein paarmal befördert worden, seit ich ihm das erste Mal geholfen habe. Und er war immer Manns genug, die Lorbeeren dafür mir zu überlassen – privat, natürlich nicht bei seinem Chef in der Dienststelle. Deswegen wußte ich, daß er auch dieses Mal reagieren würde.

Aber bis er kam, würde es noch eine Stunde oder länger dauern. Ich schlenderte in den Drugstore, holte mir eine Familienpakkung Rennie und das eine oder andere, das ich wahrscheinlich noch brauchen würde, und fuhr anschließend gemütlich mit dreißig Meilen pro Stunde wieder in die Stadt zurück. Der Regen floß wie Tränen über die gesprungene Windschutzscheibe. Der Himmel weinte sich die Augen aus wegen einem guten Mann, der auf Abwege geraten war, wegen einer kranken Welt, die den Kindern beibringt, wie man high wird und sich ausklinkt. Ich fühlte mich selbst krank. Ich kaute eine Rennie-Magentablette und zündete mir eine Zigarette an.

Ich mußte dreimal um den Block fahren, ehe ich den Parkplatz bekam, den ich haben wollte, und zwar genau gegenüber vom Büro des Sheriffs. Ich hatte keine Eile. Rick würde erst in einer halben Stunde dasein, und ohne ihn würde ich mich ganz sicher nicht in die Höhle des Löwen wagen. Ich bin zwar hart im Nehmen und nicht auf den Kopf gefallen, aber ich bin nicht unvorsichtig. Ich verdrückte ein paar Hershey-Schokoriegel, während ich die neueste Ausgabe von *Victorian Homes* überflog. Danach zündete ich mir eine Zigarette an. Ich war bei der dritten angelangt, als Rick auftauchte. Ich sah, wie er die Stufen hinauftrottete. Er war ein großer Mann. (Ich mag große Männer.) Ich wartete, bis er hineingegangen war, setzte dann mein Sonnenkäppi auf und folgte ihm.

Ein Neuling in Trooper-Uniform versuchte mich aufzuhalten, als ich in Bludgers Büro wollte. Ich schob ihn mit ausgestrecktem Arm beiseite und ging einfach hinein. Rick saß auf der Schreibtischkante, und Bludger brüllte ihn deswegen an. Er haßt es, wenn die Leute auf seiner Schreibtischkante sitzen. Als er mich sah, verfärbte sich sein Gesicht dunkelrot. »Verd... Sch..., Grannie, wie bist du an den...«

»Ich dulde keine solche Sprache«, erklärte ich ihm und nahm mein Sonnenkäppi ab. »Außerdem bin ich nicht Grannie.«

Seine Augen traten aus ihren Höhlen, bis es so aussah, als würden sie gleich herausfallen. Rick grinste, wirkte aber leicht angespannt. Der dritte Mann wollte aufstehen, sank aber mit einem Stöhnen wieder auf seinen Stuhl zurück. Ich setzte mich auf die andere Kante von Bludgers Schreibtisch.

»Hallo, Jaz«, sagte ich. »Geht es dir wieder besser?«

Bludger fand schließlich als erster seine Sprache wieder. »Sie sind verhaftet«, bellte er.

Ich zog eine Augenbraue in die Höhe. »Wie lautet die Anklage?«

»Versuchter Mord!«

»Damit?« Ich hob die kleine Plastiktüte auf. Die Hutnadel war von fünfundzwanzig auf fünf Zentimeter gekürzt worden. »Mist«, sagte ich. »Ich habe zehn Dollar dafür bezahlt. Sie ist völlig ruiniert.«

»Sie haben ihm dieses Ding in den Körper gerammt...«, setzte Bludger an.

»Sagt er das?« Ich schaute Jaz fragend an.

Der fuhr sich mit den Fingern durch sein dickes, schwarzes Haar. »Ich, nein... Ich kann mich nicht erinnern...«

Ich zündete mir eine Zigarette an. »So, aha? Nun, dann werde ich deinem Gedächtnis auf die Sprünge helfen. Du hast dir diese Hutnadel selbst in den Rücken gerammt, bevor du in mein Haus kamst. Das liegt dreieinhalb Meilen von deinem vorhergehenden Halt entfernt, und du wirst ja wohl kaum so weit gefahren sein, ohne daß dir aufgefallen wäre, daß du dieses scharfe Ding im Rücken hast. Meine Putzfrau ist eine Freundin von dir; sie hat diese Hutnadel bereits vor Tagen für dich gestohlen. Ich bin dir zu nahe gekommen, Jaz, nicht wahr? Und ich habe zusätzlich den Fehler begangen, meine Vermutungen mit dir zu besprechen – und dann noch meine Fragen, wie die Drogen wohl in unser County gelangten. Was gibt es denn schon für ein besseres Transportsystem als den guten alten National Express? Du bist jeden Tag unterwegs und fährst immer dasselbe Gebiet ab. Schließlich hattest du deinen eigenen Zustelldienst, stimmt's?« Seine Augen verengten sich. Ich wunderte mich, wieso mir vorher nie aufgefallen war, wie ausdruckslos sie waren; wie farblose Murmeln im Gesicht einer Wachspuppe. »Du bluffst«, knurrte er. »Du kannst nicht beweisen...«

»Ich bluffe nie«, erklärte ich und schob eine Locke meines glänzenden kastanienfarbenen Haares aus der Stirn. »Dein Lieferwagen wird selbstverständlich sauber sein, aber du mußtest das Zeug ja irgendwo lagern. In deiner Wohnung wahrscheinlich. Ich würde es zuerst in der Küche probieren, Bludger. Es sind bestimmt noch Spuren vorhanden. Männer wissen einfach nicht, wie man eine Küche richtig putzt. Und wie ich aus eigener Erfahrung weiß, Jaz' ›Cousine‹ auch nicht.«

Ich erwartete nicht, daß er so schnell reagieren würde. Er sprang auf die Beine und kam auf mich zu. Rick wollte eingreifen, aber ich schüttelte nur den Kopf. »Mach dir nicht die Hände schmutzig, Rick. Komm ruhig näher, Jaz, und du bekommst diese Zigarette zwischen die Augen.«

»Du verstehst nicht«, stöhnte er. »Es war ihre Idee. Sie hat mich dazu gezwungen.«

»Natürlich«, sagte ich bitter. »Gib nur ihr die Schuld. Du und dieser Adam.«

»Adam?« Er schaute aus wie ein toter Fisch, wie er so mit vorquellenden Augen und weit offenem Mund dastand. »Wie viele Typen schauen bei dir denn noch auf einen...«

»Ist schon gut.« Jetzt war mir alles klar. Mir war leicht übel. Männer, dachte ich. Da versucht man, nett zu ihnen zu sein, lädt sie auf einen Schluck Milch und ein paar Kekse ein, hört sich ihren Ärger an – und die Typen bilden sich gleich Gott weiß was ein.

Ich zündete mir eine Zigarette an. »Er gehört euch, Jungs. Ihr müßt euch nur darüber einigen, wer ihn verhaften darf.«

»Ich bin der Sheriff in diesem County«, drohte Bludger. »Und mich würde es nicht überraschen, wenn hier nicht eine Staatsgrenze überschritten wäre«, meinte Rick. »Und dann liegt die Zuständigkeit beim DEA...«

»Macht das unter euch aus«, erklärte ich ihnen. »Mir ist das, offen gesagt, völlig egal.«

Jaz fiel wieder auf seinen Stuhl zurück und verbarg sein Gesicht in den Händen. Eine Locke seines dicken, schwarzen Haares ringelte sich über seinen Fingern. Ich ging schnell zur Tür.

Rick folgte mir nach draußen. »Was hältst du davon, wenn ich später vorbeikomme...?«

»Ihr seid doch alle gleich«, sagte ich bitter. »Man braucht nur mit einem Schokoladenplätzchen vor eurer Nase zu wedeln, und schon macht ihr alles, sagt alles.«

Er ergriff meine Hand. »Für eines deiner Schokoladenplätzchen lasse ich alles stehen. Alles. Sie sind etwas ganz Besonderes, Liz. So wie du.«

»Tut mir leid, Rick.« Ich befreite meine Hand, damit ich mir eine neue Zigarette anzünden konnte. »Ich muß unbedingt ein Kapitel fertig schreiben. Darum geht es nämlich in meiner richtigen Welt, weißt du. Wie man Worte auf das Papier bringt, sie richtig schreibt... Der Rest ist nur Jux und Tollerei. Nur...« Die Worte blieben mir im Hals stecken. Rick beugte sich vor, um mich anzuschauen. »Du weinst doch nicht, oder?«

»Wer, ich? Privatdetektivinnen weinen nicht.« Ich warf meine Zigarette fort. Sie fiel in einem glühenden Bogen durch den Vorhang aus leise fallendem Schnee. Schnee. Große, dicke Flocken, die wie Schaumgummischnipsel aussahen. Sie blieben an meinen langen Wimpern kleben. Ich blinzelte. »Rick. Ist für diesen Fall nicht eine Belohnung ausgesetzt?«

Rick blinzelte ebenfalls. Auch er hatte lange Wimpern. (Ich mag es, wenn Männer lange Wimpern haben.) »Richtig. Ein Vater, dessen Kind an einer Überdosis gestorben ist, hat sie ausgesetzt. Sie gehört dir, schätze ich. Damit kannst du dir jede Menge Zigaretten und Schokoladenplätzchen kaufen.«

Ich packte ihn am Arm. »Du sollst deine Schokoladenplätzchen bekommen, Rick. Aber zuerst gehen wir einkaufen. Erst ins Spielwarengeschäft, und dann kenne ich noch einen Züchter, dessen Golden Retriever eben erst einen ganzen Wurf Junge bekommen hat. Wir brauchen außerdem einen Baum, einen richtig großen mit allem Glitzerkram, den dicksten Truthahn, den wir bei Safeway noch bekommen... Nimm die Beine in die Hand, Rick. Wir haben eine Menge zu erledigen. Es ist Heiligabend – und es schneit!«

Ich zündete mir eine Zigarette an. Was soll's, man lebt nur einmal.

Medora Sale
Auch Engel leben gefährlich

Selbstverständlich erwartet man von jemandem, der auf das Mittelalter spezialisiert ist, daß er auch über Engel Bescheid weiß. Doch im Falle der kanadischen Autorin Medora Sale, die nicht nur engelsgleich aussieht, sondern auch einen diesbezüglichen Magisterabschluß vorzuweisen hat, steckt noch viel mehr dahinter. Denn wie viele angehende Schriftstellerinnen hatten einen Vater, der das kindliche Gemüt mit spitzfindigen Gute-Nacht-Geschichten aus dem Gerichtssaal erfreute und die liebe Kleine – als besonderen Leckerbissen sozusagen – in den Schulferien auch noch mit in richtige Gerichtsverhandlungen nahm?

Ist es angesichts dieses so vorbelasteten familiären Hintergrundes dann noch ein Wunder, daß Medora ihr Leben ebenfalls dem Verbrechen widmete, nachdem sie sich zuerst auf verschiedenen Gebieten als freie Autorin, Sozialarbeiterin und in der Werbebranche versucht hatte? Gleich mit ihrem ersten Roman *Murder on the Run* gewann sie 1986 den begehrten Arthur Ellis Award. Seit dieser Zeit hat sie drei weitere Kriminalromane veröffentlicht und erst vor kurzem ihren turnusmäßigen Vorsitz als Präsidentin der Vereinigung der Crime Writers of Canada beendet. Wenn sie nicht gerade auf dem Papier in irgendwelche kriminellen Machenschaften verwickelt ist, führt Medora Sale ein ruhiges, beschauliches, fast engelsgleiches Dasein an der Seite ihres Gatten Harry Roe, eines Professors an der University of Toronto, gemeinsam mit ihrer Tochter Anne.

Annabel Cousins schaute auf die Uhr. »Wir sind in fünf Minuten dran. Wo steckt nur diese elende Person?« Ihr Blick fiel auf das letzte Paar Engelsflügel, das auf dem großen Tisch in der Sakristei ausgebreitet lag. Engel. Sie haßte Engel. Sie waren als erste dran, durften aber erst in allerletzter Minute angekleidet werden, sonst hätten sich die dummen Dinger ihre

Flügel zerdrückt – wunderbare Gebilde, gefertigt aus echten und falschen Federn, die eine Spannweite von über zwei Metern besaßen und einen Meter hoch waren.

»Ashley?« fragte eine gedämpfte Stimme. »Die ist vielleicht noch im Waschraum.«

»Seit zwanzig Minuten, Heather?« meinte Annabel zweifelnd und versuchte angestrengt, die eigene Panik vor ihren Schützlingen zu verbergen, die ohnehin schon nervös genug waren. »Sie hat ja noch nicht einmal ihr Kostüm abgeholt. Seid ihr zwei sicher, daß ihr sie unten gesehen habt? Steh still, Jennifer!« fuhr sie das Mädchen in ihrer Verzweiflung an. »Und setz dich bloß nicht hin. Oder leg dich hin, oder lehne dich an eine Wand, oder tu sonst was, das dir spontan in den Kopf kommt.«

»Ich *dachte* jedenfalls, sie gesehen zu haben«, erwiderte Jennifer. Auch ihre Stimme drang gedämpft durch die gold-weiße Engelsmaske.

Annabel verließ der letzte Rest an Mut. »Gedacht? Du hast doch gesagt, du hast sie *gesehen*.«

»Soll ich hinuntergehen und nachschauen?«

»Nein, du bewegst dich nicht einen Millimeter von der Stelle. Wo ist Mrs. Toomey? Sie sollte eigentlich – ach, was soll's. Erica«, sagte sie und griff sich ein kleines, dünnes Mädchen, das auf groteske Art als Hirte zurechtgemacht war, »lauf du schnell in den Waschraum hinunter und hol Ashley hierher. Sag ihr, daß ich Hackfleisch aus ihr mache, wenn sie nicht in dreißig Sekunden hier oben ist.«

Erica, derzeitige Rekordhalterin der Independent Schools Track and Field Association über fünfzehnhundert Meter (ab sechzehn und älter), verschwand wortlos in einer Wolke aus brauner Wolle und Puder.

Zwei quälend lange Minuten verstrichen. »Ich kann sie nirgends finden, Miss Cousins«, sagte Erica, als sie ebenso lautlos und flink, wie sie verschwunden war, wieder auftauchte. »Sie ist weder im Waschraum noch im Heizungsraum oder in dem

88

anderen Ankleideraum. Und oben auf der Chorempore ist sie auch nicht.«

Annabel Cousins gestattete sich eine halbe Sekunde, um Ericas Geschwindigkeit und ihre Gründlichkeit zu bewundern, ehe sie sich vollends ihrer Panik überließ und sich auf den einzig verfügbaren Stuhl setzte. »Mein Gott, was sollen wir jetzt tun?«

»Wir nehmen eben eine andere.« Die Sprecherin war eine große, dunkelhaarige Frau, die gerade dabei war, den heruntergerissenen Saum eines zweiten Hirten wieder hinaufzunähen. Dieser Hirte befand sich auf dem Schreibtisch des Vikars, barfuß und mit beiden Füßen auf der aufgeschlagenen Predigt des heutigen Abends stehend. »Keiner wird etwas merken. Solange sie nur größer als Jennifer und Heather und einigermaßen zuverläßig ist und langes Haar hat. Da es bestimmt keine großgewachsenen Rotschöpfe mehr gibt, sollten wir eine Blondine nehmen, meinst du nicht auch?« Dann wandte sie sich den beiden, bereits fertig angekleideten Engeln zu. »Ihr zwei – geht hinaus auf den Korridor und stellt euch dorthin, wo ich euch am Freitag postiert habe. An der Seite, denkt daran!« Sie nähte noch ein paar Stiche und riß den Faden ab. »Du bist fertig, Laura. Aber stolpere bitte nicht wieder über deinen Saum. Ab mit dir.«

Die beiden Lehrerinnen sahen einander an. »Ich hätte wissen sollen, daß diese vermaledeiten Mädchen Ashley in Schutz nehmen«, sagte Annabel düster. »Wo bekommen wir jetzt einen anderen Engel her? Alle Mädchen der Oberstufe sind drinnen und singen.«

»Welches Mädchen steht von hier aus am nächsten?« Die beiden Lehrerinnen verließen leise das Zimmer und schlichen den Bogengang hinauf, um einen Blick auf die Schülerinnen zu werfen, die sich im Altarraum drängten. Die Chorsängerinnen befanden sich gerade mitten in einem modernen, schwierigen Weihnachtslied und hingen verzweifelt an jeder Bewegung ihres Chorleiters – einschließlich der seiner Lippen –, da er für diejenigen unter ihnen, die es trotz aller Drohungen und allen

Flehens nicht geschafft hatten, den Text auswendig zu lernen, lautlos die Worte mitsprach. Jedes Mädchen, das in erreichbarer Nähe stand, war jedoch klein und dunkelhaarig. Oder hoffnungslos unzuverläßig.

Helen Armstrong, die in den fünfzehn Jahren ihres Mitwirkens am Weihnachtsspiel gelernt hatte, was man von einer durchschnittlichen Oberstufenschülerin erwarten konnte – und was nicht –, schüttelte angesichts dieser Auswahlmöglichkeiten nur den Kopf. »Wie werden eben mit zwei auskommen müssen«, flüsterte sie. Denn sobald die Mädchen diese endlos lange Nummer beendet hatten, würde die gesamte Schule – von den Kleinsten an aufwärts – ein Medley aus traditionellen Weihnachtsliedern anstimmen, und das Weihnachtsspiel würde langsam, aber unaufhaltsam seinem Höhepunkt entgegenstreben.

Alle liebten die alljährliche Weihnachtsaufführung der Abschlußklassen, nur die Schauspiellehrerin und die Englischlehrerin nicht, die für die Produktion verantwortlich waren. Jedes Jahr war es denn auch genau dasselbe; jedes Jahr blieb den Kleinsten vor Staunen der Mund offen, und die Eltern vergossen vor Rührung ein paar Tränen. Und jedes Jahr wieder wurde die Aufführung von mindestens zweieinhalbtausend Menschen gesehen, die sich in der größten Kirche der Stadt drängten, da das Kingsmede-Weihnachts-Festival sehr berühmt war.

»Ist alles in Ordnung?« Diese zwar geflüsterte, aber mit durchdringend-piepsiger Stimme gestellte Frage platzte mitten in das leise Ende des modernen Weihnachtsliedes und hatte einen bösen Blick des Chorleiters zur Folge. Die Frage kam von einer großgewachsenen, schlanken, eleganten Frau mit blaßroten Haaren, die zu einem Knoten hochgesteckt waren – einer wunderschönen Frau, bedauerlicherweise mit einer entsetzlichen Stimme, die noch dazu weithin zu vernehmen war. »Entschuldigen Sie bitte«, fuhr sie fort, »aber ich habe mich mit Jeff unterhalten und dabei jedes Zeitgefühl verloren.«

Annabel Cousins zuckte zusammen, ehe sie den Kopf in Richtung des Flüsterns drehte. Einen Augenblick lang erstarrte sie und fixierte die Sprecherin mit glasigen Augen, doch dann wandte sie sich zu Helen Armstrong um, die heftig nickte. »Nein«, sagte Annabel, »nichts wird entschuldigt. Aber Sie kommen trotzdem gerade rechtzeitig.«

Bei »O kommet, all Ihr Getreuen« befand sich Helen Armstrong gerade in dem engen Gang hinter dem Altar und scheuchte Maria und Josef vor sich her. Maria hieß in Wirklichkeit Mary und sah eher wie eine Isländerin als wie eine Israelitin aus, aber sie hatte als Leiterin des Drama-Clubs die Rolle nun mal widerstandslos an sich reißen können. Josefs Name lautete Deborah, Deborah Levinson. Sie wußte nur zu gut, weshalb man ihr so plötzlich die Rolle übertragen hatte. Irgend jemand war der Meinung gewesen, es würde von einer toleranten Gesinnung zeugen, einer Jüdin diese Rolle zu geben. Die Vorstellung, in einem Weihnachtsspiel mitzuwirken, amüsierte Deborah jedoch so sehr, daß es ihr schwerfiel, die ganze Aufführung über den ernsthaften Gesichtsausdruck eines alten Mannes beizubehalten, der mit seiner schwangeren Frau auf dem Weg war, seine Steuern zu zahlen. Sie beschwor deswegen das Bild ihres Vaters herauf, der seine Steuererklärung ausfüllte, und brachte so schließlich doch noch den entsprechenden Gesichtsausdruck zustande.

Das Ende von »Oh, kleine Stadt Bethlehem« bedeutete den Auftritt von Maria und Josef; und zu den Klängen von »Engel aus himmlischen Höhen« schob Annabel schließlich die drei Engel auf den hölzernen Baldachin zu, unter dem sie zehn entsetzliche Minuten lang mit erhobenen Armen verharren sollten. Drei Köpfe mit goldrotem Haar und drei Paar Flügel bewegten sich mit äußerster Vorsicht vorwärts, bis sie auf ihren Plätzen standen. Als sie auf Annabel Cousins' energisches Zeichen hin die Arme hoben, sank Maria – etwas zu lieblich – auf ihren Stuhl und entdeckte – mit etwas zuviel Erstaunen – den kleinen Jesus in seiner Krippe.

»Das ist das letzte Mal, daß ich jemanden die Maria spielen lasse, die sich für Sarah Bernhardt hält«, flüsterte Annabel Helen Armstrong zu, die sich gerade wieder von der anderen Altarseite zurückgeschlichen hatte. »Aber Deborah macht sich gut als Josef.«

Helen nickte. »Sind die Könige schon auf ihren Plätzen?«

»O mein Gott«, stieß Annabel hervor. »Ich habe ihr Make-up nicht mehr überprüft.« Und schon lief sie nach unten.

Zu den Klängen von »Anbetende Hirten im Felde« tollten zwei als Hirtenjungen verkleidete Mädchen leichtfüßig und frohlokkend die beiden Seitengänge hinauf und schleppten dabei eine Unzahl von Spielzeugschafen hinter sich her. Erica tauchte als letzte auf; sie preschte den Mittelgang mit einer Geschwindigkeit hinunter, als ob sie bei den Olympischen Spielen von Bethlehem mitmachen wollte. Helen Armstrong seufzte; sie hatte gleich gewußt, daß es ein Fehler war, Erica Henry die Anweisung zu geben, sie solle laufen – gleichgültig, wie freudig das auch wirkte. Die Hirten in den Seitengängen erblickten ihre rennende Kollegin und legten ebenfalls an Tempo zu. Alle drei kamen schließlich schlitternd vor den Stufen zum Altarraum zum Stehen und erinnerten auf etwas unglückliche Art und Weise an entflohene Sträflinge, die eben von einer Meute Mitgefangener geschnappt worden waren. Erica fiel gerade noch ein, auf die drei Engel zu deuten, ehe sie wieder mit hoher Geschwindigkeit in der engen Lücke zwischen den zweiten Sopran- und den Altstimmen verschwand.

Die Orgel setzte zu einer anmutig jubilierenden Modulation an, und die Mädchen der Oberstufe sangen: »Wir Heiligen Drei Könige.« Von ihrem Stützpunkt hinter dem Altargitter aus sah Helen Armstrong mit großer Erleichterung, daß Annabel Cousins am anderen Ende der Kirche neben drei komplett ausgestatteten orientalischen Königen stand. Sie sahen wirklich sehr eindrucksvoll aus, dachte sie zufrieden. Und das waren sie auch, die drei größten Mädchen der Oberstufe in ihren Roben aus schwarzem Samt und scharlachrot- und goldgemustertem Brokat.

Melchior schritt feierlich das Mittelschiff hinauf – offensichtlich unbeeindruckt von den mehr als dreitausend Menschen, die ihn beziehungsweise sie beobachteten – und nahm seinen Platz schräg links vor den Stufen zum Altarraum ein. Die hohen Stimmen der Unterstufe griffen nun Kaspars Thema auf und hörten sich dabei schrecklich verlassen und zerbrechlich inmitten einer grausamen und feindseligen Welt an. Der zweite König schien daraufhin von Panik ergriffen zu werden und beeilte sich, seinen Platz in der Mitte einzunehmen, so, als könne er bereits die Soldaten des Herodes an die Türen hämmern hören. Die tragenden Stimmen der Oberstufensoprane stimmten nun Balthazars düsteres Klagelied an, und dann kam der dritte König gemessenen Schrittes daher, als wanderte er in dieser gleichbleibenden Geschwindigkeit bereits seit Jahren durch die Wüste. Schließlich standen sie Schulter an Schulter vor dem Altar. Die Orgel schrie gellend auf, und alle stimmten in den triumphierenden letzten Vers ein; gleichzeitig hoben die drei Könige ihre Gaben hoch über ihre Köpfe.

Es geschah an dieser ziemlich geräuschvollen Stelle, daß das alljährliche Festliedersingen der Kingsmede School das erste Mal seit fünfundsiebzig Jahren eine Veränderung in seinem Ablauf erleben mußte. Der mittlere Engel wankte nämlich, ließ die Arme sinken und brach über Josef zusammen, ehe er schließlich in Marias Schoß stürzte.

»O mein Gott«, stieß Helen Armstrong hervor und eilte hinter die Reihe aus Oberstufensopranistinnen, um Maria von ihrer himmlischen Last zu befreien.

»Sie ist ohnmächtig geworden«, flüsterte Maria vorwurfsvoll.

»Sie sagten doch, es sei noch nie jemand ohnmächtig geworden.« Alle anderen sangen munter weiter und waren mittlerweile bei »Siehe, mitten im Winter« angelangt, was auch den Lärm übertönte, den die beiden Sportlehrerinnen und die Schulkrankenschwester veranstalteten, die so schnell wie möglich an den Schauplatz des Geschehens geeilt kamen.

Helen ignorierte sie und bückte sich, um zusammen mit Deborah den mittleren Engel umzudrehen und ihm die Maske vom Gesicht zu nehmen, damit er wieder Luft bekam.

Es war in diesem Augenblick, daß sich die zweite Abweichung von der gewohnten Routine ereignete. Maria war die erste, der das Blut auffiel, das aus der weiß-goldenen Maske sickerte und auf ihr blaues Gewand tropfte. Ihre Schreie drangen durch die Kirche und übertönten alle sechshundert jubilierenden Stimmen.

»Sie wurde erschossen?«

»Sieht so aus.«

»Und niemand hat gesehen, wie man auf sie geschossen hat. Keiner hat eine Waffe gesehen.«

Der größere Mann in dem grauen Anzug schüttelte den Kopf und zuckte mit den Schultern in einer Was-hast-du-denn-erwartet-Geste.

»Was haben sie denn mit der Toten gemacht?« fragte Inspector John Sanders. Er stand im Altarraum und schaute auf den blutgetränkten Teppich.

»Offensichtlich saßen in den ersten beiden Reihen des Publikums ungefähr zwanzig Ärzte, die sich gegenseitig auf die Füße traten, um ihr das Leben zu retten und in die Medizinalgeschichte einzugehen«, erklärte sein Partner, Sergeant Ed Dubinsky.

»Man hat sie zwar schnellstens ins Krankenhaus geschafft, aber sie ist trotzdem gestorben. Der Täter hat sie genau zwischen den Augen erwischt. Ich hätte es selbst nicht besser machen können.«

»Wer war sie?«

»Das ist eine interessante Geschichte«, meinte Dubinsky und holte sein Notizbuch hervor. »Eigentlich sollte dort eine Schülerin namens Ashley Wallace stehen. Aber Ashley ist nicht erschienen, und so hat man in letzter Minute eine Lehrerin dort hingestellt. Man hat jemanden gebraucht, der stillstehen konnte und dessen Haar zu dem der beiden anderen paßte.«

»Was redest du da für einen Unsinn?« Sanders starrte seinen Partner verwirrt an. »Die anderen beiden was? Wieso passendes Haar?«

»Die anderen beiden Engel. Sie war ein Engel, in der Aufführung – du weißt doch. In dem Weihnachtsspiel. Wie in der Sonntagsschule und so.« Ed Dubinsky verfiel in einen schleppenden und geduldigen Tonfall, als ob er mit einem Kind spräche. »Und da die Engel alle Masken tragen, kann man nicht sagen, wer wer ist. So zum Beispiel.« Er ging zu dem Tisch, wo die in Plastik verpackte, blutverkrustete Maske mit dem Einschußloch mitten auf der Stirn lag und darauf wartete, ins Labor geschafft zu werden. »Und jedes Jahr gibt es Engel mit passenden Haaren...«

»Engel mit passenden Haaren?«

»Genau, Inspector«, ertönte eine klare Stimme hinter Dubinsky. »Die Engel haben zunächst einmal immer langes Haar, das ist Tradition, und jedes Jahr wechseln wir mit der Farbe ab – einmal schwarz, dann braun, rot, blond. Als ich hier anfing, waren sie immer blond, aber das schien mir diskriminierend. Die Mädchen betrachteten es nämlich als große Ehre, ein Engel zu sein. Ich heiße übrigens Helen Armstrong und bin unter anderem auch für die Engel zuständig. Aber nicht, daß ich mir heute besondere Lorbeeren verdient hätte.«

Sanders betrachtete sie und schüttelte nur den Kopf. »Das ist ja wunderbar. Da läuft ein Irrer herum, der die Engel in Weihnachtsspielen abknallt. Das hat mir gerade noch gefehlt. Als nächste kommen wohl die Nikolause dran. Damit wir uns richtig verstehen: Der Engel sollte eigentlich ein Mädchen namens Ashley Wallace sein, aber sie ist nicht gekommen – und dann?«

»Wir mußten buchstäblich in letzter Minute feststellen, daß sie auch nicht mehr kommen würde. Da hatten wir bereits eine

95

Menge Zeit damit verloren, sie überall zu suchen. Aber so ist sie nun mal, völlig unzuverläßig.«

»Warum haben Sie sie dann überhaupt genommen?«

Helen Armstrong lächelte grimmig. »Sie haben wohl noch nie von Wilfred Wallace, dem Justizminister, gehört, oder? Die Familie Wallace war der Ansicht, daß die kleine Ashley in all den Jahren bisher noch nicht die Anerkennung von ihrer Schule bekommen hatte, die ihr eigentlich zustand.« Mrs. Armstrongs Stimme troff vor Sarkasmus. »Deshalb hat der Vater mal ein Wörtchen mit seinem guten Freund, dem Vorsitzenden unseres Schulkomitees, gesprochen, der uns wiederum auf Knien gefleht hat, Ashley doch einen Engel spielen zu lassen, damit ihn Wallace endlich in Ruhe läßt. Das war keine große Affäre – es ging schließlich nicht darum, Ashleys Noten zu verbessern oder sie zur Schulsprecherin zu machen –, und deshalb haben wir sie als Engel besetzt. Aber Wallace hat für seine Erpressung bitter bezahlt – er mußte im ersten Moment doch annehmen, daß es sein kleiner Liebling war, der kopfüber in die Krippe stürzte. Er hat fast einen Herzanfall bekommen.« Sie grinste böse und schüttelte dann den Kopf. »Tut mir leid. Ich wollte nicht so gefühllos klingen. Wie dem auch sei, wir wollten uns schon mit zwei Engeln begnügen, als endlich...« Helen Armstrongs Augen füllten sich plötzlich mit Tränen. Sie schüttelte wütend den Kopf und fuhr mit leiser Stimme fort: »...als endlich Cynthia Toomey auftauchte. Sie sollte uns beim Weihnachtsspiel überall dort aushelfen, wo Not am Mann war, aber sie hatte sich bis zu diesem Moment mit Jeff oben im Chor versteckt und sich mit ihm unterhalten. Wie dem auch sei, wir mußten nur einen Blick auf ihr prächtiges rotes Haar werfen, um sie sofort in Ashleys Kostüm zu stecken. Dann noch die Maske, und keiner hat etwas gemerkt.«

»Wer wußte sonst noch von diesem Tausch?«

»Nur wir beide. Annabel Cousins – sie ist die Schauspiellehrerin – und ich. Für alle anderen steckte Ashley in diesem Kostüm.«

»Haben Sie gesehen, wie es passiert ist?«

»Mein Gott«, unterbrach ihn Dubinsky, »alle haben es gesehen. Da standen ungefähr sechshundert Mädchen, da und da«, sagte er und deutete auf die beiden Bankreihen rechts und links der Seitengänge. »Und dann waren noch zweieinhalbtausend weitere Zuschauer und ungefähr vierzig Lehrer hier. Carstairs sagte, er sei sich wie bei Gericht vorgekommen – er hat mindestens drei Richter und ungefähr dreißig Anwälte entdeckt. Sie haben alle ihre Kinder in dieser Schule. Und das ist noch nicht alles, der Ehemann der Toten war auch noch da oben und hat das Ganze fotografiert.« Er deutete auf die Chorempore am westlichen Ende der Kirche.

»Wo sind die jetzt alle?«

»Wie haben alle Zuschauer gehen lassen, bis auf die Eltern, deren Kinder noch hier sind. Sie befinden sich am anderen Ende der Kirche. Wir haben nur die Schülerinnen hierbehalten, die Rollen bei dem Krippenspiel hatten, Ashleys Freundinnen, die Lehrer, die zur Tatzeit in der Nähe waren, und den Chorleiter. Die sitzen alle hier. Leider ist es uns nicht gelungen, den Vorsitzenden des Schulkomitees, zwei seiner Anwaltsfreunde, den Direktor und seinen Stellvertreter loszuwerden. Die sitzen unten in den ersten beiden Reihen.« Mit diesen Worten spähte er zu ihnen hinunter. »Außerdem ist ja da auch noch Miss Jeffries«, fügte er mit einer Stimme hinzu, die starkes Mißfallen ausdrückte.

»Seien Sie nicht immer so verdammt pingelig«, murmelte Sanders. »Wir waren gerade zusammen beim Mittagessen, als man mich verständigte. Sie hat sich außerdem ein Buch mitgebracht, und ich bringe sie gleich heim, sobald wir hier fertig sind.«

Dubinsky achtete nicht auf ihn. »Und der Ehemann ist in der Sakristei.«

»Der Ehemann?«

»Ja, der Ehemann. Jeff Toomey. Der, der alles fotografiert hat.«

»Ich werde mit ihm zuerst reden.«

»Ach, übrigens, der Pfarrer hätte es gerne, wenn wir bis zur Abendandacht wieder verschwunden wären, der Justizminister möchte, daß wir in der ganzen Provinz eine Suchaktion nach seiner Tochter starten, und die Hälfte aller einflußreichen Leute im Lande hockt hier und schreit nach Rache. Man erwartet also von uns, daß wir etwas unternehmen, und zwar schnell.«

Jeff Toomey war ein überraschend gutaussehender Mann mit kräftigem Kinn und blauen Augen, der noch dazu fast wie ein Zwanzigjähriger ausgesehen hätte, wären da nicht die feinen Linien um seine Augen und sein bereits schütter werdendes, blondes Haar gewesen. Er stand schwankend auf, als sie die Sakristei betraten, und wirkte sehr mitgenommen. »Ich bin Jeff Toomey«, stellte er sich vor und streckte die Hand aus. Seine Stimme klang heiser.

»Sie waren die ganze Zeit über oben auf der Empore?«

»Ja, von ungefähr halb drei Uhr bis – bis Cynthia zusammenbrach und jemand zu mir kam, um mir zu sagen, daß das Cynthia war und nicht eine der Schülerinnen.«

»Waren Sie allein?«

Er schüttelte den Kopf. »Nicht ganz. Da ist mal ein Mädchen gekommen, das jemanden suchte, und Cynthia war...« Er schluckte schwer und verstummte. »Ich mache jedes Jahr die Fotos von der Aufführung. Um damit Spenden zusammenzukriegen, Sie verstehen schon. Wir verkaufen die Abzüge an die Eltern der Schüler. Das mache ich bereits seit zehn Jahren, seit wir geheiratet haben. Und ich habe auf den Auslöser gedrückt«, fuhr er fort. Den letzten Satz schrie er fast heraus und erregte so wieder Sanders' Aufmerksamkeit, die etwas nachgelassen hatte. »Ich habe tatsächlich aufgenommen, wie jemand Cynthia getötet hat.« Er schlug die Hände vors Gesicht. »Genau in dem Moment, in dem sie zusammenbrach. Was hatte sie nur da oben zu suchen? Kein Mensch scheint das zu wissen.«

»Die Schülerin, die den Engel in der Mitte verkörpern sollte, ist nicht erschienen.«

»Warum sollte aber jemand eine der Schülerinnen erschießen wollen?« wunderte Toomey sich und verzog fragend das Gesicht. Sanders dachte an den Justizminister, der mit grimmiger Miene weiter hinten in der Kirche saß, und an die Anzahl von Feinden, die er sich in den letzten vier Jahren erworben hatte. Er schüttelte den Kopf. »Ist Ihnen vielleicht irgend etwas Ungewöhnliches aufgefallen, Mr. Toomey? Während Sie Ihre Fotos machten?«

Toomey starrte ihn an, als habe er ihn nicht richtig verstanden. »Ob mir etwas aufgefallen ist? Dazu hatte ich keine große Gelegenheit. Ich mußte mich ja gleichzeitig um zwei Kameras kümmern – eine mit Weitwinkelobjektiv und eine für Nahaufnahmen –, und dann hatte ich noch eine Videokamera laufen, die ich aber nur ab und zu überprüfte. Ich habe immer wieder neue Einstellungen gesucht und bin zwischen den beiden Kameras hin- und hergelaufen.«

»Und bis auf diese beiden Besucherinnen waren Sie die ganze Zeit über allein dort oben.«

»Einmal ist der Chor hinausgegangen. Das war am Ende des ersten Liedes.« Er machte eine Pause, als würde er überlegen. »Da war ein Mann, der stand genau unter mir im Mittelschiff. Er trug etwas – im Moment dachte ich, es sei eine Kamera. Jetzt bin ich da nicht mehr sicher. Und ich habe, dachte ich, auch noch einen Knall gehört, als ich die letzte Aufnahme machte. Aber die Musik war so verdammt laut, daß ich es nicht mit Sicherheit sagen kann.« Ein Klopfen an der Sakristeitür unterbrach seine Überlegungen.

Herein kam ein Constable, der ein großes, dünnes, rothaariges Mädchen hinter sich herzog, das durchnäßte Jeans, ein Sweatshirt und eine Jacke anhatte und dem das Wasser aus den Schuhen lief. Man sah, daß sie zitterte, ihre Wangen waren tränennaß. »Das vermißte Mädchen, Inspector. Sie ist gerade gekommen. Ihr Vater würde auch gern mit ihr reden.«

Sanders konnte sich vorstellen, wie der Minister den Zorn eines jeden, angefangen beim Polizeichef bis hin zum Premierminister, auf dem sturen Schädel des Constable entlud, jedoch ohne große Wirkung. »Sie sind also Ashley Wallace«, sagte Sanders und musterte sie prüfend. »Und wo haben Sie die ganze Zeit gesteckt?«

Ashley schaute Sanders mit leidender Miene an und ließ dann ihren Blick zu Jeff Toomey hinübergleiten. »Es tut mir so leid«, fing sie mit tränenerstickter Stimme an. »Das war ein ganz entsetzlicher Tag. Ich glaube nicht, daß ich jemals...«

»Setzen Sie sich doch, Miss Wallace«, sagte Sanders. »Und fangen Sie am Anfang an.«

»Okay«, sagte sie, und Sanders erhaschte dabei einen flüchtigen Blick auf einen blauen Kaugummi zwischen ihren Zähnen. Jeff Toomey runzelte die Stirn. »Ich bin heute früher aus dem Haus, weil ich ja noch mein Engelskostüm anziehen mußte, und ich wollte nicht auf meinen Vater warten, weil der manchmal doch nicht weg kann und dann nicht will, daß ich den Wagen nehme, wegen dem Schnee und so. Also wollte ich mit dem Bus fahren, habe aber festgestellt, daß ich meine Brieftasche vergessen hatte. Ich hatte kein Geld, und da kam dieser Typ in dem Wagen vorbei und hat mir angeboten, mich direkt zur Kirche zu bringen.«

»Was hat er denn für einen Wagen gefahren?« fragte Dubinsky, der eifrig mitschrieb.

»Hmm...« Ihre Augen glitten durch den Raum, als könne die Antwort irgendwo in einer der Wände eingeritzt sein. »Es war ein schwarzer Wagen. Ein großer, schwarzer Wagen. Ich denke, es war – vielleicht war es ein Mercedes oder so.«

»Ein großer, schwarzer Mercedes«, wiederholte Dubinsky, der immer noch mitschrieb.

»Hmm – genau. Und der Fahrer war ein großer, schwarzer Bursche, der wirklich furchteinflößend aussah.«

»Und zu dem sind Sie ins Auto gestiegen?« fragte Sanders, und es war nicht zu überhören, wie unwahrscheinlich ihm das vorkam.

Hektische rote Flecken überzogen ihre blassen Wangen. »Richtig – na ja, am Anfang hat er ja noch ganz nett ausgesehen, aber als er mich dann nicht zur Kirche gebracht hat, sondern Richtung See gefahren ist, da habe ich es mit der Angst zu tun bekommen, und ich bin aus dem Auto gesprungen, als er mal langsam fahren mußte, und bin zu Fuß hierhergelaufen. Es war ein langer Weg, aber ich dachte mir, daß mein Daddy bestimmt hier auf mich wartet.« Eine Träne kullerte über ihre Wange.

»Wie alt sind Sie, Miss Wallace?« fragte Sanders.

»Neunzehn.« Argwohn lag in ihrer Stimme. »Wieso ist das wichtig, wie alt ich bin?«

»Das ist überhaupt nicht wichtig. Sie scheinen mir nur schon ein bißchen alt für die High-School zu sein, das ist alles«, erwiderte Sanders sanft.

»Ich wollte meine Ausbildung noch weiter vertiefen und habe deshalb ein Jahr angehängt.« Aus dem Argwohn wurde offene Feindseligkeit. »Ist das vielleicht ein Verbrechen?«

Der Inspector lächelte milde. »Wieso sind Sie eigentlich den ganzen Weg bis hierher gelaufen, statt die Polizei zu verständigen?«

»Ich hatte doch kein Geld. Das sagte ich Ihnen bereits.«

»Für Notrufe braucht man kein Geld«, erklärte er. »Das sollten Sie sich vielleicht merken. Außerdem haben wir ein berechtigtes Interesse daran, Vorfälle wie Entführungen strafrechtlich zu verfolgen.«

»Nun – der Mann hat mir ja nicht weh getan, er hat mir nur angst gemacht. Und außerdem, wenn ich den Bus erwischt hätte, wäre ich erst recht erschossen worden. Das hat man mir jedenfalls gesagt. Das mit Ihrer Frau tut mir wirklich sehr leid, Mr. Toomey. Sie war eine großartige Lehrerin.«

Jeff Toomey wandte sein Gesicht ab, auf dem ein gequälter Ausdruck lag.

»Sie können jetzt draußen bei Ihrem Vater in der Kirche warten, Miss Wallace«, sagte Sanders. »Aber gehen Sie noch nicht weg.« Mit einem Nicken verließ Sanders den Raum. Dubinsky erhob sich hastig und folgte ihm.

»Eine lausige Lügnerin ist sie, nicht wahr?« meinte Sanders, als er in den Altarraum zurückging. »Wenn der Wagen grün gewesen wäre, dann wäre sie bestimmt auch von einem kleinen grünen Männchen entführt worden, vermute ich.«

»Mit Sicherheit. Aber ich wette zehn zu eins, daß hinter der Sache nichts steckt – sie war bestimmt mit einem Freund unterwegs oder so etwas in der Art.«

Sanders warf dem Mädchen einen nachdenklichen Blick nach, als sie in den hinteren Teil der Kirche ging. »Wie alt, sagten Sie, war Mrs. Toomey?«

»Ich habe gar nichts gesagt«, erwiderte Dubinsky und blätterte in seinem Notizbuch. »Fünfunddreißig.«

»Und ihr Mann?«

»Zweiunddreißig. Sieht man ihm nicht an, oder?«

»Wo muß man sich aufhalten, wenn man jemanden erschießen will, der auf diesem Vorsprung steht?« fragte er, während er sich auf die Position des mittleren Engels hinaufschwang.

Dubinsky wich zwischen die Kirchenstühle im Altarraum zurück und schaute zu der graugekleideten Gestalt des Inspectors. Dann drehte er sich um und warf einen Blick in den Kirchenraum. »Wie weit reicht Ihr Blickfeld?« rief er nach oben.

»Ich sehe gerade noch den Constable dort drüben«, antwortete Sanders und sprang wieder auf den Boden. »Genau das habe ich mir gedacht – um den Engel richtig ins Visier zu bekommen, mußte man sich entweder auf der Empore oder genau rechts darunter befinden; es sei denn, man wollte von ein paar tausend Zeugen gesehen werden. Und Toomey war oben auf der Empore und hat genau in dem Moment ein Foto gemacht, als geschossen wurde, richtig? Ist der Film bereits daraufhin überprüft worden?«

»Und unter der Empore standen mindestens fünf Lehrerinnen«, sagte Dubinsky. »Die Schauspiellehrerin und noch drei Aushilfskräfte.«

»Was ist mit der Empore?« fragte Sanders. »Könnte sich dort oben jemand versteckt haben?«

»Niemals«, sagte Dubinsky. »Das war das erste, was uns einfiel. Dort oben ist nichts außer der Kameraausrüstung und ein paar alten Holz . . .« Er drehte sich um und bewegte sich mit erstaunlicher Geschwindigkeit in den hinteren Teil der Kirche.

Sie fanden das leichte Sportgewehr in einer großen Holzkiste, die so aussah, als hätte sie früher mal den Urahn aller Lautsprecher beherbergt. Die Kiste stand aufrecht, die offene Seite an die Wand gerückt, und enthielt eine weitere, etwas kleinere Holzkiste. »Ein Hocker«, sagte Dubinsky und versetzte der kleinen Kiste einen Fußtritt. »Die ganze Zeit über, während Toomey mit seiner Ausrüstung herumgemacht hat, hat der Täter einfach hier gesessen und auf den Beginn des Weihnachtsspiels gewartet. Als Toomey dann die Hirtenszene aufnehmen wollte, ist er aufgestanden und hat den Engel abgeknallt. Nur daß er Toomeys Frau statt Wallaces Tochter erwischt hat.«

»Wieso hat Toomey dann den Schuß nicht gehört?«

»Den hat keiner gehört. So viel Krach macht das auch nicht, und außerdem hat der Täter gewartet, bis die Musik laut genug war, ehe er abdrückte. Und in dem anschließenden Durcheinander ist er dann die Treppe hinunter und zu einer Seitentür hinaus. Es konnte ihm nicht viel passieren. Toomey hatte zuviel zu tun, um irgendwo herumzuschnüffeln.«

»Warten Sie«, sagte Sanders. »Ich bin gleich wieder zurück.«

Dubinsky lehnte am Geländer des Balkons und spürte ein wachsendes Gefühl der Verärgerung in sich aufsteigen. Bis jetzt hatte er den Kopf hinhalten müssen und die Kritik eines wütenden Justizministers abbekommen, ganz zu schweigen von dem ebenso aufgebrachten Pfarrer der Kirche, dem Vorsitzenden des Schulkomitees, dem Direktor der Schule und allen anderen in dem Gebäude. Und was machte Sanders? Er flüsterte einer Frau mit grünen Augen, die in der ersten Kirchbank saß, etwas ins Ohr. Es war durchaus nicht so, daß er gegen Harriet Jeffries als Mensch etwas einzuwenden gehabt hätte – bis jetzt hatte sie sogar seine beiden Tests bestanden: Sie trank Bier und war angeblich eine erfahrene Fotografin. Er bewunderte Expertentum, gleichgültig auf welchem Gebiet. Aber es war sein Gefühl für die Verhältnismäßigkeit der Dinge, das verletzt worden war. Was würde Sanders wohl sagen, wenn er mit seiner Frau Sally am Arm zur Arbeit erschiene? Nicht, daß sie etwa so unklug gewesen wäre. Sally besaß, Gott sei Dank, zuviel Vernunft.

Jetzt legte Miss Jeffries ihr Buch weg und kam mit Sanders zusammen zurück. Dubinsky seufzte und setzte sich. Schießereien in Kirchen verursachten ihm immer ein unbehagliches Gefühl, besonders wenn sie politisch motiviert waren.

»Hi, Ed«, sagte Harriet Jeffries, leicht verlegen wirkend. »Tut mir leid, wenn ich mich einmische, aber John möchte, daß ich etwas für ihn überprüfe...« Noch während sie das sagte, klappte sie Jeff Toomeys Kameratasche auf, nahm vorsichtig einige Ausrüstungsgegenstände heraus und legte sie zur Seite. »Hier ist es«, sagte sie und zog eine lange, graue Kordel heraus, die sorgfältig aufgerollt und mit einem Müllbeutelclip befestigt war. Harriet öffnete den Verschluß und trug die Kordel zu der Kamera, die am nächsten zur Mittellinie der Kirche stand. Dort befestigte sie die Kordel und fing an, sie aufzurollen. »Diese Kiste?« fragte sie.

Sanders nickte.

Harriet rollte die Kordel schließlich so weit auf, bis sie noch ungefähr zehn Zentimeter von der Holzkiste entfernt war. Dort lag ein grauer Ballonauslöser auf dem Boden. »Das ist ein sogenannter Drahtauslöser. Du kennst doch so was. Okay, du bleibst also hier stehen – du hast die Kamera ja bereits auf die Stelle vor dem Altar eingestellt, wo die Engel stehen werden –, und im richtigen Moment feuerst du dann die Waffe ab und trittst einfach auf den Ballonauslöser. *Voilà* – schon hast du eine Aufnahme, wie die Frau zusammenbricht, die offensichtlich in dem Moment gemacht wurde, in dem du hinter deiner Kamera warst. Es überrascht mich, daß ihr zwei nicht schon früher darauf gekommen seid. Das ist doch das Offensichtlichste von der Welt.«

»Und warum sollte Toomey die Tochter von Wallace erschießen wollen?« fragte Dubinsky, dessen Gedanken immer noch bei der Politik waren.

»Will er ja gar nicht. Er will selbstverständlich seine Frau erschießen«, sagte Harriet. »Wen wollen Männer sonst schon erschießen? Das solltest du doch wissen. Und da das Mädchen Bescheid gewußt hat, braucht ihr nach einem Motiv auch erst gar nicht lange zu suchen.«

»Und dieses verlogene kleine Miststück saß irgendwo bei einer Tasse Kaffee, bis es Zeit für ihren Auftritt war. Toomey wußte zwar, daß sie bestimmt nicht da oben stehen würde, aber wie konnten sie sicher sein, daß Cynthia Toomey Ashleys Platz einnehmen würde?«

Harriet zuckte mit den Schultern. »Ich weiß nicht, aber ihr solltet euch vielleicht mal erkundigen, wie viele Leute es an der Schule gibt, die langes rotes Haar haben und über einen Meter siebzig groß sind. Es schien doch unglaublich wichtig zu sein, daß alle Engel gleich aussahen.«

»Also verwickelt Toomey seine Frau auf der Empore so lange in eine Unterhaltung, bis er sicher sein kann, daß alle in heller Aufregung sind. Dann erinnert er Cynthia daran, daß sie eigentlich bei dem Weihnachtsspiel aushelfen soll, und schickt sie mitsamt ihren roten Haaren nach unten. Die Chance beträgt neunzig Prozent, daß man auf sie zurückgreift«, schloß Sanders nachdenklich. »Und wenn dann oben auf der Bühne ein dritter Engel mit roten Haaren auftaucht, weiß Toomey, daß das seine Frau ist, und er hat noch zehn Minuten, um seinen Trick vorzubereiten. Scheint mir schlüssig, die Sache. Holen wir ihn uns.«

»Was meinst du, dürfen wir nächstes Jahr das Weihnachtsspiel ausfallen lassen, Helen?«

Helen Armstrong schüttelte heftig den Kopf, während sie die letzten Kostüme wieder in ihren Schachteln verstaute. »Nein, das glaube ich nicht. Aber ich denke, daß heuer das letzte Jahr war, in dem man von uns erwartet hat, daß wir drei Mädchen aus Abschlußklassen finden, die alle langes Haar in derselben Farbe haben.«

»Wie wäre es mal mit drei Engeln mit kurzem, lockigem Haar in verschiedenen Farben? Gütiger Gott«, murmelte Annabel plötzlich. »Die Leute kommen schon zur Abendandacht, und die Polizei ist immer noch in der Sakristei und unterhält sich mit diesem schrecklichen Mr. Wallace. Meinst du, die haben auch Ashley verhaftet?«

»Ich hoffe doch«, erwiderte Helen und gähnte herzhaft. »Dann muß ich in den Ferien nicht ihren Aufsatz über George Eliot benoten.« Sie verschloß die letzte Schachtel mit einem langen Stück Klebeband, damit sie die kurze Fahrt zurück zur Schule überstand. »Hier. Wir sind fertig. Wieso kommst du mit Rob hinterher nicht auf einen Drink zu uns? Wir lassen uns eine Pizza bringen und fangen schon mal an, Weihnachten zu feiern. Aber dieses Mal richtig.«

John Malcolm
Requiescat in Pace

Was für eine wunderbare Überraschung für die Fans von Gilbert und Sullivan, auch diese beiden in ihrem Weihnachtsstrumpf zu entdecken! John Malcolm, den ich bei einem Kongreß in Philadelphia traf, sagte auch bereitwillig zu, als ich ihn bat, eine Geschichte für uns zu schreiben. Diese hier habe bereits eine ganze Weile darauf gewartet, endlich geschrieben zu werden, sagt er. Und er hoffte, daß wir sie mögen. Wie sollten wir nicht?

John Malcolm hat bisher acht Kriminalromane geschrieben, in deren Mittelpunkt immer Tim Simpson steht. Er ist Kunstsachverständiger einer Londoner Handelsbank, und seine Arbeit bringt ihn immer wieder mit den durchtriebenen Machenschaften, dem Gewinnstreben und der Gewalttätigkeit der kriminellen Kunst- und Antiquitätenwelt in Europa und Nordamerika in Berührung.

Darüber hinaus hat John Malcolm Kurzgeschichten für den Collins Crime Club und für Macmillans *Winter's Tales 22* geschrieben und ist als Verfasser diverser Bücher und Artikel über antike Möbel bekannt. Er lebt in Sussex, England.

> Submit to Fate without unseemly wrangle
> Such complications frequently occur
> Life is one complicated tangle
> Death is the only true unraveller
>
> The Grand Inquisitor
> aus *The Gondoliers*
> von Gilbert und Sullivan

Es schneit nicht oft an einem Heiligabend in London. In den letzten zwei, drei Jahren waren die Winter sehr mild, und London war ohnehin noch nie dafür bekannt, schneereich zu sein. Doch an diesem Tag war es sehr kalt, und während wir den baumgesäumten Hauptweg des Brompton Cemetery entlanggingen und die ersten Flocken zu fallen begannen, wunderte ich mich wirklich sehr, wieso mein Freund Quentin Cranbrook so auf diesem Ausflug bestanden hatte. Schließlich wäre es wesentlich vernünftiger gewesen, nach dem frühen Einbruch der Dunkelheit an diesem Nachmittag in Cranbrooks komfortabler Wohnung gleich um die Ecke am Earls Court Square zu bleiben, wo seine charmante Frau Jill einen saftigen Truthahn und andere passende Leckereien für unser traditionelles Festmahl am nächsten Tag vorbereitete.

Aber Cranbrook hatte auf diesem Spaziergang insistiert, und es war ja auch sehr freundlich von ihm gewesen, mich dieses Jahr einzuladen, da ich seit dem Tod meiner Frau vor zwei Jahren jedes Weihnachten allein verbracht hatte, wie er wußte. Also hatte ich ihm die Bitte nicht abschlagen wollen. Cranbrook war ein alter Bekannter von uns, und in den vergangenen Jahren hatten wir oft zu viert etwas unternommen. Nach dem Tod meiner Frau, die im Kindbett starb, wurde dann jedoch alles anders; ich hatte mich kopfüber in die Arbeit für meine kleine Exportfirma gestürzt, um diesen Verlust zu überwinden, und Cranbrook war voll und ganz von seinen Biographien in Anspruch genommen. Denn endlich schien die literarische Mode einmal auf seiner Seite zu sein, und mit der zunehmenden Popularität von Biographien konnte er hoffen, jetzt wenigstens selbst für seine wunderbare Frau sorgen zu können, ohne weiterhin auf ihre Mittel zurückgreifen zu müssen, mit denen sie bisher loyal das gemeinsame Leben in London finanziert hatte.

»Dir hat die Aufführung von Gilbert und Sullivan gestern abend doch auch gefallen, oder?« Diese rhetorische Frage stellte er mir mit bedeutungsschwangerer Stimme, während wir über den breiten Weg gingen, der gesäumt war von Platanen, die im Sommer den Friedhof vom Brompton in einen schattigen Erholungsplatz verwandelten, an dem die Arbeiter und Angestellten der Gegend ihre Mittagspause verbrachten.

»Und ob sie mir gefallen hat.« Wir hatten uns zu dritt eine Aufführung von *The Gondoliers* angesehen, die teils auf das alte Vorbild von D'Oyly Carte zurückgriff, teils neu inszeniert war. Wir haben es den Amerikanern zu verdanken, daß sie mit ihrer wunderbaren Version von *The Pirates of Penzance* – in der Londoner Aufführung spielen Pamela Stephenson und George Cole die Hauptrollen – unsere Vorliebe für Gilbert und Sullivan neu belebt haben; sie haben uns gezeigt, wie radikal und frisch sich die Originalversion in den Augen der Viktorianer dargestellt haben muß. Aber die Aufführung, die wir gesehen hatten, war auch sehr schön gewesen; ihre Melodien klangen immer noch in meinen Ohren nach.

»Das ist auch der Grund, warum ich dich hierhergebracht habe.« Cranbrook warf mir einen bedeutungsvollen Blick zu. »Ich muß dir nämlich etwas zeigen, das dich hoffentlich interessieren und vielleicht auch amüsieren wird.«

Ich schaute ihn ziemlich überrascht an. Er wurde allmählich etwas wunderlich, der alte Knabe, dachte ich; wahrscheinlich, weil er nichts anderes mehr als die Nachforschungen für seine Biographien im Kopf hatte. Es konnte noch so unwichtig sein, noch das geringste Detail vergangener Beziehungen und Machenschaften faszinierte und fesselte ihn. Für ihn stellten die langen Stunden in Bibliotheken und Archiven, in denen er über Büchern, Dokumenten und Briefen brütete, zwar keine Belastung, keine Mühen dar, doch physisch war diese Beschäftigung nicht spurlos an ihm vorübergegangen. Als ich mir jetzt seinen massigen Körper ansah – dick und unförmig eingehüllt in Mantel und Schal gegen die beißende Kälte –, bemerkte ich, wie die vielen Stunden des Lesens seinen Rücken gebeugt hatten und wie er in seiner Haltung an den Gelehrten in seiner Studierstube erinnerte. Selbst sein Haar, früher immer etwas unbändig, war an der Stirn lichter geworden und wies hier und da bereits eine

Spur von Grau auf, die nicht etwa von den schmelzenden Schneeflocken stammte und wieder vergangen wäre, sondern für immer seine Locken zierte.

Um diese Stunde an einem Heiligabend verließen allmählich auch jene Besucher den Friedhof, die noch das eine oder andere Gebinde oder Blumen in Erinnerung an ihre Lieben auf die Gräber gelegt hatten. Die hohe Eingangsmauer in unserem Rücken schirmte die Lichter und den Verkehrslärm der Old Brompton Road ab, während wir auf das säulenumstandene Mausoleum in der Mitte zugingen. Der Friedhof von Brompton hat zwar nicht so unter der Verwahrlosung und dem Vandalismus gelitten wie Highgate, doch jenseits des gepflegten Hauptweges konnte ich durchaus erkennen, daß auch hier das Gras unkontrolliert wucherte und die Grabsteine darum zu kämpfen hatten, sich weiterhin aufrecht und in ihrer ganzen düsteren Strenge unter den Bäumen zu behaupten. Hier und dort war denn auch ein Gedenkstein in Mitleidenschaft gezogen, gefällt entweder von der Witterung, der Zeit oder aber von der frevlerischen Feindseligkeit der Jugend. Es ist traurig, daß es überhaupt zu solchen Akten der Zerstörung kommen muß, vor allem aber auf einem so berühmten Friedhof, auf dem so viele illustre Persönlichkeiten ruhen, eingebettet in ungefähr zweihundert Jahre Geschichte.

Gerade waren wir zum Beispiel an der marmornen Grabstätte eines Colonel Byrne vorbeigekommen, eines zweifellos couragierten Offiziers, dessen Grabinschrift von seiner Tapferkeit im Dienste Garibaldis in Italien kündigte und von seinem Einsatz während des Amerikanischen Bürgerkriegs – wo er im Sixtyfourth Regiment of Foot gedient hatte – und bei unseren eigenen berittenen Truppen während des Burenkrieges zeugte. Ein Mann, überlegte ich, der eine Begeisterung für Kanonenmündungen an den Tag gelegt hatte, die in unserer heutigen, weniger militärisch ausgerichteten Zeit vielleicht auf kein so großes Verständnis mehr stoßen würde. Von diesen Grabinschriften geht eine große Faszination aus, und sie haben mich von jeher angezogen. Es war sehr aufschlußreich, in dieser eisigen, schnell dunkler werdenen Umgebung die eingemeißelten Buchstaben zu entziffern, die auf den senkrecht stehenden Platten gerade noch dort sichtbar waren, wo die dünn fallenden Schneeflocken sich noch nicht niedergelassen hatten.

»Hier sind wir.« Cranbrook blieb stehen und holte eine Taschenlampe heraus. »Ich hoffe, du wirst mir zustimmen, daß es der Mühe wert war.« Er verließ den Kiesweg und wies mich an, ihm in die zweite Reihe von Gräbern zu folgen, die parallel zum Hauptweg lagen. Er zögerte nicht eine Sekunde, doch ich folgte ihm etwas vorsichtiger; der Abstand zu den Grabsteinen in der ersten Reihe war nur schmal, und meine Schuhe mit den Ledersohlen würden der bereits zwei Zentimeter dicken Schneedecke nicht viel entgegenzusetzen haben.

Cranbrook deutete auf zwei gleich aussehende, aufrecht stehende Grabsteine, die jeweils das Kopfende einer kiesbedeckten Fläche zierten; diese wiederum war von einer verwitterten Umrandung aus Stein begrenzt. Zwischen den beiden Gräbern lag ein weiterer Grabstein, der die Form eines kleinen Steinkreuzes hatte, schon fast flach auf dem Boden. Cranbrook wies mit triumphierender Geste auf den braunen Stein des linken Grabes, beleuchtete ihn mit der Taschenlampe und trat einen Schritt zurück, damit ich besser sehen konnte.

»Joseph Ballard Carter«, las ich laut vor, da ich das Gefühl hatte, das würde man von mir erwarten. »Aus Brimfield, Massachusetts. Geboren am 21. August 1813, gestorben am 22. Mai 1889. Und seine Frau Mary Chamberlain Carter.«

»Nein, nein«, unterbrach Cranbrook mich. »Nicht die. Das sind die Eltern. Hier.«

Er beleuchtete mit seiner Taschenlampe ein Stück eines weißen Grabsteins, an dessen breitem Sockel etwas schräg ein – ebenfalls aus Stein gefertigtes – Blatt Papier, das an beiden Enden aufgerollt war, gleichsam als Postscriptum angefügt war. Die Inschrift war bereits am verblassen, und ich mußte mich anstren-

111

gen, sie zu entziffern, während die vorbeiwirbelnden Schneeflocken mir die Sicht erschwerten.

»Mary France Ronalds«, las ich laut vor. »Geborene Carter.
Geboren am 29. August 1839, gestorben am 28. Juli 1916.
›Unvergessen‹« Unter der blassen Inschrift waren noch andere
eingemeißelte Buchstaben und dünne, gerade Linien zu sehen,
die fast wie Hieroglyphen wirkten, beim näheren Hinsehen sich
aber als etwas anderes entpuppten. »Gütiger Himmel«, sagte
ich. »Ich glaube fast, das ist eine Partitur.«

»Richtig. Sullivans Musik.« Cranbrooks Stimme klang erregt
und befriedigt zugleich. »Das ist das Grab von Fanny Ronalds.«

»Fanny Ronalds?«

»Mrs. Fanny Ronalds. Die Schönheit von New York. Die Frau,
die die beiden Finanzmogule Augustus Belmont und Leonard
Jerome gleichzeitig in ihren Bann schlug. Selbstverständlich
sang sie. Aber nicht professionell, das hätte sich für eine von
New Yorks oberen Vierhundert nicht geschickt. Trotzdem war
sie sehr gut. Aus diesem Grund war Jerome auch hinter ihr her; er
hatte eine Schwäche für Opernsängerinnen. Jenny Lind – nach
ihr hat er seine Tochter benannt.«

»Jennie Jerome?«

»Genau die, Winston Churchills Mutter. Sie kannte Fanny
Ronalds natürlich sehr gut.«

»Gütiger Himmel.«

Cranbrooks Stimme klang belegt. »Fanny Ronalds war eine
gefeierte Schönheit. Ihrem Ehemann wird nachgesagt, er habe
sie verlassen, nachdem sie drei Kinder hatten.« Mit einer vagen
Geste wies er auf die anderen Grabsteine. »Zwei davon liegen
hier. Aber Belmont und Jerome wetteiferten um Fannys Gunst.
Einmal veranstaltete sie in New York einen riesigen Ball – das
war irgendwann um 1860 – und trug dabei ein außergewöhnliches Diadem in Form einer Harfe, das mit Gas beleuchtet war.
Sie hatte sowohl Jerome als auch Belmont das Geld für den Ball
aus der Tasche gezogen.«

112

»Ts, ts.« Das Bild eines harfenförmigen, von Gas beleuchteten Diadems weckte zwar eine vage Erinnerung in mir, aber so langsam fühlte ich mich doch etwas unbehaglich. Der Schneefall schien auch immer stärker zu werden. Der Gedanke an eine weiße Weihnacht in London war eigentlich unvorstellbar, aber allmählich standen die Chancen nicht schlecht. Ich hatte keine Handschuhe dabei, und mein Mantel hätte auch etwas dicker sein können. »Und die Musik?« Ich ließ die Frage unbeantwortet zwischen uns stehen.

»Ah, ja! Die Musik!« Cranbrook fuchtelte aufgeregt mit seiner Taschenlampe. »Mrs. Ronalds ging nach Paris, ebenso die Jeromes, um am Hof von Louis Napoleon zu glänzen. Als Gast des Beis von Algerien kurierte Fanny ihre Lungen aus. Aber der französisch-preußische Krieg spülte sie alle nach London, wo Fanny als begeisterte Musikliebhaberin bald Arthur Sullivan kennenlernte. Sie wurde die große Liebe seines Lebens. In seinen Tagebüchern führt er genau Buch über ihre fast täglichen Treffen im Lauf von über dreißig Jahren. Sie lassen keine Zweifel an der Natur ihrer Beziehungen aufkommen; Sullivan hat jedesmal exakt festgehalten, wie oft er im Verlauf ihrer Besuche mit ihr geschlafen hat. Wie viele kreative Künstler war er sehr aktiv auf diesem Gebiet.«

»Du meine Güte.« Meine Hände wurden bereits taub. Ein Tagebuch zu führen, ist ohnehin schon ein recht zweifelhafter Zeitvertreib; aber dann noch derartige Eintragungen zu machen, ist nicht nur ungalant, sondern bestimmt auch nicht eines Gentlemans würdig.

»Von der Londoner Oberschicht wurden die beiden wie Mann und Frau behandelt.« In Cranbrooks Stimme lag jetzt eine fieberhafte Erregung. »Sie konnten natürlich nicht heiraten, da eine geschiedene Frau von der Gesellschaft nicht akzeptiert worden wäre. Aber alle wußten Bescheid. Alle. Von Sir Arthur am Klavier begleitet, lieferte Fanny Proben ihrer göttlichen Sangeskunst. Alle waren begeistert von ihrer Interpretation von

113

›Lost Chord‹. Insbesondere die Hoheiten. Sullivan war ihr zwar nicht immer treu, aber er unterhielt sie und ihre Familie – einschließlich ihrer Eltern – in einem getrennten Haushalt am Cadogan Place Nummer 7. Er war ihr mit Sicherheit sehr verbunden. Und sie ihm. Sie überlebte ihn um sechzehn Jahre.« Er ließ seine Taschenlampe über die kleine Schriftrolle wandern. »Sie ließ keinen Zweifel an ihrer Liebe zu ihm. Die Noten, die hier eingemeißelt sind, sollen Musikliebhabern den Schlüssel dazu liefern. Ich glaube, die Noten stammen aus ›The Lost Chord‹ Ihre besondere Verbundenheit wird durch die Worte ›Für immer Dein‹ ausgedrückt. Wie ich bereits sagte, sie ließ keinen Zweifel daran, wem ihr Herz gehörte.«

»Das ist ja wirklich sehr romantisch.« Ich kniff die Augen zusammen und starrte auf die dünnen Linien. »Es war sehr freundlich von dir, mich hierherzuführen, Quentin. Eine glänzende Idee, vor allem nach dem gestrigen Abend. London ist wirklich eine Stadt mit vielen faszinierenden Sehenswürdigkeiten, aber so etwas hätte ich allein nie zu sehen bekommen.« Ich schaute zu ihm hoch. »Wie, um alles in der Welt, hast du das entdeckt?«

Er machte eine kurze Pause, ehe er antwortete. In der Dunkelheit ragte sein massiger Körper drohend hinter dem Schein der Taschenlampe auf, mit der er immer noch die Grabstätte beleuchtete. Als ich mich von der kiesigen Unterlage wieder aufrichtete, bemerkte ich zum ersten Mal, wie isoliert wir hier waren. Das Zentrum des Brompton Cemetery ist wie ein großer, von hohen Mauern umgebener Park von der übrigen Stadt abgeschnitten, und die Straßenbeleuchtung drang nur als schwacher Schein aus der Ferne zu uns herüber. Das Geräusch eines Flugzeuges, das über unseren Köpfen hinwegflog, wurde von den Schneeflocken gedämpft, die immer dichter zu fallen schienen. »Durch den Herzog von Edinburgh«, erwiderte Cranbrook geheimnisvoll. »Ich meine natürlich nicht den jetzigen. Ich meine Alfred, den jüngeren Bruder von Edward dem Siebten, den damaligen Prinzen von Wales, als Fanny Ronalds nach London kam. Edinburgh war ein ziemlich schroffer, reservierter Mann. War mit einer russischen Großherzogin verheiratet worden. Wurde später zum König von Griechenland gewählt, mußte aber verzichten. Marineoffizier. Wurde schließlich Prinz von Sachsen-Coburg-Gotha, der arme Kerl, und verlor seinen englischen Titel, seine Heimat und die Thronfolge. Typisch für die jüngeren Kinder von Königin Victoria. Ein ziemlich schlechter Tausch. Bisher gibt es noch keine Biographie von ihm. Ich arbeite gerade daran.«

Ich fragte mich, wann der Friedhof wohl offiziell geschlossen wurde. Wir waren weit von den Eingangspforten entfernt. Sicherlich würden die Wächter am Heiligabend früher Schluß machen wollen. Ein flüchtiger Blick über den baumgesäumten Hauptweg zurück gab mir jedoch keinen Aufschluß; aber die Flocken wurden immer größer und die Dunkelheit immer dichter. Hinter Cranbrook waren die Grabsteine, Kreuze, knienden Engel und Sarkophage nur noch als vage Schatten zu erkennen. Es war wirklich Zeit für uns, daß wir gingen. Was war Cranbrook doch für ein merkwürdiger Mensch, dessen Gedanken völlig von biographischen Einzelheiten des späten neunzehnten Jahrhunderts in Anspruch genommen wurden, Einzelheiten, die er aus zerfallenen dicken Büchern, Memoiren und Briefen in staubigen Bibliotheken ans Tageslicht zerrte. Wie verschieden dagegen war doch mein eigenes Leben mit seinen regen Geschäftsbeziehungen, den vielen Reisen und Besprechungen.

Wie dem auch sei – die Geschichte von Fanny Ronalds verlieh diesem so morbiden Ort einen unerwarteten Hauch von Romantik. Was mußte das damals für eine Zeit gewesen sein; was für ein glitzerndes, verschwenderisches Leben hatten die wenigen Glücklichen doch geführt, ehe der Große Krieg dem allen ein Ende setzte. Ich schaute auf den jetzt kaum mehr erkennbaren Stein hinunter; wie wenig war doch übriggeblieben von einer so leidenschaftlichen und begehrten Schönheit, von einer Frau, die mit der Elite verkehrte und sie geliebt hatte.

»Eine Biographie?« fragte ich und entfernte mich ein paar Schritte, in der Hoffnung, Cranbrook aus seiner Versunkenheit zu reißen und ihn mit mir zu ziehen. »Des damaligen Herzogs von Edinburgh? Ich weiß absolut nichts über ihn.«

Die massige Gestalt rührte sich nicht vom Fleck. »Er war ebenfalls sehr musikalisch. Hat Geige gespielt, ziemlich gut offensichtlich. War auch ein großer Förderer der Musik. Er und Sullivan haben häufig zusammen musiziert.«

»Tatsächlich? Wo?« So etwas konnte man doch auch im Warmen bereden, dachte ich.

»Manchmal in Sullivans Haus. Sullivan könnte meiner Theorie nach Fanny Ronalds sogar durch ihn kennengelernt haben. Als sie nach London kam, war sie zweifellos Edinburghs Protégée, mußt du wissen. Sie fühlte sich von den Mitgliedern des Königshauses angezogen. Anita Leslie deutet sogar an, daß sie bei Edinburgh nicht nur ein Stück am Klavier oder ein Lied zum besten gab, wenn er Geige spielte.«

»Ts, ts.«

»Das ist durchaus möglich. Ich bin auf die Idee gekommen, daß die beiden – Sullivan und Fanny – sich vielleicht an einem von Edinburghs musikalischen Wochenenden auf seinem Landsitz Eastwell Park begegnet sein könnten.«

»Wie bitte?« Es war jetzt sehr kalt geworden. Plötzlich kam mir mein Mantel völlig unzulänglich und papierdünn vor. Die Kälte griff nach meinen Rippen und meiner Wirbelsäule. Die Vorstellung, in die Wärme von Cranbrooks Wohnung in den Wetherby Mansions zurückzukehren, wurde plötzlich zur Obsession. Ich würde mir hier nur eine tödliche Erkältung zuziehen.

»Eastwell Park, in Kent. Das war Edinburghs Landsitz. Sullivan ist in den siebziger Jahren des vergangenen Jahrhunderts oft dort gewesen.«

»Eastwell?« Mein Hals war plötzlich sehr trocken. Eisige Feuchtigkeit drang durch das Leder meiner Schuhe. Cranbrooks kleiner Ausflug in die Kulturgeschichte dauerte bei dieser lähmenden Witterung schon viel zu lange.

»Ja. Eastwell. Es ist jetzt ein teures Landhotel in dem Komplex untergebracht. Eastwell Manor, in der Nähe von Ashford. Du kennst es doch, nicht wahr, mein lieber Jones?«

Die Art, wie er meinen Nachnamen betonte, verlieh seiner Frage einen leicht drohenden Unterton. Ich starrte ihn verständnislos an. »Ich kenne es?«

»Ja, richtig. Du kennst es. Ich kenne es auch. Ich bin im Zuge meiner Recherchen vor zwei Wochen dort gewesen. Natürlich konnte ich mir nicht leisten, dort zu übernachten. Ich logierte in einer Bed-and-Breakfast-Pension in Ashford. Aber du, du als Geschäftsmann konntest dir das leisten. Ich habe mir sogar das Gästebuch angeschaut. Jones ist doch wirklich ein sehr geläufiger Name. Wie praktisch für dich.«

»Praktisch?« Meine Kehle war jetzt wie ausgedörrt. Das Wort entwich meinem Mund wie ein Krächzen.

»Praktisch! Um dich als Mr. und Mrs. Jones einzutragen. Du und meine Frau! Jill! Ihr beide habt geglaubt, ich sei unterwegs wegen meiner Nachforschungen. Welch eine Ironie, nicht wahr? Meine Recherchen haben mich genau an den Ort geführt, den du dir für ein luxuriöses, ausschweifendes Wochenende mit meiner Frau ausgesucht hast!«

»Oh, nein. Nein, nein. Es war nicht – hör doch, Quentin – ich...«

»Leugne es nicht!« rief er. »Wage ja nicht, es zu leugnen!« Der Strahl der Taschenlampe zitterte, als Cranbrook an seinem Mantel zerrte. »Ich habe dich gesehen! Und Jill! Das untreue Luder!« Im Licht der Taschenlampe blitzte drohend Stahl auf.

»Himmel! Das Truthahnmesser!«

»Genau! Genau! Wenn ich morgen den Vogel tranchiere, werde ich das Vergnügen haben, zu wissen, was ich dir damit angetan habe!«

»Quentin! Um Himmels willen!«

»Füg dich dem Schicksal!« rief er. »Füg dich dem Schicksal ohne Haß und Hader!« Dann stürzte er sich auf mich.

Doch ich war eine Sekunde schneller als er und konnte ausweichen, ehe ich mich zur Seite warf und in entgegengesetzter Richtung in einen noch tieferen Dschungel aus Grabsteinen und Büschen davonlief. Dabei fiel mir eine mehr als passende, einzeilige Inschrift auf.

Näher, mein Gott, zu Dir.

Der Mann war verrückt. Völlig durchgedreht.

»›Der Tod‹«, rief er, während er meine Verfolgung aufnahm, »›der Tod bringt alles an den Tag!‹ Ich werde dich entlarven!«

Nie hatte eine Zeile aus *The Gondoliers* so düster geklungen. Gilbert hatte einen merkwürdigen Humor gehabt. Hätte Jill doch nur auf mich gehört und wäre an dem Wochenende mit mir nach Paris gekommen! Aber sie war eben zu vorsichtig; sie befürchtete, wir könnten am Flughafen zufällig jemandem in die Arme laufen, der uns kannte. Ein ruhiges Plätzchen auf dem Land mit offenem Kamin und Deckenbalken aus Eiche wäre viel diskreter, meinte sie. Gott, wie sehr hatte ich sie begehrt! Das Hotel war vorzüglich. Und ihre Hingabe – sie war so leidenschaftlich gewesen. Wie konnte ich mich nur aus dieser Situation retten?

»Um Gottes willen, Quentin! Hör mich an!« Er war schon fast hinter mir; nur noch ein feierlicher Engel mit abgebrochenem Flügel und traurigem Gesichtsausdruck trennte uns. Seine Miene war ein einziger Vorwurf: *O Tod, wo ist Dein Stachel? O Grab, wo ist Dein Sieg?*

Gleich hier, hätte die Antwort lauten können. Doch zum Glück stolperte Cranbrook an einer Grabeinfassung, fuchtelte, um sein Gleichgewicht ringend, wild mit den Armen und packte schließlich einen marmornen Obelisken, der gefährlich unter der Belastung schwankte. Cranbrook fiel zu Boden und schlug sich den Kopf an einer vorspringenden Form an, auf der in gothischen Lettern gepreßt stand:

Selbst die Haare auf Deinem Kopf sind gezählt.

Cranbrook blinzelte wie eine überraschte Eule, während ich die Gelegenheit ergriff, mich hinter einem wehrhafteren Monument in Form eines riesigen Sarkophages zurückzuziehen, in den Heinrich der Achte samt aller seiner Frauen gepaßt hätte.

»Ehebrecher!« Als Cranbrook sich wieder aufgerappelt hatte, tauchte er mit blitzendem Messer hinter dem riesigen, rechteckigen Sarg aus Stein wieder auf; seine gefletschten Zähne leuchteten so hell wie die Schneeflocken, die weiter unbeirrt in dieser tödlichen Düsterheit fielen. »Verräter!«

»Warte! Quentin! Um Gottes willen, Mann! Können wir nicht vernünftig darüber reden?«

»Du Hund, du! Warte nur, bis ich dich habe! ›Wer mehr als ein Leben lebt, der muß mehr als einen Tod sterben‹!«

Wilde! Oscar Wilde! Der Mann war ja völlig übergeschnappt! Biographische Nachforschungen des Kalibers, wie er sie betrieb, zersetzen offensichtlich das Gehirn.

»Wilde?« rief ich und duckte mich hinter etwas, das aussah wie ein gigantischer Pilz. »Jetzt hör mal! Wir sind hier in Brompton und nicht in Père Lachaise! Bitte! Hör mich an! Wir können doch miteinander reden, oder nicht?«

»Reden? Mit einem Schwein wie dir? Ich werde dir erst den Bauch aufschlitzen! Wie ein Hund habe ich geschuftet, nur um jetzt von dir betrogen zu werden!« Sein klobiger Körper drückte sich an der Marmorbüste eines kahlköpfigen Helden vorbei, der stark an Gladstone erinnerte, und kam auf mich zugewankt. War denn außer uns kein Mensch mehr auf diesem Friedhof? Ich schaute mich hektisch suchend um. Wir entfernten uns allmählich immer weiter von dem Hauptweg; Cranbrook trieb mich dabei wie ein Schäferhund vor sich her, überholte mich schließlich und schnitt mir den Weg zu dem jetzt weit entfernten Haupteingang ab. Wir waren sogar sehr weit davon entfernt.

»So einfach wirst du aber nicht damit durchkommen!«

Das gackernde Lachen, das er mir zur Antwort gab, während ich mich unter einem fürchterlichen Hieb seines riesigen Tranchiermessers hinwegduckte, hörte sich nur allzu vertraut an. »O doch, das werde ich! Du wirst schon sehen! Ich habe das hier schließlich schon seit zwei Wochen geplant!« Keuchend holte er mich ein, sein Gesicht, das nahe, viel zu nahe war, tauchte hinter einer schlichten, aber schweren Urne auf, auf deren Sockel ein Spruch aus dem Buch der Predigten stand:

Mitten im Leben sind wir vom Tod umgeben.

Er grinste böse. »Jones! Wie passend. Und hier habe ich auch den richtigen Ort für dich gefunden. Hinter dir liegt ein Teil des Friedhofs, in dem die Vandalen gehaust haben. Dabei ist auch ein steinerner Grabdeckel aus seiner Einfriedung gerissen worden. Aaron Jones, 1843. Da kommst du hinein! Häh? Kannst du dich noch an G. K. Chesterton erinnern? Was ist der sicherste Ort, um eine Leiche zu verstecken? Ein Grab!«

Bei diesen Worten packte mich lähmendes Entsetzen. Das Wissen, daß dies alles bereits lange und vorsätzlich geplant war, beraubte meine Beine ihrer Kraft. Einen Moment lang war ich unfähig zu sprechen. Cranbrooks Augen, die in der vor Kälte versteinerten Luft plötzlich überdeutlich zu erkennen waren, bohrten sich hypnotisch in die meinen. Er verzog sein Gesicht zu einem teuflischen Grinsen. Um den Bann zu brechen, sagte ich das erstbeste, das mir in den Sinn kam. Meine eigene Stimme klang mir schrill und fremd in den Ohren.

»Aber was willst du Jill erzählen?!«

Er warf mir einen boshaften Blick zu. »Daß du unter der Last meiner Vorwürfe und deines eigenen schlechten Gewissens dich mir anvertraut, mich um Vergebung gebeten und versprochen hättest, auf der Stelle aus ihrem Leben zu verschwinden. Und nie mehr mit ihr in Kontakt zu treten. Und dann werde ich ihr eine vergnügliche Buße für ihre Untreue auferlegen. Mir fallen da auf Anhieb mindestens sechs Arten ein.«

»Mein Gott! Das ist ja abstoßend! Das könntest du nie!«

»Oh, doch, ich kann! Genauso wie ich...« Er stürzte sich auf mich, aber ich kam ihm zuvor und wich zurück. Doch das war ein verhängnisvoller Fehler. Meine dünnen Ledersohlen rutschten auf dem verschneiten, steinigen Untergrund aus, meine haltsuchenden Hände griffen ins Leere, und einen Augenblick später lag ich rücklings und benommen in dem nassen Gras und starrte entsetzt zu Cranbrook und zu dem ausgestreckten Arm eines weiteren steinernen Engels mit folgender Inschrift hinauf.

Friede, Friede denen in der Ferne und denen in der Nähe. Isaias 57,19.

Nie wieder würde ich Gefallen an einer Grabinschrift finden! Meinem Mund entwich einer spitzer Schrei; Cranbrook stand bereits drohend über mir, das Messer in der erhobenen Hand.

»O Gott! Und, hattest du recht?«

»Häh?« Cranbrook hielt mitten in der Bewegung inne.

»Haben sie sich nun dort kennengelernt oder nicht? Fanny und Sullivan? In Eastwell Park?« Es wäre doch wirklich eine gehässige Ironie des Schicksal gewesen, wenn er sich auch noch getäuscht hätte.

Er blinzelte und ließ das Messer ein Stück sinken. »Nein, es war nicht dort. Ich fand heraus, daß Sullivan sie bereits in Paris kennengelernt hatte, vielleicht sogar schon 1867.«

»1867? Aber der preußisch-französische Krieg war doch erst 1870.«

Tiefste Verwirrung löste den Ausdruck wilden Zornes auf Cranbrooks Gesicht ab. »Das weiß ich auch! Sei bloß nicht so besserwisserisch! Sullivan hat seinem Neffen erzählt, daß alle, vom Kaiser abwärts, Fanny zu Füßen gelegen hätten. Es war mit fast hundertprozentiger Sicherheit Juliette Conneau, eine Gönnerin Sullivans und Hofdame der Kaiserin, die ihn mit Fanny in Paris bekannt gemacht hat.«

»Wie ist Edinburgh dann an sie geraten?«

Cranbrook fuchtelte ungeduldig mit dem Messer. »Ich hatte bis jetzt noch keine Gelegenheit, das zu überprüfen. Um Himmels willen, ich arbeite doch erst seit sechs Monaten an dieser verdammten Biographie. Laß mir doch etwas Zeit! Über die Musik natürlich. Das ist doch offensichtlich.«

Er war verrückt, wie ich gesagt habe. Besessen. Ich hatte mich in Eastwell schon gefragt, wieso er und Jill keine Kinder bekommen hatten. War das der Grund, weshalb sie solche Leidenschaft für mich empfand? Oder lag das eher an der Aussicht auf Reisen, eventuell sogar ins Ausland, noch dazu mit einem Mann, dessen Beschäftigung ihn nicht in Bibliotheken, Archive und verstaubte Studierplätze verbannte?

»Er hatte eine große Schwäche für Frauen, nicht wahr? Edinburgh, meine ich.«

Cranbrook schien einen Moment tatsächlich verunsichert zu sein. Einmal abgesehen von seinem Verleger, hatte bis jetzt noch niemand sonderliches Interesse an seinem Thema gezeigt. Doch gleich darauf verzerrte sich sein Gesicht erneut; ich hatte einen Fehler gemacht.

»Wie sein Bruder Bertie? Oder du? Du meinst, ob er eine Schwäche für die Frauen anderer Männer hatte? Ja, ich glaube, die hatte er.« Die Muskeln seines Armes spannten sich, und das Messer fuhr wieder in die Höhe. »Aber jetzt bist du an der Reihe, Jones! Hier ist dein letzter Ruheplatz!« Er spreizte den linken Finger der Hand ab, in der er das Messer hielt, und deutete damit zur Seite. »Sieh ihn dir an!«

Ein verzweifelter Blick nach rechts enthüllte mir das volle Ausmaß seines gräßlichen Planes. Dort lag, umgeben von einem wirren Steinhaufen, eine rechteckige Granitplatte, die ein Stück zur Seite geschoben war. Darunter klaffte drohend das schwarze, rechteckige Loch. Quer über die Platte war, für mich deutlich sichtbar, ein Name gemeißelt – »Aaron Jones, RIP 1843« – und darunter die Inschrift:

Sei getreu bis in den Tod, und ich werde dir den Kranz des Lebens geben. Offenbarung 2, 10.

Cranbrook kicherte. Sinnlos, zu protestieren, daß mein Vorname nicht Aaron lautete; der Mann war einfach nicht mehr bei Sinnen. Doch in dem Moment beflügelte die Inschrift meine Erinnerung.

»Sie war elektrisch«, rief ich, flach auf dem Rücken liegend. »Die Krone war elektrisch!«

»Was?« Cranbrook hielt erneut verdutzt inne.

»Die harfenförmige Krone! Fanny Ronalds Diadem! Das sie in New York getragen hat! Jahre später! Sie trug es auf dem berühmten Kostümball der Herzogin von Devonshire in London. Sie hatte das Diadem elektrisch leuchten lassen! 1897? Dein Mann muß zu dieser Zeit in Deutschland gewesen sein.«

Wie merkwürdig das menschliche Gedächtnis doch funktioniert! Eine Zuckung dieser erstaunlichen grauen Zellen genügte, um einen Artikel in mir abzurufen, den ich vor Jahren einmal in einer Modezeitschrift über die großen Bälle der Geschichte gelesen hatte.

Cranbrook blieb blinzelnd stehen. Der Geist dieses armen Kerls war völlig blockiert und von nebensächlichen Fakten der Geschichte und der Biographie verstopft, mit der er sich so intensiv beschäftigte. Aber für einen Biographen ist jedes Detail von Bedeutung; deshalb beugte Cranbrook sich jetzt etwas vor, um besser zu verstehen, was ich sagte. Das genügte mir. In einem letzten, verzweifelten Versuch schwang ich meine Beine herum, um sie gegen seine Füße zu stoßen. Wutentbrannt brüllte er auf, taumelte und griff, um sein Gleichgewicht kämpfend, in die Dunkelheit.

Cranbrook erwischte den Engel. Einen Augenblick lang hielt dieser dem Ansturm des massigen menschlichen Körpers noch stand, doch dann sah ich – fasziniert und voller Hoffnung –, wie sich sein quadratischer Sockel hob und Moos, Unkraut und Steine aus ihrer Verankerung riß. Cranbrook stieß einen heiseren Schrei aus, als ihn die ruckartige Bewegung noch mehr aus dem Gleichgewicht brachte. Er streckte seinen Arm aus, den rechten Arm mit dem großen Tranchiermesser, und umfaßte den Engel in der Mitte. Jetzt war er völlig darauf angewiesen, daß die Steinfigur aufrecht stehenblieb. Einen Augenblick lang verharrten die beiden ineinander verschlungenen Gestalten atemlos. Dann kippte der Engel um und stürzte zu Boden; seine weiten Flügel aus Stein segelten durch die Luft und entlockten Cranbrook ein entsetzliches Stöhnen, als sie auf seinem Kopf zerschmetterten und in tausend Stücke zerbrachen. Danach kehrte wieder das murmelnde Schweigen des weitläufigen Friedhofs ein, nur das beruhigende Heulen einer Sirene war aus der fernen City zu hören.

Keuchend vor Schock, naß, kalt und schmutzig zog ich mich auf die Füße. Meine tauben Beine zitterten. Cranbrook lag reglos da, als ich mich ihm näherte. Ein Griff nach seinem Puls bestätigte mir, daß der Engel ihm tatsächlich himmlischen Frieden beschert hatte; die Inschrift auf dem Sockel war noch intakt. Meine Gedanken rasten; ich überlegte fieberhaft, daß Cranbrook ja immer viel unterwegs war, wenn er für seine Biographien recherchierte, normalerweise zwar nur in England, und nie mit Jill. Doch dieses Mal hätten ihn seine Nachforschungen über Edinburgh von Sachsen-Coburg-Gotha legitimerweise nach Sachsen geführt, an einen Ort, der problemlos mit der Fähre über den Kanal zu erreichen war – eine wunderbare Möglichkeit, unbemerkt das Land zu verlassen. Warum sollte er nicht für immer wegbleiben? Wer würde schon wissen, was in ihn gefahren war? Und wie lange würde es dauern, ehe Nachforschungen über seinen Verbleib angestellt würden?

Ich zerrte ihn vorsichtig zu Aaron Jones' dunklem Ruheplatz hinüber und ließ ihn hineinfallen. Die schwere Deckplatte darüberzuschieben kostete mich unglaubliche Kraft, aber mit zitternden Beinen stemmte ich mich dagegen und schaffte es so, die entsprechende Hebelwirkung zu erzeugen. Langsam schloß ich die Gruft. Schon fing der Schnee an, sein Muster auf das saubere Grab zu malen.

»Aaron Jones, RIP 1843.« Wer sollte wohl die Ruhe eines solchen Grabes stören?

Als ich gehen wollte, blitzte im Gras etwas auf und erregte meine Aufmerksamkeit. Es war das Truthahnmesser, das noch an der Stelle lag, an der Cranbrook es hatte fallen lassen. Ich hob es auf und steckte es vorsichtig unter meinen Mantel. Dabei fiel mir beglückt ein, daß Jill außer ihrer Begeisterung für die Fortpflanzung auch noch einen weiteren Vorzug hatte – ihre Talente als Köchin. Wir würden das Messer noch benötigen, um morgen unseren Feiertagstruthahn zu zerlegen, wenn der ungewöhnliche Schneefall London mit einer weißen Weihnachtsdecke überzogen haben würde. Dann würden wir unsere Gläser erheben in Erinnerung an Mrs. Fanny Ronalds aus New York und ihre harfenförmige Krone.

Sie hatten Quentin Cranbrook letztendlich Ruhe und Jill und mir eine Zukunft geschenkt.

Dorothy Cannell
Schlußverkauf mit Folgen

Dorothy Cannell hatte eigentlich nie die Absicht, Schriftstellerin zu werden. Was sie letztendlich dazu brachte – wie sie nie müde wird, zu betonen –, war die ständige Beschwerde ihres Sohnes, daß sie ja überhaupt nichts tun würde. Im Gegensatz zu den Müttern seiner Freunde ging sie nicht arbeiten, sondern war ständig zu Hause und werkelte herum. Um ihrem Sohn zu helfen, in der Nachbarschaft sein Gesicht zu wahren, wandte sie schließlich protestierend ein, daß auch sie eine Arbeit habe, sie würde nämlich ein Buch schreiben. Um ihr eigenes Gesicht zu wahren, mußte sie es schließlich auch schreiben. *The Thin Woman* hatte sofort Erfolg, und so schrieb Dorothy weiter. Sie sollten sich darüber freuen!

Dorothy, die in England geboren wurde, lebt jetzt in einem malerischen kleinen Dorf namens Peoria in Illinois; zusammen mit ihrem Mann, den Kindern, einem Hund namens Charlie, der eigentlich zur Hälfte ein Pony ist, und drei Katzen namens Lovey, Mocha und Witches.

Wer hätte schon gedacht, daß Cousine Hilda ein dunkles Geheimnis hatte? Sie war groß und hager, und ihre spinnendürren Beine steckten in gerippten Wollstrümpfen. Ihr Haar, das sie zu einem Zopf zusammengefaßt trug, war mittlerweile so farblos, daß es sich kaum mehr von den beigen Strickjakken abhob, die sie immer anhatte. Und als ich sie einmal fragte, ob sie als junges Mädchen eigentlich hübsch gewesen sei, antwortete Cousine Hilde, das wisse sie nicht mehr.

»Mein Spatz, ich war schon fünfzig, ehe ich überhaupt dreißig wurde. Man könnte zwar meinen, als einzige Schwester unter fünf Brüdern hätte ich jede Menge Chancen gehabt. Aber ich habe nicht ein einziges Mal mit einem junges Mann Händchen gehalten. Ich hatte nie Zeit dazu. Ich war viel zu sehr damit beschäftigt, allen eine Ersatzmutter zu sein; und als meine Eltern dann gestorben waren, war ich schon lange mit dem Haus hier verheiratet.«

Cousine Hilda lebte in einer kleinen Stadt namens Oxham, die dreißig Meilen nordöstlich von London liegt. Als Kind verbrachte ich viele Wochenenden bei ihr. Sie machte das beste Buttergebäck der Welt und hatte einen unerschöpflichen Vorrat an lustig gedrehten Gerstenzuckerstangen. Eines Nachmittags im Oktober saß ich mir ihr im hinteren Wohnzimmer und sah mir an, wie der Wind die Köpfe der Chrysanthemen gegen das Fenster drückte. War das der geeignete Moment, mit meinem Weihnachtswunsch herauszurücken?

»Cousine Hilda, ich wünsche mir nichts so sehr wie diesen Füllfederkasten mit Schiebedeckel, den wir heute nachmittag in dem Antiquitätengeschäft gesehen haben – den mit dem eingelassenen Tintenfaß und der Tunkfeder.«

»Giselle, mein Kind, du sollst nicht begehren.«

Puh! Allein die Tatsache, daß sie meinen verhaßten Taufnamen benutzte, war schon Abfuhr genug.

»Es gab einmal eine Zeit, da legte auch ich viel Wert auf weltliche Güter, und man kann sagen, daß ich einen hohen Preis für diese Sünde bezahlt habe.« Cousine Hilda rutschte nervös in ihrem Sessel neben dem Feuer hin und her und lenkte das Gespräch schnell in unverfänglichere Bahnen. »Wo bleibt nur dieser Bärbeiß von Albert mit dem Teetablett?«

Eine Anspielung – soweit ich das begriff – auf den militärischen Rang ihres Untermieters; ein »Bärbeiß« hatte offensichtlich noch ein paar Streifen mehr als ein Sergeant, und der zackige Schnurrbart war Teil seiner Uniform.

»Cousine Hilda«, drängte ich, »während wir hier warten, könntest du mir doch von deinem dunklen Geheimnis erzählen, oder nicht?

»Ist dir denn gar nichts heilig, Miss Elefantenohr?«

»Mutter hat sich mal mit Tante Lulu darüber unterhalten, und dabei habe ich ganz deutlich die Worte ›Teekanne‹ und ›Bossams Warenhaus‹ verstanden.«

»Jetzt muß ich wohl jeden Tag damit rechnen, in den Klatschspalten der Zeitungen etwas über mich zu lesen. Aber wahrscheinlich ist es das beste, wenn du die Geschichte aus erster Hand erfährst.«

Während unserer Unterhaltung war es dunkel im Zimmer geworden, und gespenstische Schatten hatten sich über die Sesselschoner aus Spitze und über Cousine Hildas Gesicht gelegt. Ein Schauer lief über meinen Rücken. War ich wirklich bereit, der Wahrheit ins Antlitz zu blicken? Wollte ich tatsächlich erfahren, daß meine harmlose Cousine in Wirklichkeit ein gefährliches Flintenweib war, das es auf die Geschirrabteilungen von Warenhäusern abgesehen hatte?

Die Hände auf ihrem in Tweed gekleideten Schoß verknotet, sagte Cousine Hilda mit derselben Stimme, mit der sie mir eine Gerstenzuckerstange angeboten hätte: »Was ich getan habe, war kriminell, daran läßt sich nicht rütteln. Und es kam wirklich überraschend – selbst für mich –, da ich nie zuvor in meinem Leben auch nur ein schlimmeres Verbrechen begangen hatte, als mich laut in der Kirche zu räuspern. Aber da war ich nun, Miss Hilda Finnely, und versteckte mich am Vorabend des Winterschlußverkaufs im Lagerraum bei Bossam.«

Um diese Geschichte zu verstehen, mein lieber Spatz, muß du wissen, was es mit dieser Teekanne auf sich hat. Damals, als meine Brüder und ich noch Kinder waren in diesem Haus, da deckte Mutter Sonntag nachmittags den Teetisch immer mit ihrem besten Porzellan. Ich sehe sie noch vor mir – sie saß da, wo du jetzt sitzt –, wie sie diese Teekanne mit den rosa und gelben Rosen in der Hand hält. Dann eines Tages – wie auf einer Drehbühne – hatten die Jungen unser Zuhause verlassen, und auch meine Eltern waren nicht mehr. Vater war im März gestorben, Mutter Anfang Dezember. In diesem Jahr verbrachte ich Weihnachten aus freien Stücken ganz allein; ich tat mir selbst entsetzlich leid, weißt du. Und zum ersten Mal seit Jahren führte ich meine Neffen und Nichten auch nicht zu Bossam, um dort mit ihnen den Weihnachtsmann zu besuchen. Aber am zweiten Weihnachtsfeiertag hatte selbst eine eingefleischte Jungfer wie ich die Nase gründlich voll. Ah, wenn Wünsche Flügel hätten! Nachdem ich mich gründlich ausgeheult hatte und meine Nase so rot wie die von Rudolph, dem Rentier, war, beschloß ich, mich selbst mit einer guten Tasse Tee am Kaminfeuer aufzuheitern. Ganz wie in alten Tagen. Ich holte gerade die Teekanne aus dem Geschirrschrank, als mir eine Maus über die Füße lief. Normalerweise stören diese Tierchen mich nicht, aber ich war immer noch ein bißchen zittrig – ich dachte gerade daran, daß ich unser gutes Porzellan das letzte Mal bei der Beerdigung meiner Mutter benutzt hatte. Und so glitt mir die Teekanne aus den Händen ... und zerschellte auf dem Fußboden.

Erst war ich verzweifelt. Aber es gibt immer einen Silberstreifen am Horizont. Jetzt hatte mein Leben wenigstens wieder einen Sinn. War ich es nicht Mutters Andenken und zukünftigen Generationen schuldig, mein Ungeschick wiedergutzumachen? Am nächsten Tag rief ich bei Bossam an, und man erklärte mir, daß das Service *Meadow Rose* nicht mehr hergestellt würde. Was für ein Schlag. Doch kein Grund, den Mut zu verlieren. Denn eine Teekanne sei noch auf Lager. Ich bat darum, sie für mich zu reservieren, und versprach, gleich mit dem nächsten Bus zu kommen.

»Es tut mir wirklich außerordentlich leid, Madam, wirklich. Aber ausgerechnet dieses Stück Porzellan gehört zu einem Kontingent, das für den Schlußverkauf vorgesehen ist. Und Regeln sind nun mal Regeln.«

»Die können doch sicher etwas gelockert werden.«

»Und wenn sich das herumspräche? Es würde zu einem Aufstand

kommen. Sie wissen doch, wie das im Schlußverkauf zugeht. Der Mob kann wirklich sehr unangenehm werden.«

Was bedauerlicherweise stimmte. Als ich einmal am allerersten Tag des Schlußverkaufs bei Bossam war, verschwand – zusammen mit Mrs. McClusky – auch mein bester Kauf aus meinem Leben. Solche Szenen, wie man sie oft am Fernsehen sieht – Kunden, die draußen vor den Geschäften im West End kampieren und sich mit Mistgabeln um ihren Platz in der Schlange prügeln –, solche Szenen spielen sich auch bei Bossam ab. Die Ware dort ist vielleicht nicht so vornehm, aber ein Kunde von Bossam sucht auch kein Original von Leonardo, um es sich über den Heizkörper im Bad zu hängen, oder einen Sari, um ihn auf der nächsten Gartenparty zu tragen. Doch wenn ein Schnäppchenjäger einmal Blut geleckt hat – ob er nun einen Nerzmantel oder Geschirrtücher im Visier hat –, das Ergebnis ist dasselbe. O Gott, dieser schreckliche Morgen mit Mrs. McClusky! Erst standen wir vier Stunden zitternd in Kälte und Wind, ehe die Türen von dem tapferen Personal von Bossam geöffnet wurden, das gleich danach um sein Leben sprang. Dann, gefangen in dieser Lawine aus Menschenleibern, dem Ersticken nahe und nichts mehr sehend, wurde ich in einen der Seitengänge abgedrängt. Als ich mich langsam wieder freikämpfte, mußte ich mit ansehen, wie ansonsten ehrbare Frauen sich gegenseitig die Handtaschen auf die Köpfe schlugen oder völlig Fremden auf den Rücken sprangen und sie würgten, um ein Stück huckepack weiterzukommen. Ehe ich mich versah, wurde mir der Mantel vom Leib gerissen – und das von Mrs. McClusky.

»Der steht Ihnen doch gar nicht, Süße!«

Im nächsten Moment schon schwenkte sie ihn wie die Capa eines Matadors über dem Kopf und rief: »Wieviel?«

Die gute Frau trägt meinen Mantel immer noch in der Kirche, aber kehren wir wieder zu unserem eigentlichen Thema zurück. Für Mutters Teekanne hätte ich schlimmere Heimsuchungen als die wildgewordenen Horden im Winterschlußverkauf auf mich genommen; aber als ich das Telefon wieder einhängte, schaute ich mich erst mal lange im Spiegel an. Um an diesem schicksalhaften Morgen als erste in der Geschirrabteilung zu sein, mußte ich nicht nur Hilda Jane, sondern auch noch Tarzan sein. Einfach unmöglich. Doch so seltsam das klingen mag, das Gesicht, das mir entgegensah, wirkte keineswegs niedergeschlagen. Mir war da nämlich eine Idee gekommen, die allmählich so konkrete Formen annahm wie der Knoten auf meinem Kopf.

Am Nachmittag vor dem Schlußverkauf packte ich das Allernötigste in meine Handtasche, das ich für eine Nacht außer Haus brauchte: meinen Kulturbeutel, mein zerfleddertes Exemplar von *Mord im Pfarrhaus*, ein Päckchen mit Tomantensandwiches, eine Stück Weihnachtskuchen, eine kleine Flasche Milch, ein Stück Pappe und eine Rolle Klebeband. Und nicht zu vergessen meine Taschenlampe. Während der ganzen Busfahrt in die Stadt fragte ich mich, ob die anderen Fahrgäste – wegen der Art, wie ich meine Handtasche umklammerte – wohl den Verdacht hegten, daß ich etwas im Schilde führte. Starrte mich diese dicke Frau mit den Entenfedern am Hut vom Gang gegenüber nicht unentwegt an? Nein ... doch, jetzt stieß sie ihre Begleiterin mit dem Ellbogen an ... jetzt flüsterten sie miteinander. Auch die Leute vor mir. Und jetzt die hinter mir. Ich verstand die Worte »Weihnachtsmann«, was mich zu der Erkenntnis brachte, daß nicht ich im Mittelpunkt dieser ganzen Aufregung im Bus stand. Diese Ehre gebührte einem untersetzten Gentleman mit Schnurrbart, der eben aufstand, um an derselben Haltestelle wie ich auszusteigen.

Er kam mir irgendwie bekannt vor.

»Es tut mir entsetzlich leid«, entschuldigte ich mich, als wir auf dem Gang zusammenstießen. Seine Tragetüte von Bossam fiel mit einem dumpfen Schlag zu Boden, als wir haltsuchend auseinanderstoben und uns an den Sitzgriffen festklammerten. Du meine Güte, wenn Blicke töten könnten! Er machte ein Gesicht, als ob er mich gleich fressen wollte.

Hinter uns waren gemurmelte Worte zu hören. »Kein Wunder, daß er gefeuert wurde! Kannst du dir den mit einer Horde Kinder vorstellen? Der vermiest den Kleinen Weihnachten doch auf Lebenszeit.«

Dann senkte sich Stille über uns wie ein Schmetterlingsnetz und umfing mich ebenso wie den Weihnachtsmann außer Dienst. Einen Moment lang merkte ich gar nicht, daß der Bus bereits zum Stehen gekommen war; in dem Augenblick dachte ich nur, daß auch ich jetzt im Glashaus saß und besser nicht mit Steinen warf. Ich mochte dieses Gefühl. Wir »Gauner« müssen doch zusammenhalten. Als ich auf die Straße trat, wurde mir klar, warum mir sein Gesicht bekannt vorkam. Im Jahr zuvor, als ich meine Brieftasche beim Fischhändler auf dem Ladentisch vergessen hatte, war er mir hinterhergelaufen ...

Auch jetzt folgten mir seine Schritte, als ich Bossam durch den Eingang Market Street betrat.

Eigentlich wäre nun der geeignete Augenblick gewesen, mich bei ihm erkenntlich zu zeigen, aber ich muß gestehen, ich verspürte nicht die geringste Veranlassung. Die vertraute Umgebung ließ mir die Realität meines Vorhabens gar nicht so recht zu Bewußtsein kommen. Das gesamte Stockwerk glich einer der gestellten Szenen aus den Auslagen. Die Kunden hätten ebensogut lebensgroße Puppen sein können, die sich ruckartig vorwärts bewegten.

Direkt vor mir lag die Kosmetikabteilung, wo hellhaarige junge Frauen über gläsernen Särgen wachten, die angefüllt waren mit einem Schatz an Verschönerungsmitteln, die ausgereicht hätten, Cleopatra auch in der nächsten Welt noch zu versorgen.

»Kann ich Ihnen behilflich sein, Madam?«

»Ich denke nicht, meine Liebe, es sei denn, Sie hätten irgendwelche Verjüngungscremes.«

»Sie könnten es mal mit Softie-Boß versuchen, unserer doppelt aktiven Feuchtigkeitslotion.«

»Ein anderes Mal. Ich muß jetzt in die Geschirrabteilung.«

»Geradeaus, Madam; gegenüber der Herrenbekleidung. Sie wissen doch, daß morgen unser Schlußverkauf beginnt, oder?«

»Ich kümmere mich nicht um weltliche Belange.«

Gut gemacht, Hilda. Kühl wie eine Hundeschnauze.

Der ehemalige Weihnachtsmann eilte an mir vorbei, und im Geiste wünschte ich ihm Glück bei seinem Vorhaben, den Inhalt seiner Tragetüte – was immer es auch sein mochte – gegen etwas anderes umzutauschen. Wahrscheinlich war es irgendein langweiliges Geschenk, oder schlimmer noch, eines dieser Juxpräsente...

Vielleicht war es nicht sehr klug, gerade in dem Augenblick an das Jahr zurückzudenken, in dem ich insgesamt vier Schirme geschenkt bekommen hatte; wie entgegenkommend man bei Bossam doch gewesen war, als ich sie umtauschen wollte. Als ich nun um die Ecke mit den Parfüms bog, sagte ich mir, daß bis jetzt noch nichts Unwiderrufliches geschehen sei. Ich hatte noch eine volle halbe Stunde bis Ladenschluß, in der ich meine Meinung immer noch ändern konnte.

Nur Mut, Hilda.

Bei Bossam ist es immer so gemütlich, daß es schon fast ans Melodramatische grenzt – nur nicht während des Winterschlußverkaufs. Das Geschäft ist seit langem im Familienbesitz, wurde kurz nach dem Ersten Weltkrieg gegründet und ruht fest verankert in einer Tradition aus erschwinglichen Preisen und Dienst am Kunden. Der gegenwärtige Besitzer, Mr. Leslie Bossam, hatte nur äußerst zaghaft den Fortschritt ins Haus gelassen. Immer noch tollten oben an den Stuckdecken Nymphen und Hirten herum. Immer noch bahnte sich ächzend der Aufzug mit der Gittertür aus Messing seinen Weg vom Erdgeschoß in den ersten Stock. Auf den lackierten Ladentheken in der Kurzwarenabteilung – aus der das Warenhaus in seiner jetzigen Form hervorgegangen war – stehen immer noch keine Registrierkassen. Wenn man seinen Kauf bezahlen will, dann greift die Verkäuferin nach oben, holt einen Zylinder aus einem kleinen Behälter, der an einer Art Oberleitung hängt, legt das Geld hinein, steckt den Zylinder wieder zurück und schickt ihn mit Schwung die Oberleitung entlang bis zum Kassenfenster, hinter dem eine unsichtbare Gestalt die Zahlung entgegenimmt und Beleg und eventuelles Wechselgeld wieder mit ebensolchem Schwung zurückschickt. Ein letzter Rest von Nostalgie, der jedoch überraschend gut zu funktionieren scheint. Wenn ich meinen Fall vielleicht Mr. Bossam persönlich vorgetragen hätte ...? »Kann ich Ihnen helfen, Madam?« Wie eine schwarze Motte flatterte eine Verkäuferin heran, als ich die Geschirrabteilung betrat.

»Vielen Dank, aber ich schaue mich nur um.«

Das entsprach absolut der Wahrheit. Ich war auf der Suche nach einem geeigneten Platz, wo ich mich bis zum nächsten Morgen verstecken konnte und wo mich niemand vom Personal entdecken würde, ehe die Ladentüren aufgeschlossen wurden; in dem Moment würden dann alle Augen auf die hereinstürmende Menge gerichtet sein, was mir die Möglichkeit gäbe, aus meinem Versteck zu treten – um als erste am Ladentisch zu stehen. Die Damentoilette bot sich an, war aber sehr riskant. Ebenso das Magazin; also blieb nur noch das Treppenhaus mit seinen praktischerweise von Glastüren abgeschirmten Absätzen übrig. Doch, ich war sicher, daß ich die Sache in den Griff bekommen würde; falls ich mich nicht schon vorher in die Bredouille manövrierte. In dem Moment kam Mr. Leslie Bossam gemessenen Schrittes auf mich zu. Seine Brillengläser funkelten, und sein Lächeln war so glatt wie sein kahler Schädel unter der weißlichen Beleuchtung.

»Madam, kann ich Ihnen irgendwie zu Diensten sein?«

Eine letzte Chance, mich innerhalb der Legalität zu bewegen. Während die schwarzen Motten um die Gruppierung von Royal-Doulton-Figurinen herumflatterten, legte ich ihm meinen Fall dar.

»Sie haben mein tiefstes Mitgefühl, Madam. Es ist wahrhaft ein schrecklicher Schlag, einen geschätzten Freund der Familie zu verlieren. Meine Frau und ich haben mit einer Suppenterrine aus der Willow-Reihe etwas Ähnliches durchgemacht. Ich wünschte, ich könnte hinsichtlich der Meadow-Rose-Teekanne eine Ausnahme machen, aber dann stellt sich die Frage: Wo soll man eine Grenze ziehen? Bei Bossam wird jeder Kunde geschätzt.«

Wie ich so dastand und mich von seiner Stimme einlullen ließ, stellte ich fest, daß ich weder überrascht noch bitter enttäuscht war. Jetzt war die Sache in Gang gesetzt worden, und ich fühlte mich zum ersten Mal wie ein kleines Mädchen, seit ich den anderen Kindern beim Himmel-und-Hölle-Spiel und bei Blindekuh zugesehen hatte. Meine Augen wanderten von Mr. Bossam hinüber zu dem Gang in die Herrenbekleidung, wo der ehemalige Weihnachtsmann bei den Sportjacketts stand. Er hatte immer noch seine Tragetüte bei sich, und ich hatte beinahe den Eindruck, als würde er besonders behutsam mit ihr umgehen. War vielleicht etwas Zerbrechliches darin... zum Beispiel eine Teekanne? Der Gedanke zauberte ein Lächeln auf mein Gesicht, das sich jedoch nicht lange hielt.

»Seien Sie versichert, Madam, wir stehen Ihnen immer zu Diensten.« Mr. Bossam hielt inne, um einen Blick auf die Uhr über dem Aufzug zu werfen. Fast schon halb sechs. Ach du meine Güte! Wollte er sich vielleicht als Kavalier erweisen und mich zum Ausgang begleiten?

»Gütiger Himmel!«

»Wie bitte, Madam?«

»Ich habe gerade eben einen Bekannten entdeckt, drüben in der Herrenabteilung. Ich hoffe, Sie entschuldigen mich, wenn ich kurz auf ein Wort zu ihm hinübereile.«

»Aber natürlich, Madam!« Mr. Bossam war die Höflichkeit in Person, bis er meinem Blick folgte und sich postwendend in einen geifernden und dampfenden Teekessel verwandelte, der kurz vor dem Überkochen stand.

»Täuschen mich meine Augengläser? Dieser Mann... hier im

Haus hat er Geld unterschlagen! Ich habe ihn gewarnt, daß ich ihn verhaften lassen würde, sollte er noch jemals einen Fuß ...«
Mr. Bossam eilte auf die andere Seite hinüber und ließ mich mit dem Gefühl zurück, daß ich meinen eigenen Hals nur deshalb aus der Schlinge gezogen hatte, weil ich einen Mitmenschen der Polizei ausgeliefert hatte. Und es nützte auch nichts, wenn ich mir einredete, daß dieser Mann ein Verbrecher sei. Was ich vorhatte, war mit Sicherheit ebenfalls illegal. Als ich durch die Glastüren auf das Treppenhaus hinausschlüpfte, erwartete ich tatsächlich, jeden Moment von einer Stimme aufgehalten zu werden, die mich schneidend anwies: *Das ist nicht der Ausgang, Madam.* Doch niemand sagte etwas; keine Schritte rannten hinter mir her, als ich die Tür mit der Aufschrift »Nur Personal« öffnete und die Stufen Richtung »Lagerraum« hinuntereilte.

Elektrische Lichtkleckse beleuchteten hier und da einen Raum, der von Kleiderständern und hochaufgestapelten Kartons in ein Labyrinth verwandelt wurde. »Besser als das in Hampton Court«, hatte meine Neffe Willie geschwärmt, als er sich eines Nachtmittags auf der Suche nach der Herrentoilette hier verlaufen hatte. Als ich ihn endlich wiedergefunden hatte, kam er gerade aus der Personaltoilette. Und wenn mich mein Gedächtnis nicht im Stich ließ, dann befand sich die Damentoilette gleich hinter der nächsten Tür, zu meiner Linken, auf der anderen Seite des Ständers mit den Mänteln. Ich hatte keine Zeit zu verlieren. Soweit ich das beurteilen konnte, war ich im Augenblick allein hier unten, aber jeden Moment konnte hektische Aktivität ausbrechen. Das Personal würde wegen des Winterschlußverkaufs bestimmt länger arbeiten, und mit Sicherheit würde kistenweise Ware nach oben geschafft werden, ehe ich mich schließlich in aller Ruhe mit meinem *Mord im Pfarrhaus* niederlassen konnte.

Aber meine betagten Beine waren für einen Spurt nicht mehr geschaffen. Ich war noch wenige Zentimeter von der Tür zur Damentoilette entfernt, als ich hinter mir Schritte hörte ...

irgendwo in diesem riesigen Lagerraum. Schritte, die ebensogut dem Ungeheuer von Loch Ness hätten gehören können, das zum ersten Mal an Land tappte, so ängstigten mich diese zaghaften Laute, die die Angst ins Gigantische verzerrte.

»Ist dort jemand?« zerriß ein Flüstern die Stille.

Zwischen die wollenen Stoffbahnen des Mantelständers gezwängt, wartete ich ab. Aber die Stimme sagte nichts mehr. Und während sich mein Herzschlag wieder normalisierte, stellte ich mir vor, wie ein verängstigtes Wesen auf Zehenspitzen in die Tiefen des Lagers huschte, um in dem Labyrinth nach einem Karton zu suchen, den ein gereizter Abteilungsleiter ganz besonders eilig brauchte. Stille. Hieß das, daß dieses Wesen gefunden hatte, was es brauchte, und hastig den Rückzug angetreten hatte? Aber ich hätte mich besser nicht zu früh freuen sollen. Als ich zwischen den Mänteln hervortrat, rutschte mein Fuß auf etwas aus. Im Stolpern schaute ich nach unten und sah eine Handtasche. Den Bruchteil einer Sekunde lang dachte ich, es sei die meine, die ich blindlings in meiner Panik hatte fallen lassen. Doch, nein; meine schwarze Reisetasche hing sicher über meinem Arm.

Als ich verstohlen in die Damentoilette huschte, rätselte ich, ob die Tasche vielleicht der Toilettenfrau gehörte. Ich konnte mich noch von früheren Besuchen, die mich jedesmal einen Penny gekostet hatten, an sie erinnern: eine geschäftig hin und her eilende Frau mit forschenden schwarzen Augen, die einen ewig warten ließ, während sie die Klobrille abwischte und die Rolle mit dem Toilettenpapier richtete, sich dann wie ein Drache neben einem aufbaute, während man sich die Hände wusch und trocknete – daß man es ja nicht wagte, anschließend nur Kupfergeld auf ihren Teller zu legen. Selbst eine Sixpence-Münze kam einem da schon schäbig vor, wenn man sah, wie sie mit langsamen Bewegungen das benutzte Handtuch in den Behälter warf. Doch das Glück war mir hold. Der Drache war nicht in der Damentoilette und polierte die Messingwasserhähne; im Augenblick war der rosagekachelte Raum leer. Ich öffnete meine Tasche und holte das Stück Pappendeckel und die Rolle Klebeband heraus. Ein paar Sekunden später war an einer der drei Kabinentüren zu lesen: »Außer Betrieb.«

Nachdem ich es mir auf meinem Porzellanthron gemütlich gemacht, die Tür verriegelt und meine Handtasche auf dem Spülkasten abgelegt hatte, schlug ich mein Buch auf; aber die Worte tanzten vor meinen Augen ständig auf und ab. Bei jedem Knarzen und jedem Gurgeln in den Leitungen zog ich die Knie hoch, damit meine Schuhe nicht unter dem Türschlitz zu sehen waren. Und jedesmal, wenn ich wieder auf die Uhr schaute, hätte ich schwören können, daß die Zeiger rückwärts gewandert waren. Erst halb sieben?

Ich hatte keine Ahnung, wie lange die Leute vor dem großen Schlußverkauf bleiben würden. Aber eines wußte ich – daß mir langsam die Beine einschliefen. Bestimmt ging ich kein allzu großes Risiko ein, wenn ich meine Zelle verließ und etwas herumlief – nur hier drinnen, in der Damentoilette. Nachdem ich meine Hände am Heizkörper gewärmt hatte, wurde ich übermütig. Das ist genau das Gefühl, vermute ich, das einen dazu bringt, die Hand durch die Gitterstäbe eines Löwenkäfigs zu stecken. Als ich an der Tür vorbeischlenderte, stieß ich sie auf – nur einen Spalt.

Vor dem Ständer mit den Mänteln stand die Toilettenfrau – ja genau, diejenige, von der eben die Rede war. Der Drache. Unfähig, mich zu bewegen, geschweige denn die Tür zu schließen, sah ich, wie sie ihren Mantel zuknöpfte und sich bückte, um eine Handtasche und eine Tragetüte von Bossam aufzuheben. Jetzt war sie an der Reihe, sich zu verkrampfen; ich konnte es an ihren breiten Schultern und an ihrer Kopfhaltung erkennen. Ich konnte beinahe ihre Gedanken lesen ... Ist da jemand? Beobachtet mich jemand?

Achselzuckend verschwand sie hinter einem Stapel Kartons, der höher war als sie.

Dann war sie weg.

Ich genoß den Augenblick, als die Lichter ausgingen. Die Dunkelheit war schwärzer als das Moor in Yorkshire in einer mondlosen Nacht. Glaub mir, mein Spatz, normalerweise bin ich nicht sehr schreckhaft, aber es gibt Ausnahmen – zum Beispiel, als die Maus über meinen Fuß rannte. Doch anstatt nun meine Flasche Milch zu öffnen und die Tatsache zu feiern, daß ich jetzt das ganze Warenhaus für mich allein hatte, kam mir plötzlich überdeutlich zu Bewußtsein, wie überwältigend diese drei Stockwerke voller Waren auf mir lasteten. Jede Registrierkasse, jede Rolle Stoff und jeder Kochtopf in der Haushaltswarenabteilung... in meiner überreizten Vorstellung wußten sie alle über mein unerlaubtes Eindringen Bescheid. Alle beobachteten mich und warteten auf meinen nächsten Schritt. Ich konnte nicht einfach so dastehen und schlüpfte deshalb durch die Tür, aber dann fehlte mir der Mut, mich noch weiter in die Dunkelheit hineinzuwagen.

»O Herr, vergib uns unsere Sünden.«

Ich öffnete meine Handtasche, tastete nach meiner Taschenlampe – und spürte plötzlich meine Hand kraftlos werden. Ein Lichtstrahl durchbohrte die Dunkelheit und kam Zentimeter um Zentimeter näher auf mich zu.

Ich ging zwischen den Mänteln auf dem Kleiderständer in Deckung, spürte, wie er ins Schwanken geriet, und wappnete mich gegen das Kommende, als er laut donnernd zu Boden fiel.

»Was soll dieser Höllenlärm!«

Zu dem Licht gehörte auch eine Stimme ... die Stimme eines Mannes, die sich mir rasch näherte. Der Gedanke, dem Kommenden nun hilflos ausgeliefert zu sein, war mir unerträglich. Irgendwie bekam ich schließlich meine Taschenlampe wieder zu fassen und schaltete sie ein.

»En garde!« ertönte die rauhe Stimme, als sich die goldenen Klingen aus Licht kreuzten; zuerst eine Parade, dann ein Stoß ... dann die Vergeltung – durchbohrt vom Ende meiner Klinge.

»Was führt Sie hierher, Madam?«

»Man hat mich eingeschlossen.«

»Ha! Wenn ich Ihnen das glauben soll, dann bin ich ...«

»Der Weihnachtsmann?«

»Wenn Sie schon wissen, wer ich bin«, knurrte er, »dann können Sie sich auch vorstellen, warum ich hier bin.«

Mit seinem Schnurrbart wirkte er so abweisend wie ein Stachelschwein, aber meine Taschenlampe tastete sich bis zu seinen Augen hinauf, und die waren traurig. Vor mir stand ein Mann, der in seinem Leben schon weitaus mehr Winter als Sommer gesehen hatte. Wie, fragte ich mich, war er nur den Klauen von Mr. Bossam entkommen?

»Und warum sind Sie hier?« Ich redete beschwichtigend mit der Stimme auf ihn ein, die ich auch benutzt hatte, als es Mutter immer schlechter gegangen war. Als Echo wurde sie aus der Dunkelheit jenseits unseres goldenen Kreises zu mir zurückgeworfen, aber ich fürchtete mich nicht mehr. »Sie werden sich wahrscheinlich nicht an mich erinnern, Mr. ...?«

»Hoskins.«

»Nun, Mr. Hoskins, ich erinnere mich dafür um so genauer an Sie. Ungefähr vor einem Jahr habe ich meine Brieftasche auf dem Ladentisch des Fischhändlers vergessen, und Sie haben sie mir damals hinterhergetragen. Sie sehen also – was immer Sie für Gründe haben mögen, hier zu sein, ich kann nicht ganz glauben, daß sie nur niederträchtig sein sollen. Schon eher töricht und sentimental wie die meinen. Ich mache es mir nämlich einfach und umgehe das Gedränge des morgen beginnenden Ausverkaufs, da ich unbedingt eine bestimmte Teekanne aus der Meadow-Flower-Serie haben muß ...«

Er ließ ein polterndes Gelächter ertönen, das dem Heiligen Nikolaus persönlich zur Ehre gereicht hätte.

»Sagen Sie bloß, Sie hätten es auch darauf abgesehen?«

»Nun, darüber brauchen Sie sich wirklich keine Sorgen zu machen, Madam.« Dabei ließ er seine Taschenlampe auf eine

Art und Weise über mein Gesicht wandern, daß ich es fast für einen Flirt hätte halten können, wären wir beide nicht schon ziemlich alt gewesen. »Ich bin hier, um den Laden in die Luft zu sprengen.«

Ich war allein mit einem wahnsinnigen Bombenleger! Ich muß zugeben, daß mich Mr. Hoskins' Geständnis zunächst entsetzte. Aber da ich ein Leben mit fünf Brüdern und deren Eskapaden überlebt hatte, gelang es mir, mich rasch wieder in den Griff zu bekommen ... und meine Taschenlampe.

»Ich habe Sie erschreckt.«

»Machen Sie sich deswegen nur keine Gedanken.«

Dann öffnete er die Tür zur Damentoilette, woraufhin ich Angst bekam, er könnte mich einsperren, aber ich täuschte mich in ihm. Er schaltete nur das Licht an und stieß die Tür ganz auf.

»Können Sie mich jetzt besser sehen?« Ich schaltete meine Taschenlampe schnell aus, hielt sie aber weiterhin bereit.

Mit einem Gesichtsausdruck, der ebenso dümmlich war wie der eines meiner Brüder, nachdem er wieder einmal ein Fenster mit einem Ball eingeworfen hatte, sagte Mr. Hoskins: »Das mindeste, was ich tun kann, ist Ihnen eine Erklärung zu geben, Mrs. ...?«

»Miss ... Finnely.«

Er zog einen Karton heran, staubte ihn mit den Handschuhen ab und bot mir an, Platz zu nehmen.

»Vielen Dank. Jetzt holen Sie sich auch noch einen Hocker, und dann erzählen Sie mir alles.«

»Sehr freundlich.« Auf seinem Gesicht erschien ein Lächeln, das etwas verloren wirkte. Er setzte sich vor die Reihe von Mänteln und begann mit seiner Geschichte.

»Fünfunddreißig Jahre meines Lebens haben der B&L-Schiff-fahrtskompanie gehört, und dann, eines Tages, schicken sie mich in den Ruhestand. Diese Tatsache bringt mich fast um, aber, in Gottes Namen, dann werde ich mir eben einen neuen Job suchen – halbtags, tageweise, irgendwas werde ich schon finden. Dachte ich. Dann las ich, daß sie bei Bossam einen Weihnachtsmann suchten, und sagte mir, warum nicht? Es würde mir knurrigem altem Junggesellen bestimmt nicht schaden, mit der heutigen Jugend in Kontakt zu kommen. Wäre eine neue Erfahrung. Doch das spaßige daran war, daß es mir gefallen hat. Ich hatte darüber hinaus auch noch das Gefühl, etwas Gutes zu tun, da ich wußte, daß Bossam die Eintrittsgebühr zum Nordpol dazu verwendete, Spielsachen für bedürftige Kinder zu kaufen.

Diejenige Person, die das Kind begleitete, steckte dazu zwei Shilling in den Zylinder von Frosty, dem Schneemann. Ich brachte diesen Hut dann jeden Abend zu Mr. Bossam, der ihn persönlich leerte. Ein paar Tage vor Weihnachten betrat ich sein Büro und mußte feststellen, daß er vor Wut schäumte. Er erklärte mir, daß er bereits seit einiger Zeit den Verdacht habe, es würde zuwenig Geld eingenommen, und daß er deshalb den Hausdetektiv beauftragt habe, die Anzahl der Besucher des Nordpols zu zählen. Die Tageseinnahmen stimmten damit nicht überein. Es gibt keinen Grund, warum Sie mir glauben sollten, Miss Finnely, aber ich habe das Geld wirklich nicht unterschlagen.«

»Ich glaube Ihnen. Was jedoch heißt, daß sich ein anderer bedient hat.«

»Unmöglich.«

»Denken Sie doch mal nach, Mr. Hoskins.« Ich klopfte ihm aufmunternd auf die Schulter, da er gar so niedergeschlagen auf seinem Karton hockte. Wie erinnerte er mich doch an meinen Bruder Will! »Wann haben Sie das Geld denn unbewacht gelassen?«

»Nie.«

»Jetzt kommen Sie aber, und in den Pausen?«

»Ah, da hatte ich ein bestimmtes System ausgeklügelt. Wenn ich den Nordpol verließ, dann nahm ich den Hut mit und bin damit hierher in die Herrentoilette. Bevor ich dann wegging, um einen Happen zu essen, versteckte ich den Hut tief unten in dem Korb mit den frischen Handtüchern.«

»Irgend jemand muß Sie dabei beobachtet haben.«

»Miss Finnely« – er schlug sich mit den Fäusten auf die Schenkel – »ich bin weder ein Dieb noch ein Dummkopf. Ich vergewisserte mich selbstverständlich immer zuerst, ob ich auch allein war.«

»Hmm...«

»Mein guter Name war in den Schmutz gezogen! Ich sage Ihnen, Miss Finnely, diese Ungerechtigkeit brannte wie Feuer in mir. Ich habe fast durchgedreht. Als junger Bursche war ich eine Weile in der Armee und habe dort einiges über Sprengstoff gelernt. Also bastelte ich mir eine Bombe, steckte sie in eine Tragetüte von Bossam, damit es so aussah, als würde ich etwas umtauschen, und...«

Mr. Hoskins stand auf. Anfangs noch ruhig, aber dann mit wachsender Erregung schob er die Mäntel auf dem Ständer hin und her und brachte ihn ins Schwanken, während er den Boden absuchte.

»Miss Finnely, ich schwöre Ihnen, ich habe sie hierhergestellt ... und jetzt ist sie weg. Irgendein Schweinehund hat mir meine Bombe geklaut!«

»Cousine Hilda.« Ich hüpfte aufgeregt in meinem Sessel auf und ab. »Ich weiß, wer die todbringende Tragetüte genommen hat.«

»Wer denn, mein Spatz?«

»Die Toilettenfrau. Du hast doch selbst gesehen, daß sie eine aufhob, als sie ihren Mantel anzog. Sie hat diese Tüte nicht für ihre eigene gehalten. Erinnerst du dich, wie sie ganz steif wurde und sich verstohlen umsah? Dieses hinterhältige Biest! Ich wette zwanzig Schokoladenplätzchen, sie war eine von diesen ... wie heißen sie gleich noch?«

»Kleptomaninnen.«

»Sie hat dem Weihnachtsmann das Geld gestohlen!«

»Zu dem Schluß sind auch Mr. Hoskins und ich gekommen. Sie

muß ihn gesehen haben, wie er mit dem Zylinderhut in die Herrentoilette ging und mit leeren Händen wieder herauskam.«

Cousine Hilda stand auf, um die Vorhänge zuzuziehen.

»Was habt ihr getan?«

»Nichts.«

»Was?« Ich sprang von meinem Sessel auf, als wäre er ein Trampolin.

»Wir waren beide der Meinung, daß sich die Frau damit nur selbst bestraft hatte. Es würde eine wirklich bereichernde Erfahrung für sie sein, wenn sie die Tragetüte aufmachte und eine Bombe darin fand. Was sie natürlich nicht wissen würde, war, daß es einer speziellen Handhabung bedurfte, um sie wieder auszuschalten. Und die Frau war nicht gerade in der Position, die Polizei zu rufen.«

Ehe ich die große Frage stellen konnte, ging die Tür auf, und Albert, der Untermieter, kam mit dem Teetablett herein. Wir sprachen kurzzeitig nicht miteinander, da ich ihn am Nachmittag beim Schnippschnapp geschlagen hatte.

»Cousine Hilda«, flüsterte ich – es mußte ja nicht jeder ihr dunkles Geheimnis kennen, »weißt du, was aus Mr. Hoskins geworden ist?«

»Aber natürlich.« Sie nahm dem Bärbeiß das Tablett aus der Hand. »Albert, ich habe Giselle gerade erzählt, wie wir zwei uns kennengelernt haben.«

»Oh!« Ich plumpste auf meinen Sessel zurück. Das hatte sie gemeint, als sie von dem hohen Preis gesprochen hatte, den sie für ihre Sünden zahlen mußte.

»Ein Stück oder zwei, meine Liebe?«

Die Teekanne hatte rosa und gelbe Rosen.

Bill Crider
Ein Fall für Santa Claus

Bill Criders Frau Judy meint, daß das Leben mit ihrem Mann
eine Menge Spaß macht. Es macht auch sehr viel Spaß, seine
Bücher und Geschichten zu lesen, wie die Anhänger von
Kriminalromanen in zunehmender Anzahl feststellen konnten, seit Bills erste Sheriff-Rhodes-Geschichte 1986 erschienen ist – und wie Sie sich jetzt selbst überzeugen können.
Bill ist selbst ein begeisterter Leser von Kriminalliteratur. Er
schrieb zuerst Artikel und Buchbesprechungen für sogenann-
te Fan-Magazine (Zeitschriften, die speziell für die Liebhaber
dieses Genres publiziert werden, falls Ihnen der Ausdruck
unbekannt sein sollte) und arbeitete sich dann langsam zu
Büchern vor. Heute schafft er im Durchschnitt zwei Stück pro
Jahr. Und als ob er damit noch nicht genug zu tun hätte, ist er
darüber hinaus noch Leiter der Englischabteilung am Alvin
Community College in Alvin, Texas, wo er auch wohnt.
Tochter Angela und Sohn Allen studieren beide an der Uni-
versity of Texas. Oh, und beinahe hätte ich es vergessen – von
Bill ist außerdem noch ein Kinderbuch mit dem Titel *A
Vampire Named Fred* erschienen.

Pam-pam-pam-pam-*paaam*-pam — pam-pam-pam-pam-
pam.« R. M. »Boß« Napier, Chief der Polizei von Pecan
City in Texas, blies die Backen auf und brummte die Titelmelodie seiner Lieblingsfernsehserie »Hawaii Five-O« mit.
Dank dem Kabelfernsehen war sie noch jeden Abend zu sehen.
Napier begleitete sich selbst, indem er mit beiden Händen auf
dem Rand seines abgestoßenen Holzschreibtisches den Rhythmus schlug.
Völlig in Gedanken an weiße Sandstrände, blauen Himmel und
noch blauere Wellen versunken, widerstand er entschlossen der
Versuchung, sich doch mal umzudrehen und zu dem Fenster
hinter seinem Rücken hinauszublicken. Hätte er das getan, hätte

147

er bemerkt, daß der dunkle Himmel im Norden jeden Moment noch dunkler wurde, bis er dunkelblau, ja schon fast schwarz schien, während der Nordwind, der im Anmarsch auf Pecan City war, nah und näher kam.

Es lag nicht so sehr daran, daß Napier den Wind und die Kälte nicht mochte, die unweigerlich kommen würden, wie er wußte. Schließlich war das genau die Witterung, die man im Dezember in West-Texas erwartete.

Was er nicht mochte, war die Tatsache, daß es schon fast Weihnachten war, eine Jahreszeit, die im allgemeinen keinen freundlicheren und wohlwollenderen Menschen aus ihm machte. Soweit es ihn anging, wurde keiner deswegen freundlicher und wohlwollender. Das einzige, was man davon hatte, waren Ladendiebe und Einbrecher, eine steigende Anzahl von Schlägereien und Unfällen, an denen betrunkene Fahrer die Schuld trugen, und ein generelles Chaos in der ganzen Stadt.

Und was noch schlimmer war – irgendwie hatte Napier sich überreden lassen, bei einer Veranstaltung der Gemeinde mitzumachen. Er mochte solche Veranstaltungen nicht, aber er hatte sich von Carl Burns, diesem Schwächling von Englischlehrer draußen am College, breitschlagen lassen, an einer »gelesenen Version« – wie Burns sich ausgedrückt hatte – von *A Christmas Carol* teilzunehmen.

»Es wird Ihnen Spaß machen«, meinte Burns. »Und selbst wenn nicht, denken Sie doch nur an die vielen Leute, die kommen werden und ihre Kinder mitbringen. Das sind alles potentielle Wähler, müssen Sie sich vorstellen.«

Das war zu überlegen, da hatte er recht. In Pecan City wurde der Polizeichef in sein Amt gewählt und nicht ernannt.

»Außerdem«, fuhr Burns fort, »wird auch der Bürgermeister einen Part lesen. Und ich natürlich. Es ist also Ihre Bürgerpflicht, dabei mitzumachen.«

Napier dachte eigentlich, daß er seine Bürgerpflicht dadurch erfüllte, das er hier der Polizeichef war. Er sah nicht ganz ein, warum er deshalb noch in einem lächerlichen Spiel mitmachen sollte.

»Es ist nicht lächerlich«, widersprach Burns. »Betrachten Sie es als eine Art Gefallen für mich. Ich habe Ihnen doch auch schon ein oder zwei Mal ausgeholfen.«

Napier gab das nur ungern zu, aber Burns hatte recht. Der Englischlehrer war in Wirklichkeit auch gar keine solche Memme und war bereits in zwei Mordfälle verwickelt gewesen, die ohne ihn vielleicht nicht hätten gelöst werden können – oder zumindest nicht so schnell, wie es der Fall gewesen war.

»Ich mag nicht lesen«, sagte Napier. »Jedenfalls nicht laut.«

»Es ist ganz leicht«, meinte Burns. »Miss Tanner wird übrigens auch vorlesen.«

Nun, das war natürlich etwas ganz anderes. Elaine Tanner war die Bibliothekarin am College, und *sie* mochte Napier sehr. Ihr blondes Haar, ihre grünen Augen ...

»Also, was ist?« fragte Burns.

»Okay, ich mache mit. Welche Rolle haben Sie denn für mich vorgesehen?«

»Nun, wir lesen vielleicht alle mehr als einen Part, aber Sie bekommen auf jeden Fall eine Hauptrolle.«

»Okay. Welche Hauptrolle?«

»Sie werden schon eine schöne bekommen. Nur keine Sorge.«

»Sicher, davon bin ich überzeugt. Aber sagen Sie mir lieber, welche es ist.«

Burns lächelte. »Tiny Tim – der kleine Tim«, sagte er.

Napier hatte Burns nicht auf der Stelle umgebracht, obwohl er es kurz in Erwägung gezogen hatte. Kein Geschworenengericht der Welt hätte ihn verurteilt. Schließlich war er Polizeichef; er könnte allen erklären, daß er Burns bei einem Fluchtversuch erschossen habe. Das hätte vielleicht funktioniert, solange keiner darauf hingewiesen hätte, daß Burns schließlich kein Gefangener war und deshalb keinen Grund hatte, zu fliehen.

Wie dem auch sei, zu Napiers großer Überraschung entwickelte sich alles recht angenehm. Tiny Tim war wirklich eine wichtige Rolle, und Napier hatte eine Lesestimme, die gut trug, auch wenn sie ein bißchen tief und sonor für ein Kind wie den kleinen Tim klang. Napier weigerte sich nämlich, die Rolle mit Falsettstimme vorzutragen, obwohl Burns ihn eindringlich gebeten hatte, es doch wenigstens mal zu versuchen.

Das Beste an der Sache aber war, daß Elaine Tanner sehr beeindruckt von Napiers Talenten war, was Burns wiederum maßlos ärgerte.

»Sie sind wirklich gut, R. M.«, sagte sie nach der ersten Probe. Sie stand dabei dicht neben ihm und hatte ihm die Hand leicht auf den Arm gelegt. »Sind Sie sicher, daß Sie noch nie auf einer Bühne gestanden haben?«

Napier mußte zugeben, daß das leider der Fall war. Seine bisher einzige Bühnenerfahrung hatte er in der ersten Klasse gemacht, als er in irgendeinem albernen Spiel über den Aufenthaltsort der Vögel im Winter einen Specht dargestellt hatte. Er hatte dabei hinter einer falschen Zeder auf einem Stuhl stehen müssen.

»Er ist eben ein Naturtalent«, meinte Burns, der sich zu ihnen gesellte. »Wahrscheinlich trainiert er seine Stimme, indem er Verbrecher damit einschüchtert.«

»Na, auf jeden Fall ist er wirklich gut«, sagte Elaine. »Gleichgültig, wie er es macht.«

Napier lächelte sie an, und sein Lächeln wurde noch breiter, als er sah, wie sehr Elaines Kommentar Burns mißfiel. Die beiden Männer hatten sich seit Beginn des Schuljahrs im September immer wieder mit der Bibliothekarin verabredet und sich um sie bemüht, aber keiner von beiden hatte bis jetzt einen entscheidenden Vorsprung erringen können. Napier hoffte, daß er vielleicht jetzt Boden gewinnen könnte.

Deshalb hatte Napier auch gar nichts dagegen, sein Büro im Ortsgefängnis zu verlassen und zu der Leseprobe zu gehen, die in der Aula des College stattfinden sollte. Er würde Elaine wiedersehen und die Chance haben, Burns ein weiteres Mal zu provozieren. Aber er wollte ihn auch nicht zu sehr reizen. Es gab da nämlich etwas, das Burns für ihn erledigen sollte, etwas, das damit zu tun hatte, warum Napier Weihnachten nicht ausstehen konnte.

Der Nordwind fuhr genau in dem Augenblick durch die Straße, als Napier aus dem Gefängnis trat. Er wirbelte den weißen Staub auf dem Parkplatz auf und blies Napier körnigen Sand in Mund und Augen. Obwohl es noch nicht vier Uhr nachmittags war, war es schon fast so dunkel wie am Abend. Der Wind blies mit fünfunddreißig Meilen in der Stunde und kam direkt vom Nordpol; Napier war überzeugt davon, daß die Temperatur in der Zeit zwischen Verlassen des Gefängnisses und Erreichen seines Wagens bestimmt um zehn Grad gesunken sein würde. Er zog seine Lederjacke enger um seine Mitte, die ihm etwas fülliger vorkam, als er sie in Erinnerung hatte; Napier sah die Windsurfer vor sich, wie sie im Vorspann von »Five-O« über die Schaumkronen der blauen Wellen flitzten. Er fragte sich, ob die in Honolulu wohl noch Polizisten brauchten.

»Gott segne uns alle«, sagte Napier.

Don Elliot, der Direktor, applaudierte. »Sehr gut gemacht. Sehr gut, wirklich. Mir hat diesmal besonders gut gefallen, wie Sie die Rolle des Scrooge angelegt haben, Bürgermeister Riley. Mit genau der richtigen Dosis Bedrohlichkeit in der Stimme.« Elliot war klein, kaum einsfünfzig groß, aber seine Stimme war sogar noch eindrucksvoller als die von Napier. Man konnte sie in der ganzen Aula hören.

Bürgermeister Rileys Gesicht verzog sich bei Elliots Kompliment zu einem Grinsen. Riley war Anwalt und überzeugt, doch das eine oder andere darüber zu wissen, wie man Leute einschüchterte.

»Professor Burns, Sie sollten als Cratchit doch etwas duckmäuserischer auftreten, wenigstens am Anfang. Sie dürfen das Publikum nicht so schnell vom Haken lassen«, fuhr Elliot fort. Dann war Napier mit dem Grinsen an der Reihe, aber nur kurz. Er wollte Burns nicht gerade jetzt vor den Kopf stoßen. Nachdem Elliot mit seinen Anmerkungen fertig war, ging Napier hinüber zu Burns und Elaine Tanner, die sich unterhielten. Napier dachte zum wiederholten Mal, wie sehr ihm doch Elaines grüne Augen gefielen, die durch ihre Brille noch vergrößert wurden.

»Tut mir leid«, wiegelte Burns gleich ab, als Napier zu ihnen trat. »Habe heute abend keine Zeit für einen Plausch. Elaine und ich wollen einen Happen essen gehen.«

»Warum kommen Sie nicht mit uns, R. M.?« fragte Elaine. »Es sei denn, irgendeine besonders wichtige Polizeiarbeit wartet auf Sie.«

Napier lächelte; es war nicht so sehr die Einladung, die ihn freute, sondern vielmehr das sie begleitende Geräusch, von dem er sicher war, daß Burns' mahlende Zähne es erzeugten.

»Danke«, sagte er. »Ich muß ohnehin mit Burns sprechen. Das gibt mir gleich Gelegenheit dazu.«

»Mit mir sprechen?« fragte Burns. »Worüber denn?«

»Das sage ich Ihnen beim Essen«, meinte Napier. »Warum gehen wir nicht ins Taco Bell?«

Es gab nicht sehr viele gute Restaurants in Pecan City, aber Burns hatte sich ehrlich gesagt etwas Schickeres vorgestellt. Er wollte schon etwas erwidern, aber Napier kam ihm zuvor. »Auf meine Rechnung.«

»Nun«, meinte Burns zögernd, »wenn das so ist, wie kann ich da ablehnen?«

»Das können Sie auch nicht. Ich nehme Elaine am besten gleich bei mir mit, oder? So hat sie Gelegenheit, mal in einem richtigen Streifenwagen mitzufahren.«

»Oh, darf ich das?« Elaines Augen funkelten. Sie war fasziniert von der Polizeiarbeit und liebte es, in allen Arten von offiziellen Fahrzeugen herumzukutschieren.

»Aber natürlich«, erwiderte Napier. »Wir treffen uns dann im Taco Bell, Burns, in Ordnung?«
»Schön«, antwortete Burns und knirschte mit den Zähnen, als er sie beobachtete, wie sie zusammen weggingen.

Der Wind peitschte die grünen Plastikgirlanden an den Strommasten hin und her und zerrte an den roten, grünen und weißen Lichterketten, die in den Bäumen hingen. Er rüttelte auch an Carl Burns' altem grünen Plymouth, als dieser zum Taco Bell fuhr. Carl starrte auf die weihnachtlichen Dekorationen und versuchte, seine Kiefermuskeln zu entkrampfen, aber der Anblick, der sich ihm ringsum bot, war nicht sehr hilfreich.
Rasenflächen und Hausdächer waren voll mit den üblichen mit Flutlicht angestrahlten Weihnachtsmännern, Rentieren, Hirten, Weisen aus dem Morgenland und Kindern in Krippen. Der Wind hatte einige der Gestalten umgeweht, und sie lagen mit dem Gesicht voraus auf dem steifen, braunen Gras. Vor einem Haus waren alle Comic-Figuren aus »Peanuts« aufmarschiert, nur einer fehlte: Snoopy. Dort, wo der tanzende Beagle hätte stehen sollen, befand sich ein schwarzweißes Schild mit der Aufschrift: SNOOPY, GESTOHLEN AM 24. 12. 89.
Und wo war die Polizeimacht von Pecan City gewesen, als dieses Verbrechen begangen wurde? fragte sich Burns. Wahrscheinlich hatte sie gegrillte Fleischstreifen im Taco Bell verdrückt.
Als Burns auf den Parkplatz einbog, stand der Streifenwagen bereits da. Elaine und Napier saßen drinnen an einem Tisch, und Elaine lachte gerade über eine Bemerkung, die Napier gemacht hatte. Burns strapazierte sein Gebiß noch etwas mehr. Wer hätte jemals gedacht, daß Boß Napier so galant sein könnte?
Napier erhob sich, als Burns in das Lokal kam, erkundigte sich, was er haben wolle, und bestellte dann für alle. Das Essen wurde schnell serviert, und während sie aßen, unterhielt Napier sie mit einer launigen Begründung, weshalb er »Hawaii Five-O« so liebte und Weihnachten so sehr haßte.

»Und das ist auch der Punkt«, sagte er an Burns gewandt, »warum ich mit Ihnen reden wollte.«

»Soll ich eine Liste für Sie erstellen?« fragte Burns. Er liebte es, irgendwelche Listen zu machen, und er hatte für sich selbst eine für die Weihnachtszeit erarbeitet.

»Nein«, sagte Napier. »Ich habe einen Job für Sie.«

»Einen Job?« fragte Burns. »Ich habe schon einen Job.«

»Natürlich haben Sie den, aber nicht über Weihnachten. Ihr Lehrer ruht euch doch aus und genießt eure langen Ferien, während wir anderen arbeiten müssen. Deswegen weiß ich ja, daß Sie Zeit haben. Und bei Ihrer Bezahlung können Sie das Geld sicherlich brauchen.«

Burns' erster Impuls war, Napier zu erklären, daß das Hartley Gorman College durchaus ein befriedigendes Gehalt zahle, aber er hielt sich zurück. Er wollte nicht lügen. Und außerdem war er neugierig.

»Was ist das für ein Job?« fragte er.

»Ich brauche Sie als Undercover-Agent«, erklärte Napier.

»Oh, Carl«, flötete Elaine. »Polizeiarbeit!«

Napier hatte plötzlich das ungute Gefühl, einen großen Fehler gemacht zu haben, fuhr aber fort: »Ganz genau. Einen Job bei der Polizei. Wir sind momentan etwas unterbesetzt, und ich glaube, daß Sie mit der Sache ganz gut fertigwerden.«

»Ich weiß nicht so recht«, meinte Burns, ohne jedoch Elaine dabei aus den Augen zu lassen.

»Natürlich können Sie das«, sagte sie. »Sie sind R. M. doch bereits in der Vergangenheit eine große Hilfe gewesen.«

»Das stimmt«, bestätigte Burns. »Ich scheine tatsächlich eine Ader für Ermittlungsarbeit zu haben.«

»Ich würde es nicht gerade eine Ader nennen«, meinte Napier trocken.

»Er hat sich doch sehr gut gemacht«, sagte Elaine. Sie saß zwar im Augenblick noch auf Napiers Seite des Tisches, sah aber so aus, als könnte sie sich jede Minute neben Burns setzen.

»Erzählen Sie mir mehr über diesen Job«, bat Burns.

»›Ermittlungsarbeit‹ würde die Sache vielleicht nicht ganz treffend beschreiben«, sagte Napier.

»Na, sagen Sie es schon«, drängte Burns.

»Nun, wissen Sie noch, wie ich Ihnen zusagte, daß ich Ihr Tiny Tim sein würde?«

»Natürlich.«

»Das ist jetzt so etwas Ähnliches.«

Burns wirkte skeptisch. »Soll ich in einem Spiel mitmachen?«

Napier grinste ihn an. »So könnte man das tatsächlich nennen. Ich möchte nämlich, daß Sie den Weihnachtsmann spielen.«

Der Bart juckte, der rote Anzug war heiß, und die Stiefel waren viel zu groß. Die rote, pelzgefütterte Kapuze rutschte ihm ständig über die Augen, und mit dem dick wattierten Bauch kam er sich vor wie ein Walroß im roten Mantel. Durch die Nickelbrille auf seiner Nase sah er seine Umgebung nur noch verschwommen.

Kurz, Carl Burns kam sich wie ein kompletter Idiot vor.

Er saß auf einem großen, schwarzen Sessel in der Mitte von Camerons Warenhaus. Vor ihm formierte sich eine Reihe aus kleinen Kindern. Schon in wenigen Augenblicken würden sie ihm abwechselnd auf den Schoß hüpfen und ihm ihre geheimsten Weihnachtswünsche anvertrauen.

Wenn er nur etwas Vernunft besessen hätte, hätte er Boß Napier eine Taco-Rolle in den Hals gestopft, auf daß er daran ersticken möge, aber schließlich war Elaine dabeigewesen, und die Vorstellung, daß Burns tatsächlich aktiv an einer polizeilichen Ermittlung teilnehmen würde, hatte sie vor Ehrfurcht erblassen lassen. Was war ihm also anderes übriggeblieben? Er hatte selbstverständlich zugesagt.

Das Problem war nicht ungewöhnlich. Camerons Warenhaus mußte große Verluste durch Ladendiebstahl hinnehmen. Verluste, die sogar noch größer als üblich für diese Jahreszeit waren; jetzt wußte sich die Geschäftsleitung nicht mehr zu helfen. Ihre eigenen ausgebildeten Hausdetektive hatten nicht herausgefunden, wie die Sache ablief. Natürlich, man hatte ein paar kleinere Übeltäter stellen können, aber das hatte nicht genügt, um den Warenfluß einzudämmen, der weiterhin den Laden verließ.

Burns' erster Gedanke war gewesen, daß der Inhaber des Warenhauses doch in ein gutes Sicherheitssystem investieren sollte, wie es in den großen Städten üblich war, wo ein Alarm losging, sobald man versuchte, an den Sensoren vorbei etwas nach draußen zu schmuggeln.

»Da bleibt nicht genug übrig, um soviel Geld zu investieren«, sagte Napier, was wahrscheinlich stimmte, wie Burns wußte. Das Geschäft war nicht nur alt, sondern auch altmodisch, und die Mehrzahl der Einheimischen ging zum Einkaufen lieber nach Dallas oder nach Fort Worth oder fuhr zum Wal-Mart hinaus, einem Einkaufszentrum, das erst vor kurzem am Stadtrand erbaut worden war. Früher war das alte Warenhaus einmal der Stolz der Stadt gewesen, aber jetzt machte es wahrscheinlich elf Monate im Jahr nur Verluste außer im zwölften Monat, da war die Lage vielleicht etwas besser. Nur um Weihnachten herum konnte man bei Cameron noch Menschenmengen antreffen, aber selbst diese Massen waren nicht mehr so dicht, wie sie es noch vor ein paar Jahren gewesen waren.

Burns bekam von einer gelangweilten jungen Dame einen kurzen Lehrgang in Sachen Ladendiebstahl erteilt; sie kannte alles: die Geschichte mit der Tasche mit dem doppelten Boden, die mit der Uhr, die man angeblich bereits bei Betreten des Ladens am Handgelenk gehabt hatte, das Spielchen mit dem einen Kleidungsstück zuviel, das man mit in die Umkleidekabine nahm, die übergroße Handtasche, die man mit sich herumschleppte, die Verstecke im Hosenbund und/oder unter dem Mantel, und vieles andere mehr.

Dann weihte der Besitzer selbst, Jay Cameron, Burns in die Geheimnisse seiner Tätigkeit als Weihnachtsmann ein. »Früher hat mein Vater jedes Jahr den Weihnachtsmann gespielt«, erklärte Cameron. »Es schien ihm großen Spaß zu machen.« Er schüttelte den Kopf. »Aber nicht mir, vielen Dank.«

Er trug einen sehr teuren Anzug, den er bestimmt nicht in seinem eigenen Laden von der Stange gekauft hatte, wie Burns vermutete, auf Hochglanz polierte Lederschuhe, ein blendend-weißes Hemd und eine Krawatte in gedeckten Erdtönen, die wahrscheinlich das gekostet hatte, was Burns in einer Woche verdiente. Vielleicht lief der Laden doch besser, als Napier vermutete.

»Sie müssen die Namen aller Rentiere kennen«, sagte Cameron. »Und vergessen Sie bloß Rudolph nicht.«

»Bestimmt nicht«, meinte Burns. Es war nicht Rudolph, der ihm Sorgen machte. Es waren die anderen sechs. Oder waren es sieben? Acht?

»Die Namen der Elfen können Sie ruhig selbst erfinden«, fuhr Cameron fort. »Aber ich glaube nicht, daß jemand danach fragen wird.«

Burns meinte, daß es ihn sehr erleichterte, dies zu hören.

»Eine Menge Kinder haben Angst vor dem Weihnachtsmann«, sagte Cameron. »Wenn sie zu schreien anfangen, dann lassen Sie sie einfach brüllen. Es ist nicht Ihre Aufgabe, sie wieder zu beruhigen. Das müssen die Eltern machen.«

Burns hörte das gar nicht gerne. An das Geschrei hatte er nicht gedacht.

»Der Anzug ist übrigens wasserdicht«, erklärte Cameron. »Damit haben Sie eine Sorge weniger.«

»Wasserdicht?«

»Sicher. In einigen Fällen regen sich die Kinder so auf, daß sie in die Hosen machen.«

Großartig, dachte Burns.

»Und seien Sie immer lustig«, sagte Cameron zum Schluß noch, als er ihn entließ.

Burns dachte gerade darüber nach, wie es wohl werden würde, immer lustig sein zu müssen, während die Kinder sich in die

Hosen machten und gleichzeitig wie am Spieß brüllten, als ihm das erste bereits auf den Schoß kletterte und anfing, ihm zu erklären, warum es unbedingt einen kompletten Satz von Teenage-Mutant-Ninja-Turtles-Figuren haben mußte.

Als das dritte Kind mit seinem Vortrag fertig war, hatte Burns sich mehr oder weniger entspannt. Als das fünfte einen Heimcomputer verlangt hatte – »IBM-kompatibel, mit einem VGA-Monitor« –, fing Burns bereits an, sich stärker auf die Vorgänge im Laden zu konzentrieren, wobei er der Schmuckabteilung besondere Aufmerksamkeit schenkte, ohne jedoch darüber die Elektronikabteilung zu vernachlässigen. Burns war so plaziert, daß er einen guten Blick auf beide hatte, da dieses die Abteilungen waren, aus denen die meiste Ware zu verschwinden schien. Im Laufe der nächsten paar Stunden fiel Burns nichts Außergewöhnliches auf. Er versicherte einer großen Anzahl von Jungen und Mädchen mit leuchtenden Augen, daß sie all die wahnsinnig teuren Geschenke, die sie sich gewünscht hatten, auch erhalten würden, und erklärte mindestens siebenmal, wie es ihm möglich war, die ganze Welt in einer einzigen Nacht zu versorgen (»Diese Rentiere sind *wirklich* schnell. Vertraut mir.«). Einem besonders ängstlichen kleinen Mädchen mußte er darüber hinaus noch erklären, daß der kleine Weihnachtsgnom Grinch nur ein literarisches Konzept sei, wohingegen der Weihnachtsmann wirklich echt war, wovon sie sich mit eigenen Augen überzeugen konnte. Er war sich nicht ganz sicher, ob sie die Sache mit dem Konzept begriffen hatte, aber im großen und ganzen hatte sie die Angelegenheit wohl kapiert. Jedenfalls schien sie glücklicher als am Anfang zu sein, aber das lag vielleicht daran, weil er ihr drei Barbie-Puppen unter dem Christbaum versprochen hatte.

Während dieser ganzen Zeit hatte Burns Jay Cameron dreimal der Schmuckabteilung einen Besuch abstatten sehen, wo er mit Adleraugen jede Handtasche und jeden Beutel zu durchleuchten schien. Der Besitzer drehte auch eine Runde in der Elektronikabteilung und versetzte dort ein paar schlampig gekleidete Teenager in Angst und Schrecken, die so aussahen, als ob ihr einziger Lebenszweck nur darin bestünde, CD-Spieler für ihre Freundinnen zu klauen. Aber soweit Burns das beurteilen konnte, hatte keiner von ihnen etwas mitgehen lassen.

Die schönste Zeit des Tages kam für Burns, als Elaine Tanner ihn besuchte und fragte, ob sie auf dem Schoß des Weihnachtsmannes sitzen dürfe. Es schmerzte Burns sehr, ihr diese Bitte abschlagen zu müssen.

Napier ließ sich später am Nachmittag blicken, aber Burns hatte nichts zu berichten.

»Halten Sie weiterhin die Augen offen«, sagte Napier. »Wir wissen, daß sie da sind.«

»Was ist mit den Angestellten?« fragte Burns. »Ich glaube, ich habe mal irgendwo gelesen, daß die meisten Ladendiebstähle von Angestellten begangen werden.«

»Nicht hier«, erwiderte Napier. »Cameron läßt sie praktisch bis auf die Unterwäsche ausziehen, ehe sie gehen dürfen.«

Burns konnte mittags und abends je eine Stunde Pause machen, und die Zeit brauchte er auch. Nachdem er einige Stunden lang knuddelige Kinder auf seinen Knien balanciert hatte, konnte er kaum mehr stehen, geschweige denn gehen. Er aß allein im Lager im hinteren Teil des Geschäftes, umgeben von Kartons und Schachteln. Das machte ihm überhaupt nichts aus, im Gegenteil, die Stille war wohltuend.

Es geschah nach seiner Abendessenspause, kurz nach acht Uhr, daß er die erste Ladendiebin entdeckte. Vom ersten Moment an, als er sie sah, war er sich dessen sicher. Sie schaute sich schon so verstohlen um, als sie an ihm vorbeikam und ihren kleinen Sohn an der Hand hinter sich herzog, ohne ihn mit dem Weihnachtsmann reden zu lassen. Der Kleine bat seine Mutter nicht einmal darum. Sehr verdächtig.

Die Frau blieb ziemlich lange in der Schmuckabteilung stehen und schaute sich Uhren an; der Verkäufer mußte sie mehrere

Male allein lassen, um andere Kunden zu bedienen. Auch das war sehr verdächtig.

Dann ging sie wieder, ohne etwas gekauft zu haben.

Burns war überzeugt, daß sie etwas mitgenommen hatte, auch wenn er nicht gesehen hatte, was es war. Jetzt mußte man sie damit aus dem Laden gehen lassen. Das hatte Napier ihm so eingeschärft. »Lassen Sie sie damit aus dem Laden gehen. Damit ist der Tatbestand des Diebstahls erfüllt. Geben Sie einfach dem Wachmann Bescheid, und er wird den Rest erledigen.«

Natürlich war der Wachmann nirgends zu sehen. Wahrscheinlich saß er in irgendeiner Ecke bei einem Doughnut und einer Tasse Kaffee.

Als die Frau sich der Vordertür näherte, schob Burns einen flachshaarigen Jungen von seinem Schoß und stand auf.

»Aber, Weihnachtsmann«, protestierte der Junge. »Ich bin noch nicht fertig.«

»Keine Angst, mein Sohn«, sagte Burns und bemühte sich, lustig zu klingen. »Du bekommst alles, was du dir wünschst. Vertraue mir.«

»Aber woher *weißt* du, was ich will? Ich hatte ja noch nicht die Zeit...«

»Schreib mir einen Brief«, erwiderte Burns und drängelte sich an den anderen Kindern in der Schlange vorbei. Die Frau war bereits zur Tür hinaus, und er hatte Angst, daß sie schon in ihrem Wagen sitzen und wegfahren könnte, ehe er sie erreichen würde.

Sie saß jedoch nur halb im Wagen, mit einem Fuß noch auf dem Boden, als Burns ihr auf die Schulter klopfte.

»Ma'am?« sagte er. »Entschuldigen Sie bitte, Ma'am.« Er hatte keine Ahnung, was er als nächstes sagen sollte. Was sagte man zu einer Ladendiebin?

»Es ist der Weihnachtsmann, Mom!« rief der kleine Junge neben ihr. »Der Weihnachtsmann!«

Die Frau schaute Burns an. »Was wollen Sie?« fragte sie.

Sie war ziemlich dick, stellte Burns fest, fast so dick wie er, und er war ausgestopft.

»Ich, äh, glaube, daß Sie dort drinnen etwas mitgenommen haben.«

Die Frau starrte Burns an und stieg dann langsam aus dem Wagen. Der Junge folgte ihr nach draußen. Er war sehr aufgeregt, den Weihnachtsmann zu sehen. »Ich wollte ja mit dir sprechen«, sagte er, »aber Mom meinte, wir hätten keine Zeit dafür. Ich wünsche mir nämlich zu Weihnachten ein Pony.«

»Sei still, Larry«, sagte die Frau. Sie starrte Burns immer noch an. »Was meinen Sie damit, ich hätte etwas mitgenommen?«

»Ich, äh, nun, wenn Sie mir vielleicht einen Blick in Ihre Tasche gestatten würden, dann bin ich sicher, daß sich die Sache aufklären wird«, sagte Burns. Er war zu dem Schluß gekommen, daß sie – was immer sie auch mitgenommen haben mochte – in ihren überdimensionalen Beutel gesteckt hatte. Es mußte dort sein.

»Sind Sie nicht ganz dicht?« fragte die Frau.

Der kleine Junge war schockiert. »So etwas darfst du nicht sagen, Mom! Das ist der Weihnachtsmann!«

»Schöner Weihnachtsmann«, sagte die Frau. »Ein Scheißkerl sind Sie.« Sie preßte den Beutel an ihren üppigen Busen, als ob er etwas sehr Wertvolles enthielte. »Er ist einer von diesen Scheißkerlen, die armen Frauen um Weihnachten die Handtaschen klauen.«

»Nein, nein«, sagte Burns schnell. »Das haben Sie falsch verstanden. Ich bin nur . . .«

»Hilfe!« schrie die Frau. »Polizei! Feuer! Ich werde vergewaltigt!«

Burns stellte erst jetzt fest, daß noch andere Leute auf dem Parkplatz waren. Es sah fast so aus, als hätte sich die gesamte Bevölkerung von Pecan City ausgerechnet jetzt hier eingefunden, um noch etwas einzukaufen. Neugierige drehten sich um, um mitzubekommen, was los war, und zwei Leute kamen im Eilschritt auf Burns zu. Burns fing zu schwitzen an, obwohl die Temperaturen nicht weit über dem Gefrierpunkt liegen konnten.

Der kleine Junge wußte zwar nicht, was vor sich ging, aber es gefiel ihm nicht. Er sah aus, als könnte er jeden Moment losheulen.

»Hilfe!« schrie die Frau. »Polizei!«

Burns schaute sich nervös um und wünschte sich, weder Napier noch Elaine Tanner je in seinem Leben gesehen zu haben. Es war ihre Schuld, daß er jetzt in diesem Schlamassel saß, auch wenn er wußte, daß es dumm von ihm gewesen war, der Frau nach draußen zu folgen. Er hatte keine Ahnung, wie man sich in einer solchen Situation verhielt, und er hätte sie einfach gehen lassen sollen.

Er wandte sich wieder der Frau zu mit der Absicht, sich zu entschuldigen und den ganzen Vorfall zu vergessen.

Aber sie ließ ihren Beutel kreisen und traf ihn damit seitlich am Kopf. Die Tasche war so schwer, daß Burns dachte, sie müsse darin ein ganzes Auto mit sich herumschleppen.

Er schüttelte den Kopf in dem Versuch, wieder einen klaren Gedanken zu fassen, da trat ihn der kleine Junge gegen das Schienbein. »Laß meine Mom in Ruhe!« brüllte er.

Burns bückte sich gerade, um sein Schienbein zu begutachten, als die Frau erneut mit ihrer Tasche zuschlug und ihn dieses Mal am Hinterkopf traf. Die pelzgefütterte Kapuze dämpfte den Schlag zwar etwas ab, aber Burns ging trotzdem mitten auf dem Parkplatz in die Knie.

Er hörte die entsetzte Stimme eines kleinen Mädchens. »Diese Frau bringt den Weihnachtsmann um!«

Doch die Stimme schreckte die Frau nicht ab. Sie drosch weiter auf Burns ein.

»Was ist hier los?« fragte Boß Napier.

Burns hätte nie gedacht, daß die Stimme des Polizeichefs jemals

162

so wohltuend in seinen Ohren klingen würde. Er stand mühsam auf und schob sich mit der rechten Hand die Kapuze aus den Augen.

»Dieser Mistkerl hat versucht, mir die Handtasche zu stehlen«, erklärte die Frau.

»Das ist ein ganz böser Weihnachtsmann«, bestätigte ihr Junge.

»Ich habe nur getan, was Sie mir gesagt haben«, verteidigte sich Burns.

»Ich habe Ihnen nicht gesagt, daß Sie brave Bürger wie Mrs. Branton belästigen sollen«, sagte Napier. Er warf einen Blick in die Runde neugieriger Zuschauer. »Alles in Ordnung, Leute. Nur ein kleines weihnachtliches Mißverständnis.«

»Die Frau hat versucht, den Weihnachtsmann umzubringen«, rief das entsetzte kleine Mädchen.

»Dem geht es jetzt aber wieder gut. Nicht wahr, Weihnachtsmann?«

Burns rieb sich den Hinterkopf. »Sicher«, sagte er. Er strengte sich erst gar nicht mehr an, lustig zu klingen. »Dem Weihnachtsmann geht es ganz toll.«

Während die Menge wieder auseinanderlief und sich im Geschäft zerstreute, wobei viele noch mal kurz stehenblieben und einen Blick über die Schulter zurückwarfen, sagte Burns zu Napier: »Sie kennen Mrs. Branton?«

»Aber natürlich. Mrs. Roy Branton und ihren feinen Jungen Larry.« Er lächelte dem Jungen zu, der Burns mißtrauisch beäugte. »Das war alles nur ein großes Mißverständnis, Larry. Der Weihnachtsmann wollte deiner Mutter die Handtasche nicht wegnehmen.«

»Doch, das wollte er«, sagte Mrs. Branton.

»Nein, nein«, erklärte Napier viel fröhlicher, als Burns ihn jemals erlebt hatte. »Dieser Mann hier arbeitet für mich. Es war alles nur ein Versehen. Ehrlich. Es wird nicht wieder vorkommen.«

Mrs. Branton wirkte nicht sehr überzeugt. »Für mich sieht er aber aus wie ein Verbrecher.«

Napier wurde immer fröhlicher. »Nun, das ist er wirklich nicht. Darauf kann ich Ihnen mein Wort geben. Stimmt's, Weihnachtsmann?«

»Stimmt«, sagte Burns zähneknirschend.

Wie Napier Burns später im Lager erklärte, während dieser sich aus seinem Santa-Claus-Anzug schälte, war Mrs. Branton die ehemalige Frau eines von Napiers besten Beamten. Sie war stadtbekannt für ihr aufbrausendes Temperament – und für ihre Ehrlichkeit. »Sie ist ein Mensch, der nie eine Lüge erzählen würde, selbst wenn diese besser als die Wahrheit wäre«, erklärte Napier. »Der Junge, Larry, hat mal auf der Straße eine Zehn-Dollar-Note gefunden, und er mußte sie Harve geben – Harve ist ihr Ex –, damit der sie auf dem Revier ablieferte. Wir haben sie drei Wochen lang dort aufgehoben, und als sich dann immer noch niemand meldete, durfte Larry sie endlich behalten. Mrs. Branton würde nie etwas stehlen, Burns. Sie wollte das Kind ja nicht einmal die zehn Dollar behalten lassen.«

Burns nahm den kratzigen Bart ab. »Mir ist nicht ganz klar, wie Sie sich da so sicher sein können. Ich habe gelesen, daß Ladendiebstahl oft wie eine Krankheit ist. Man weiß nie, wer sie hat. Und da wir gerade *A Christmas Carol* proben, mußte ich an Dickens denken. Wahrscheinlich ist sie ein weiblicher Fagin.«

»Was ist ein Fagin?«

»Wer. Wer ist ein Fagin. Das ist eine Figur aus *Oliver Twist*. Er herrscht über einen Haufen Kinder, die für ihn stehlen.«

»Sie glauben, *Larry* ist der Ladendieb?«

Burns schüttelte den Kopf. »Eigentlich nicht. Um ehrlich zu sein, Mrs. Branton war heute überhaupt die einzige, die mir auch nur im geringsten verdächtig vorkam. Es scheint auch sonst keine Möglichkeit zu geben, wie jemand Sachen aus dem Laden stehlen könnte.«

»Die muß es geben«, meinte Napier. »Sie haben es nur nicht lange genug versucht.«

»Doch, das habe ich«, sagte Burns. Er warf die rote Kapuze auf den Stapel Nikolauskleidung. »Und ich habe herausgefunden, daß ich doch keine Ader für polizeiliche Ermittlungen habe. Ich kündige.«

Die erste Aufführung von A Christmas Carol kam sehr gut an. Im Publikum saßen viele prominente Gemeindemitglieder, unter anderem auch Franklin Miller, der Rektor des Hartley Gorman College, der sich hinterher sogar noch die Zeit nahm, Burns zu seinem Vortrag zu gratulieren.

»Ausgezeichnet, Burns, ausgezeichnet«, sagte Miller und schüttelte Burns die Hand. »Ein ausgezeichneter Beitrag zur Verbesserung der Beziehungen zwischen Stadt und College.«

Seine Bemerkungen trugen jedoch nicht dazu bei, Burns' Laune zu verbessern. Elaine war ihm seit dem Vorfall bei Cameron aus dem Weg gegangen, obwohl Burns sich bemüht hatte, die Sache im besten Licht erscheinen zu lassen, als er ihr erklärte, weshalb er den Job aufgegeben habe. Er sah ihr jedoch an, daß sie enttäuscht von ihm war, und man konnte schließlich nicht wissen, was Napier ihr als Gründe angegeben hatte, warum Burns seinen Job so schnell wieder los war.

Burns warf einen Blick über das Publikum und entdeckte mehrere Leute, die er kannte. Da war Marion Everson, die Herausgeberin der fast täglich erscheinenden Zeitung von Pecan City; Gene Vale, der Vorsitzende der Handelskammer, und mehrere Mitglieder des Lehrkörpers am College, einschließlich Mal Tomlin und Earl Fox.

Selbst Jay Cameron war gekommen. Es war halb neun, und der Besitzer des Warenhauses würde gerade noch Zeit haben, vor Ladenschluß wieder in sein Geschäft zurückzueilen, um dort ein letztes Mal alles zu überprüfen. Die Ladendiebe waren übrigens immer noch nicht geschnappt worden. Cameron hatte es jedoch nicht sehr leid getan, daß Burns sich von seinem Posten als Weihnachtsmann zurückzog. Im Gegenteil, es sah fast so aus, als würde er lieber noch mehr Verluste hinnehmen, als Burns bei einer weiteren derartigen Szene zu beobachten. Burns nahm ihm diese Einstellung nicht übel.

Dann kam Burns ein Gedanke. Er ging zu Napier hinüber, der eben huldvoll die Glückwünsche einer bewundernden Elaine Tanner und anderer begeisterter Zuhörer für seine sensible Interpretation des Tiny Tim entgegennahm.

Burns wartete, bis Napier zu ihm hinsah und gab ihm zu verstehen, daß er gerne ein Wort mit dem Polizeichef gewechselt hätte. Napier schüttelte noch ein paar mehr Hände, lachte und bahnte sich seinen Weg zu Burns, wobei er sich noch einmal umdrehte, um Elaine über die Schulter ein Lächeln zuzuwerfen.

Burns bemühte sich, nicht mit den Zähnen zu knirschen. »Ich denke, ich habe den Fall gelöst«, sagte er, als Napier neben ihn trat.

»Welchen Fall?« fragte Napier.

»Sie wissen doch, welchen Fall.«

»Oh, *diesen* Fall. Ich dachte, Sie hätten gekündigt.«

»Habe ich auch, aber ich habe trotzdem noch mal darüber nachgedacht.«

»Darüber nachgedacht. Sie haben ihn gelöst, indem Sie darüber nachgedacht haben? Wie Sherlock Holmes?«

Burns grinste. »Schon eher wie C. Auguste Dupin.«

Napier stutzte. »Wer?« fragte er.

»Vergessen Sie's«, meinte Burns. »Treffen Sie mich einfach um neun bei Cameron.«

»Heute abend?« fragte Napier und schaute auf seine Uhr.

»Genau. Eigentlich könnten wir gleich zusammen in Ihrem Wagen hinfahren, oder nicht?«

»Sie werden doch nicht wieder Ärger machen, oder?«

»Wer, ich?« sagte Burns. »Selbstverständlich nicht.«

»Das lassen Sie auch besser bleiben«, meinte Napier. »Sonst hetze ich Ihnen Mrs. Branton auf den Hals.«

»Ha, ha«, sagte Burns. Aber das klang gar nicht lustig.

Burns und Napier saßen im Streifenwagen. Da er niemanden auf ihre Anwesenheit aufmerksam machen wollte, weigerte Napier sich, den Motor und die Heizung laufen zu lassen. Er kurbelte sogar sein Fenster einen Zentimeter herunter und wies Burns an, dasselbe zu machen, damit sich die Scheiben nicht beschlugen. Burns fror erbärmlich. Er rieb sich die Hände und steckte sie schließlich zwischen seine Beine, um sie zu wärmen.

Napier summte die Titelmelodie aus »Hawaii Five-O« und klopfte den Takt auf dem Steuerrad mit.

»Mir wäre es lieber, Sie würden aufhören, diese Melodie zu summen«, sagte Burns. »Das macht mich ganz nervös.«

»Diese Jungs von Five-O sind meine Vorbilder«, sagte Napier und stellte sich die warme Brandung und die Palmen vor. »Ich hoffe, Sie täuschen sich diesmal nicht, Burns. Das will ich Ihnen wirklich geraten haben.«

»Ich täusche mich nicht. Wie hoch, sagten Sie, waren die Verluste an dem Tag, an dem ich dort war?«

»Viertausend, etwas mehr. Im Laufe von drei oder vier Wochen kommt da ganz schön etwas zusammen.«

Die letzten Kunden verließen das Geschäft: Mrs. Branton und Larry. Dieses Mal trug Mrs. Branton eine vollgestopfte Einkaufstüte. Ein Angestellter schloß den Laden hinter ihr ab.

»Da ist sie«, sagte Burns. »Ihre Tasche ist wirklich sehr schwer.«

»Aber sie ist deswegen noch lange keine Ladendiebin«, erwiderte Napier.

»Das weiß ich mittlerweile auch«, sagte Burns.

Sie warteten im Wagen, während die Einnahmen mit dem Bestand verrechnet wurden und Cameron seine jüngsten Verluste betrauerte. Langsam tröpfelten die letzten Angestellten aus dem Geschäft.

Schließlich kam Cameron selbst. Der Laden war jetzt dunkel,

und Cameron überprüfte noch einmal sorgfältig die Tür, ehe er über den Parkplatz zu seinem Wagen ging. Er trug einen unförmigen Wintermantel über seinem teuren Anzug.

»Jetzt?« fragte Napier.

»Jetzt oder nie«, meinte Burns, machte die Tür auf und stieg aus.

Sie holten Cameron ein, als er gerade bei seinem Wagen ankam.

»Guten Abend, Chief, Dr. Burns«, sagte Cameron. »Mir hat Ihre Aufführung heute abend wirklich sehr gefallen.«

Napier dankte ihm dafür.

»Und was führt Sie hierher?« wollte Cameron wissen.

»Also«, fing Napier an, »Burns bildet sich ein, daß er jetzt weiß, wer für die Diebstähle in Ihrem Geschäft verantwortlich ist.«

»Tatsächlich?« meinte Cameron. »Das sind ja gute Neuigkeiten.«

»Eigentlich nicht«, erwiderte Napier. »Er glaubt nämlich, daß Sie es sind.«

Cameron schien im Schein der Parkplatzbeleuchtung zu erbleichen. »Ich?« fragte er.

»Sie«, wiederholte Burns. »Chief Napier sagte mir, daß Ihre Angestellten es nicht sein könnten. Dafür waren Sie zu vorsichtig. Und ich saß den ganzen Tag da und sah nicht einen einzigen Menschen, der etwas genommen hätte. Ich dachte zwar, ich hätte, aber das war ja falscher Alarm. Und Ihre Hausdetektive konnten auch nichts feststellen. Wenn also niemand etwas gestohlen hatte, dann blieb nur noch eine Person übrig, eine Person, die jeden Tag in jede Abteilung kam und jede Gelegenheit hatte, alles mitzunehmen, was sie wollte. Und zwar Sie.«

»Ich begreife nicht, wie Sie auf eine solche Idee kommen«, sagte Cameron und zog seinen Mantel enger um sich.

»Wieso lassen Sie uns dann nicht einen Blick unter Ihren

Mantel werfen?« meinte Napier. »Wenn da nichts ist, dann hat Burns sich eben getäuscht. Wieder einmal.«

»Selbstverständlich täuscht er sich. In meinem ganzen Leben habe ich noch nie so etwas Unverschämtes gehört. Warum sollte ich meinen eigenen Laden bestehlen?«

»Wegen dem Geld«, erwiderte Burns. »Das Geschäft läuft schlecht, aber wenn Sie sich selbst bestehlen, können Sie zweimal abkassieren. Einmal von der Versicherung und einmal von dem Hehler, dem Sie die Ware verkauft haben. Das erscheint mir recht sinnvoll.«

»Mir auch«, sagte Napier. »Machen Sie Ihren Mantel auf.« Er streckte die Hand aus, als wollte er den Mantel vorne öffnen, aber Cameron riß sich los. Ein kleiner Beutel fiel auf die Asphaltdecke des Parkplatzes.

Burns hob ihn auf, ehe Cameron sich bücken konnte, machte ihn auf und schaute hinein. »Uhren«, sagte er. »Haben Sie auch daran gedacht, sie zu bezahlen, Mr. Cameron?«

Napier schien an den Uhren nicht sonderlich interessiert zu sein. »Was haben Sie denn sonst noch unter dem Mantel, Cameron?« fragte er.

Cameron schaute zuerst Burns, dann Napier an. Sein Gesicht schien eine Sekunde lang zu versteinern, um dann in sich zusammenzufallen. Er schlug den Mantel auf und enthüllte mehrere andere Beutel mit Diebesgut, die hier und dort befestigt waren.

Napier schüttelte den Kopf. »Sieht aus, als hätten Sie recht, Burns. Ich gebe es zwar nur ungern zu, aber vielleicht haben Sie doch eine Ader für unsere Arbeit.«

Burns lächelte. »Loch ihn ein, Tim-O«, sagte er.

Patricia Moyes
Ein tödlicher Irrtum

Alles fing damit an, daß sie sich das Bein brach. Da lag sie nun in den italienischen Dolomiten und hatte nichts zu lesen, während ihre Reisegefährten draußen beim Skifahren waren. Also dachte sie sich zum Zeitvertreib eine Kriminalgeschichte aus und schrieb sie auf.

Das war der Beginn einer erstaunlichen Karriere. Seit dieser Zeit hat Patricia Moyes genügend ausgezeichnete Kriminalromane geschrieben (nach letzter Zählung siebzehn), um sich ihren Platz unter den Großen der traditionellen Kriminalliteratur zu sichern. Nicht schlecht für jemanden, der nie die Absicht gehabt hatte, eine seriöse Schriftstellerin zu werden.

Geboren in der Grafschaft Wicklow in Irland, war Patricia Moyes zuerst bei der Luftwaffe, hat später als Sekretärin für die Peter Ustinov Productions gearbeitet und schließlich mehrere Filmdrehbücher und eine Adaption von Jean Anouilhs *Time Remembered* verfaßt, die mit großem Erfolg in London und New York aufgeführt wurde. Patricia Moyes hat in England, der Schweiz, in Holland und Washington D. C. gelebt und ist jetzt auf den britischen Virgin Islands zu Hause. Es ist daher vielleicht nicht allzu verwunderlich, daß sie uns nach einem derart ereignisreichen Leben die Geschichte einer Hausfrau präsentiert, die ruhig zu Hause vor dem Kamin sitzt und sich mit ihrer Petit-Point-Stickerei befaßt.

Good King Wenceslas looked out
On the feast of Stephen ...

Die jungen Stimmchen klangen äußerst dürftig und lagen bedenklich daneben, aber nichtsdestotrotz war Mrs. Runfold gerührt. Sie legte ihre Petit-Point-Stickerei beiseite und sagte: »Die armen Kleinen. Sie müssen um diese späte Stunde ja umkommen vor Kälte. Ich werde nach Parker läuten und ihn bitten, ihnen fünf Pfund und etwas heiße Suppe zu bringen.«

»Du wirst nichts Derartiges machen«, erwiderte ihr Mann und raschelte verärgert mit der Zeitung. »Sie sind eine schreckliche Landplage, und dabei ist noch nicht einmal Heiligabend.« Er erhob sich aus seinem Sessel neben dem Kamin und läutete. Noch ehe das Weihnachtslied beendet war, tauchte ein äußerst korrekter und sehr souveräner Butler auf.

»Sie haben geläutet, Sir?«

»Ja, Parker, das habe ich. Geben Sie diesen verdammten Gören fünfzig Pence und sagen Sie ihnen, daß sie verschwinden und es ja nicht wagen sollen, sich hier noch einmal blicken zu lassen.«

»Sehr wohl, Sir.«

Parker deutete eine leichte Verbeugung an und zog sich zurück. Die Stimmen verstummten, als die schwere Eingangstür ins Schloß fiel. Mary Runfold seufzte und nahm ihre Stickerei wieder auf. Nach dreißig Jahren Ehe hatte sie gelernt, nicht mit ihrem Mann zu diskutieren. Außerdem hatte Dr. Carlton Robert wegen seines schwachen Herzens davor gewarnt, sich aufzuregen oder sich gar zu ärgern. Mrs. Runfold wechselte deshalb das Thema.

»Es ist doch schön«, sagte sie, während ihre Nadel behend in dem Leinenstoff verschwand und auf der anderen Seite wieder auftauchte, »daß die ganze Familie an Weihnachten zu Hause vereint sein wird.«

»Findest du?«

»Nun, selbstverständlich, mein Lieber. Ich freue mich so, die Mädchen und ihre Männer wiederzusehen.«

Robert Runfold schnaubte. »Ich hoffe, dir ist doch klar, Mary, daß jeder dieser beiden jungen Männer mich nur allzugerne umbringen würde, wenn er nur ungeschoren davonkäme, oder?« Die Nadel hielt erschrocken in der Luft inne. »Robert! Wie kannst du nur so etwas Schreckliches sagen! Wie kannst du nur so etwas denken . . .?«

172

»Sei nicht albern, Mary. Du weißt genau, daß ich recht habe.«
Schüchtern meinte Mrs. Runfold: »Nun, mein Lieber, wenn du ihnen vielleicht doch etwas Geld zukommen ließest . . .«

»Du weißt ganz genau, daß ich aus Prinzip nichts davon halte, jungen Menschen Geld nachzuwerfen. Sie sollen lernen, auf ihren eigenen Füßen zu stehen.«

»Sicher, mein Lieber.« Die Nadel nahm ihre Tätigkeit wieder auf.

Sich rechtfertigend, meinte Robert Runfold: »Sie haben beide eine teure Ausbildung genossen und sollten eigentlich in der Lage sein, sich und ihre Frauen zu ernähren. Na gut, Derek will sich eine eigene Apotheke kaufen, damit Anne ihre Arbeit aufgeben kann und sie eine Familie gründen können. Soll er doch, nur zu. Das ist nicht mein Problem.«

»Aber . . .«

»Und was Philip angeht, so ist es absolut schändlich, wie er sich selbst in Schulden gestürzt hat. Tierärzte sind heutzutage sehr gut bezahlt.«

»Er hat eben Tiere von Leuten, die sich seine normalen Gebühren nicht leisten können, umsonst behandelt, Robert.«

»Um so dümmer ist er. Alison hätte ihn davon abhalten und etwas mehr gesunden Menschenverstand als er zeigen sollen.«

In dem entstandenen Schweigen schlug die Großvateruhr im großen Salon neun Uhr, und ein knisterndes Holzscheit zerfiel langsam im Feuer.

Runfold fuhr fort. »Dabei fällt mir etwas ein, Mary. Ich wollte dich darum bitten, höchstpersönlich alles zu überwachen, was ich an Weihnachten essen oder trinken werde.«

»Nun, natürlich, mein Lieber. Ich bespreche alle Speisen vorher mit Mrs. Benson . . .«

»Das meine ich nicht. Derek und Philip haben beide freien Zugang zu verbotenen Substanzen. Sie wissen beide über mein schwaches Herz Bescheid. Es wäre ein leichtes für sie, mir etwas ins Essen zu mischen – oder in mein Glas zu geben.«

Mary Runfold stieß ein kleines nervöses Lachen aus. »Oh, ich bitte dich, Robert. Du glaubst doch nicht allen Ernstes, daß einer von beiden so etwas machen würde.«

»Ich will kein Risiko eingehen.«

Sanft sagte Mrs. Runfold: »Wenn du ihnen wirklich so mißtraust, weshalb hast du sie dann über Weihnachten eingeladen?«

Runfold knurrte: »Weil ich die Mädchen sehen wollte. Und weil ich wußte, daß es dich freuen würde, die ganze Familie an Weihnachten um dich zu haben.«

»Ich danke dir, mein Lieber.« Es lag nicht die geringste Ironie in der Stimme seiner Frau. »Das war sehr aufmerksam.«

»Auf jeden Fall«, fuhr Robert fort, »bitte ich dich, mir persönlich alle Speisen und Getränke zu servieren. Und schärfe Mrs. Benson ein, daß außer dir über Weihnachten niemand in der Küche etwas zu suchen hat – vor allem nicht die vier jungen Leute.«

»Natürlich sorge ich dafür, wenn das dein Wunsch ist, Robert.«

»Ich danke dir, Mary.« Robert Runfold lächelte seine Frau über die Zeitung hinweg an – es war dieses warme, freundliche Lächeln, das sein Gesicht verzauberte und das vor so vielen Jahren ihr Herz im Sturm erobert hatte. Sie stieß einen leisen Seufzer aus; sie wußte, daß sie ihn immer lieben, ihn ehren und ihm gehorchen würde, auch wenn er vielleicht nicht perfekt war. Charme ist bei einem Mann ebenso wirkungsvoll wie bei einer Frau. Sie wünschte sich nur, er würde etwas öfter lächeln. Doch dann mußte er natürlich wieder alles zerstören indem er sagte: »Ich habe mir in der letzten Zeit übrigens etwas Sorgen gemacht, Mary. Wegen dir.«

»Wegen mir?«

»Nun, ich weiß doch, wie weichherzig du bist. Einer von den beiden jungen Burschen könnte dich leicht überreden, ihm mein Geld zu überlassen, wenn ich mal tot bin und du geerbt hast.«

»Mein Lieber, ich versichere dir...«

»Deshalb kann ich es dir ebensogut gleich sagen, daß ich mein

Testament geändert habe. Du wirst eine beträchtliche Summe für deinen Lebensunterhalt zur Verfügung haben, du mußt dir deswegen keine Gedanken machen. Aber das Vermögen ist bis zum vierzigsten Geburtstag unserer Jüngsten gesperrt und fest angelegt.« Runfold ließ sich mit einem kleinen zufriedenen Grunzen in seinen Sessel zurücksinken. »Jawohl, sie werden warten müssen, bis sie vierzig oder bis wir beide tot sind. Deshalb kann ich in dich auch so großes Vertrauen haben, Mary.«

»Könntest du mir sonst nicht vertrauen, Robert?«

Robert lachte. »Oh, ich weiß, daß du nicht versuchen würdest, mich umzubringen. Das wäre überhaupt nicht in deinem Interesse. Aber der Gedanke, daß du die Kontrolle über all das viele Geld hast, ohne daß ich dir zur Seite stehe und dir einen Rat geben kann ...«

»Ich bin überzeugt, daß du das Richtige getan hast, mein Lieber«, sagte Mary Runfold.

Zwei Tage später, an Heiligabend, trafen die beiden Töchter und ihre Ehemänner ein, und es wurden Vorbereitungen getroffen für ein fröhliches Weihnachten im engsten Familienkreis. Jeder kam einmal an die Reihe, den Plumpudding umzurühren – dagegen konnte Robert schlecht etwas sagen, da der Teig bereits vor Monaten von Mrs. Benson hergestellt worden war; trotzdem ließ er seine Schwiegersöhne dabei lieber nicht aus den Augen. Mary fügte die kleinen, in fettabweisendes Papier gewickelten Silberfiguren hinzu – den Fingerhut der alten Jungfer, den Knopf des Junggesellen, den Glücksknochen, die Weihnachtsglocke und die Threepenny- und Sixpence-Münzen –, zwei Silbermünzen, die aus lange vergangenen Weihnachten stammten.

An diesem Nachmittag paßte Anne Walters (geborene Runfold) ihren Vater allein in der Bibliothek ab, wohin er sich geflüchtet hatte, um nicht bei der Befestigung der Girlanden aus Stechpalmenzweigen und Papier helfen zu müssen, die über der Tür zum Salon aufgehängt wurden.

Anne, eine ernste, dunkle Schönheit von achtundzwanzig Jah-

175

ren, mobibilisierte ihren ganzen Charme. »Weißt du, Daddy, Derek könnte mit einer eigenen Apotheke eine Menge Geld verdienen. So, wie es jetzt aussieht, rackert er sich für ein lausiges Gehalt ab, und ich kann meine Arbeit nicht aufgeben und ... du wünschst dir doch Enkelkinder, oder nicht?« Anne lächelte und legte ihrem Vater schmeichelnd einen Arm um die Schultern.

Robert schüttelte ihn ab. »Ob ihr Kinder bekommt oder nicht, hat nichts mit mir zu tun, Anne. Du und Derek, ihr beide seid erwachsene Menschen, Ihr müßt eure eigenen Entscheidungen treffen.«

»Aber Entscheidungen hängen oft von Geld ab, Daddy.«

»Aber nicht von meinem.« Robert ließ das Buch, in dem er gerade gelesen hatte, mit einem lauten Knall zuklappen. »Wenn du dich über Babys unterhalten willst, dann rede mit deiner Mutter.«

Anne betrachtete ihn nachdenklich. »Vielleicht werde ich das tatsächlich«, sagte sie schließlich.

Eine Weile später kam Alison Watts (geborene Runfold) in die Bibliothek. Sie war vierundzwanzig und hatte das dunkelblonde Haar der Mutter und ein waches, hübsches Gesicht, dessen Schönheit im Augenblick jedoch dadurch etwas beeinträchtigt war, daß sie weinte.

»Was ist denn los, um Himmels willen, Ally?« In Roberts Augen hatten die Leute kein Recht, den anderen Weihnachten durch Gefühlsausbrüche zu verderben.

»Oh, Daddy, es ist wegen Philip. Ich bin so schrecklich unglücklich.«

»Dann verlasse ihn«, sagte Runfold grob.

»Nein, Daddy, du verstehst nicht ... ich liebe Philip, und ich werde immer zu ihm halten – immer. Aber es ist viel schlimmer, als du weißt. Wenn er seine Schulden nicht zurückzahlen kann, wird er Bankrott anmelden müssen, und seine Karriere wird zu Ende sein! Es ist wirklich nicht seine Schuld – er war einfach zu großzügig ...«

»Ein Fehler, den ich nicht wiederholen werde«, bemerkte ihr Vater. »Es hat keinen Sinn, daß du zu mir kommst und mir etwas vorheulst. Du und Philip, ihr habt euch selbst in diese Notlage gebracht, und ihr kommt da bestimmt auch wieder heraus.«

»Aber wie?«

»Ein Bankrott bedeutet noch lange nicht das Ende der Welt. Viele Leute haben so etwas überstanden und ihrem Leben trotzdem noch eine erfolgreiche Wendung gegeben. Vielleicht ist das sogar *die* Chance für deinen trägen Ehemann.«

Erneut von Tränen überwältigt, rannte Alison aus dem Zimmer und machte sich auf die Suche nach ihrer Mutter. Sie entdeckte sie im Wohnzimmer, wo sie mit Anne zusammensaß. Derek und Philip waren auf einen langen Landspaziergang abgeschoben worden, damit man sie aus dem Weg hatte.

Ein Blick auf das Gesicht ihrer Schwester genügte Anne. »Kein Glück?« fragte sie.

Alison schüttelte stumm den Kopf. Mary Runfold sagte: »Es tut mir so leid, mein Liebling. Ich dachte wirklich, daß dein Vater euch helfen würde, wenn es tatsächlich zum Bankrott kommt – aber du weißt ja, wie er ist.«

Alison putzte sich die Nase, hörte zu weinen auf und sagte heftig: »Ich wünschte, er wäre tot. Das wünsche ich mir wirklich.«

»So etwas darfst du nicht sagen, Ally. Er war dir immer ein wundervoller Vater.«

»Nichts dergleichen war er!« Jetzt wurde auch Anne heftig. »Ally hat recht. Wenn er doch nur tot umfiele, dann hättest du sein Geld, und daß du uns helfen würdest, das wissen wir.«

Mrs. Runfold schüttelte nur traurig den Kopf. »Ich fürchte, euer Vater hat einfach an alles gedacht. Ihr wißt doch, daß er ein schwaches Herz hat – er wird nicht ewig leben. Deshalb hat er ein neues Testament verfaßt, in dem er mir ein lebenslanges Einkommen zusichert und das ganze übrige Kapital treuhänderisch für euch Mädchen verwalten läßt – bis Ally vierzig ist.«

»Vierzig!« rief Anne empört. »Das heißt ja, daß *ich* dann

vierundvierzig sein werde! Das ist doch gemein. Kannst du nichts gegen diese treuhänderische Verwaltung unternehmen, Mummy?«

»Das bezweifle ich sehr. Ihr wißt doch, wie gewissenhaft euer Vater in solchen Angelegenheiten ist. Sprecht außerdem bitte nicht über ihn, als ob er bereits tot wäre. Er hat vielleicht noch viele Jahre vor sich, wenn es Gott gefällt.«

»Na, da steht uns ja wahrhaftig ein fröhliches Weihnachtsfest bevor, nicht wahr?« meinte Alison bitter. »Als er uns hierher eingeladen hat, glaubten wir doch tatsächlich, er hätte seine Meinung geändert.«

»Er ändert seine Meinung nie«, sagte Mary Runfold ruhig. »Das ist einer der Gründe, warum er so reich ist.«

Später an diesem Abend ging Anne in die Küche. Sie und die Köchin waren alte Freunde.

»Hallo, Bensy«, sagte sie.

»Oh, guten Abend, Miss Anne! Frohe Weihnachten! Wie gesund und hübsch Sie aussehen! Das ist ja auch kein Wunder bei diesem gutaussehenden Mann, den Sie da haben!« Mrs. Benson, rundlich, gedrungen und gutmütig, fuhr fort, den Teig auszurollen.

»Vielen Dank, Bensy. Ja, ich bin auch sehr glücklich.« Nach einer kleinen Pause fuhr sie fort: »Was machen Sie denn da?«

»Das ist der Teig für den Apfelkuchen heute abend. Den ißt Ihr Vater doch so gern.«

»Kann ich helfen?«

»Oh, Gottchen, du meine Güte!« Mrs. Benson bekam einen hochroten Kopf und war plötzlich ganz aus dem Häuschen. »Das hätte ich beinahe vergessen! Ihre Mutter hat ja angeordnet, daß niemand von den jungen Herrschaften in die Küche darf. Sie gehen jetzt besser wieder, sonst bekomme ich Ärger.«

»Nicht in die Küche darf?« fragte Anne verwundert. »Wieso denn nicht?«

»Fragen Sie mich nicht, Miss Anne. Ich schätze, Ihre Mutter

178

möchte, daß alles eine Überraschung für Sie wird. Und sagen Sie das auch Miss Ally, ja? Und Ihren jungen Freunden – Ihren Männern, sollte ich wohl besser sagen. Irgendwie kann ich mich nicht an den Gedanken gewöhnen, daß ihr zwei jetzt verheiratete Damen seid. Die Zeit scheint stehengeblieben zu sein, seit ...« Mrs. Benson wischte sich mit einem Zipfel ihrer Schürze verstohlen eine Träne fort. »Aber jetzt laufen Sie, meine Liebe.«

Anne verließ äußerst besorgt die Küche.

Das Dinner an diesem Abend verlief in gedrückter Stimmung, auch wenn Robert Runfold so tat, als ob nichts vorgefallen wäre. Er griff mit gutem Appetit bei dem Apfelkuchen zu und unterhielt seine Familie mit Anekdoten aus seiner Anfangszeit in der Geschäftswelt und darüber, wie er sich am eigenen Schopf, ohne fremde Hilfe, aus dem Sumpf gezogen habe. Seine Erzählung wurde von der Tischrunde schweigend aufgenommen, nur Mary Runfold unterbrach die ungute Stille und drängte, doch noch ein zweites Mal zuzugreifen. Nach dem Abendessen statteten ihnen die Sternsinger einen weiteren Besuch ab, was Robert augenblicklich in miserabelste Laune versetzte. Parker wurde ausgesandt, um die kleinen Sänger wieder loszuwerden, und kurz danach ging die ganze Familie bedrückt zu Bett.

Alle waren niedergeschlagen, das heißt, bis auf Robert, der fröhlich zu seiner Frau sagte: »Nun, ich glaube, die haben begriffen, worauf ich hinauswollte, hä, Mary? Es ist doch immer noch das beste, hart zu bleiben und sich unmißverständlich auszudrücken.« Marys Gesichtsausdruck muß ihm aber doch zu denken gegeben haben, denn er tätschelte ihr die Hand und schenkte ihr eines seiner charmanten Lächeln. »Jetzt hör schon auf, dir Sorgen zu machen, meine Liebe. Sie sind jung, und sie werden diese kleinen Schwierigkeiten schon meistern. Es wird ihnen sogar guttun. Du wirst schon sehen.«

Am Weihnachtsmorgen ging die ganze Familie zur Morgenliturgie in die Dorfkirche. Der Vikar, der Arzt und andere Dorfhonoratioren, sie alle dachten sich, wie schön es doch sei, in der heutigen Zeit eine Familie so innig im Gebet vereint zu sehen. Der Vikar hielt eine kurze, zu Herzen gehende Predigt über die Bedeutung des Weihnachtsfestes, wobei er besonders hervorhob, wie sehr dieses Fest doch zum Zusammenhalt der Familien und zur Verbreitung eines guten Willens beitrug. Danach strömte die versammelte Gemeinde in die klirrende Winterkälte hinaus. Es hatte angefangen, ganz leicht zu schneien, und der Satz »Jetzt gibt es doch noch eine weiße Weihnacht!« war ringsum zu hören. Schließlich eilten alle zu ihren Wagen und nach Hause zu ihren Truthähnen und Plumpuddings, die den ganzen Morgen über zubereitet worden waren.

Das Mittagsmahl bei den Runfolds verlief in entsprechender Stimmung. Mrs. Benson hatte sich selbst übertroffen. Der Truthahn war saftig, die Brotsauce sämig und schmeckte genau richtig, nach Zwiebel und Muskat, wozu die Preißelbeeren-Kastanienfüllung einen köstlichen Kontrast bildete. Trotzdem war der Hauptgang gerade so üppig bemessen, daß alle noch etwas vertragen konnten, als der Weihnachtspudding – mit Brandy flambiert und begleitet von einer weiteren alkoholischen Sauce – von Parker aufgetragen wurde.

Mrs. Runfold servierte den Pudding persönlich und sorgte dafür, daß jeder einen der eingewickelten Glücksbringer bekam. Derek erwischte die Sixpenny-Münze und Philip das Threepenny-Stück, was Robert zu der Bemerkung veranlaßte, daß dies doch ein gutes Omen für ihre zukünftigen Finanzen sei. Alison zog den Glücksknochen und Anne die Weihnachtsglocke, und es gab großes Gelächter, als Mary und Robert den Fingerhut der alten Jungfer beziehungsweise den Knopf des Junggesellen in ihren Portionen fanden.

Als die Mahlzeit vorüber war, waren alle der Meinung, daß eine kurze Ruhepause vonnöten sei, damit sie sich später um so fleißiger über Mrs. Bensons geeisten Weihnachtskuchen hermachen konnten. Nur Mary Runfold beschloß, erst noch in die Küche zu gehen, um mit Mrs. Benson das kalte Abendessen zu besprechen, das noch auf den Tisch kommen sollte, ehe die jungen Leute wieder nach Hause fuhren.

Folglich war es erst kurz nach halb vier, als auch sie nach oben ging und ihren Mann auf ihrem großen Doppelbett liegend vorfand – tot.

Dr. Carlton traf bereits wenige Minuten nach Mrs. Runfolds besorgtem Anruf ein. Er war nicht sonderlich überrascht, daß es dazu gekommen war. Er wußte nur zu gut, wie gefährdet Runfolds Herz gewesen war.

»Aber *wieso? Wieso*, Dr. Carlton? Warum mußte er ausgerechnet jetzt sterben? Was ist passiert?« Mary stand offensichtlich kurz vor einem Nervenzusammenbruch.

Der Arzt, der gerade den Totenschein ausstellte, blickte hoch. »Wer kann das sagen, Mrs. Runfold? Vielleicht wissen Sie es besser als ich.«

»Was meinen Sie damit?«

»In seinem Zustand konnte bereits erhöhter Blutdruck zu einem Herzversagen führen. War er in der letzten Zeit überarbeitet oder besonders angespannt? Hat er zuviel gegessen?«

»Wahrscheinlich hat er das«, gab Mary zu. »Es war schließlich Weihnachten – und dann haben wir die Mädchen hier und ihre Männer, und ... nun, ja, er hat sich Sorgen gemacht. Familiäre Angelegenheiten, verstehen Sie.«

»Selbstverständlich. Ich möchte Ihnen mein Mitgefühl ausdrücken, Mrs. Runfold.« Dr. Carlton unterschrieb den Totenschein und gab ihr eine Kopie. »Hier. Damit kann der Leichenbestatter alles weitere veranlassen.« Er räusperte sich. »Ich bin sehr froh, Mrs. Runfold, daß Sie wenigstens Ihre Familie um sich haben. Sie wird Ihnen mehr Trost spenden können als sonst jemand.« Zögernd meinte Mary: »Sie denken doch nicht ... ich meine, könnte man ihm etwas gegeben haben ... ihm etwas ins Essen oder ins Trinken gemischt haben, das diesen Anfall hervorrief?«

Der Arzt lächelte traurig. »Was für eine merkwürdige Idee, Mrs. Runfold. Theoretisch selbstverständlich ja. Jemand könnte ihm etwas verabreicht haben. Aber außer der Familie war doch niemand hier, oder?«

»Was für eine Substanz?«

»Oh, da gibt es mehrere Möglichkeiten – eine Überdosis Digitalis zum Beispiel.«

Mary Runfold war sehr bleich geworden. »Digitalis? Und ich dachte, das sei ein Medikament zur *Behandlung* von Herzkrankheiten.«

»In ganz geringen Dosen – ja, da kann es hilfreich sein. Aber eine Überdosis und dazu noch ein hoher Blutdruck – doch da brauchen Sie gar nicht weiter nachzudenken. Ihr Mann ist eines natürlichen Todes gestorben – an Herzversagen, was schon eine ganze Weile zu befürchten war. Alles andere müssen Sie sich aus dem Kopf schlagen.«

»Ja, Doktor.«

Derek, der Apotheker, erwies sich routiniert als Herr der Lage. Der Leichenbestatter erschien stumm und gelassen und brachte Roberts Leichnam in die Aussegnungshalle. Marys Töchter und ihre Ehemänner waren sich alle einig, noch bis nach der Beerdigung zu bleiben. Derek hatte eine Woche Urlaub, und Philip hatte seine tierärztliche Praxis in der Obhut eines jungen Stellvertreters gelassen, der zu seinem Glück noch nicht ahnte, daß er wahrscheinlich kein Geld dafür bekommen würde.

Am nächsten Morgen versammelte Mary Runfold ihre Familie im Salon. Sie war sehr gefaßt.

Sie sagte: »Ich habe eine Frage, die ich euch allen stellen muß, und ich möchte eine ehrliche Antwort darauf hören.«

Stumm und überrascht schauten sie sie an. Sie fuhr fort: »Hat sich einer von euch gestern in irgendeiner Weise an Roberts Speisen oder Getränken zu schaffen gemacht?«

Alle stimmten in einen Chor empörter Verneinungen ein.

Mary läutete und bat Parker, als dieser erschien: »Ah, Parker. Bitten Sie doch Mrs. Benson zu kommen.«

Parkers Augenbrauen schoben sich wenige Millimeter nach oben, aber er sagte nur: »Sehr wohl, Madam.«

Sobald die Tür sich hinter ihm geschlossen hatte, fingen alle an, durcheinanderzureden.

»Was, um alles in der Welt, hat das zu bedeuten, Mutter?« Das kam von Anne.

»Ich versichere dir, Schwiegermutter...«

»Nur weil ich gestern gesagt habe ... natürlich habe ich das nicht so gemeint ..«

»Für wie dumm hältst du uns eigentlich?« Philip klang sehr erzürnt. »Glaubst du, Ally und ich würden ihren Vater vergiften, nur um ...«

Die Stimmen verstummten abrupt, als Mrs. Benson hereinkam. Sie hatte rote Augen, war aber sehr gefaßt.

»Sie wollten mich sprechen, Madam?«

»Ja, Mrs. Benson. Sie erinnern sich doch, daß ich die Anordnung gab, niemand, außer mir selbst, dürfe die Küche betreten?«

»Jawohl, Madam.«

»Und, ist jemand in die Küche gekommen? Oder hat versucht, sie zu betreten?«

Mrs. Benson lief dunkelrot an. »Es ist mir wirklich unangenehm...«

»Es ist im Augenblick nicht wichtig, was Ihnen angenehm oder unangenehm ist, Mrs. Benson. Bitte beantworten Sie meine Frage.«

»Nun, Madam, Miss Anne ... Verzeihung, Mrs. Walters ... sie ist zu mir gekommen, um mir frohe Weihnachten zu wünschen, als ich gerade dabei war, den Teig für den Apfelkuchen zu kneten. Aber ich habe sie wieder weggeschickt, wie Sie befohlen haben, Madam.«

»Hat sie außer ›Frohe Weihnachten‹ noch etwas anderes gesagt?«

Mrs. Benson errötete noch stärker und schniefte.

»Sie hat mich gefragt, ob sie mir bei dem Apfelkuchen helfen könne. Miss Anne ist immer so...«

»Aber das haben Sie nicht erlaubt?«

»Oh, nein, Madam.«

»Sonst noch jemand?«

»Nein, Madam.«

»Vielen Dank, Mrs. Benson. Sie können gehen.«

Noch ehe sich die Tür ganz hinter der Köchin geschlossen hatte, brach es aus Anne heraus. »Willst du mich beschuldigen ...?«

»Ich beschuldige niemanden«, sagte Mary. »Wie kann ich das? Auch wenn ich überzeugt bin, daß Robert keines natürlichen Todes gestorben ist.«

»Entschuldige bitte, Schwiegermutter«, sagte Derek. »Aber du beschuldigst uns alle ganz offensichtlich. Und das ist lächerlich. Wie du uns selbst gesagt hast, werden wir bei dem neuen Testament kein Geld erben.«

Mary Runfold schaute ihn unverwandt an. »Aber das habt ihr nicht gewußt, als ihr hier ankamt, oder?«

»Nun – nein. Aber...«

»Es hat keinen Sinn, weiter darüber zu reden.« Marys Stimme klang plötzlich sehr müde. »Mrs. Benson hat euch ja alle freigesprochen.« Sie seufzte. »Ich denke, ich lege mich jetzt lieber etwas hin. Ich bin wirklich sehr müde.«

Als ihre Mutter gegangen war, sagte Alison: »Ich glaube wirklich, sie verdächtigt einen von uns.«

»Oder uns alle«, meinte Philip.

Anne sagte: »Es ist fast so, als – oh, ich weiß nicht – als *wünschte* sie sich, daß einer von uns schuldig wäre.«

»Das ist doch verrückt«, meinte ihr Mann.

»Vielleicht ist es ja verrückt, aber ich denke, es stimmt«, sagte Anne hartnäckig.

Als Mrs. Runfold nicht zum Lunch herunterkam, ging Alison

zu ihr hinauf, um sie zu wecken. Sie fand ihre Mutter im Koma, neben ihr ein leeres Röhrchen Schlaftabletten, und auf der Frisierkommode lehnte ein Abschiedsbrief. Er lautete: »Verzeiht mir. Ich konnte mir ein Leben ohne Robert nicht vorstellen und gehe deshalb mit ihm.«

Mrs. Runfold wurde schnellstens ins Krankenhaus gebracht, aber es war zu spät. Sie starb noch am selben Nachmittag, ohne das Bewußtsein wiedererlangt zu haben. Die Untersuchung war nur kurz, der Untersuchungsrichter sehr mitfühlend, das Urteil: Selbstmord infolge seelischer Instabilität.

Als Alison und Philip nach dem Doppelbegräbnis zu Hause ankamen, war Alison überrascht und schockiert, als sie einen Brief auf der Fußmatte vorfand, der an sie adressiert war und Marys unverwechselbare Handschrift trug. Während Philip die Koffer ins Haus trug, schob sie ihn ungeöffnet in ihre Handtasche. Erst am nächsten Tag, nachdem ihr Mann zur Arbeit gegangen war, las sie den Brief.

Er war am Todestag ihrer Mutter abgestempelt.

> Meine liebste Ally,
> ich gebe den Brief Parker, damit er ihn zur Post bringt. Er ist nur für Dich bestimmt. Ich weiß, daß ich Dir vertrauen kann. Du wirst sein Geheimnis für Dich behalten. Aber ich kann nicht anders, ich muß jemandem die Wahrheit sagen.
> Ich weiß kaum, wie ich anfangen soll. Du mußt wissen, Robert war überzeugt davon, daß entweder Philip oder Derek versuchen würden, ihn an Weihnachten zu vergiften – das heißt, daß sie ihm irgendeine Substanz verabreichen würden, die für einen Gesunden nicht tödlich wäre, bei einem Menschen in Roberts Zustand aber einen Herzanfall auslösen würde. Ich schäme mich, es zu sagen, aber obwohl ich nach außen hin diese Idee als

abwegig hingestellt habe, habe ich Robert doch insgeheim zugestimmt.

Ich wußte, daß Digitalis ein Herzstimulans war, und ich kam auf die törichte Idee, daß es Robert helfen würde, jeder Substanz zu widerstehen, die er bekäme – wenn ich ihm nur irgendwie eine kleine Menge Digitalis verabreichen könnte. Auf jeden Fall war ich fest davon überzeugt, ihm damit nicht zu schaden.

Du wirst verstehen, daß ich Dr. Carlton schlecht um Rat fragen konnte, ohne ihm gegenüber meinen Verdacht zu äußern. Und außerdem konnte ich mir Digitalis leicht beschaffen.

Ich habe meinen Trank noch spät abends zubereitet, bevor ihr ankamt und nachdem Robert und Mrs. Benson zu Bett gegangen waren. Dann habe ich die Papierhülle des Junggesellenknopfes mit dem Gebräu betränkt, damit es später in den Pudding eindringen würde – und natürlich habe ich dann auch dafür gesorgt, daß Robert ihn bekam.

Erst nach Roberts Tod hat der Arzt mir erklärt, daß auch eine falsche Dosis Digitalis ihn getötet haben könnte.

Ich muß gestehen, daß ich gehofft hatte, einer von Euch könnte versucht haben, ihn zu vergiften; das ist auch der Grund, weshalb ich Euch eben so eindringlich befragt habe. Aber ich kann mich jetzt nicht länger der Tatsache verschließen, daß ich selbst Robert getötet habe.

Wenigstens bekommt Ihr, Du und Anne, jetzt das Geld Eures Vaters. Sonst kann ich nichts mehr für Euch tun.

Ob Ihr Euch nun entscheidet, das Haus zu verkaufen oder nicht, bitte seid so gut und zerstört den

Fingerhutstock neben dem Tor. Und sagt Mrs. Benson, daß sie den kleinen Kupfertopf wegwerfen soll.

In Liebe,
Mutter

Evelyn E. Smith
Miss Melville gibt sich die Ehre

Evelyn Smith kann sich einer wirklichen Besonderheit rühmen. Sie gehört nämlich zu den wenigen Exoten, die tatsächlich in New York City zur Welt kamen und dort auch noch ihr gesamtes Leben verbracht haben. Wie übrigens auch ihr Kater Christopher.

So unverändert ihre äußere Umgebung auch geblieben sein mag, Evelyns Karriere als Schriftstellerin hat sie bereits durch die ganze Milchstraße geführt. Man sagt, daß ihre frühen Science-fiction- und Fantasy-Geschichten auf Alpha Centauri mit überschwenglichen Kritiken gefeiert worden wären. Nachdem sich die Autorin dann wieder der Erde zugewandt hatte, fing sie an, für diverse Frauenzeitschriften zu schreiben und landete schließlich als Redakteurin bei *Family Circle*. In dieser Zeit verfaßte sie außerdem unter dem Pseudonym Delphine C. Lyons Schauerromane und Bücher und Artikel über Hexerei.

Dann materialisierte sich aus dem Nichts im Hier und Jetzt eine Miss Susan Melville, auch eine gebürtige New Yorkerin mit einer ganz besonderen Einstellung gegenüber dem Allgemeinwohl, und Evelyn Smith startete eine neue Karriere als Kriminalautorin. Dies hier ist Miss Melvilles erster Auftritt in einer Kurzgeschichte. Wir freuen uns, daß sie uns die Ehre gibt.

Die Dunkelheit war hereingebrochen, und die ersten dünnen Schneeflocken fielen vom Himmel, als eine nur verschwommen erkennbare Gestalt in einem voluminösen Regenmantel verstohlen die wenigen Stufen hinunterschlich, die in den tieferliegenden Vorgarten eines weißen Gebäudes mit Kalksteinfront führten, das an einer stillen, teuren Straße in New York Citys stiller, teurer East Side lag. Die verschwommene Gestalt schaltete das Alarmsystem aus, das das Gitter unterhalb der vorderen Veranda sicherte, öffnete das Gitter und schwang es auf, schlüpfte hindurch, zog es wieder zu und verschloß das Gitter, schloß erneut den ersten Alarm an, unterbrach dann den Alarm an der eigentlichen Tür, entriegelte die drei Schlösser, mit der diese Tür abgesperrt war, machte die Tür auf, trat in den Keller, schloß die Tür hinter sich, verriegelte die drei Schlösser und schaltete den Alarm wieder ein.

In den oberen Stockwerken des Gebäudes war es hell und laut. Später würde hier gefeiert und gelacht werden, denn es war Heiligabend, und die Melville-Stiftung für Anthropologische Forschung gab eine Party zu Ehren des abgesetzten Diktators von Mazigaziland, des unrühmlichen Matthew Zimwi, des Mannes, den das *Time*-Magazin zur Bestie des Jahres gewählt hatte.

Unten im Keller hingegen war alles dunkel; kein Laut war zu hören, bis die Gestalt verstohlen eintrat, zuerst gegen einen Sägebock lief und anschließend einen Stapel Bretter umwarf, die daran gelehnt waren. Aus unerfindlichen Gründen balancierte auf diesem Sägebock zusätzlich noch ein Eimer voller kleinerer metallischer Gegenstände, der laut scheppernd zu Boden fiel. Es folgte ein damenhafter Fluch, denn die Gestalt war eine Dame – und nicht nur das, sondern Susan Melville, weltbekannte Malerin, Gründerin der Melville-Stiftung und Eigentümerin des Gebäudes, das sie gerade eben heimlich betreten hatte.

Weshalb hatte Susan Melville ihr eigenes Gebäude so heimlich betreten, vier Stunden vor Beginn einer Party, zu der sie keine vier Pferde hätten bringen können, wie sie sich Dr. Peter Franklin, dem Direktor der Melville-Stiftung, gegenüber geäußert hatte? Sie war deshalb so früh eingetroffen, weil in einer halben Stunde bereits der Partyservice und später das Wachpersonal kommen würden, ohne die ein gesellschaftliches Ereignis in New York nicht vollständig wäre. Dies würde ihre Chancen beträchtlich schmälern, ungesehen in das Gebäude zu kommen. Der Grund, weshalb sie es vorzog, nicht gesehen zu werden, war der, daß sie die Absicht hatte, den Ehrengast zu erschießen, und dabei so unauffällig wie möglich ans Werk gehen wollte.

Matthew Zimwi würde nicht der erste sein, den Susan Melville ins Jenseits beförderte, und auch nicht der letzte, wenn sie weiterhin Glück hatte. Wie so viele der anderen namhaften alten New Yorker Familien konnten auch die Melvilles auf eine lange Tradition im Dienste der Allgemeinheit zurückblicken. Sie hatten diverse Institutionen gegründet, saßen im Aufsichtsrat anderer, hatten sich der Wohltätigkeit verpflichtet und gaben ihren Namen für allerlei Aktivitäten her, die es ihnen wert schienen. Ein paar besonders eifrige Mitglieder der erwähnten Familien hatten sogar mit ihrer eigenen Hände Arbeit dem Gemeinwohl gedient – wenngleich auch nie so direkt wie Susan. Ihre guten Taten bestanden darin, Menschen mit schlechtem Charakter, die sich dem Zugriff der örtlichen Rechtsprechung entziehen konnten, aus dem Weg zu räumen. Im Laufe der vergangenen paar Jahre war Susan auf ihre eigene, unaufdringliche Art sehr erfolgreich auf diesem Gebiet gewesen; und eines der Geheimnisse ihres Erfolges lag darin begründet, daß sie jede ihrer Aktionen auf das Sorgfältigste vorbereitete. Niemals zuvor jedoch war sie gezwungen gewesen, solch ausgeklügelte Maßnahmen zu ergreifen, wie sie in diesem Fall nötig waren; und auch niemals zuvor hatte sie sich veranlaßt gesehen, so nahe an ihrem Zuhause zuzuschlagen.

Susan wagte es nicht, Licht im Keller zu machen, da die Fenster zwar mit reich verzierten, schmiedeeisernen Gittern gesichert waren, diese aber nur dem Zweck dienten, das Innere des Gebäudes vor unbefugtem Eindringen, nicht jedoch vor den Blicken der Öffentlichkeit zu schützen. Der schwache Strahl der Taschenlampe, die sie bei sich hatte, war keine große Hilfe bei dem Versuch, sich ihren Weg durch die kompakte Dunkelheit zu leuchten, die drohend vor ihr lag. Es war falsch gewesen, dachte sie, den Arbeitern die Erlaubnis zu geben, ihre Gerätschaften über die Feiertage hier unten aufzubewahren. Ihr war jedoch nicht klar gewesen, daß es so viele sein würden oder daß die einzelnen Stücke so groß wären und so viele schmerzhafte Ecken hätten. Jedesmal, wenn sie wieder so ein Ding überrannte oder darüber stolperte, hielt sie kurz inne in der Befürchtung, jemand im Stockwerk über ihr könnte die Geräusche unten hören und herunterkommen, um nachzusehen.

Doch es kamen keine Schritte die enge Wendeltreppe herunter; der Aufzug gab kein Knarzen vor sich. Er hätte auch nicht knarzen können, fiel ihr wieder ein, da er gar nicht mehr vorhanden war. Einige Tage zuvor war der Aufzug von der Gebäudeinspektion nicht mehr abgenommen worden, und als eine der letzten Arbeiten, die die Handwerker vor den Ferien noch erledigen sollten, war der Ausbau des Lifts angesetzt worden. Susan hatte gehofft, daß dieses Mißgeschick Peters Partyplänen ein Ende setzen würde; aber da die Stiftung offiziell nur die ersten beiden Stockwerke des Gebäudes besetzte, wie er betonte, wurde der Aufzug nur selten benutzt, und so würde sein Fehlen auch kein Problem darstellen.

Wahrscheinlich waren es die Einzelteile des Aufzugs, die so viel Platz beanspruchten, dachte sie. Als sie an der Lifttür vorbeikam, stellte sie mit Befriedigung fest, daß ein Schild mit der Aufschrift »Außer Betrieb« daran befestigt war. Sie hatte die Anweisung gegeben, daß an jeder Aufzugtür solche Schilder zu befestigen waren – die Sicherheitsvorschriften verlangten das sogar, wie sie annahm –, aber Arbeiter hielten sich nicht immer an ihre Anweisungen (oder an Sicherheitsvorschriften).

Im Gang gleich hinter der Aufzugtür befand sich die Tür zum hinteren Treppenhaus, und dahinter eine weitere Tür. Susan sperrte diese dritte Tür auf, ging hinein und schloß hinter sich wieder ab. Ein früherer Mieter, der eine Schwäche für Orgien hatte, hatte sich diesen Raum schalldicht ausstatten und die Fenster abdunkeln lassen, so daß Susan jetzt ungestört Licht machen und befreit aufatmen konnte. Was sie denn auch beides tat; anschließend setzte sie sich auf eine alte Couch und entspannte sich. Wenn sie Lust hatte, konnte sie auch lesen, Radio hören, sogar einen Happen essen, da sie erst kürzlich ihren

Zufluchtsort mit allem Nötigen dafür ausgerüstet hatte. Jetzt mußte sie nur noch warten.

Zum jetzigen Zeitpunkt ihres Lebens war Matthew Zimwi eigentlich nicht die Person, die sie sich für eine ihrer Exekutionen ausgesucht hätte. Früher hätte sie einen vertriebenen Tyrannen vielleicht als geeignetes Ziel für ihre Waffe angesehen, aber die Zeit und ihre wirtschaftliche Unabhängigkeit hatten sie nachsichtiger werden lassen. Warum sollte man sich mit gefallenen Tyrannen herumschlagen, die kaum mehr in der Position waren, weitere Scheußlichkeiten zu begehen, wenn es doch so viele Schurken gab, die noch in Amt und Würden waren und sich eine Greueltat nach der anderen leisteten? Darüber hinaus war es eine alte Gewohnheit von ihr, an den Weinachtsfeiertagen niemanden zu töten. Susan war nicht religiös im konventionellen Sinn, war aber durchaus der Ansicht, daß es gewisse Dinge gab, die auch weiterhin als heilig erachtet werden sollten, selbst wenn man nicht an sie glaubte.

Wie dem auch sei, Peter hatte sie dazu gezwungen, Zimwi ganz oben auf ihre Liste zu setzen. Sie und Peter hatten sich in der Wohnung aufgehalten, in der sie zusammen lebten, und hatten sich gerade für eine andere Art Party zurechtgemacht – die Wintergala der Fitzhorn-Stiftung zum Wohle von diesem oder jenem; sie ging auf so viele Veranstaltungen dieser Art, daß sie gar nicht mehr wußte, welchem Zweck sie alle dienten –, als Peter ganz beiläufig, so als wäre es das natürlichste auf der Welt, verkündete, daß er plane, zu Ehren von Matthew Zimwi eine Weihnachtsparty im Gebäude der Melville-Stiftung zu geben.

Susan wollte ihren Ohren nicht trauen. »Du willst eine Weihnachtsparty für Matthew Zimwi geben – die Bestie von Mazigaziland? Peter, entweder machst du einen Witz, oder du bist verrückt.«

»Es tut mir außerordentlich leid, aber weder das eine noch das andere trifft zu, Susan. Er war sehr gastfreundlich zu mir, als ich 1985 an dieser Expedition nach Mazigaziland teilnahm. Damals hat er mir auch diesen wunderbaren Wandbehang verehrt, der im Augenblick noch im zweiten Stock hängt, bis ich einen passenderen Platz im Parterre gefunden habe. Es erscheint mir nur angemessen, daß ich versuche, ihm seine Freundlichkeit zurückzuzahlen.«

»Er ist ein Sadist, ein Mörder, ein Kannibale. Und dieser Wandbehang, wie du das Ding nennst, ist der reinste Schandfleck.«

»Verschiedene Kulturen haben nun mal verschiedene ästhetische Normen. Du kannst die Mazigaziländer oder ihre Kunst nicht nach deinen Maßstäben beurteilen.«

»Offensichtlich wurde Matthew Zimwi selbst nach den Maßstäben von Mazigaziland als unwürdig erachtet. Sie haben ihn schließlich aus ihrem Land geworfen, oder etwa nicht?

»Das war doch nur Politik«, höhnte Peter.

»Politik hin oder her, ich bin überzeugt, daß du selbst dahinterkommen wirst, wie unpassend es für dich wäre, eine Party für ihn zu geben, wenn du noch mal darüber nachdenkst«, fuhr Susan unbeirrt fort. Und als er etwas erwidern wollte, fügte sie noch schnell hinzu: »Wir reden später noch mal darüber, wenn wir von der Gala zurückkommen. Wir sind ohnehin schon spät dran.«

Das Thema Matthew Zimwi kam unvermeidlich beim Dinner zur Sprache, so wie das oft gerade bei solchen Themen der Fall ist, die man gerne vermeiden möchte. Keiner der Anwesenden hatte ein freundliches Wort für ihn übrig. Tony Tuttle, der Modedesigner, erklärte den übrigen Gästen am Tisch, daß er vor vielen Jahren einmal die Absicht gehabt hatte, Mazigaziland zu besuchen, um die einheimische Tracht zu studieren. »... aber das Außenministerium hat mir strikt davon abgeraten. Inoffiziell – da Mazigaziland zu den guten Freunden und Verbündeten unseres Landes zählt – hieß es, daß ich Gefahr liefe, im Kochtopf zu landen, falls ich fahren würde.«

»Nun, du bist aber auch ein saftiger kleiner Braten«, meinte Mimi von Schwabe, eine geborene Fitzhorn, die nicht nur die

Gastgeberin am Tisch, sondern des ganzen Abends war. »Ich würde dich selbst gern vernaschen.«

Alle lachten pflichtschuldigst, nur Susan nicht, die der Meinung war, mit dem Erwerb von Eintrittskarten im Wert von zweitausend Dollar bereits genug getan zu haben, und bis auf Peter, der sich für alle Kulturen – außer seiner eigenen – stark machte. »Ich begreife nicht ganz, weshalb alle auf dem angeblichen Kannibalismus der Mazigaziländer herumreiten«, sagte er gereizt. »Ja, sie waren mal Kannibalen – wie die meisten Menschen, wenn man nur weit genug zurückgeht –, aber das haben sie bereits vor Generationen aufgegeben. Ich weiß, daß es Gerüchte gibt, Zimwi würde immer noch an diesem alten Brauch hängen, aber es ist nie jemandem gelungen, einen Beweis dafür zu erbringen.«

»Wie sollte man auch?« meinte ein feister Mann, dessen Namen Susan sich nicht gemerkt hatte, den sie aber aus dem Fernsehen kannte, da er wegen Preisgabe von Insider-Informationen entweder gerade aus dem Gefängnis entlassen oder aber aus demselben Grund hineingesteckt worden war. »Die Beweise werden ja immer aufgegessen.«

»Was ist eigentlich aus diesem Zimwi geworden?« fragte Mimi. »Haben sie ihn nun in den Knast gesteckt, oder ist er noch mal davongekommen?«

»Er ist in buchstäblich letzter Sekunde entkommen«, sagte jemand, der von dem Tafelaufsatz aus Blumen vollständig verdeckt wurde. »Er soll sich jetzt irgendwo versteckt halten. Jedenfalls weiß keiner, wo er ist.«

»Nicht leicht für jemanden, sich zu verstecken, der – was stand noch mal in der *Time*? – zwei Meter groß ist und über dreihundert Pfund wiegt«, meinte Tony Tuttle.

»Soweit ich weiß, ist eine ziemlich hohe Belohnung auf seinen Kopf ausgesetzt«, fügte der Finanzier hämisch hinzu. Finanziers waren immer in Geldnöten. Außerdem konnte jeder für Weihnachten noch etwas zusätzliches Bargeld brauchen.

»Ich schätze, du weißt, wo Zimwi ist«, herrschte Susan Peter an, als sie wieder in ihrer Wohnung waren. »Sonst wärst du wohl nicht auf die Idee gekommen, eine Party für ihn zu geben. Aber ist dir denn nicht klar, daß dann alle wissen werden, wo er steckt, wenn du diese Party veranstaltest? Es wird nur so wimmeln von Neugierigen, Reportern und Kopfgeldjägern.«

»Ich habe bisher niemandem – ich meine, ich werde keinem der Gäste sagen –, für wen die Party stattfindet. Hinterher wird Zimwi direkt nach Washington fliegen – er ist nämlich hier, um um Asyl zu bitten, weißt du. Und von mir aus können uns dann alle Reporter, Schaulustigen und Kopfgeldjäger die Tür einrennen; sie werden ihn nicht mehr belästigen können, da er nicht mehr da sein wird.«

Aber dich werden sie belästigen, dachte Susan, und auch mich. Selbstverständlich würde sie nicht hier sein; mit Sicherheit würde sie sich die nächsten paar Wochen oder Monate von hier fernhalten, aber es gab nun mal nichts, was Reporter – Schaulustige und Kopfgeldjäger waren ihr egal – davon abhalten würde, draußen vor ihrem Haus herumzulungern. Im Laufe der Jahre hatte sie sich an ihre Popularität gewöhnt, was nun mal ein natürlicher Begleitumstand einer erfolgreichen künstlerischen Karriere war; aber auch wenn sie nicht mehr in der Lage war, Zurückhaltung zu üben, so hatte sie doch immer noch ihr elitäres Image wahren können. Die Anwesenheit von Matthew Zimwi im Melville-Gebäude würde bestimmt nicht dazu beitragen, dieses Image zu verbessern. Selbstverständlich könnte sie sagen, daß sie nichts mit der Einladung an Zimwi zu tun habe, aber die Leute würden entweder denken, daß sie log oder daß sie Peter in den Rücken fiel.

Sie seufzte. »Ist Mr. Zimwi im Augenblick in New York?«

»Nun, ich glaube, es schadet nichts, wenn ich es dir sage – ja, er ist hier.«

»Wo ist er? Ich kann mir nicht vorstellen, daß ihn irgendein Hotel haben will, vor allem nicht nach dem Vorfall im Mazigazi-Hilton in dem Jahr, bevor er aus dem Land geworfen wurde.«

»Er ist in der Wohnung eines Freundes.«

»Ich wußte gar nicht, daß er Freunde in New York hat. Oder sonstwo auf der Welt. Ist es jemand, den ich kenne?«

Peter wich ihrem Blick aus. »Wenn du es unbedingt wissen willst, er hält sich in der alten Wohnung von Roland im zweiten Stock dieses Gebäudes auf. Ich habe den Handwerkern erklärt, sie sollen sich bis nach den Feiertagen von diesem Stockwerk fernhalten. Du hattest doch noch nie etwas dagegen, wenn ich dort Gäste untergebracht habe, also war ich mir sicher, daß du auch dieses Mal nichts dagegen haben würdest.«

Sie hatte nie etwas dagegen gehabt, daß er dort Gäste unterbrachte; sie hatte auch nie etwas dagegen gehabt – jedenfalls hatte sie nie etwas gesagt –, wenn er selbst gelegentlich dort übernachtete, falls es nach der Arbeit mal wieder spät wurde. In Wahrheit hatte Susan jedoch immer den Verdacht gehegt, daß er sich dort mit seiner Assistentin, Dr. Katherine Froehlich, einer gefeierten Ethnologin und Schönheit, vergnügte. Sie war wütend, ließ sich aber natürlich nichts anmerken. »Dieses Mal ist das etwas anderes, Peter. Matthew Zimwi ist kein normaler Gast.«

Peter setzte seine Märtyrermiene auf. »Selbstverständlich ist das dein Haus und deine Stiftung. Als Direktor bin ich sozusagen bloß dein Angestellter. Wenn du wirklich absolut dagegen bist, daß er bleibt, dann kann ich nichts dagegen tun. Gleich morgen früh – ich nehme doch an, es macht dir nichts aus, wenn ich bis morgen warte – werde ich ihm sagen, daß er gehen muß.«

Das nahm ihr so wirkungsvoll den Wind aus den Segeln, wie er vorhergesehen hatte. Er war schließlich Anthropologe und kannte die Sitten ihres Stammes. Wäre sie mit ihm verheiratet gewesen, hätte sie sich durchgesetzt, aber er war ihr Liebhaber – er war schon länger ihr Liebhaber, als die meisten Ehen in ihren Kreisen hielten –, und so hatte sie ihm gegenüber eine Verpflichtung, die sie als seine Frau nicht gehabt hätte. »Nein, Peter, du bist der Direktor der Stiftung. Du hast letztendlich die Autorität.

Obwohl die Wohnung strenggenommen nicht zur Stiftung gehört. Das ist schließlich der Grund, weshalb wir das Haus renovieren, um auch die oberen Stockwerke nutzen zu können. Und da wir gerade bei dem Thema sind, mir ist nicht ganz klar, wie du überhaupt daran denken kannst, eine Party zu geben, wo das Haus doch in einem solch chaotischen Zustand ist.«

»Das ist nicht annähernd so schlimm, wie es aussieht. Unten haben sie doch nichts anderes getan, als die ganzen Sachen in der Halle abzuladen, und außerdem habe ich den Handwerkern erklärt, daß sie über die Feiertage alles in den Keller verfrachten sollen. Das heißt, falls du damit einverstanden bist, daß sie die Sachen in den Keller stellen; der gehört strenggenommen auch nicht zur Stiftung.«

»Sei nicht albern, Peter. Du weißt doch, daß du den Keller benutzen konntest, wann immer du wolltest.«

Alles konnte er benutzen, bis auf den letzten Raum. Von Anfang an hatte Susan diesen Raum als den ihren reserviert. Darin bewahrte sie einiges auf, das nicht mehr in ihre Wohnung paßte, das sie jedoch noch nicht wegwerfen wollte. In erster Linie allerdings hatte sie einen Platz haben wollen, in dem sie ihre Waffen aufbewahren konnte. Der abgeschlossene Koffer oben auf dem Schrank in ihrer Wohnung war nicht mehr länger geeignet gewesen, aber nicht nur aus Sicherheitsgründen, sondern weil ein oder sogar zwei Koffer nicht mehr ausgereicht hatten. Sobald sie einmal entdeckt hatte, wie einfach es war, sich im Süden Waffen zu beschaffen, hatte sie sich auf Reisen immer welche zugelegt, so wie andere Leute antike Serviettenringe sammeln. Um das Hochsicherheitsschloß zu erklären, das sie an ihrer Wohnungstür hatte anbringen lassen, hatte sie das Gerücht ausgestreut, sie würde einige ihrer Gemälde dort aufbewahren. Da sich Susan Melvilles Bilder für sechsstellige Summen verkauften, war das Erklärung genug.

Sie versuchte weiter, Peter von seinem nur ungenügend durchdachten Vorhaben abzubringen. »Wie stellst du dir das eigentlich vor, mit so wenig Vorbereitungszeit eine Party zu organisieren?«

Er lächelte überlegen. »Das wird doch nur eine ganz intime kleine Feier werden, keine dieser pompösen Veranstaltungen, die du sonst immer besuchst. Ich habe nicht einmal – ich werde nicht einmal Einladungen verschicken. Ich habe – ich werde nur ein paar Freunde und Kollegen telefonisch verständigen – nicht mehr als dreißig oder vierzig – und sie lediglich informell einladen.«

»Aber werden die Leute an Heiligabend nicht bereits etwas anderes vorhaben?«

»Nicht diese Leute – Gelehrte, Akademiker, Intellektuelle – einfache Leute, nicht deine Jet-Setter und Gesellschaftslöwen, die ihre Pläne bereits Wochen, ja sogar Monate vorher festlegen. Und die meisten Leute, die ich einladen will, werden mit Freuden die Gelegenheit ergreifen, an einer Party der Stiftung teilzunehmen.« Peter schien sehr zuversichtlich. Das konnte er auch sein. Er hatte sich seiner Gäste bereits versichert, ehe er Susan über die Party informierte.

Sie seufzte. »Ich kann dich offensichtlich nicht von deiner Party abbringen«, sagte sie, was nicht ganz stimmte, aber sie wollte eine Konfrontation mit Peter vermeiden, vor allem jetzt an Weihnachten. »Aber erwarte nicht von mir, daß ich auch noch die Gastgeberin spiele.«

»Das wird zwar eine große Enttäuschung für alle sein, aber ich möchte nicht, daß du etwas machst, das du nicht mit deinem Gewissen vereinbaren kannst. Ich bin sicher, Dr. Froehlich wird glücklich sein, als Gastgeberin für dich einzuspringen.«

Susan ging zu Bett und träumte, daß sie Dr. Froehlich mit einer der primitiven Waffen, die im Überfluß in den Büroräumen der Stiftung herumhingen, in kleine Stücke zerhackte. Als sie aufwachte, stellte sie fest, daß Peter bereits aufgestanden war und in einem der Gästezimmer sinnierend sein Oupi-Krieger-Kostüm betrachtete, das auf dem Bett ausgebreitet lag. »Es sieht ein bißchen schmutzig aus«, meinte er nachdenklich. »Ich weiß nicht, ob ich es wagen kann, es in die Reinigung zu geben.«

»Es hat doch schon immer schmutzig ausgesehen. Sag bloß, du hast vor, es zu tragen?« Ein entsetzlicher Verdacht stieg in ihr hoch. »Deine Party – das soll doch nicht etwa ein Kostümfest werden?«

»Oh, habe ich nicht erwähnt, daß es ein Kostümfest wird? Ich war immer schon der Ansicht, daß Kostümfeste viel festlicher als – äh – normale Partys sind. Außerdem wüßte ich wirklich gern, was aus meinem Speer geworden ist!« Er durchwühlte seinen Schrank. »Oh, da ist er ja. Sieht aus, als hätte jemand damit irgendwelche Sachen aufgespießt. Falls deine Haushälterin...«

»Wage es nicht, zu Michelle irgend etwas über deinen Speer zu sagen. Sie wird sich schon genug über die Federn aufregen, die du über das ganze Bett verstreut hast.«

Das Kostüm war einfach lächerlich. Peter war lächerlich. Er hatte schon damals, als er noch jung – na ja, jünger – war, unmöglich darin ausgesehen; und dabei hatte er seinerzeit noch einen flachen Bauch und fast alle seine Haare gehabt. Aber jetzt ... Susan mochte sich gar nicht vorstellen, wie er darin wohl aussehen würde. Aber weshalb machte sie sich darüber Gedanken? Er würde wahrscheinlich nicht viel lächerlicher als die meisten anderen aussehen.

»Ich habe die Gäste gebeten, sich aus ihren Spezialgebieten zu kostümieren«, fuhr Peter fort. »Dr. Nestor zum Beispiel wird als Häuptling der Ojibway erscheinen und Dr. Rappaport als Angehöriger eines mongolischen Stammes. Dr. Kimmelman hat gesagt, daß sie als Ägypterin der Mittleren Periode kommen wird. Ich weiß aber nicht, was Dr. Pastore machen wird – er ist ein Knochenmann, weißt du –, aber ich schätze, er wird sich schon etwas einfallen lassen.«

»Er könnte als Fossil kommen«, schlug Susan vor. »Was bedeutet, daß er so bleiben kann, wie er ist. Als was wird denn Mr.

Zimwi kommen? In einheimischer Tracht? Was aber nicht gerade eine Verkleidung wäre, oder?«

Es folgte eine längere Pause. »Er wird als Weihnachtsmann kommen«, meinte Peter schließlich.

Sie glaubte, sich verhört zu haben. »Du meinst, er wird als irgendeine mythologische Figur der Mazigaziländer mit ähnlichem Namen kommen? Oder mit ähnlicher Funktion?«

Peter schüttelte den Kopf.

»Du willst doch damit nicht sagen, daß er als unser Weihnachtsmann, als der gute alte Heilige Nicki erscheinen wird – im roten Wams, mit einem Sack voller Geschenke, ho, ho, ho? Das kannst du nicht ernsthaft meinen.«

Peter sagte, daß er genau das meine. »Seit seiner Zeit an der Missionsschule hat Matthew davon geträumt, einmal bei einer Weihnachtsfeier als Nikolaus aufzutreten, aber es hat sich nie ergeben. Das hat er mir mal anvertraut. Du wirst doch zugeben müssen, daß er die richtige Statur dafür hat. Ist es nicht merkwürdig, daß Korpulenz, die bei Amerikanern normalerweise gleich nach Lepra oder Fußschweiß kommt, im Falle von Santa Claus nicht nur als akzeptabel, sondern gar als wünschenswert erachtet wird? Bei den Magugu in Unter-Gambodscha zum Beispiel...«

»Vergiß die Magugu. Du wirst mir doch nicht erzählen wollen, daß Mr. Zimwi bei deiner Party als Weihnachtsmann auftreten wird?«

»Wieso nicht?«

Susan war schockiert. Wie konnte es die Bestie von Mazigaziland nur wagen, auch nur davon zu träumen, eine der beliebtesten Gestalten dieser Kultur zu verkörpern? Und wie konnte Peter es wagen, ihn bei diesem Sakrileg auch noch zu unterstützen? Sie hatte sich getäuscht, als sie glaubte, daß ein gestürzter Matthew Zimwi nicht mehr die Macht habe, weitere entsetzliche Greueltaten zu begehen. Das würde die schlimmste aller Greueltaten werden, wenn er damit durchkäme. In diesem

Augenblick beschloß sie – Feiertage hin oder her –, daß es ihre moralische Pflicht war, Matthew Zimwi sein Ende zu bereiten.

Seit die Umbauarbeiten an dem Gebäude begonnen hatten, hatte Susan hin und wieder an der Baustelle vorbeigeschaut, um die Dinge im Auge zu behalten; es war ihr dabei mehr daran gelegen, ihre Autorität zu festigen, als den Fortgang der Arbeiten zu beschleunigen, was sie auch gar nicht erwartete. Jetzt schaute sie fast jeden zweiten Tag vorbei. »Ich werde nicht zulassen, daß Mr. Zimwis Anwesenheit auch nur irgendwelchen Einfluß auf die Arbeiten an dem Gebäude hat«, erklärte sie Peter. »Ich möchte, daß vor den Feiertagen soviel wie möglich erledigt wird, und falls das Mr. Zimwi – oder der Stiftung – irgendwelche Unannehmlichkeiten bereiten sollte –, dann würde mir das leid tun.«

»Es wird ihn nicht stören. Im Gegenteil, ich bin überzeugt, daß er entzückt wäre, wenn du auf einen kurzen Plausch bei ihm vorbeikämst. Er muß sich ja ständig in der Wohnung aufhalten, solange die Arbeiter noch da sind, und er ist jetzt ziemlich einsam, seit seine Leibwächter ihn verlassen haben. Er kann nichts anderes mehr tun, als herumsitzen und fernsehen.«

So büßte Zimwi seine Sünden immerhin ein kleines bißchen ab, dachte Susan.

»Dr. Froehlich und ich besuchen ihn zwar, wann immer wir können«, fügte Peter hinzu, »aber wir haben mit den Vorbereitungen für die Party alle Hände voll zu tun, und selbstverständlich auch mit der Arbeit für die Stiftung.«

»So, seine Leibwächter haben ihn verlassen, tatsächlich?« Sie wäre auch noch mit den Leibwächtern fertiggeworden, aber das würde die Dinge natürlich um vieles vereinfachen.

»Ich habe ihm zwar erklärt, daß es in diesem Land verboten ist, seine Angestellten zu treten, aber ich konnte ihm das Konzept nicht ganz vermitteln. Ich habe dann versucht, Ersatz für sie zu bekommen, aber um diese Jahreszeit ist das sehr schwierig, da Leibwächter angesichts der vielen Partys und Sitzungen und

Kundgebungen äußerst gefragt sind. Falls es zum Schlimmsten kommt, werden wir eben mit den regulären Sicherheitskräften auskommen müssen, die wir bei solchen Anlässen immer heranziehen. Sie werden sich unten aufhalten, so daß Matthew keine Gelegenheit haben wird...«

»Sie mit seiner kulturellen Andersartigkeit zu beeindrucken?« schlug Susan vor.

»Wenn du es so ausdrücken willst. Wenn du mich jetzt aber entschuldigen könntest, es wartet Arbeit der Stiftung auf mich.«

Peter entfernte sich in Richtung seines Büros, das im ersten Stock lag. Sobald sich die Tür hinter ihm geschlossen hatte, schlich sich Susan in den zweiten Stock hinauf. Die Wohnung dort belegte nicht das ganze Stockwerk mit Beschlag. Auf der anderen Seite des Ganges, der die Etage in zwei Hälften teilte, befand sich ein großer Raum, in dem der vorhergehende Eigentümer die überzähligen Exponate seiner Kunstgalerie hatte unterbringen wollen, ein Vorhaben, das durch seinen verfrühten Tod jedoch vereitelt worden war. Susan hatte den Raum der Stiftung nicht zur Verfügung gestellt, da sie der Ansicht war, zwei Stockwerke würden für deren Zwecke durchaus genügen. Und zwei Stockwerke waren tatsächlich mehr als ausreichend für ihre Zwecke, die sich hauptsächlich darin erschöpften – soweit sie das beurteilen konnte –, Peter bei guter Laune zu halten und ihn zu beschäftigen. Langsam fragte sie sich, ob es überhaupt notwendig war, sich Peter noch länger zu halten.

Obwohl Peter nie soweit gegangen war, den Raum vollständig mit Beschlag zu belegen, hatte er doch Stück für Stück hier etwas Keramik und dort ein paar Schrumpfköpfe verteilt, bis der größte Teil seiner Sammlung sich an den Wänden stapelte.

»Nur vorübergehend«, versicherte er ihr ständig, »bis ich passende Vitrinen dafür angeschafft habe, die auch sicher genug sind. Diese Objekte sind viel zu wertvoll, um sie im Keller unterzubringen. Selbstverständlich nicht so wertvoll wie deine

Bilder, zumindest nicht in monetären Kategorien – aber für einen Anthropologen sind sie unbezahlbar.«

Susan hatte auch nichts dagegen eingewandt, als er den Raum Stück für Stück in Besitz nahm, doch gegen Zimwis Wandbehang hatte sie sich vehement gewehrt. Eigentlich war es gar kein Wandbehang, sondern nur ein locker gewebtes Objekt, das aus einer Vielzahl einheimischer Materialien bestand und eine Anzahl Einheimischer bei irgendwelchen Schweinereien darstellte. Dieser Gegenstand beleidigte ihr Auge nicht nur vom ästhetischen, sondern auch vom moralischen Standpunkt aus. Außerdem stank er nach all diesen Jahren immer noch. »Warum hast du das Ding ausgerechnet hier aufhängen müssen? Wieso nicht in deinen Büroräumen?«

»Weil hier die einzige Wand ist, die groß genug ist, um ihn zur Geltung zu bringen.«

»Die Wand ist gar nicht groß genug. Du hast die Tür damit zuhängen müssen.«

»Das habe ich mit Absicht getan«, erklärte Peter. »Indem ich nämlich die Tatsache verberge, daß sich dort eine Tür befindet, führe ich meine Kollegen gar nicht erst in Versuchung. Schließlich treiben sich hier ständig irgendwelche Archäologen herum, und – es tut mir leid, dies zu sagen –, aber einige unter ihnen sind ziemliche Langfinger. Hat man erst mal damit angefangen, Grabmäler auszurauben, ist man zu allem fähig. Ich weiß zwar, daß die Tür immer verschlossen ist, aber ein paar unter ihnen bekommen jede Tür auf.«

Das Türschloß stellte für Susan kein Hindernis dar, da sie als Eigentümerin des Gebäudes Schlüssel zu allen Räumlichkeiten besaß, einschließlich des kleinen Raumes ganz hinten, der bei der Hintertreppe lag. Sie hatte sich überlegt, über die Hintertür in den besagten Raum zu kommen, die Vordertür aufzumachen, Zimwi durch seinen eigenen Wandbehang hindurch zu erschießen – ein kleiner poetischer Schlenker – und anschließend über die Hintertreppe wieder zu verschwinden.

Zuerst untersuchte sie den Wandbehang von hinten, um sich zu vergewissern, daß die Zwischenräume auch groß genug waren, um sowohl etwas zu sehen als auch hindurchschießen zu können. Sie fand nicht, daß sie groß genug waren, und ging deshalb zur Vorderseite, um nachzuschauen, ob die Möglichkeit bestand, einige der Löcher so zu vergrößern, daß die Veränderung nicht allzusehr auffallen würde.

Plötzlich schien der Fußboden hinter ihr zu beben, und sie vernahm ein donnerndes Geräusch. Sie drehte sich um. Dort stand Matthew Zimwi in Fleisch und Blut – enorm viel Fleisch. Er hatte noch mehr zugenommen, dachte Susan; sie hätte ihn jetzt auf mindestens vierhundert Pfund Lebendgewicht geschätzt. Er schien auch noch gewachsen zu sein; er wirkte jetzt eher drei Meter als einfache zwei Meter groß, aber das konnte auch an ihrer Einbildung liegen. In seinem Morgenmantel aus hellgelber Seide, den sie zuerst für eine Art traditionelles Gewand hielt, dann aber als simplen Hausmantel identifizierte, bot er einen furchteinflößenden Anblick.

»Dr. Froehlich«, sagte er, »ich bin äußerst unzufrieden.«

»Dr. Froehlich!« wiederholte sie verärgert. »Ich bin nicht...«

Susan schluckte den erzürnten Ausruf hinunter, der ihr auf der Zunge lag. Zweifellos sahen in seinen Augen alle weißen Frauen gleich aus. Sollte er sie doch ruhig für Dr. Froehlich halten. Dann würde Peter nie erfahren, daß sie hier oben geschnüffelt hatte.

»Weshalb sind Sie unzufrieden, Mr. Zimwi?« fragte sie und versuchte dabei, ihre Stimme einschmeichelnd und Froehlich-gleich klingen zu lassen. »Ist nicht alles zu Ihrer Zufriedenheit geregelt?«

»Gar nichts ist zu meiner Zufriedenheit geregelt. Niemand geht mir hier zur Hand. Ich bin gezwungen, mir das Bad selbst einzulassen und mich allein anzuziehen. Das Essen ist miserabel. Es gibt keinen Whisky mehr. Und man hat mir Frauen versprochen.« Er taxierte Susan. »Junge Frauen. Ich bin sehr enttäuscht von Dr. Franklin. Sehr enttäuscht, wirklich.«

»Dr. Franklin wird sehr betroffen sein, das zu hören. Ich bin sicher, er hat sein Bestes getan.«

»Ich bin sicher, das hat er nicht. Er glaubt wohl, weil ich keine Macht mehr habe, zähle ich nicht mehr, aber mit Matthew Zimwi muß man immer rechnen. Sagen Sie ihm das.«

»Ich werde Dr. Franklin Ihre Nachricht ausrichten«, sagte sie und zeigte dabei in Andeutung eines Froehlich-Grinsens alle ihre Zähne.

Er drehte sich um und watschelte davon, ohne sich zu bedanken. Schwein, dachte sie.

An diesem Abend, als Peter und sie bei einem einfachen Dinner in der Quilted Giraffe saßen, erzählte er ihr von den Vorbereitungen für seine Party. Er war sehr stolz darauf. »Die Gäste werden um acht Uhr kommen, und es wird etwas zu essen und Musik und sonstige Unterhaltung geben.«

»Musik?« Musik war immer gut, um den Lärm eines Schusses zu übertönen. »Wird auch getanzt werden?«

»Sicherlich, Anthropologen tanzen besonders gern. Sie verbringen soviel Zeit damit, andere zu beobachten, daß sie jede Chance nützen, sich an ihren eigenen Stammestänzen zu beteiligen. Natürlich nur Schallplatten. Nichts Extravagantes.«

»Nur Schallplatten!« Susan war empört. »Ich will dir ja keine Extravaganzen einreden, aber du solltest auch nicht ins andere Extrem verfallen. Wie würde das wohl aussehen, wenn es bei einer Party der Melville-Stiftung nur Musik aus der Konserve gäbe? Billig! Nein, du brauchst unbedingt eine Band, Peter – eine gute, laute Band mit viel Schlagzeug. Und wie viele Gäste werden kommen, sagtest du?«

»Fünfzig, na ja, vielleicht sechzig. Da es ohnehin eher ein kaltes Büfett als ein Menü mit mehreren Gängen geben wird, dachte ich mir, daß man die Gästeliste flexibel halten kann.«

Susan war mittlerweile klargeworden, daß es für sie gar nicht mehr möglich wäre, sich in ihr Versteck im Keller zurückzuziehen, nachdem sie Zimwi erledigt hatte, da die Polizei mit

Sicherheit das ganze Gebäude durchsuchen würde; nach einem Mord benahmen sie sich immer so übertrieben diensteifrig. Sie brauchte also ein Kostüm und mußte sich hinterher unter die Gäste mischen, was in diesem Fall bedeutete – je größer die Menge, desto besser. »Mach doch die Hundert voll«, schlug sie vor. »Hundert ist so eine nette, runde Zahl.«

»So, ja?« meinte er. »Nun denn, dann eben hundert.«

»Wird Mr. Zimwi bereits als Weihnachtsmann verkleidet die Gäste empfangen?«

»Nein, wie ich bereits sagte, es wird alles sehr informell zugehen. Außerdem möchte ich doch die Überraschung nicht verderben. Im Gegenteil, erst wenn der Zeitpunkt für den Auftritt des Weihnachtsmannes gekommen ist, wird er sich zeigen – so gegen neun. Ich werde zuerst erscheinen, eine kurze Rede halten und die Gäste auf den Höhepunkt vorbereiten, worauf Dr. Froehlich ein paar muntere Takte auf dem Klavier spielen wird. Aber falls es nun eine Band geben soll, dann wird eben die Band ihn mit einem Tusch begrüßen und vielleicht noch einen Marsch spielen – am besten die Nationalhymne von Mazigaziland –, natürlich vorausgesetzt, sie kann sie so kurzfristig einstudieren. Dann wird Matthew auftreten und eine Rede halten, die, wie ich hoffe, ebenfalls nur kurz sein wird. Wie die meisten Diktatoren neigt er zu einer gewissen Langatmigkeit, da er an ein Publikum gewöhnt ist, das nicht immer ganz freiwillig an seinen Lippen hing. Danach wird er sich unter die übrigen Gäste mischen und mit uns feiern. Was hältst du davon?«

»Es klingt ... wohldurchdacht.«

»Du scheinst dich ja sehr dafür zu interessieren. Bist du ganz sicher, daß du nicht doch als Gastgeberin fungieren willst? Es war immer schon das Vorrecht der Frauen, ihre Meinung zu ändern, das weißt du doch.«

Woraufhin sie nur meinte, keine zehn Pferde ... und so weiter; Franklin kehrte daraufhin in die Stiftung zurück, während sie in ihre Wohnung ging, um sich über ihre Verkleidung Gedanken zu machen.

Susan beschloß, sich als Annie Oakland zu kostümieren. Auf diese Art und Weise konnte sie ihre Waffe offen in ihrem Halfter tragen; sonst müßte sie ein Kostüm wählen, zu dem eine Handtasche gehörte, und die einzige Verkleidung, die ihr dabei einfiel, war die als Suffragette, wonach ihr nicht besonders der Sinn stand. Da hatte sie einen Einfall. Sie würde sich eine Wasserpistole besorgen. Wenn sie sich nach dem Schuß dann unter die Gäste mischte, würde sie diese gegen die richtige Waffe austauschen; nur für den Fall, daß die Polizei neugierig wäre. Es waren diese kleinen Details, die wichtig waren, dachte sie.

Jetzt war Heiligabend, und bisher war alles gutgegangen. Um halb neun schlüpfte Susan in ihr Kostüm. Um Viertel vor neun sperrte sie die Tür zu ihrem Unterschlupf auf und betrat den Hauptraum des Kellers. Über ihrem Kopf konnte sie Musikfetzen und ein Geräusch vernehmen, das sich anhörte, als würde eine Herde Rindviecher losgelassen. Es bestand also keine Notwendigkeit für sie, sich besonders lautlos zu bewegen; sie hätte dort unten eine Kanone abfeuern können, und keiner hätte es gehört. Sie öffnete die Tür zum hinteren Treppenhaus und prallte zurück, als ein stechender Essensgeruch ihr in die Nase drang. Offensichtlich hatte man nicht den üblichen Partyservice mit der Ausrichtung des Büfetts beauftragt. Die Tür zur Küche stand offen, und sie konnte Stimmen hören. Sie zögerte. Sie hatte nicht damit gerechnet, an einer offenstehenden Tür vorbei zu müssen. Aber falls jemand tatsächlich zufällig in ihre Richtung schauen sollte, würde er nicht mehr als einen Gast sehen, der sich verlaufen hatte, überlegte sie. Sollte man sie jedoch ansprechen, würde sie sich zu erkennen geben und sagen, sie habe Peter überraschen wollen, wieder nach oben gehen und sich unter die anderen Gäste mischen; von dort aus würde sie dann versuchen, sich über die Hintertreppe aus dem ersten Stock hinaufzuschleichen, oder ihren Plan endgültig aufgeben.

Wenn die Leute in der Küche sie jedoch ungehindert passieren ließen, ohne sie aufzuhalten oder anzusprechen, würde sie wie geplant weitermachen, durfte aber nicht vergessen, daß man sich vielleicht später daran erinnerte, an einer Stelle einen Gast gesehen zu haben, der dort nichts zu suchen hatte. Schade, daß sie für diesen Notfall kein zusätzliches Kostüm zum Wechseln dabei hatte, aber man konnte wirklich nicht von ihr erwarten, daß sie an alles dachte.

Der Notfall trat nicht ein. Als Susan auf Zehenspitzen an der Küche vorbeischlich, warfen die Leute, die gerade heftig stritten, nur einen flüchtigen Blick durch die Dampfschwaden, so daß sie es nicht einmal bemerkt hätten, wenn eine Herde Orang-Utans sich stepptanzend die Treppe hinaufbewegt hätte.

Die Tür zum ersten Stock war verschlossen, wie es sich gehörte. Sie stieg weiter in den zweiten Stock hinauf, öffnete die Tür zur hinteren Halle und schloß die Hintertür zum Saal auf. Sie durchquerte den großen Raum und sperrte dann ebenfalls die Tür hinter dem Wandbehang auf.

Inzwischen würde Peter schon bei Zimwi in der Wohnung sein und ihm in sein Santa-Claus-Kostüm helfen. Sie lauschte, aber alles, was sie hörte, waren entfernte Klänge der Band. Doch dann konnte sie über die Musik hinweg hören, wie laute Schritte näher kamen. Gemäß ihrem Plan mußte es sich dabei um Peter handeln, aber es hörte sich mehr nach Frankensteins Monster an. Durch die Löcher in dem Wandbehang sah sie eine Gestalt auf sich zukommen. Aber es war die falsche. Statt eines Bleichgesichts mit Federn kam reichlich roter Plüsch mit Schnurrbart auf sie zu. Der Weihnachtsmann ging voran. Sie mußten die Reihenfolge geändert haben. Warum? Wollte Zimwi nicht, daß Peter ihn ankündigte? Wollte Peter Zimwi nicht ankündigen? War Peter etwas zugestoßen? Hatte Zimwi, verärgert über die Unzulänglichkeit seiner Unterbringung, Peter etwas angetan?

Um Peter würde sie sich später Sorgen machen. Jetzt im Moment mußte sie schnell handeln, sonst wäre ihre Chance vertan, Zimwi niederzustrecken, ehe er außer Reichweite war. Sie hob die Waffe, zielte und zögerte. Mit diesem Weihnachtsmann stimmte irgend etwas nicht. Er kam ihr merkwürdig geschrumpft vor. Das rote Plüschkostüm schlackerte in weiten Falten um seinen Körper. Um den nicht vorhandenen Bauch auszugleichen, hatte man es mit reichlich Kissen ausgestopft; aber statt ihrer Bestimmung gerecht zu werden, rutschten und schlüpften sie auf eine Art darunter hervor, die schon fast obszön war und dadurch um so größere Aufmerksamkeit erregte. Konnte es sein, daß Matthew Zimwi in den letzten beiden Tagen ein paar hundert Pfund verloren hatte? Doch das würde nicht erklären, warum ihm seine Stiefel nicht paßten oder weshalb sein Gesicht über dem weißen Bart auch dessen Farbe hatte. Und wieso trug er eine goldgeränderte Brille? Matthew Zimwi trug keine Brille mit Goldrand. Der Weihnachtsmann trug keine Brille mit Goldrand. Aber Peter Franklin trug eine Brille mit Goldrand.

Es war also Peter, der in dem Santa-Claus-Kostüm auf sie zukam. Doch sie senkte die Waffe nicht. Was für eine Unmenge an Problemen wären aus der Welt geschafft, wenn sie jetzt abdrückte. Keine ungebetenen Gäste mehr, keine Einmischungen in ihr Privatleben, keine hysterischen Ausbrüche von seiten ihres Managers, die exzessiven Auslagen der Stiftung betreffend. Und am besten von allem, keine Dr. Froehlich mehr.

»Wer steht da hinter dem Wandbehang?« fragte Peter. »Kommen Sie heraus, ich sehe Sie doch.«

Sie hatte die Löcher zu stark vergrößert. Aber das war egal. Sie konnte ihn immer noch erschießen und wie geplant fliehen, dachte sie; dabei konnte sie auch gleich noch in der Wohnung vorbeischauen und Zimwi abknallen. Vielleicht konnte sie auf dem Weg hinaus auch gleich noch Dr. Froehlich in einem Aufwasch mit erledigen.

Die Versuchung war groß. Doch die Melvilles waren dazu erzogen, Versuchungen zu widerstehen. Sie senkte die Waffe und trat hinter dem Wandbehang hervor.

»Susan! Was, um alles in der Welt, treibst du da mit dieser Spielzeugpistole? Ich hoffe, du hast nicht die Absicht, mich naßzuspritzen. Wenn ich Flecken auf dem Plüschstoff habe, bekomme ich vielleicht meine Kaution für das Kostüm nicht mehr ganz zurück.«

»Ich wollte dich überraschen«, sagte sie und steckte die Waffe mit einem Seufzer des Bedauerns in ihr Halfter zurück.

»Dieses kindische Benehmen sieht dir aber gar nicht ähnlich. Was, wenn ich Matthew gewesen wäre?«

»Dann wäre ich nicht herausgekommen. Ich habe durch die Löcher im Vorhang geschaut, und als ich das Kostüm sah, dachte ich eigentlich, es sei Mr. Zimwi. Wo steckt er übrigens?«

»Nicht mehr ansprechbar«, erwiderte Peter. »Aber keine Panik, er ist nur sturzbesoffen. Ich habe alles versucht, daß er nüchtern bleibt, aber irgendwie hat er sich wohl ein paar Flaschen Whisky beschafft – wahrscheinlich hat er einen der Arbeiter bestochen, würde mich nicht wundern. Ich mußte ihm aber leider erklären, daß ich mir keinen Weihnachtsmann leisten kann, der die Treppe hinunterschwankt. Erst dachte ich mir noch, daß wir vielleicht etwas warten könnten und ich ihn mit etwas Kaffee wieder wach bekäme, aber er wollte unbedingt sofort als Weihnachtsmann auftreten, keiner könne ihn davon abhalten. Er hat sogar meinen Speer gepackt, und ich fürchtete schon, er würde mich damit angreifen. Dann...«

»Hast du ihm den Speer entrissen?« Vielleicht hatte sie Peter doch falsch eingeschätzt.

»Nicht genau.«

Noch schenkte sie ihm einen Vertrauensvorschuß. »Du hast ihn niedergeschlagen?«

»Das auch nicht. Er ist einfach umgekippt.«

»Oh«, meinte sie.

»Da blieb mir nichts anderes übrig, als selbst in das Santa-Claus-

Kostüm zu steigen. Ich zog es an, so schnell es ging, verließ die Wohnung und schloß hinter mir ab. Ich hoffe, meine Gäste werden nicht allzusehr enttäuscht sein.«

»Wieso sollten sie? Du hast ihnen ja nur eine Überraschung versprochen, und der Anblick, den du als Weihnachtsmann bietest, wird doch wohl jeden überraschen.«

Er schaute sie zweifelnd an. »Ich bin sicher, sie erwarten etwas – na ja – Dramatischeres.« Er zappelte nervös, und seine Kissen kamen ins Rutschen, was aussah, als würde er jeden Moment niederkommen. »Mir ist durchaus klar, daß mir das Kostüm nicht so gut paßt, wie es sollte. Ich habe ja versucht, es mit Kissen auszustopfen, aber es waren einfach nicht genügend da.«

»Komm hierher zu mir«, sagte sie und zog ihn in den Raum hinter dem Wandbehang. »Als ich eben vorbeikam, sind mir hinten in der Ecke ein paar Kissen aufgefallen, die eigentlich genügen sollten.«

»Das sind Madungu-Kissen. Die sind sehr selten und wertvoll, da die Madungus mittlerweile ausgestorben sind.«

»Sie werden nicht weniger selten und wertvoll sein, wenn sie als Santa-Claus-Bauch gedient und so vielleicht noch zusätzlichen historischen Wert erlangt haben.« Ohne weiter auf seine Proteste zu achten, stopfte sie ihn mit den Madungu-Kissen aus, bis er rund und prall war.

»Der arme Matthew«, meinte Peter. »Er wird so enttäuscht sein, daß er die Party versäumt. Ich wünschte, ich könnte – nein, ich werde ihn auch später nicht herauslassen, selbst wenn er etwas nüchterner geworden ist. Es gibt keine Garantie, daß er sich weniger gewalttätig aufführen wird.«

»Du kannst ihm ja später alles erzählen«, sagte sie. Wenn es denn ein Später geben sollte. Sie hatte ihre Mission noch nicht aufgegeben. Eigentlich würde es jetzt sogar noch leichter sein. Erst sollte Peter sie den Gästen vorstellen; dann, wenn der Weihnachtsmann seine Gaben verteilte, würde sie nach oben eilen, sich Zimwis entledigen und wieder zu der Party zurückkehren. Mit etwas Glück hätte das zur Folge, daß die Leiche erst dann gefunden würde, wenn die Party längst vorbei war und alle Gäste, einschließlich sie selbst, lange fort waren.

Peter bot ihr seinen Arm an. »Sollen wir einen großen Auftritt zelebrieren?«

»Santa Claus und Annie Oakley?«

»Oh, soll das deine Verkleidung darstellen? Ich habe dich für eine Elfe gehalten.«

»Eine Elfe mit einer Waffe?«

»Wir sind schließlich in New York. Hier tragen sogar die Elfen Waffen.«

Sie standen nebeneinander am Kopf der Haupttreppe, die hinunter ins Erdgeschoß führte. Die Gäste – alte Ägypter, Höhlenmenschen, Eskimos, Hindu-Gottheiten und eine weitere Anzahl ethnischer Gruppen, die sie nicht identifizieren konnte – sammelten sich unten und stießen erwartungsvolle Schreie aus. Es ertönte ein Trommelwirbel, gefolgt von schmetternden Trompeten.

»Meine Damen und Herren . . .« setzte Peter an und brach gleich wieder ab. Offensichtlich war ihm eben klargeworden, daß er mit seiner vorbereiteten Ansprache nichts mehr anfangen konnte. Sie war schließlich dazu gedacht, den Weihnachtsmann anzukündigen, jedoch nicht, von diesem gehalten zu werden. Peter schaute hilflos zu Susan hinüber.

»Improvisiere«, flüsterte sie ihm zu und hoffte, nicht an seiner Stelle für ihn reden zu müssen.

Aber es stellte sich heraus, daß gar keine Ansprache mehr nötig war. In dem Augenblick ertönte nämlich aus dem rückwärtigen Teil des Gebäudes ein Schrei, der das Blut in den Adern erstarren ließ, ein Schrei, der so schrecklich war, daß Susan die Haare zu Berge standen; und wenn so etwas schon einer Melville passierte, wie mußte es da erst den übrigen Gästen ergehen, die unten in Grüppchen zusammenstanden? Auf den Schrei folgte

213

ein dumpfer Aufprall, der das Gebäude in seinen Grundfesten zu erschüttern schien.

Es dauerte eine Weile, bis überhaupt jemand begriff, was vorgefallen war. Offensichtlich war Zimwi wieder zu sich gekommen und hatte sich, wild entschlossen, doch noch an der Party teilzunehmen, im Morgenmantel auf den Weg gemacht. Da die Wohnungstür abgesperrt war, konnte er nicht ins Treppenhaus hinaus und hatte die Tür zum Lift geöffnet – ohne dabei an die Warnung zu denken, die man ihm gegeben hatte, und ohne auf das Schild zu achten, das davor hing (oder, wie Susan argwöhnte, er war unfähig gewesen, es zu lesen; sie hatte noch nie viel von Missionsschulen gehalten). Er hatte also die Tür zum Lift geöffnet und war durch den Aufzugschacht bis in den Keller gestürzt. Ein leichterer Mann hätte vielleicht überlebt, aber für einen Menschen von Zimwis Gewicht war der Sturz tödlich.

»Der Polizeiarzt meint, daß er auf der Stelle tot war«, erklärte ihnen der verantwortliche Detective, nachdem man die Leiche fortgebracht hatte. »Er hat nicht gelitten.«

»Oh, ich bin froh, das zu hören«, sagte Dr. Froehlich, die sich ungefragt den Hauptpersonen angeschlossen hatte, und verschränkte die Hände wie im Gebet. »Was für ein trauriges Ende für solch strahlende Hoffnungen!«

»Ich fürchte, das Weihnachtsfest ist Ihnen dadurch gründlich verdorben«, sagte der Detective.

Susan schenkte ihm das traurige Lächeln, das die Polizei – ein ziemlich sentimentaler Haufen – unter diesen Umständen von ihr erwartete, aber im Innersten frohlockte sie. Sie hatte schließlich doch nicht mit ihrer eisernen Regel brechen müssen, niemanden über die Feiertage zu töten; und obwohl sie eine leichte Enttäuschung darüber verspürte, Zimwi nicht mit eigenen Händen getötet zu haben, so gab es doch noch genügend andere üble Elemente, die sie sobald wie möglich im neuen Jahr aus dem Verkehr ziehen wollte. Sie würde doch nicht an einem Akt Gottes zweifeln, besonders nicht an Weihnachten.

»Ich schätze, damit ist die Party zu Ende«, sagte Peter traurig.

»Ich sehe nicht ganz ein, wieso«, erwiderte sie. »Sie haben die Leiche durch den Keller weggeschafft, so daß den Gästen irgendwelche grausigen Details erspart geblieben sind, obwohl sie bei ihrer Profession an einen solchen Anblick gewöhnt sein sollten. Anthropologen«, erklärte sie, auf den fragenden Blick des Detectives hin.

»Aha«, meinte dieser.

»Keiner der Gäste war näher mit dem Opfer bekannt, und auf Partys ereignen sich immer irgendwelche Unfälle.«

»Das stimmt in der Tat«, sagte der Detective. »Ich könnte Ihnen Geschichten über Zwischenfälle bei Partys erzählen . . .«

Sie lächelte ihn an. »Deswegen sehe ich keinen Grund, warum die Party nicht wie geplant weitergehen soll – oder jedenfalls fast wie geplant. Und ich hoffe doch, daß Sie und Ihre Männer uns auf ein Glas Eierpunsch oder Grog – oder was immer für weihnachtliche Genüsse der Partyservice zu bieten hat – Gesellschaft leisten.«

»Draußen sind jede Menge Reporter, und außerdem schneit es«, meinte Dr. Froehlich. »Soll ich sie nicht hereinbitten?«

»Das ist eine private Feier«, erwiderte Susan. »Sie sollen ruhig draußen im Schnee stehen bleiben.«

Wenn es schon nicht zu vermeiden war, daß ihr dieses Ereignis negative Schlagzeilen einbrachte – und sie wußte, daß es so käme –, dann konnte sie sich vorher wenigstens einen kleinen Akt der Rache gönnen. Sie wünschte, sie könnte Dr. Froehlich sagen, sie solle hinaus in den Schnee verschwinden und den Reportern Gesellschaft leisten, aber das würde nur eine Szene zur Folge haben, und sie verabscheute Szenen. Nach Neujahr würde sie Peter dazu überreden, Dr. Froehlich zu entlassen. Vielleicht würde sich Susan auch noch eine Möglichkeit ausdenken, wie Peter dabei sein Gesicht wahren konnte. Vielleicht aber auch nicht.

Eric Wright
Schnapsdrossel & Co.

In Kanada ist die Kriminalschriftstellerei noch ein ziemlich junges Phänomen, und dennoch werden die Autoren von Kriminalromanen und -geschichten vom etablierten Literaturbetrieb bereits wesentlich ernster genommen, als dies in vielen anderen Ländern der Fall ist. Eric Wrights erstes Buch brachte ihm auch gleich den City-of-Toronto-Preis ein, da er damit einen wichtigen Beitrag zur kanadischen Literatur geleistet habe, wie es hieß. Seitdem ist dem Autor internationale Anerkennung auf vielfältige Art und Weise zuteil geworden, aber eine Kritik ragt besonders daraus hervor:

The Globe and Mail, Kanadas renommierteste Zeitung, brachte vor einiger Zeit einen Artikel, in dem sie sich bitterlich über den Mangel an wirklich einprägsamen Charakteren in der Gegenwartsliteratur beklagte. Es wurde die Frage gestellt, wie viele Leser wohl folgende herausragende Figuren der Literatur jeweils einem Werk zuordnen könnten: Uriah Heep, Mr. Micawber, Eliza Doolittle, Charlie Salter und Fagin. Erics Schilderung des Alltags eines Torontoer Polizisten mit all seinem Auf und Ab ist zwar wesentlich leiser als eines der vollmundigen Porträts, die ein Dickens oder ein Shaw gezeichnet haben, aber deswegen nicht weniger einprägsam.

Charlie Salter werden Sie in dieser Geschichte zwar nicht begegnen, aber Sie werden verstehen, weshalb Eric in diese Sammlung mit aufgenommen wurde.

Von dem Tag an, als die Schnapsdrossel mein Zellengenosse wurde und mir das erste Mal von Clyde Parker erzählte, dauerte es fast noch ein ganzes Jahr, bevor wir ihm eins auswischen konnten. Am Ende stellte sich jedoch heraus, daß die lange Verzögerung kein Schaden war, ganz im Gegenteil, denn als wir den Kerl endlich erwischten, geschah das genau zum richtigen Zeitpunkt, nämlich an Heiligabend.

217

Clyde Parker hatte ein Pub an der King Street East. The Old Bush, wie es hieß, war eine Bierkneipe, zwar keine reine Männerpinte, aber auch kein Laden, in dem eine Lady sich wohl gefühlt hätte, und die Frauen, die sich trotzdem mal mehr hinein verirrten, gingen auch gleich wieder oder blieben nicht lange eine Lady, wie der Mann sagte. Der Schuppen hatte sich von einer wirklich üblen Spelunke im Osten der Stadt langsam zu einem bizarren Laden entwickelt und war eines der letzten unrenovierten Überbleibsel aus den Zeiten, als der Alkohol noch so verteufelt wurde wie mehrfach ungesättigte Fette heutzutage. The Old Bush war zu einem Relikt aus vergangenen Tagen geworden, das schließlich vor ein paar Jahren von einem Schreiberling entdeckt wurde, der einen Artikel darüber verfaßte. Der wiederum brachte ein paar Leute in den Laden, die mal wirklich etwas erleben wollten; aber kaum hatten sie etwas erlebt, blieben sie auch schon wieder weg. Die normalen Stammgäste gafften sie nämlich nur feindselig an. Waren es nur ein oder zwei von diesen Touristen, dann ließen sie sie in Ruhe, aber kamen sie zu sechst oder zu acht, gab einer ein Zeichen, und alle im Pub verstummten, während die normalen Stammgäste sich zu ihnen umdrehten und sie angafften. Das mochten sie aber gar nicht. Ziemlich viele alte Knaben verkehrten in der Kneipe, und man konnte sich eigentlich immer darauf verlassen, auch unter der Woche ein paar alte Säufer anzutreffen.

Es war die Schnapsdrossel, die uns darauf stieß, daß vielleicht Clyde Parker, der Besitzer, den Bullen die eine oder andere Information ins Ohr flüstern könnte. Ich sage deswegen »vielleicht«, weil wir lange Zeit nicht sicher waren; das war auch der Grund, warum wir Parker nicht gleich fertigmachten, nachdem die Schnapsdrossel uns das gesteckt hatte. Im Zweifel für den Angeklagten.

Die Schnapsdrossel hatte drüben in Rosedale gerade einen hübschen, kleinen Bruch erledigt. Damals bezahlte er einen Fensterputzer als Tipgeber, der ihm über jede leere Wohnung

Bescheid gab, und eines Tages erzählte er ihm auch von einem bestimmten Haus an der Crescent Road, dessen Bewohner im Urlaub waren und bei dem der Einstieg relativ simpel sei. Die Schnapsdrossel tauchte wie abgemacht um drei Uhr nachts mit ein paar Kopien von The Globe and Mail auf – für den Fall, daß doch jemand da sein sollte –, drückte sich durch die Hintertür ins Haus und steckte ein paar Kleinigkeiten ein: Silber, Schmuck, solche Sachen eben, einschließlich eines wirklichen Schatzes in Form eines zwanzig Unzen schweren Goldbarrens, den er in der Schreibtischschublade fand. Die Schnapsdrossel behauptete hinterher, das sei der sauberste Job gewesen, den er jemals durchgezogen habe. Er arbeitete damals mit Toothy Maclean zusammen, der Schmiere stand. Toothy war absolut zuverlässig. Als sie nun drei Tage später kamen, um die Schnapsdrossel zu holen, dachte der erst mal ganz lange nach, und der einzige, der ihm schließlich einfiel und der ihn verpfiffen haben könnte, war Clyde Parker.

Es war nämlich so: An dem Abend nach dem Job hatte die Schnapsdrossel auf ein frischgezapftes Ale in The Bush vorbeigeschaut, und um sein Bier zu bezahlen, hatte er dem alten Perry ein paar Kleinigkeiten, Manschettenknöpfe und so Zeugs, verhökert. Der alte Perry zahlte ihm dafür ungefähr ein Zehntel dessen, was sie wirklich wert waren, was wiederum auch nur ein Zehntel von dem war, was man dafür im Laden zahlte, aber die Schnapsdrossel hatte Durst und noch jede Menge von dem Kram übrig. Der alte Perry lebte davon, daß er immer eine Menge Bargeld in der Tasche hatte, wenn wir durstig waren; wir alle machten unsere Geschäfte mit ihm. Wir hätten es schon vor Jahren erfahren, wenn er ein Spitzel gewesen wäre. Die andere Möglichkeit, Toothy Maclean, war einfach undenkbar. Dann fiel der Schnapsdrossel wieder ein, daß Clyde Parker sich in der Nähe herumgetrieben hatte, als er dem alten Perry seine Ware verhökert hatte, und so fing er an, sich ein paar Gedanken zu machen. Schließlich vertraute er sich mir an, und wir zwei hörten uns daraufhin ein bißchen um; schließlich fanden wir noch drei andere Typen, die verpfiffen worden waren, nachdem sie mit Parker zu tun gehabt hatten. So sah die Sache aus; wir hatten zwar keine Beweise, waren uns aber ziemlich sicher.

Die Schnapsdrossel wollte gleich einen Kassiber nach draußen schicken, um Parker hinzuhängen, aber ich redete ihm das aus. Wir sollten es langsam angehen, erklärte ich ihm, da wir uns vielleicht täuschten; außerdem war ich dafür, daß wir die Sache selber in die Hand nahmen, wenn wir wieder draußen waren. Mir fiel auch gleich was ein; aber als mich die Schnapsdrossel danach fragte, sagte ich, daß ich es noch nicht genau wisse. Wir hatten ja noch genügend Zeit, uns was auszudenken. Ich konnte die Schnapsdrossel zwar wieder beruhigen, aber er sagte, wenn mir nichts Gescheites einfiele, dann würde er The Bush abfackeln, sobald er wieder draußen sei.

Ich stellte mir aber etwas Raffinierteres vor. Ich wollte auf einen Schlag Parkers Stolz und seine Brieftasche treffen; ich wollte, daß er mit seinem Geld dafür büßte und auch noch als der Gelackmeierte dastand; und, wenn möglich, wollte ich auch, daß er wußte, wer ihm das angetan hatte, ohne daß er aber etwas dagegen unternehmen konnte. Es würde nicht leicht werden, die ganzen Schläger auszutricksen, die Parker bei sich als Kellner beschäftigt hatte.

Nachdem wir ungefähr Dreiviertel unserer Zeit abgesessen hatten – die Schnapsdrossel und ich, wir hatten beide noch ein paar Monate vor uns gehabt –, hatte ich eine Idee. Oder besser gesagt, mir fiel das letzte Stück zu einem Puzzle ein, das ich seit einigen Monaten zusammensetzte. So komme ich auf die besten Ideen.

Das erste Steinchen zu meiner Idee stammte von einem Mitgefangenen, der in der ersten Zeit im Knast mit mir in einer Zelle lag. Er hatte neunzig Tage bekommen, weil er sich als Heilsarmist ausgegeben hatte. Sie wissen schon, da geht man von Tür zu Tür, sammelt Spenden ein und teilt Quittungen und Gottes

Segen aus. Der Typ hatte eines Abends, als keiner aufpaßte, eine Uniformmütze aus dem Hauptquartier der Heilsarmee mitgehen lassen, in der Nacht darauf einen ganzen Stapel Spendenquittungen vom Schreibtisch im Büro geklaut, hatte sich einen schwarzen Regenmantel, Hemd und Krawatte angezogen, und keiner hatte was gemerkt. Er hat mir hinterher erzählt, daß er in einem Viertel wie Deer Park leicht auf fünfhundert pro Abend gekommen ist. Viele Leute haben ihm natürlich auch Schecks gegeben, die er gleich wieder weggeworfen hat; er war sicher, daß sie nicht im Büro der Heilsarmee anriefen, wenn ihre Schecks nicht eingelöst würden. (Eine Menge Leute würden es verdienen, eingelocht zu werden.) Zwei Monate später warteten die Bullen schon auf ihn. Er hätte besser eine Woche arbeiten und sich dann mindestens für sechs Monate von den Straßen fernhalten sollen; als Heilsarmist, meine ich. Er hätte genügend andere Dinge machen können. Aber er ist gierig geworden und leichtsinnig, und so haben sie ihn erwischt, als er gerade auf der Kingston Road am Sammeln war. Da stammt also der erste Teil meiner Idee her.

Auf den zweiten Teil kam ich bei einem Konzert im Gefängnis. Die Teilnahme war Pflicht, und die Hauptattraktion war dieser Typ, der jede Menge altmodische Lieder sang wie »Sons of Toil and Sorrow«, oder »A Bachelor Gay Am I«. Und das im Gefängnis. Einige der jüngeren Knackis dachten, er hätte sich die Lieder selbst ausgedacht. Aber es war nicht nur die Auswahl der Lieder. Er konnte einfach nicht singen. Er war fürchterlich – laut und peinlich grölte er einfach drauflos, bis ihm die Adern am Hals anschwollen, während er versuchte, die richtigen Töne zu treffen. Die anderen verpaßten ihm den Spitznamen Danny Boy, nach einem Erkennungslied. Ich dachte mir nur, Kumpel, du solltest lieber bei deinen Kirchenliedern bleiben, weil er mich nämlich an den Kerl erinnerte, der bei der Heilsarmee immer die Weihnachtslieder gesungen hatte, als ich noch ein Kind war.

Da wurde mir blitzartig klar, daß ich jetzt alles beieinander hatte.

221

Mir fehlte nur noch ein Trompeter und jemand, der Akkordeon spielen konnte, und wir waren komplett.

Die Schnapsdrossel und ich wurden beide im Oktober entlassen, und wir suchten uns zusammen eine Bude. Meine Frau hatte mich in der ganzen Zeit nur einmal besucht, um mir zu sagen, daß ich erst gar nicht mehr nach Hause zu kommen brauchte, und so haben wir uns eine kleine Wohnung in der Queen Street genommen, gleich in der Nähe vom Büro des Bewährungshelfers, wo wir uns ab und zu blicken lassen mußten.

Wir lebten anfangs beide natürlich von der Wohlfahrt; dann fanden wir aber Jobs von der Art, die niemanden in Versuchungen führen und die sonst keiner haben will. Die Schnapsdrossel kam bei einer Tankstelle als Autowäscher und ich bei einer Kohle- und Holz-Handlung unter, wo ich Fünfzig-Pfund-Säcke mit Kohle vollschaufelte. Eigentlich brauchte keiner von uns die Arbeit. Die Schnapsdrossel hatte auf unschuldig gemacht und seine Beute immer noch irgendwo versteckt; aber er konnte sie die ersten Monate nicht anrühren, weil sie ihn immer noch beobachteten. Und ich, ich hatte schon immer was auf der hohen Kante.

Habe ich Ihnen eigentlich schon erzählt, weshalb man mich eingelocht hat? Ich verkaufte auf der Straße heiße Ware. Sie haben mich, oder einen wie mich, bestimmt schon gesehen, wenn Sie schon mal auf der Danfort beim Einkaufen waren. Ich bin derjenige, der aus einem Wagen springt und einen Koffer voller Ralph-Lauren-Shirts aufreißt, die ich für ein Drittel des Preises zu verschleudern bereit bin, aber bitte schnell, bevor die Bullen kommen. Sie kaufen sie mir ab, weil Sie glauben, sie seien gestohlen; den Eindruck versuche ich auch zu erwecken, aber in Wirklichkeit kaufe ich sie einem pakistanischen Gelegenheitsarbeiter auf der Spadina für fünf Dollar das Stück ab. Ich würde auch zehn zahlen, wenn sie nicht zweite Wahl wären und der Polospieler etwas authentischer aussähe. Ich habe schon alles verkauft – Chanel Nummer 5, Gucci, Roots, alles –, aber natürlich gefälscht. Alles, was auf Ihre niederen Instinkte abzielt. Manchmal bekomme ich auch wirklich heiße Ware in die Finger, aber ich verhökere lieber anständigen Schund.

Also, wie gesagt, da stand ich nun und lud gerade einen Koffer voller Hemden aus, die einen Warenhausbrand überlebt hatten – es waren gute Hemden, nur ein bißchen verräuchert –, als die Polente mich als angeblichen Komplizen eines Taschendiebes schnappte.

Es war an einem Sonntagmorgen, als ich gerade die Leute um den Dim-Sum-Stand Ecke Spadina und Dundas bearbeitet hatte und eigentlich wieder zu meinem Wagen zurückwollte, um Nachschub zu holen, als jemand schrie, seine Brieftasche sei weg, und dann schrie noch einer und noch einer. Bevor ich wußte, wie mir geschah, packten mich zwei in Kampfsportarten geübte Kleiderschränke, irgend jemand rief die Bullen, und ich bekam zwölf Monate. Mir ist kein Taschendieb aufgefallen.

Aber zurück zu meiner eigentlichen Geschichte. Als erstes brauchte ich ein paar Musiker. Das war gar nicht so leicht, bis ich durch Zufall beim Bewährungshelfer auf einen Typen traf, den ich drinnen kennengelernt hatte, wo er im Gefängnisorchester gespielt hatte. Er spielte Trompete, oder eigentlich Kornett, wenn er nicht gerade für den Diebstahl von Autoradios seine Zeit absaß. Der hat mir dann noch einen Posaunisten gebracht. Und dann hatte ich wirklich großes Glück, weil mir nämlich der echte, authentische, schreckliche Kirchenliedsänger aus dem Gefängniskonzert über den Weg lief.

Zuerst wollte er nichts von der Sache wissen, aber ich habe ihn dann so lange bearbeitet, bis er begriff, was wir vorhatten, und versprach, es sich zu überlegen. Als wir uns das nächste Mal trafen, sagte er zu. Ich hätte es gleich wissen sollen.

Wir beschlossen, daß wir es auch ohne Akkordeonspieler wagen konnten.

Jetzt mußten wir uns noch ein paar Uniformen besorgen. Was wir am nötigsten brauchten, waren die Mützen. Der Trompeter war früher mal ein richtiger Chauffeur gewesen und besaß noch immer seine alte schwarze Jacke und glaubte, noch mehr davon auftreiben zu können. Der Besitzer der Wagenflotte bewahrte im Lagerraum der Garage einen Haufen Uniformen auf, und Digger Ray versicherte uns, daß es kein Problem wäre, sie sich zu beschaffen. Digger Ray war der Trompeter. Er war Australier und darauf spezialisiert, bei gezinkten Kartenspielen als der Geprellte aufzutreten, aber er hatte auch schon ein paar Einbrüche hinter sich. Toothy Maclean klaute uns die Mützen, während die Schnapsdrossel mitten in der Gebetsstunde für Unruhe im Hauptquartier der Heilsarmee sorgte. (Mitten im Gebet fing er an zu heulen und seine Sünden zu bereuen, und während er sich trösten ließ, räumte Toothy alle Mützen aus dem Büro).

Jetzt mußte die Schnapsdrossel noch drei oder vier Typen auftreiben, die Clyde Parker nicht kannte und die auch keine Stammgäste im Old Bush waren. Das war gar nicht so einfach, aber die Schnapsdrossel schleppte doch tatsächlich drei Kerle an, die kaum einen Tropfen Alkohol anrührten – nicht gerade häufig in seinem Bekanntenkreis, das kann ich Ihnen sagen. Die drei waren aber ganz versessen darauf, bei der Sache mitzumachen, sobald er ihnen erzählt hatte, worum es ging. Und so waren wir komplett. Jetzt mußte ich mich an die Arbeit machen. Mein Job war der schwierigste von allen.

Ich war nämlich derjenige, der sich an Clyde Parker ranmachen mußte, weil ich nur ein einziges Mal, und das vor Jahren, einen Fuß in The Bush gesetzt hatte. Ich hasse diesen Laden, das war immer schon so. Es ist die Art von Bierkneipe, in der an jedem Tisch ein Bürgerkrieg tobt, die Kellner nur dazu da sind, Schlägereien anzuzetteln, und man die Schuhe vollgekotzt bekommt, wenn man es bis Mitternacht dort aushält. Ich persönlich bevorzuge ein anständiges, ruhiges Pub.

Deswegen kannte Parker mich nicht, und als ich ihn ansprach, war er anfangs sehr argwöhnisch. Ich bin erst zwei- oder dreimal in den Laden hineingegangen, bis ich mir sicher sein konnte, daß er es auch war, und kam dann langsam mit ihm ins Gespräch. Ich fragte ihn, ob er schon von diesem falschen Heilsarmeeorchester gehört habe, das durch alle Pubs zog und sammelte? Hatte er nicht, aber er sei auf alles vorbereitet, falls sie sich in der Nähe des Old Bush blicken lassen sollten. Er deutete mit einem Kopfnicken auf ein paar seiner Kellner, die untätig an der Wand lehnten und auf Bestellungen warteten. Ich weiß zwar nicht, wo er sie immer auftreibt, aber sie sehen alle so aus, als müßte er sie an die Kette legen, wenn die Kneipe geschlossen hat. Nein, nein, sagte ich schnell, es gebe da einen viel besseren Weg, den ich ihm selbstverständlich auch erklärte.

Leute wie Parker sind von Natur aus mißtrauisch, aber auch gierig und sehr von sich überzeugt. Sie halten sich für schlau. Deshalb war Bestandteil unseres Planes, daß Parker sich für schlau halten konnte, worauf er auch prompt reagierte, und daß etwas Geld für ihn dabei herausspringen würde. Als er das begriffen hatte, war er sofort dabei.

Der Heiligabend war eine wunderbare Nacht. Gegen zehn Uhr war der Himmel pechschwarz und wolkenlos, und Tausende von Sternen funkelten dort oben. So mußte es auch in der einen Nacht gewesen sein, als einer von den Sternen sich plötzlich löste und über den Himmel sauste. Ich wäre ihm sofort gefolgt. Danny Boy hatte den Wagen, und wir sollten uns alle bei mir treffen. Von dort aus fuhr ich dann. Wir waren um Viertel nach zehn in der Straße hinter dem Old Bush. Um zehn Uhr dreißig sollte unsere Operation starten. Wir hatten uns folgendes überlegt: erst vier Weihnachtslieder von ungefähr fünfzehn Minuten Länge, dann die Kollekte und noch ein Lied, so daß wir gegen elf Uhr wieder draußen wären.

Die anderen warteten im Wagen, während ich in die Kneipe hinüberlief und nachschaute, ob Hooligan auch an seinem Platz war. Habe ich Hooligan noch gar nicht erwähnt? Eigentlich hieß er ja Halligan, aber sein Spitzname Hooligan zeigt Ihnen ja wohl deutlich, welches Niveau die Witze im Knast haben. Er war unser As im Ärmel, von dem Parker nichts wußte. Seinetwegen mußten wir auch noch eine Mütze stehlen, aber dieses Mal bekamen wir so leicht keine in die Finger. Da fiel Toothy ein, daß ein Kumpel von ihm einen Hund hatte, dem die Kinder beigebracht hatten, Frisbee-Scheiben zu fangen. Er schnappte sie sehr flink direkt aus der Luft, aber das Problem mit ihm war, daß er sich bei Ermangelung von Frisbee-Scheiben die Zeit damit vertrieb, kleineren und größeren Kinder hinterherzujagen und ihnen die Mützen vom Kopf zu reißen. Im Prinzip war der Hund harmlos, aber die Eltern der Kinder beschwerten sich über ihn, und so mußte sein Herrchen ihn einsperren. Die Kinder konnten ihn dazu bringen, jedem den Hut vom Kopf zu reißen, indem sie bloß darauf deuteten und flüsternd den Befehl dazu gaben. Wie ich schon sagte, Herman tat keinem weh. Er konnte einem von hinten den Hut vom Kopf schnappen, ohne einen zu berühren, nur so, mit einem Sprung. Also borgten wir uns Herman für einen Abend aus und warteten neben dem Hauptquartier der Heilsarmee; bald kam ein Offizier heraus und ging die Sherbourne Street hinunter. Ein paar Minuten später klaute ihm Herman die Mütze vom Kopf, die Hooligan sogar ziemlich gut paßte.

Ich vergewisserte mich also, daß Hooligan wirklich auf seinem Posten war, und dann gingen wir hinein. Parker hatte dafür gesorgt, daß neben der Tür etwas Platz frei war, aber trotzdem tat er so, als sei er überrascht, uns zu sehen. Ich ging zu ihm hin und bat ihn ganz förmlich um die Erlaubnis, ein paar Weihnachtslieder zu singen und hinterher den Sammelteller herumgehen zu lassen. Erst zierte er sich etwas und schüttelte den Kopf, schien aber dann doch seine Meinung zu ändern. »In Ordnung«, meinte er schließlich. »Vier Lieder.« Ich schaute ihn dankbar an und wedelte mit dem Arm wie ein Dirigent, und die anderen fingen zu spielen an.

Eine Trompete und eine Posaune machen nicht viel her, könnte man meinen, aber bei diesen Typen hörte sich das wirklich nach was an. Sie spielten einfach die Noten, ganz geradlinig, ohne große Schlenker. Die waren wirklich *gut*. Und dann war da natürlich auch noch Danny Boy. Er machte so viel her wie eine zweite Trompete. Er wartete gar nicht erst auf seinen Einsatz, sondern fing sofort zu singen an, legte den Kopf in den Nacken und ließ seine Adern anschwellen. Man hörte ihn auch noch ganz hinten im Raum und in allen Ecken. Das erste Lied war »O Come, All Ye Faithful«, von dem Danny Boy eine Strophe in Latein sang, dann folgten »Good King Wenceslas« und »We Three Kings«, und schließlich »Stille Nacht«, das Danny Boy mit geschlossenen Augen zum besten gab. Jetzt hatten wir sie gepackt. Danny war natürlich schrecklich, aber er strengte sich ernsthaft an, und man konnte alle Melodien erkennen. Ich würde nicht gerade sagen, daß irgendeiner feuchte Augen bekommen hätte – schließlich waren wir im Old Bush –, aber alle waren sehr still. Deshalb setzten wir noch ein »O little Town of Bethlehem« drauf, sehr leise – »piano« heißt das wohl –, und Toothy und ich fingen an, mit dem Sammelteller rumzulaufen. Das war das Signal für Parker. Wir bekamen fast von jedem was, einen Dollar hier, zwei da, einen Fünfer, dann noch einen. Da steckt Psychologie dahinter. Sobald einer fünf Dollar auf den Teller legt, wird das zum Standard, so wie der Einsatz beim Pokern. Die Leute hören auf, mit dem Kleingeld zu klimpern und greifen zu den Scheinen. Schon am fünften Tisch war ein Fünfer die Norm. Dann meldete Parker sich zu Wort. »Männer«, sagte er. »Männer, heute ist Heiligabend.« Er hielt inne und machte ein ernstes Gesicht. »Ich kündige hiermit an, daß ich noch einmal die gleiche Summe drauflege, die heute abend für diesen guten Zweck zusammenkommt.«

»Und Freibier für alle«, rief jemand.

Einer der Kellner machte Anstalten, den Mann hinauszuwerfen, aber Parker reagierte prompt. »Macht euch mal keine Sorgen um das Freibier heute abend«, sagte er und hörte sich dabei so an, als ob an allen anderen Abenden im Jahr Freibier das übliche im

Old Bush sei. »Heute abend sind mal die anderen dran.« Er deutete auf die Tür. »Die, die kein Bier haben«, fuhr er fort.

Unsere Abmachung sah vor, daß Parker die Hälfte – eigentlich Dreiviertel, einschließlich seines eigenen Geldes – von allem bekommen sollte, aber von Freibier war nie die Rede gewesen.

Der folgende Zwischenruf riß ihn aber fast von den Füßen. Ich kam gerade an einen Tisch, an dem die Schnapsdrossel einen seiner Leute plaziert hatte und dem er jetzt quer durch den Raum einen Wink gab, woraufhin der Kerl aufspringt und schreit: »Dann sind hier fünfzig Dollar.«

Parker schaute einen Moment lang etwas betreten, fing sich aber gleich wieder und rief: »Schön für dich.«

Dann reagierten alle wie im Fieber. Die größte Einzelspende, die wir bekamen, betrug hundert Dollar, aber keiner gab weniger als zwanzig, und jedesmal, wenn ich an einen von Schnapsdrossels Männern geriet, warf der wieder fünfzig Dollar in die Runde, um die Sache erneut anzuheizen. Wir liefen sammelnd durch die Kneipe, während Danny im Hintergrund grölte, und als wir alle durch hatten, kehrten wir an den Tresen zurück und leerten unsere Taschen dort aus. Digger Ray und einer der Thekenleute zählten das Geld, und Digger gab schließlich das Ergebnis bekannt. »Zweitausenddreihundert und siebenundzwanzig.« Irgend jemand grölte: »Jetzt bist du dran, Parker.«

Parker drehte sich zu dem Barmann um, streckte die Hand aus und ließ sich ein Bündel Bares geben, das er an Digger weiterreichte. Digger hielt es in die Höhe, um allen zu zeigen, daß es eine Menge Geld war, das man an Heiligabend nicht nachzuzählen brauchte; dann stopfte er das ganze Geld in eine der Tüten, und wir waren soweit. Auf meiner Uhr blieben uns aber noch drei Minuten, und so hielt ich eine kleine Ansprache, bis Hooligan, genau rechtzeitig, seinen Auftritt hatte.

Er war so ausstaffiert wie wir alle – in Uniform der Heilsarmee und mit einer kleinen Sammelbüchse.

Die folgende Szene hatten wir sorgfältig geprobt.

»Fröhliche Weihnachten euch allen, und Gott segne euch«, sagt Hooligan, während die anderen allmählich etwas verdutzt dreinblickten.

Parker warf mir einen besorgten Blick zu. Das Gefühl, daß hier etwas faul war, erfaßte mittlerweile auch noch den Gast in der letzten Ecke, und ich gab den Stammgästen noch ungefähr zehn Sekunden. »Heilige Scheiße«, sagte ich zu Parker. »Der ist echt. Was sollen wir jetzt machen? Das gibt vielleicht einen Aufstand, wenn die das rausfinden.«

Die beiden Musiker und Danny Boy drückten sich zur Tür hinaus, und einer der Stammgäste fragte drohend: »Was, zum Teufel, ist hier los?«

»Geben Sie ihm das Geld«, sagte ich. »Um Himmels willen, geben Sie ihm das Geld.«

Parker brachte keinen Ton heraus, aber er nickte, und ich trat einen Schritt vor.

»Kohlen nach Newcastle«, sagte ich sehr laut und herzlich. »Da heißt es ja, Kohlen nach Newcastle tragen, wenn man zwei Gruppen an denselben Ort schickt. Aber Sie kommen gerade rechtzeitig, Captain. Hier.« Ich drückte ihm den Sack voller Geld in die Hand.

Hooligan drehte in frommer Verwunderung die Augen zur Decke. »Der Herr segne Sie, Gentlemen«, sagte er. »Der Herr segne Sie.«

Ich betete, daß er keine Dummheiten mehr anstellen würde – wie zum Beispiel ein Kreuzzeichen über der Kneipe schlagen –, und gab Toothy ein Zeichen, daß wir uns besser auf die Socken machen sollten. Da hörte ich ein Geräusch, das mir das Blut in den Adern erstarren ließ. Jemand machte die Tür auf, und die Melodie von »Joy of the World« strömte herein, gespielt von allen fünfzehn Mitgliedern der Silverband der Heilsarmee.

Parker war natürlich nicht überrascht. *Seine* Überraschung war Hooligan gewesen, und er nahm an, daß die Band nur zu seiner Unterstützung da war.

Jetzt waren nur noch Toothy und ich übrig – Hooligan konnte auf sich selbst aufpassen –, und so legte ich meine Hand brüderlich auf Toothys Schulter, und wir waren schon fast zur Tür draußen, als wir von Schwester Anna höchstpersönlich gestoppt wurden. Sie warf Hooligan einen verwunderten Blick zu. Hooligan schaute mich fragend an. Parker schaute von einem zum anderen, woraufhin ich das einzige tat, was mir noch übrigblieb. Ich nahm Hooligan das Geld wieder ab, drückte es der Schwester in die Hand, sagte »Frohe Weihnachten, Schwester«, packte Toothy und Hooligan und schob sie vor mir durch die Tür hinaus.

Der Wagen war natürlich schon längst weg – nach dem Motto, wenn ein Job schiefgeht, dann rette sich, wer kann. Aber es war ja keiner hinter uns her, und so warfen wir unsere Uniformmützen weg und hielten ein Taxi an.

Wir warteten bis Neujahr, bis wir einen Freund von Toothy, der etwas Bildung abbekommen hatte, darum baten, sich als Radioreporter auszugeben, der einen Bericht über die weihnachtliche Spendenbereitschaft bringen wollte; der Commander der Heilsarmee erzählte ihm, was passiert war. »Irgend jemand hat uns angerufen, hier im Hauptquartier«, sagte der Commander. »Der Mann meinte, wenn wir in das Old Bush kämen und dort ein paar Weihnachtslieder spielten, wäre uns eine größere Spende sicher. Wir nahmen an, daß es eine Überraschung werden sollte, die der Besitzer arrangiert hatte.«

Wir wußten lange nicht, wer dahintersteckte; dann, ungefähr sechs Monate später, traf die Schnapsdrossel und mich fast der Schlag, als wir mitten auf dem Nathan Phillips Square Danny Boy erblickten, der mit geschlossenen Augen, den Kopf in den Nacken geworfen, gerade »Abide with me« schmetterte. Er war in voller Uniform. Hinter ihm stand die Silverband der Heilsarmee.

Wir warteten, bis er mit seiner Sammelbüchse auch zu uns kam. Wir hielten erst die Köpfe gesenkt, aber als er dann vor uns stand, schaute ich auf und sagte scharf: »Hallo, Danny Boy. Wie lange bist du denn schon bei der Truppe?«

Er wirkte überrascht, aber nicht sehr. »Ich habe letztes Jahr zu Weihnachten das Licht Gottes erblickt«, sagte er. »Bruder.«

Und dann ging er weiter und klapperte mit der Büchse. Die Heilsarmee verhielt sich selbstverständlich nachsichtig und nahm den Abtrünnigen wieder in ihre Reihen auf; es machte ihnen nichts aus, daß sein Gesang nicht besser geworden war, jedenfalls nicht in den Ohren der Sünder. Man konnte sagen, wichtig war nur, daß er mit Gott in Einklang war.

Die Schnapsdrossel wollte ihn an Ort und Stelle fertigmachen, aber ich hielt ihn zurück. Ich machte ihm klar, daß uns der Spaß nicht einen Penny gekostet, Parker aber zweitausend Dollar dafür geblecht hatte, worüber die Jungs in The Old Bush (denen wir die Geschichte gesteckt hatten) heute noch lachen.

Selbst an einem guten Tag kann man nicht alle Rennen gewinnen.

Mickey Friedman
Nick Superstar

Mickey Friedmans »Nick Superstar« läßt eine nur allzu vertraute, weihnachtliche Gestalt in völlig neuem Licht erscheinen und in Greenwich Village wieder auftauchen, wo sie sich
als Detektiv betätigt.
Mickey erzählt, daß ein Teil dieser Geschichte reinem
Wunschdenken entsprang. Das Haus, in dem sich »Nick
Superstar« abspielt, ist nämlich ein genaues Abbild des Rei-
henhauses, in dem sie und ihr Mann, ein Museumsdirektor,
leben. Oft hat Mickey sich im Laufe der Jahre vorgestellt, wie
es wohl wäre, wenn alle ihre Kamine, die nicht funktionieren,
eines Tages tatsächlich repariert wären.
Mickey Friedman ist an der Golfküste Floridas aufgewachsen,
hat College-Öffentlichkeitsarbeit in Ohio geleistet, als Repor-
terin in San Francisco gearbeitet und eineinhalb Jahre als
Schriftstellerin in Paris gelebt. Da sie schon immer ein begeisterter Fan von Kriminalliteratur war, hat sie seit 1983 bis
heute bereits sechs eigene Kriminalromane veröffentlicht.
Mickey meint, daß sie nur über die Orte schreibt, die sie auch
kennt, und im Laufe ihres Lebens hat sie davon mit Sicherheit
ein paar recht interessante kennengelernt. Aber ausgerechnet
Kamine?

Nick bekommt jede Menge Post, vor allem aber Bettelbriefe
in allen möglichen Variationen. Diese Anfragen sind nun
mal Teil seines Jobs, so wie der Anzug und sein verschmitztes
Image.
Nick ist nicht ganz so wabbelig, wie er immer dargestellt wird.
Einen mächtigen Brustkorb hat er zwar, aber der ist fest und hart.
Und er findet das Leben auch nicht so lustig, wie die stän-
dige Ausgelassenheit seiner Nachahmer uns glauben machen
möchte.
Der Brief zum Beispiel, den er im Augenblick in Händen hält

und der mit Kinderschrift an Nick adressiert ist, ist alles andere als lustig. Der Knabe kommt auch gleich zur Sache: »Ich hasse dich! Komm bloß nicht mehr in unsere Nähe!« Unterschrieben von Jason T. McGuire, dazu eine Adresse, die Nick, der über beachtliche geographische Kenntnisse verfügt, gleich als zu Greenwich Village gehörend identifiziert.

Hmm. Nick bekommt fast nie Briefe solcher Art. Und ganz bestimmt nicht in der Woche vor seinem großen Auftritt, wenn alle verrückt nach ihm sind. Da muß irgendwo etwas gründlich schiefgegangen sein, was leicht passieren kann, wenn man gar so viele widersprüchliche Bedürfnisse zu erfüllen hat. Nick wird etwas dagegen unternehmen müssen, Hochsaison hin, Hochsaison her.

Jason Thomas McGuire, sieben Jahre alt, lümmelt auf einem Stuhl im Büro der Rektorin seiner Grundschule in Greenwich Village. Jason ist ein hageres Kind, dessen große Füße ein paar Zentimeter über dem Boden hin und her schlenkern. Er hat braune Haare, Sommersprossen und war bis vor kurzem, bevor er sich zu einem richtigen Stinkstiefel entwickelte, noch ein ganz patenter Junge. Die Rektorin, eine verständnisvolle Frau, die über Jasons Probleme ungefähr Bescheid weiß, telefoniert gerade mit seiner Mutter. Jason wird nach Hause gehen, sobald seine Mutter von der Arbeit weg und ihn holen kann.

Im Stockwerk darüber, auf dem Korridor vor Jasons Klassenzimmer, schrubbt der Hausmeister, bewaffnet mit Scheuerbürste und Putzlappen, gerade eine unanständige Aufforderung an den Weihnachtsmann weg, die Jason mit roter Kreide an die Wand gekritzelt hat. Jasons Lehrerin hat ihn dabei erwischt.

Die Rektorin legt den Hörer auf und sagt: »Deine Mom ist unterwegs, Jason.«

Sie bekommt keine Antwort. Jason verkriecht sich noch mehr auf seinem Stuhl. Auf einem Tischchen neben dem Schreibtisch der Rektorin steht ein kleiner, geschmückter Baum. Jason überlegt, ob er den Baum nicht umschmeißen und zur Tür hinauslaufen soll, verwirft die Idee aber wieder, da es ja schließlich nicht die Weihnachtsbäume sind, die er haßt.

»Schade, daß du die Weihnachtsfeier heute nachmittag versäumen wirst. Wir sehen dich dann erst nach den Feiertagen wieder.«

Jason schüttelt sich und wendet den Kopf ab.

»Hoffen wir, daß es im neuen Jahr besser wird, in Ordnung?«

Jason zuckt nur mit den Achseln. Wen interessiert schon das neue Jahr?

Am nächsten Morgen, einem kalten, grauen Samstag, spaziert Nick eine ruhige, gepflegte Straße in Greenwich Village entlang. Schmutzverkrustete Schneehaufen, die noch von früheren heftigen Wintereinbrüchen stammen, liegen in den dunklen Ecken zwischen den Reihenhäusern. An einigen Türen hängen Kränze, und hier und da ist auch ein geschmückter Baum durch die hohen Erdgeschoßfenster zu sehen. Wie nett. Eigentlich ein Viertel, in dem Kinder ökologisch einwandfreies Spielzeug oder die neuesten Videospiele haben wollen. Welchen Grund konnte ein Kind aus einer solchen Umgebung also haben, Nick so zu hassen?

Nick ist heute nicht in Uniform. Anstelle seiner bekannten Aufmachung trägt er eine blaue Strickmütze, eine Daunenweste über einem Flanellhemd im Royal-Stewart-Schottenkaro, schmutzige Jeans und Arbeitsstiefel. Bei sich hat er einen großen Werkzeugkasten. Schließlich findet er die Adresse, ein Reihenhaus im italienischen Stil mit einem Oberlicht und Bleiglasscheiben neben der grünen Haustür. Er schaut sich die vier Klingelschilder an und drückt auf die mit dem Namen »McGuire«. Bald hört man eine Frauenstimme über die Gegensprechanlage »Wer ist da?« rufen.

»Ich komme wegen dem Kamin!« brüllt Nick.

»Was?«

»Wegen dem Kamin. Ich soll die Feuerstellen in Ordnung bringen. Der Hausbesitzer schickt mich.«

»Die Kamine im Haus funktionieren seit Jahren nicht mehr.« Die Stimme der Frau dringt rauh und verzerrt durch die Anlage.

»Der Hausbesitzer schickt mich, Lady.«

»Eine Sekunde.«

Während Nick wartet, holt er eine Visitenkarte voller Eselsohren aus der Tasche seiner Daunenweste. Als er durch die Bleiglasscheiben eine Frau auf sich zukommen sieht, hält er die Karte so an das Glas, daß sie sie lesen kann. Sie kommt näher, ohne die Tür zu öffnen, schaut sich mit zusammengekniffenen Augen die Karte an und liest laut vor: »Santos, Angeles und Evangelistas. Ihre Profis für Rauchfang und Kamin.«

Nick deutet auf sich. »Nick Santos.«

Die Frau mustert ihn skeptisch. »Sie werden einen Moment warten müssen, während ich beim Hausbesitzer nachfrage.«

»Alles klar.« Die Frau verschwindet wieder, und Nick lehnt sich an das schmiedeeiserne Gitter und pfeift »Hier kommt der Weihnachtsmann«, bis die Frau wiederkommt und ihn ins Haus läßt. Wenn er nicht fähig wäre, einen New Yorker Hausbesitzer zu überreden, ein paar offene Kamine reparieren zu lassen, sollte er seinen Job am besten gleich an den Nagel hängen.

Carol McGuire, eine blonde Frau in einem grünen Trainingsanzug aus Velours, wirkt zu bekümmert und erschöpft, um im Augenblick hübsch auszusehen, was sie offensichtlich aber mal war. Sie steht mit verschränkten Armen neben Nick, der auf dem Rücken im Wohnzimmer der McGuires liegt, den Kopf in den Kamin geschoben hat und mit einer Taschenlampe nach oben leuchtet. »Wie lange wird das denn dauern?« fragt sie.

»Schwer zu sagen. Ich muß mir auch noch die übrigen Kamine im Haus ansehen. Ist doch schön, wenn der Kamin wieder brennt, oder nicht?«

»Das ist mir egal. Wir ziehen sowieso aus, sobald wir eine andere Wohnung gefunden haben.«

Ein kleiner Junge kommt ins Zimmer. Er ist müde und blaß, sein Sweatshirt schlackert an seinem mageren Körper, und er läßt die Schultern hängen.

Nick dreht sich um, um ihn genauer zu betrachten. »Hallo, du«, sagt er.

»Hi.«

Carol McGuire legt einen Arm um den Jungen. »Jason, das ist Mr. Santos. Er ist hier, um die Kamine zur richten.«

Nick kichert. »Gerade noch rechtzeitig, damit der Weihnachtsmann durch den Kamin rutschen kann, nicht wahr, Jason?«

Jason McGuires weißes Gesicht wird von einer fleckigen Röte überzogen. Er reißt sich von seiner Mutter los und attackiert Nick, der immer noch auf dem Boden liegt; fest tritt er ihm gegen das Schienbein. Dann läuft er aus dem Zimmer, und seine Mutter bricht in Tränen aus.

»Sie müssen wissen, Jasons Vater ist im Gefängnis, und Jason macht den Weihnachtsmann dafür verantwortlich«, erklärt Carol McGuire. Sie und Nick sitzen am Eßzimmertisch bei einer Tasse Tee beisammen; Carol hat darauf bestanden, sich auf diese Art und Weise bei Nick zu entschuldigen. »Die Sache ist ganz fürchterlich, Mr. Santos...«

»Nick.«

Carol säubert sich die Nase mit einer Papierserviette. Unter ihren blauen Augen liegen dunkle Schatten. »Die Boulevardpresse spricht vom Yuppie-Raub. Es wundert mich, daß Sie noch nicht davon gehört haben.«

»Ich war eine Zeitlang ... nicht in der Stadt.«

»Als sie meinen Mann wegbrachten, haben ein paar Dummköpfe gegrölt ...

Der Yuppie-Mann, der Yuppie-Mann,
Das ist ein dummer Weihnachtsmann,
Der bricht bei seinem Nachbarn ein,
Und das zu Weihnachten, das arme Schwein...«

Carol bricht erneut in Schluchzen aus. Nick nippt an seinem Tee. »Ein Haufen dummer Jungen«, meint er.

Als Carol McGuire sich wieder gefaßt hat, erzählt sie Nick die ganze Geschichte:
Noch bis vor sechs Monaten ging es der Familie McGuire sehr gut. Matt McGuire verdiente mit seiner Arbeit an der Wall Street zweihunderttausend Dollar im Jahr; Carol verkaufte Immobilien. Jason war ein vorbildlicher kleiner Junge und wurde an der Schule besonders gefördert. Dann, wie tausend andere vor ihm auch, wurde Matt McGuire auf die Straße gesetzt. Fast zum selben Zeitpunkt brach der Immobilienmarkt zusammen, und Carols Einkommen rutschte in den Keller. Es begannen harte Zeiten.
Im Ausgleich gegen eine Mietminderung nahm Matt die Stelle des Hausmeisters an. Statt Daten zu analysieren und mit Übersee zu telefonieren, verbrachte er jetzt seine Zeit damit, ausgebrannte Glühbirnen zu wechseln, die Halle zu fegen und die zahllosen Pappschachteln vom Chinesen wegzuräumen, die täglich in den Eingang geworfen wurden.
»Er war ein guter Hausmeister. Ein wirklich guter Hausmeister, Nick«, sagt Carol. »Er fühlte sich herausgefordert. Er wollte der beste Hausmeister sein, den dieses Haus jemals gesehen hatte.«
Die Zeiten wurden noch härter. Carol gab den Immobilienhandel auf und suchte sich eine Stelle als Sekretärin. Ein ganz und gar unfröhliches Weihnachten rückte näher, und hier trat nun der Weihnachtsmann auf den Plan. Und zwar in Form eines Umschlages, der – an die McGuires adressiert – mit der

Post bei ihnen eintraf und keinen Absender hatte. Ohne ein Wort der Erklärung enthielt der Umschlag nur drei Eintrittskarten für die Weihnachtsschau in der Radio City Music Hall. Auf einer der Eintrittskarten stand auf der Rückseite: »Fröhliche Weihnachten von Santa Claus.«

»Matt vermutete, daß vielleicht einer seiner früheren Kollegen die Karten geschickt habe und ihn nicht dadurch in Verlegenheit bringen wolle, daß er mit vollem Namen unterschrieb«, erzählt Carol weiter. »Jedenfalls schien das die einzige Weihnachtsfreude zu sein, die wir in diesem Jahr haben sollten. Wir erklärten Jason, daß uns der Weihnachtsmann heuer per Post beschenkt habe. Ich meine – wir dachten uns nichts dabei, die Eintrittskarten zu verwenden. Sie vielleicht, Nick?«

»Natürlich nicht«, sagt Nick. Er verspürt einen leichten Anflug von Sodbrennen. Irgend etwas an Carols Geschichte stößt ihm sauer auf.

Wie dem auch sei, am betreffenden Tag bestieg die Familie McGuire, voller Vorfreude und guter Laune, die U-Bahn zur Radio City Hall. Während sie für den Einlaß anstanden, erregte eine weitere dreiköpfige Familie ihre Aufmerksamkeit – Mutter, Vater und ein hysterisches kleines Mädchen. Soweit sie aus dem Gehörten schließen konnten, war die Familie den langen Weg von Long Island gekommen, um sich die Schau anzusehen, mußte am Bestimmungsort aber feststellen, daß sie ihre Eintrittskarten zu Hause vergessen hatten. In einem Anfall von Großzügigkeit bot Matt McGuire dem kleinen Mädchen seine Karte an, damit es sich zusammen mit Carol und Jason die Schau ansehen konnte.

»Zuerst wußten die Eltern nicht, ob sie uns trauen konnten oder nicht«, erzählt Carol schluchzend. »Matt überzeugte sie aber. Er meinte, schließlich sei jetzt die Zeit der Geschenke. Er drückte dem Mädchen die Karte in die Hand, küßte mich und sagte, daß wir uns zu Hause wiedersehen würden. Die Schau war wirklich wunderbar. Die Kinder waren ganz hingerissen. Die Eltern des kleinen Mädchens holten es hinterher wieder ab, und alle waren glücklich. Es war wirklich nett von Matt, was er da getan hatte.« Nachdem Matt sein Ticket verschenkt hatte, fuhr er mit der U-Bahn wieder nach Hause. Als er das Haus betrat, hörte er jemanden in der Wohnung über sich, in einer Wohnung, deren Mieter über Weihnachten in die Karibik gefahren war und erst in zwei Wochen wieder zurückerwartet wurde. Matt ging hinauf, um nachzuschauen, und bemerkte, daß die Tür nun leicht angelehnt war. Das Schlimmste befürchtend, ging er hinein. Eines der Balkonfenster stand offen. Offensichtlich hatte der Eindringling Matt kommen hören und war auf den Balkon ausgewichen, von dem aus es ein leichtes war, auf den Boden zu springen. Zu seiner Erleichterung stellte Matt fest, daß der Fernsehapparat, der Videorecorder, die Stereoanlage und eine Sammlung japanischer Elfenbeinfiguren immer noch an ihrem Platz waren. Die einzige (leichte) Unordnung herrschte in der Küche, wo eine Zuckerdose über den ganzen Fußboden ausgeleert worden war.

Hocherfreut, den Einbrecher verjagt zu haben, ehe dieser etwas mitnehmen konnte, fegte Matt den Zucker zusammen und warf ihn weg. Und da er besonders sorgfältig war, ging er auch noch zum Lebensmittelhändler an der Ecke und kaufte neuen Zucker, den er in die Dose füllte, die er wieder an ihren Platz im Küchenschrank stellte. Dann schloß er die Wohnung mit seinen Schlüsseln ab. Da kein Schaden entstanden war, beschloß er, keinem – einschließlich der Polizei – von dem Beinahe-Raub zu erzählen und sich so die Feiertage zu verderben.

Das war jedenfalls seine Geschichte.

»Ich glaube ihm, Nick. Er ist mein Mann. Ich glaube ihm«, sagt Carol.

Alles war in Ordnung, bis ein paar Tage später der Mieter vom Stockwerk über ihnen, ein Mr. Barnaby Gough, vorzeitig mit der Erklärung aus dem Urlaub zurückkehrte, er habe sich in der Karibik nur gelangweilt und einen Sonnenbrand geholt und deshalb beschlossen, Weihnachten statt dessen doch lieber in

New York zu verbringen. Die Hölle brach los, als Mr. Gough entdeckte, daß sein Schatz an Edelsteinen – Diamanten, Rubine, Smaragde, Saphire –, den er als echtes Kind der Depression zu Hause bei sich und nicht in einem Bankschließfach aufbewahrte, daß dieser geheime Schatz aus der Dose verschwunden war, wo er ihn unter fünf Pfund Grießzucker gemischt hatte. Die Polizei nahm von allen im Haus die Fingerabdrücke ab und fand die von Matt auf der Zuckerdose, dem Besen, dem Türknauf und auf einem der japanischen Figürchen.

Wie es aussah, hatte der ehemalige Yuppie-Scheißer tatsächlich seinen Nachbarn zu Weihnachten ausgeraubt, und wurde deshalb festgenommen. Die McGuires konnten keine Kaution stellen, so daß Matt ein Weihnachtsfest im Gefängnis bevorstand. Und Jason McGuire gab die Schuld daran dem Weihnachtsmann, da schließlich alles mit diesen dummen Eintrittskarten für die Radio City Hall angefangen hatte.

Was ist das für ein Typ, der ein Vermögen an Edelsteinen in einer Zuckerdose aufbewahrt? Diese Frage stellt sich Nick, während er darauf wartet, daß Mr. Barnaby Gough auf sein Klopfen reagiert. Barnaby Gough sieht jedenfalls nicht annähernd so bescheuert aus, wie Nick sich das vorgestellt hat. Obwohl er bestimmt schon weit in den Siebzigern ist, strahlt der Gesundheit und Kraft aus. Er ist groß, schlaksig, immer noch etwas sonnengebräunt und hat nur wenige Falten, dafür aber jede Menge weiße Haare, die Nicks eigenem Kopf- und Gesichtbewuchs fast Konkurrenz machen, auch wenn Barnaby im Gegensatz zu Nick glattrasiert ist. Er trägt Shorts, Laufschuhe und ein T-Shirt mit der Aufschrift: »Vorsicht! Schmutziger alter Mann!«

In der Wohnung von Mr. Gough, die sehr elegant eingerichtet ist, herrscht beträchtliches Durcheinander. Am Kaminsims lehnt ein riesiger Kranz aus Tannenzweigen mit einer roten Samtschleife. Mitten auf dem Fußboden steht ein Ruderapparat. Die japanischen Netsukes stehen ungeordnet auf dem Couch-

241

tisch neben einem Stapel aus Postwurfsendungen: Da liegen Kataloge, Kalender mit Weihnachtsgrüßen von Eisenwarenhandlungen und Versicherungsgesellschaften, ein dreißig Zentimeter langer Strumpf aus Pappe mit Schlitzen, um Geld für irgendwelche guten Zwecke für Kinder zu sammeln, eine rotweißgestreifte Schachtel mit Früchtebrot, auf der steht: »Für unsere geschätzten Kunden.«

Nick erklärt sein Anliegen, und Barnaby meint: »Kommen Sie doch herein.« Er selbst kehrt wieder an seine Rudermaschine zurück und rudert und ächzt, während Nick den Kamin einer detaillierten Prüfung unterzieht. Schließlich meint Nick mit einem Blick auf die rußigen Ziegel: »Mist.«

Barnaby Gough hört zu rudern auf. Nick hat das Gefühl, daß er sich nur allzu gern unterbrechen läßt. »Viel Arbeit, wie?« stößt Barnaby keuchend hervor.

»Das kann man wohl sagen.«

Nachdem Nick sich darangemacht hat, Barnaby über alle Einzelheiten einer Kaminsäuberung zu informieren, dauert es auch nicht mehr lange, bis sie auf das Thema Nummer eins zu sprechen kommen – den Raub.

»Einfach erbärmlich«, meint Barnaby. »Daß sie den armen McGuire auch erwischen mußten, zu traurig.«

»Wußte er denn, daß Sie Ihre Juwelen in der Zuckerdose aufbewahren?«

Barnaby grinst. »Natürlich habe ich deswegen keine Annonce in die Zeitung gesetzt, Nick, das können Sie mir glauben.«

»Wie hat er dann...«

»Nun...« Barnaby stemmt sich an der Wand ab und fängt an, seine Achillessehnen zu dehnen. »Im September habe ich zu meinem Geburtstag eine Party gegeben. Nur im engsten Kreis, müssen Sie wissen – es gab vegetarische Pizza, Tofuburger und Energieshakes. Um von vornherein alle Beschwerden über die Lautstärke abzublocken, habe ich auch die Nachbarn eingeladen: die McGuires, Felicia von über mir und Gaston Duvivier

242

vom obersten Stock. Vielleicht hat McGuire dabei in der Küche geschnüffelt, die Steine gefunden und bis jetzt auf eine Chance gewartet, sie sich zu nehmen.«

Nick kratzt sich am Bart. »Könnte es nicht jeder gewesen sein? Einer von den anderen Nachbarn, den übrigen Gästen?«

Barnaby unterbricht seine Dehnübungen gerade lange genug, um eine zustimmende Geste zu machen. »Guter Einwand, bis auf einen Punkt. Es hat sich schließlich herausgestellt, daß nicht eingebrochen wurde. Die Tür ist mit einem Schlüssel geöffnet worden. Ich habe McGuire einen gegeben, weil er der Hausmeister war, und er ist der einzige Mensch außer mir gewesen, der einen Schlüssel hatte. Ich verteile die Dinger schließlich nicht an jeder Straßenecke.«

»Aha.« Nick ist einen Moment lang still. Dann sagt er: »Aber im Ernst, wäre es nicht leichter gewesen, die Juwelen in einem Bankschließfach unterzubringen?«

»Ich traue Banken nicht. Habe ich noch nie getan. Sie können das ruhig eine fixe Idee von mir nennen«, erwidert Barnaby prompt. »Die Versicherung hat das gewußt, mir aber trotzdem eine Police ausgestellt. Ich war der Meinung, daß die Steine dort vollkommen sicher wären. Warum sollte ein Dieb schon in einer Zuckerdose nach Wertsachen suchen?«

Während Nick über diese Frage nachdenkt, klopft es an der Tür, und Barnaby geht öffnen. In jovialem Tonfall sagt er zu der Person draußen vor der Tür: »Ah, die schöne Fifi! Komm rein, rein mit dir.«

Eine schmale Frau mit einem interessanten Gesicht und ausgeprägter Nase betritt das Zimmer. Ihr dunkles Haar wird von einem breiten Stirnband zurückgehalten, und sie trägt einen langen, locker fallenden Pullover über schwarzen Hosen und hohen Stiefeln. Sie wirkt wie vierzig, kann aber auch schon älter sein. Sie sagt: »Ich komme gerade aus dem Fitneßclub zurück, Barnaby. Ich dachte eigentlich, dich dort zu treffen.« Jetzt erst bemerkt sie Nick. »Ups! Ich wußte nicht, daß du zu tun hast.«

»Kein Problem. Diesen Herrn hier muß ich dir unbedingt vorstellen. Nick Santos, Felicia Fairlie, meine Nachbarin von oben.«

»Ist mir ein Vergnügen«, sagt Nick.

Felicia mustert Nick mit geübtem Auge von oben bis unten, und Nick fragt sich, ob sie wohl auf weißes Haar steht. Barnaby scheint jedenfalls ganz hingerissen von ihr zu sein, bittet sie, doch Platz zu nehmen, bietet ihr Kräutertee an und strahlt und tanzt um sie herum. Als Felicia erfährt, daß Nick die Kamine im Haus reparieren will, klatscht sie in die Hände. »Oh, das ist ja wunderbar! Wann können Sie sich denn meinen Kamin ansehen?«

»Wann immer Sie wollen«, erwidert Nick.

»Sie würden nicht glauben, wie Barnaby sich verändert hat. Sie würden es nicht glauben«, sagt Felicia.

»Seit seine Juwelen gestohlen wurden, meinen Sie?« fragt Nick. Nick kauert in ihrem Kamin und hat den Kopf nach oben gereckt.

»Nein! Seit ich ihn dazu gebracht habe, ein gesundes Leben zu führen. Sie würden es nicht glauben, Nick, aber dieser Mann hat doch tatsächlich jeden Abend einen Martini getrunken. *Jeden Abend.* Hat nie seinen Körper trainiert. Und die giftigen Zusätze in den Nahrungsmitteln, die er zu sich genommen hat. Man glaubt es kaum.«

Nick kriecht unter dem Kamin hervor, und sein Blick fällt auf Felicia, die auf dem Sofa sitzt, die wohlgeformten Beine dekorativ plaziert, und seine Taille kritisch beäugt. Er tätschelt seinen Rettungsring. »Milch und Plätzchen«, sagt er.

Felicia kichert, als ob er etwas ganz besonders Geistreiches von sich gegeben hätte.

Als sie sich wieder erholt hat und sich vorsichtig die Augenwinkel mit den Knöcheln betupft, sagt Nick: »Ich schließe daraus, daß Sie und Barnaby gute Freunde sind.«

Felicia wirft ihm einen Frau-von-Welt-Blick zu. »Ich mag Barnaby wirklich sehr gern.«

»Dann verbringen Sie bestimmt auch sehr viel Zeit miteinander, hmm?«

»Ziemlich viel.«

Nick, der ein wahrer Meister darin ist, anderen Leuten die Informationen aus der Nase zu ziehen, fixiert sie lange. »Wußten Sie, daß er seine Edelsteine in der Zuckerdose aufbewahrt?«

Felicia setzt sich gerade hin. »Nick, wenn ich auch nur geahnt hätte, daß Barnaby *Zucker* in seiner Küche stehen hat, dann, glauben Sie mir, hätte ich mir eigenhändig die Mühe gemacht und das schreckliche Zeug auf der Stelle weggeworfen.«

Dann wird sie plötzlich rot und betrachtet eingehend ihre Fingernägel.

Als Nick noch eine Treppe weiter hinaufsteigt, um sich den Kamin des Mieters im obersten Stockwerk, Gaston Duvivier, anzusehen, schlägt ihm ein himmlischer Geruch entgegen. Es ist der Geruch nach Schokolade, der Quintessenz von Schokolade, vermengt mit weiteren Düften, die feiner, aber ebenso köstlich sind. Als Nick endlich die Wohnungstür erreicht, dort klopft und ruft »Ich komme wegen des Kamins!«, hat er ganz weiche Knie.

Gaston Duvivier ist kahlköpfig und untersetzt, mit grünen Froschaugen. Er trägt eine schokoladenbeschmierte Schürze. Mit schwerem französischen Akzent erklärt er Nick, sich mit dem Kamin ruhig soviel Zeit zu lassen, wie er nur brauche, und verschwindet wieder in der Küche. Die Gerüche von dort werden immer verlockender. Gaston Duvivier kommt nicht wieder zum Vorschein.

Schließlich steckt Nick den Kopf in die Küche. »Hey, vielen Dank.«

Gaston holt gerade ein Blech voller dicker, saftiger Schokoladenplätzchen aus dem Backrohr eines rostfreien Herdes im Gastronomieformat. »Sind Sie fertig? Schön.«

Nick bleibt unter der Tür stehen. »Für den Augenblick jedenfalls.« Gaston nimmt die Plätzchen vom Blech. »Weihnachtsbäckerei, hmm?«

Gaston zuckt mit den Achseln. »Das ist nur ein Experiment. Um mich an meinem freien Tag zu beschäftigen.«

»So? Was arbeiten Sie denn?«

»Ich bin Chefpatissier.«

»Da schau an.«

Nick starrt auf die Plätzchen. Schließlich fragt Gaston resigniert: »Möchten Sie vielleicht eines probieren?«

»Eines probieren? Aber sicher.«

Nick ist ein Kenner, was Plätzchen angeht, und Gaston Duviviers Schokoladenplätzchen entpuppen sich als die besten Plätzchen, die er jemals gegessen hat. Nachdem Nick eine wahre Lobeshymne vom Stapel gelassen hat, bietet Gaston ihm ein zweites an. Noch mehr Lobeshymnen und viele Plätzchen später knabbert Gaston selbst probeweise an einem Plätzchen und meint: »Vielleicht doch nicht so schlecht.«

Während sie zufrieden vor sich hinkauen, fragt Nick Gaston, was er denn von dem Juwelendiebstahl bei Barnaby Gough hält.

Gaston reagiert darauf mit einem gallischen Achselzucken. »Ich halte gar nichts davon.«

»Sind Sie mit ihm befreundet?«

Gaston hat mittlerweile Kaffee gekocht. Er gießt Nick einen Becher voll ein und sagt: »Ein Freund nicht, nein. Ich war einmal in seiner Wohnung, bei seiner Geburtstagsfeier.«

»Wie war sie?«

Gaston rollt entsetzt die Augen zur Decke. »Entsetzlich! Dieses Essen! *Mon Dieu!* Das Schlimmste, was ich jemals in meinem Leben essen mußte.«

»So schlimm, hä?«

»Das Dessert, Nick! Allein das Dessert!« Gaston beugt sich zu ihm vor und packt Nick am Arm. Nick bemerkt Tränen in seinen vorquellenden Augen.

Ein weiteres Plätzchen zergeht Nick auf der Zunge. »Was gab es denn zum Dessert?«

»Irgendeinen gräßlichen Pudding aus Tofu. Widerlich! Ungenießbar! Ich mußte mich in die Küche davonstehlen und dort nach dem – nach dem…«

Gaston fängt zu stottern an. Nick sagt ruhig. »Um dort den Zucker zu suchen, Gaston? Damit Sie das Zeug besser hinunterbekamen?«

Gaston fängt sich wieder. »Ich wollte gerade sagen, um den Abfalleimer zu suchen, damit ich das Zeug diskret loswerden konnte.« Er blinzelt ein oder zwei Mal mit unschuldigen Augen. Nick geht kurze Zeit später, als alle Plätzchen aufgegessen sind.

Nick steht an der Tür bei den McGuires und erörtert mit Carol den Zustand der Kamine und Feuerstellen. Hinter ihr sieht er ein Dartbrett. In der Mitte der Zielscheibe ist eine Abbildung des Weihnachtsmannes befestigt, und Jason spickt dessen rote Nase mit Dartpfeilen. An Carol gewandt, sagt Nick: »Eine Sache will mir nicht aus dem Kopf gehen. Es geht um Ihren Mann … das Problem Ihres Mannes.«

»Was meinen Sie genau?«

»Die Person, die die Juwelen gestohlen hat, hatte doch einen Schlüssel zu Goughs Wohnung, richtig? Könnte vielleicht jemand die Schlüssel Ihres Mannes gestohlen haben? Oder sie wenigstens lange genug an sich gebracht haben, um einen Wachsabdruck oder ähnliches davon anzufertigen?«

Carol schüttelt den Kopf. »Matt war unglaublich korrekt. Er hat diese Schlüssel die ganze Zeit über in seiner Jackentasche aufbewahrt.«

»Er hat nie…«

»Wir beide haben diese Möglichkeit auch schon durchgesprochen. Er kann sich nur an eine Gelegenheit erinnern, da lag jede Menge Abfall vor dem Haus herum. Matt hatte Angst, daß wir von der Umweltkontrollbehörde eine Ermahnung bekämen, und hat wie verrückt geschuftet, um das Zeug wieder wegzubekommen. Es war für die Jahreszeit viel zu warm, und so hat er seine Jacke ausgezogen und sie ins Haus gehängt, an den Pfosten am Fuß der Treppe. Aber außer den anderen Hausbewohnern ist keiner rein- oder rausgekommen.«

Nick beugt sich näher zu ihr hin. »*Welche* Hausbewohner?«
»Matt sagte, alle drei.«

Nick geht zu dem Lebensmittelhändler an der Ecke und holt sich eine Tasse Kaffee zum Mitnehmen. Im Vergleich zu Gastons französischer Röstung schmeckt er wie Spülwasser. Wieder zurück beim Wohnhaus der McGuires, lehnt Nick sich draußen an das Gitter, um dort seinen Kaffee zu trinken. Er hat gerade den Pappbecher in die Abfalltonne geworfen und hält den Deckel noch offen, als Barnaby Gough im Kamelhaarmantel und mit Ohrenschützern aus der Eingangstür tritt. Er hat eine überquellende Plastiktüte bei sich, winkt Nick fröhlich zu und läßt die Tüte in die Abfalltonne fallen. »Muß sehen, daß ich die vielen Weihnachtsgrüße loswerde«, sagt er, marschiert energisch davon und läßt einen Nick zurück, der immer noch den Deckel der Abfalltonne offenhält und auf die Tüte starrt. Denn Nick ist eben etwas aufgefallen.

Als Barnaby Gough wiederkommt, mittlerweile beladen mit Tüten aus dem Reformhaus des Integralen Yogainstituts in der Thirteenth Street, sitzt Nick drinnen im Haus auf der Treppe. Er hat die rotweißgestreifte Pappschachtel in der Hand, die das Früchtebrot enthält und auf der steht: »Für unsere geschätzten Kunden.« Er streckt Barnaby die Schachtel entgegen. »Ich habe Ihr Früchtebrot gerettet«, sagt er.«

Barnabys Augen verengen sich zu zwei Schlitzen. »So, haben Sie das.«
»Er ist mir schon oben bei Ihnen aufgefallen, und ich habe mich gewundert, wer wohl einem Gesundheitsfanatiker einen Kuchen

mit kandierten Früchten schicken würde. Also habe ich mir den Aufdruck angesehen.« Nick liest vor. »»Für unsere geschätzten Kunden.‹ Und hier unten steht: ›Von Ihren Freunden bei der Admiral Savings Bank.‹ Wenn Sie nie mit Banken Geschäfte machen, warum schickt Ihnen die Admiral Savings Bank dann ein Früchtebrot zu Weihnachten?«

»Wer will das wissen?« fragt Barnaby verächtlich.

Er will Nick zur Seite stoßen, aber Nick erhebt sich zu seiner vollen Größe. In dem Zwielicht, das im Treppenhaus herrscht, wirkt er geradezu bedrohlich. Er macht ein schroffes, ernstes Gesicht und sagt: »Ich denke, Sie geben mir besser eine Antwort.«

»Werde ich nicht – das ist ein Versehen...«

Nick schüttelt den Kopf. »Es ist kein Versehen. Ich habe bei der Bank angerufen. Sie haben mir bestätigt, daß Sie dort ein Schließfach gemietet haben. Weiter hat man mir erzählt, daß jegliche Kommunikation mit Ihnen nur über eine Postfachnummer lief. Es muß zu einer Verwechslung gekommen sein und man hat den Kuchen hierher, statt an die andere Adresse geschickt.«

»Solche Informationen dürfen die Ihnen gar nicht geben! Das unterliegt dem Bankgeheimnis...«

»Ich vermute nun, daß sich die Juwelen in Ihrem Schließfach befinden, wo Sie sie sofort hingebracht haben, als Sie sich das Szenario ausdachten, mit dem sie die Versicherungsgesellschaft betrügen wollten. Es ging doch um das Geld, richtig? Und dann wollten Sie ins Ausland und die Steine irgendwann einmal verkaufen, oder?«

Barnaby wird plötzlich kleinlaut. Er sagt: »Wer, zum Teufel sind Sie, Nick? Ein Undercoverbulle? Hören Sie, Nick...«

»Sie haben auch dem Hausmeister und seiner Familie die Eintrittskarten für die Radio City Hall geschickt, um sie aus dem Weg zu haben. Aber Sie haben nicht damit gerechnet, daß Matt McGuire sich von der Weihnachtsstimmung anstecken lassen, seine Karte verschenken, zurückkommen und Ihren kleinen Auftritt oben mitbekommen würde.«

»Ich steckte in Schwierigkeiten, wissen Sie. Die Zeiten sind hart. Ich dachte nicht, daß man jemanden verhaften würde...«

»Aber als Matt verhaftet wurde, haben Sie nichts getan und zugelassen, daß ein Unschuldiger an Ihrer Stelle bestraft wird.« Nick schüttelt den Kopf. »Und nicht nur das. Sie sind auch schuld, daß sein Sohn heute den Weihnachtsmann nicht mehr ausstehen kann.«

Barnabys Lippen bewegen sich. Vielleicht will er ja sagen: »Tut mir leid.«

Sobald Barnaby von der Polizei in Gewahrsam genommen wird, braucht Nick nicht mehr auf Matt McGuires Heimkehr zu warten. Die Zeit drängt, und es gibt noch soviel zu tun. Aber vorher hat er noch eine kleine Unterhaltung mit Jason McGuire. Nick kann sehr überzeugend sein, und als er wieder geht, ist er ziemlich sicher, daß es von Jasons Seite keine Probleme mehr gibt. Oh – aber er sollte besser dafür sorgen, daß vor Weihnachten wirklich noch jemand die Kamine repariert. Nick hofft von Herzen, daß Gaston Duvivier tatsächlich an den Weihnachtsmann glaubt.

Robert Barnard
Eine politische Notwendigkeit

Es würde mich wirklich interessieren, ob sich schon jemals eine Magisterarbeit mit der Frage beschäftigt hat, weshalb sich so viele College-Professoren dem Verbrechen verschreiben. Aber nur wenige haben das mit mehr Hingabe, größerem Talent und manchmal auch mehr Schadenfreude als Robert Barnard getan.

Bob könnte das unter Umständen sogar in Norwegisch tun. Nach seinem Englischstudium am Balliol College in Oxford ging er zuerst nach Australien, um dort Englisch zu unterrichten, und später nach Norwegen, wo er seine akademische Laufbahn an der Universität von Tromsö beendete. Tromsö liegt am nördlichsten Breitengrad, an dem eine Universität in Nordeuropa liegen kann, und ungefähr gleich hoch rangiert Robert Barnard auf meiner persönlichen Favoritenliste... auch wenn einige seiner Helden sich seltsamer Methoden bedienen, um ihre häuslichen Probleme zu lösen.

Es dürfte nicht oft vorkommen, daß der erste Gedanke eines frisch ernannten Regierungsmitglieds lautet: Jetzt ist die Zeit gekommen, meine Frau zu töten. Verstehen Sie mich nicht falsch – ich bin sicher, daß viele meiner Kollegen denselben Wunsch verspüren; diesen dumpfen, bohrenden Wunsch, der jedoch nie in Handlung umschlagen wird und charakteristisch für minderwertige Gemüter ist. Ich aber dachte nicht nur: »Wenn ich doch nur könnte«, sondern: »Jetzt kann ich«. Dahinter verbargen sich sowohl eine Entschlossenheit und ein Mangel an Sentimentalität, die typisch für mich sind, als auch meine Fähigkeit, sofort zum Kern einer Frage vorzudringen und eine Lösung anzubieten, was mit Sicherheit auch der Grund war, weshalb der Premierminister sich letztendlich zu meiner Beförderung entschloß.

Ich wurde während der Umbildung im Herbst in die Regierung

aufgenommen, und mein zweiter Gedanke lautete denn auch: Weihnachten steht vor der Tür. Wie passend.

Ich sollte vielleicht erklären, daß ich mit meinem neuen Posten im Innenministerium auf einer Sprungbrettposition saß. Nun bezweifle ich, daß ich überhaupt auf diese Idee gekommen wäre, hätte man mich ins Handels- oder gar ins Umweltministerium berufen. Sie müssen nämlich wissen, daß das Innenministerium viel mit Nordirland und mit allem, was mit der Inhaftierung von IRA-Terroristen zusammenhängt, zu tun hat. Folglich sind alle dort Beschäftigten natürliche Zielscheiben. Und in der Tat, zwei Tage, nachdem ich meine Stellung angetreten hatte, bekam ich den angekündigten Besuch eines hochrangigen Terrorismusspezialisten von Scotland Yard, der mich über alle Belange persönlicher Sicherheit aufklärte; er lehrte uns alles über die elementarsten Vorsichtsmaßnahmen, die meine Familie und ich treffen konnten, und auch, wie man noch die kleinsten Anzeichen, daß eventuell irgend etwas nicht in Ordnung sein könnte, als solche erkannte.

Einschließlich verdächtiger Paketsendungen.

Er hatte sogar ein präpariertes Päckchen bei sich, wies mich auf alle Einzelheiten, die meinen Verdacht erregen sollten, hin, und nahm es schließlich auch noch auseinander, um mir zu zeigen, welche Art von Sprengsatz sich darin verbarg. Es war wirklich sehr lehrreich.

Ich versuchte, kein allzugroßes Interesse zu zeigen. Ich hoffe wirklich, den Eindruck eines Mannes erweckt zu haben, der sich zwar bemüht, einer wichtigen Angelegenheit die ihr zustehende Aufmerksamkeit zukommen zu lassen, der eigentlich aber jede Menge anderer Dinge zu erledigen hätte. In Wirklichkeit rasten meine Gedanken so unerbittlich dahin wie ein echter Zeitzünder. Ein verdächtiges Päckchen unter ihren Weihnachtsgeschenken – eine Art *bombe surprise*. Wie wunderbar wäre es doch, wenn sie losgehen könnte, während sie mit den Kindern »Happy Birthday, dear Jesus« sang. Aber selbstverständlich kam das nicht in Frage. Ich verspürte nicht das geringste Bedürfnis, meinen Kindern ein Leid zuzufügen. Ich wollte ihnen nur die Mutter rauben.

Es gibt viele Gründe, weshalb die alte Tradition des Gattinnenmordes in diesem Zeitalter der leichten – ja schon fast obligatorischen – Scheidung doch nicht in Vergessenheit geraten ist. Einer dieser Gründe ist das Sorgerecht für die Kinder. Ein anderer das Geld. Ein weiterer Grund ist die persönliche Befriedigung, die einem keine Scheidung geben kann. Meine Situation war eine ganz besondere.

Normalerweise kann heutzutage sogar ein Mitglied des Parlaments das familiäre Heim verlassen, dabei etwas von »unheilbarer Zerrüttung« faseln und in Null Komma nichts mit seiner Sekretärin, Miss Bournemouth 1989 oder mit irgendeiner anderen Frau, auf die er ein Auge geworfen hat, einen Neuanfang wagen. Nicht jedoch ein Abgeordneter des Wahlkreises Dundee Kirkside. Meine Wähler, Konservative bis auf einen Mann und eine Frau, sind schmallippige, nörgelnde, genußfeindliche Buchhalter und kleine Ladenbesitzer, Leute, für die nicht einmal John Knox weit genug ging. Nie kommt auch nur ein Tropfen Alkohol über ihre Lippen, nie werden ihre unteren Extremitäten von irgendwelchen rhythmischen Bewegungen geschüttelt – sogar ihr Sperma ist tiefgefroren.

Für einen Abgeordneten von Dundee Kirkside kam eine Scheidung einfach nicht in Frage.

Den Rest meines Lebens mit Annabelle verbringen zu müssen, das kam jedoch auch nicht in Frage. Wäre mir das nicht bereits seit längerer Zeit bewußt gewesen, dann wäre es mit mit Sicherheit aber bei dem Dinner kurz nach meiner Ernennung klargeworden. Wie das Unglück es nämlich wollte, war Annabelle neben dem Premierminister plaziert, während ich etwas weiter unten an der Tafel saß. Aber selbstverständlich bin ich nur allzu vertraut mit der Stimme meiner Frau, und so hörte ich sie prompt sagen: »Wann immer ich meine beiden Kleinen so in ihren kleinen Bettchen bewundere, sehe ich direkt das Jesuskindlein vor mir, wie es ein drittes macht!«

Das Gesicht des Premierministers sprach Bände. Meines wahrscheinlich auch.

Nicht, daß Annabelles Art der Konversation – offensichtlich viktorianischen Sprichwortsammlungen entlehnt, die man in der Sonntagsschule als Belohnung bekam – in der Vergangenheit nicht nützlich für mich gewesen wäre. Ich wäre der letzte, der das leugnen würde. So war ich – als halber Schotte (und das auch nur mütterlicherseits), erzogen in Lancing – zum Beispiel nicht gerade der naheliegendste Kandidat für einen schottischen Wahlkreis. Aber Gott sei Dank hängen wir Tories immer noch der Tradition an, uns bei einem Auswahlverfahren auch die Ehefrauen genau anzuschauen. Ich würde zwar nicht behaupten, daß die Anwesenden angesichts Annabelles zuckersüßem Lächeln nur so dahinschmolzen, aber sie waren schließlich hingerissen von ihrer ausdrücklichen Überzeugung, daß wir (wir in der konservativen Partei) nur aus dem Grund auf dieser Erde wandelten, um den Willen des Herrn zu erfüllen, daß sie jeden Abend darum bete, ihr Gatte möge die Werke des Herrn Jesus unterstützen, daß wir die Partei der Familie seien und daß die christliche Familie im allgemeinen..., und Schwachsinn ähnlicher Art. Ich wurde aufgestellt, und wir feierten das Ereignis, indem wir neben unseren beiden Einzelbetten in unserem gräßlichen Dundeer Hotelzimmer auf die Knie sanken und Gott dankten. Das war das mindeste, was ich tun konnte. Zum Glück war meinem Lebenslauf, den ich dem Auswahlkomitee hatte zukommen lassen, nur zu entnehmen, daß wir 1985 geheiratet hatten und daß unser erstes Kind 1986 zur Welt gekommen war – ohne Angabe von Monaten. Eine Partei der Familie zu sein, hieß noch lange nicht, daß man viel von Frauen hielt, die auf dem Weg zum Altar bereits den Grundstein zu einer solchen mit sich herumtrugen. Soweit hatte es natürlich nur kommen können, bevor Annabelle die Religion begegnet war, und zwar in Gestalt einer bösartigen amerikanischen Wanderpredigerin während einer schrecklichen Erweckungsversammlung in Earls Court, zu der sie gegangen war in der Annahme, daß es sich dabei um eine Aufführung von *Aida* mit Elefanten handele.

»Ich freue mich so auf Weihnachten dieses Jahr«, plapperte Annabelle, und ihre Augen leuchteten wie zwei Sterne. »Ganz unter uns werden wir die Ankunft des Herrn Jesus feiern, nur wir zwei und unsere beiden Babys.«

Ich schaute sie an mit Liebe in den Augen und Plastiksprengstoff im Herzen.

»Es wird bestimmt entzückend werden. Aber weißt du, manchmal vermisse ich die Weihnachten meiner Kindheit. Drüben in Belgien wurde nämlich an Heiligabend Weihnachten gefeiert.« Meine Familie hatte sich nach Art vieler bankrotter Viktorianer nach Ostende zurückgezogen, als ich fünf Jahre alt war. Das war die Folge einer kleiner Meinungsverschiedenheit gewesen, die mein Vater mit dem Finanzamt hatte und die viele Jahre nicht beigelegt wurde. Ich hatte zwar keine Ahnung, ob die Belgier den Heiligen Abend tatsächlich so feierten. Es war schon schlimm genug, unter diesen Holzschuhträgern leben zu müssen, ohne ihnen noch näher zu kommen. Aber ich weiß, daß dies in vielen Ländern auf dem Kontinent üblich ist, und Annabelle hatte keine Ahnung von den Sitten und Gebräuchen außerhalb von Pinner.

»Wie merkwürdig«, erwiderte sie. »Noch ehe das Jesuskind überhaupt geboren ist. Ich weiß nicht, ob mir das gefällt.«

»Sei nicht so engstirnig«, sagte ich. »Gott ist nicht nur englisch. Er hält schließlich die ganze Welt in seinen Händen, vergiß das nicht.«

Diese Bemerkung veranlaßte Annabelle, den ganzen weiteren Abend in ihrer hellen, klaren Julie-Andrews-Stimme vor sich hin zu trällern, eine Stimme, die Glas zerspringen läßt, wenn sie eine Tonlage zu hoch wird.

In der Zwischenzeit hatte ich die praktische Seite meines Vorhabens natürlich nicht vernachlässigt. Das passiert mir nie und ist Teil meines Erfolges. Ich war schon immer ein ziemlich geschickter Bastler, und als Erklärung für meine vielen Stunden in der Garage gab ich Annabelle an, daß ich eine kleine Weihnachtsüberraschung für Gavin und Janet vorbereitete. Was von der Wahrheit schließlich nicht sehr weit entfernt war. Ich hatte bereits inkognito (zum Glück für mich bin ich ein solcher Neuling in der Politik, daß mein Gesicht noch nicht bekannt ist, was jedoch nicht mehr lange der Fall sein wird) der Tottenham Court Road einen Besuch abgestattet, wo ich mir einen Sprengsatz besorgte, wie ihn mir der Inspektor freundlicherweise vorgeführt hatte. Zum Glück hatte ich noch einen sehr cleveren Kontaktmann in der Unterwelt (ich hatte ihn einmal bei einer kleinen Wahlmanipulation eingesetzt, als ich noch für die Parteizentrale tätig war), und von diesem Mann erhielt ich die bescheidene Menge Sprengstoff, die nötig war, um Annabelle sicher in die Arme des Herrn Jesus zu schicken.

Alles lief wunderbar nach Plan.

Während dieser langsam Gestalt annahm, kam ich selbstverständlich – und voller Schwung und Elan – meinen Aufgaben und Pflichten im Innenministerium nach. Ich tätigte auch die üblichen Weihnachtsvorbereitungen oder ließ sie von anderen erledigen. Dabei widmete ich der Auswahl der richtigen Geschenke für Annabelle besondere Aufmerksamkeit. Ich wollte, daß sie glücklich starb; aber für den Fall, daß sie sich meine Geschenke für zuletzt aufheben sollte, wollte ich soviel Kapital wie möglich aus ihnen schlagen und die Beamten der Sonderkommission, die ihren Tod untersuchen würden, damit beeindrucken. Ich kaufte einen Diamantanhänger von Cartier; ich setzte eine der beleseneren Sekretärinnen im Innenministerium darauf an, die Antiquariate von Highgate und Hampstead nach einer Ausgabe von *The Bible Designed to Be Read as Literature* zu besorgen, die Annabelle sich ausdrücklich gewünscht hatte – alles sollte perfekt sein, bis hin zu den Pralinen von Thornton, die sie besonders mochte. Wirklich liebevolle Geschenke, das muß ich schon sagen. Die Geschenke eines vorbildlichen Ehemannes.

Die Geschenke für die Kinder konnte ich ruhigen Gewissens ihr überlassen. Sie liebte es, Dinge für sie zu besorgen, und war normalerweise auch immer einkaufenderweise unterwegs, wenn ich in den Wochen vor Weihnachten zu Hause anrief. Ich wies eine der Sekretärinnen an, bei Harrods anzurufen, und am Achtzehnten stand ein riesiger Christbaum an seinem Platz im Wohnzimmer. Annabelle, die Kinder und unser norwegisches Au-pair-Mädchen behängten ihn noch am selben Tag. Sie waren gerade damit fertig, als ich aus Whitehall heimkam.

»Feiert ihr in Norwegen eigentlich an Heiligabend oder am ersten Weihnachtsfeiertag?« fragte ich Margrethe.

»An Heiligabend«, erwiderte sie prompt. »Da bringt der Weihnachtszwerg alle Geschenke.«

Ich lächelte ihr wohlwollender als üblich zu und unterdrückte jeglichen Kommentar über den Weihnachtszwerg. War das noch ein christliches Land oder bereits ein europäisches Disneyland?

»Weißt du was, ich denke, wir sollten das heuer auch mal so machen«, schlug ich Annabelle später an diesem Abend vor. »Wir feiern *unser* Weihnachtsfest an Heiligabend, wenn die Kinder im Bett sind. Dann können wir ihnen am Weihnachtstag selbst unsere ganze Zeit und Aufmerksamkeit schenken. Es wird voll und ganz ihr Tag sein.«

»Vielleicht hast du recht«, meinte Annabelle und lächelte ihr zuckersüßes Lächeln. »Wenn man es so bedenkt, dann sollte der Weihnachtstag doch eigentlich nur für die Kleinen reserviert sein, nicht wahr?«

Bald häuften sich die Päckchen unter dem Baum. Geschenke von Großeltern und Tanten, dazu Geschenke aus dem Wahlkreis, in erster Linie von Geschäftsleuten und Grundstücksmaklern, die eifrig bemüht waren, mich bei Laune zu halten. Die meisten davon waren natürlich für Gavin und Janet, aber Annabelle und ich hatten bald auch eine gehörige Anzahl zusammen. Ich machte mich daran, die Stapel auseinanderzusortieren – die der Kinder auf die eine Seite des Baumes, die übrigen auf die andere.

Am einundzwanzigsten Dezember legte ich das fragliche Päckchen auf den Stapel – einen braunen, wattierten Umschlag mit Briefmarke und gefälschtem Poststempel. Verstohlen lugte es unter größeren und prächtigeren Päckchen hervor.

In der Politik ist Weihnachten eine völlig uninteressante Zeit. Es werden keine wichtigen Dinge veröffentlicht (es sei denn, man will der Öffentlichkeit ohne großes Aufsehen das eine oder andere dicke Ei unterjubeln), und viele der Abgeordneten verschwinden frühzeitig nach Hause, so daß nur wenige politische Ränke und Intrigen geschmiedet werden, worin ich Meister bin. Selbst im Ministerium ging es lockerer zu. Ich schaffte es sogar, an ein, zwei Nachmittagen früher nach Hause zu kommen. Annabelle war in dieser Zeit einkaufen, und die Kinder befanden sich in der Obhut von Margrethe. Margrethe reagierte jedoch nur sehr abweisend auf meine Vorschläge, wie man den Nachmittag zu zweit verbringen könnte. Wirklich, so toll sind die Norwegerinnen nun auch wieder nicht.

Nachdem Annabelle erst mal auf die Idee gekommen war, an Heiligabend ein ganz besonderes Dinner nur für uns beide vorzubereiten, hatte sie keinen anderen Gesprächsstoff mehr. Die dummen Kinder wollten am Weihnachtstag natürlich ihren Truthahn haben, obwohl mir auf Anhieb mehr als zwanzig Alternativen eingefallen wären, die mich mehr begeistert hätten. Schließlich einigten wir uns auf eine kalte Platte – leicht, mit ein paar wenigen erlesenen Delikatessen. Margrethe flog zwar am Dreiundzwanzigsten nach Bergen zurück, beteiligte sich aber noch an den Vorbereitungen, ehe sie fuhr. Margrethe geht uns wirklich sehr zur Hand. Ich machte selbstverständlich auch den einen oder anderen Vorschlag – aber nicht, weil ich etwa erwartete, großen Appetit zu haben, sondern nur, um bei den

Untersuchungsbeamten hinterher den richtigen Eindruck zu erwecken. Ich wäre mit Sicherheit ein ausgezeichneter Regisseur. Annabelle meinte, daß sie einige der Dinge bestimmt beim Lebensmittelhändler an der Ecke bekäme, den Rest aber bei Harrods besorgen wolle. Sie meinte weiter, daß es mit Sicherheit ein absolut umwerfender Abend werden würde.

Der Tag dämmerte herauf. Die Kinder (»die Babys«, wie Annabelle sie nennt, obwohl sie das, Gott sei Dank, nicht mehr sind) waren natürlich völlig aus dem Häuschen vor lauter Vorfreude, so daß ich mich den größten Teil des Tages ins Büro flüchtete. Es gab schließlich nichts mehr zu tun. Als ich dann am Abend heimkam, schlug ich vor, daß die Kinder besser gleich ins Bett gehen sollten, und im Vertrauen auf den Weihnachtsmann, der sie ja besuchen wollte, gab es auch keine großen Einwände. Dann fing ich an, die Szene vorzubereiten. Ich stellte die Getränke auf dem Telefontischchen neben der Tür am anderen Ende des Zimmers parat. Dort wollte ich mich in dem Augenblick aufhalten, wenn Annabelle das Päckchen öffnete. Ich spielte kurz mit dem Gedanken, mich vielleicht doch noch etwas näher dorthin zu stellen, um den einen oder anderen Schnitt oder Kratzer von umherfliegenden Trümmern abzubekommen, verwarf diese Idee aber sofort wieder. Annabelle fing an, den kalten Imbiß zu servieren, wobei sie bewundernde spitze Schreie ausstieß – »Sieht das nicht absolut *köstlich* aus?« und so weiter. Der Raum war mollig warm von der Zentralheizung, und ich ging deshalb nicht auf Annabelles Vorschlag ein, Feuer im Kamin zu machen. Außerdem war mir bereits ziemlich heiß, ich schwitzte und hätte am liebsten Jacke und Krawatte abgenommen, wenn mir diese Art von Schlampigkeit nicht gründlich mißfallen würde. Gegen sieben Uhr dreißig sagte ich:

»Ich denke, es ist Zeit für einen Drink.«

»Oh, gut!« erwiderte Annabelle. Selbst ihre neue Nähe zu Gott hatte an ihrer alten Vorliebe für trockene Martinis nichts ändern können. Ich goß ihr ein großes Glas mit viel Eis ein. Dann machte ich mir selbst einen Gin mit Tonic, der in erster Linie aus Tonic und Eis bestand. Ganz ruhig, George, ganz ruhig!

»Nun!« sagte ich, und wir schauten einander an und lächelten. Wir hatten uns darauf geeinigt, die Geschenke nach unserem ersten Drink auszupacken.

Zuerst öffneten wir unsere gegenseitigen Weihnachtsüberraschungen. Annabelle überschlug sich fast vor Freude über den Cartier-Anhänger (»Aber das *hättest* du nicht tun dürfen, Georgie Boy! Was der wohl gekostet hat?«). Ich bemühte mich um eine begeisterte Miene angesichts eines teuren Naßrasierers.

»Ich war der Ansicht, daß du dich allmählich *anständig* rasieren solltest, Georgie. Elektrische Rasierapparate sind entsetzlich *vulgär*, und die Leute fangen schon an, Kommentare über dein ständig unrasiertes Aussehen zu machen. Schau dir doch nur an, wie das Richard Nixon geschadet hat.«

Ich betrachtete mein leicht bläuliches Kinn als unverzichtbaren Bestandteil meines düsteren Macho-Images. Ich kenne keinen, der Richard Nixon jemals als Macho bezeichnet hätte.

»Ich verspreche es dir, Darling«, sagte ich.

Dann packte ich ihre *Bible Designed to Be Read as Literature* aus. »Oh, wunderbar! Wie *aufmerksam* du doch bist, Georgie-Porgy. Die Leute sagen, es sei eine ganz neue Erfahrung, die Bibel so zu lesen!« Sie schlug sie auf und las: »»Da waren Hirten des Nachts auf den Feldern und hielten Wacht über ihren Herden.‹«

Ich kann mich wahrscheinlich glücklich schätzen, daß sie es nicht auch noch vorsang. Manchmal geht sie nämlich zu diesen Singgottesdiensten, die so schrecklich familiär und demokratisch sind – die Labour Party als Musical. Ich machte eine kleine, rechteckige Schachtel auf und holte drei Compact Discs mit Luciano Pavarottis größten Hits heraus. Apropos *vulgär*!

»Das habe ich mir schon immer gewünscht!« sagte ich.

So arbeiteten wir uns durch die Geschenke, knabberten Pralinen und probierten alles an, bis Annabelle schließlich der braune wattierte Umschlag in die Finger kam und sie ihn hochhob.

»Was ist *das* denn?« fragte sie.

Mein Herz stand still. Mit dem Rest an Gelassenheit, den mir mein verschwitzter Zustand noch erlaubte, griff ich nach einem meiner Geschenke und machte es auf.

»Ich habe nicht die leiseste Ahnung.«

»Es ist mir schon gestern aufgefallen. Ist es wirklich mit der Post gekommen?«

»Woher soll ich das wissen?«

»Weil weder Margrethe noch ich es angenommen haben, es folglich du gewesen sein mußt.«

»Kann mich nicht erinnern. Vielleicht habe ich es sogar entgegengenommen, möglich.«

»Wenn, dann muß das am Sonntag gewesen sein. Es ist der einzige Tag, an dem du allein hier warst. Ich wußte gar nicht, daß auch am Sonntag Pakete zugestellt werden. Wie sah der Postbote denn aus?«

Normalerweise hätte ich hier sofort eingehakt und einen sarkastischen Kommentar abgegeben. Ich hoffte, Annabelle würde es der Weihnachtsstimmung zuschreiben, daß er dieses Mal ausblieb.

»Du meine Güte, man merkt sich doch nicht, wie der Postbote aussieht«, sagte ich nachsichtig. »Wenn du wissen willst, wer es geschickt hat, dann mach es doch auf, und du weißt es.«

Sie betrachtete das Päckchen eingehend.

»Der Poststempel ist ganz verwischt. Eigentlich sieht er auch gar nicht wie ein echter Poststempel aus.« Sie stand auf. »Georgie, ich denke, wir sollten die Polizei anrufen.«

Sie ging zum Telefon. Ich spürte, wie ich rot wurde; wir befanden uns jetzt in den genau entgegengesetzten Positionen, wie wir sie nach meinem Plan eigentlich einnehmen sollten. Ich zwang mich, das Päckchen aufzuheben.

»Selbstverständlich begreife ich, worauf du hinauswillst, Darling, aber ich glaube wirklich, daß du unnötige Panik verbreitest. Mir fällt keines der Anzeichen auf, vor denen uns der Inspector gewarnt hat. Es ist nicht aus Irland, der Name ist richtig geschrieben – nichts. Ein verwischter Poststempel ist wohl kaum als ungewöhnlich zu bezeichnen.«

Ihr Finger schwebte über der Wählscheibe.

»Lieber gehe ich jetzt auf Nummer Sicher, als daß es mir hinterher leid tut.«

»Nein!«

Meine Stimme hallte im Raum. Die Polizei würde mit fast hundertprozentiger Sicherheit das Päckchen bis zu mir zurückverfolgen können, wenn es ihr intakt in die Hände fiel. Annabelle hielt inne.

»Nein?«

»Ich meine... wir würden wie die letzten Idioten dastehen... wenn wir sie an Weihnachten stören, wegen nichts.«

»Wie ungewöhnlich rücksichtsvoll von dir, Georgie. Aber du benimmst dich ja schon seit einer geraumen Weile ziemlich ungewöhnlich. Ich fange allmählich an zu glauben, daß Paul recht hat.«

»Paul?«

»Wir haben uns in letzter Zeit ab und zu getroffen.«

»Getroffen?«

»Er hat gemeint, wenn ich dich mit meinem bigotten Getue zu sehr auf die Palme treibe, würde es nicht auf eine Scheidung, sondern auf Mord hinauslaufen. Er hat dich im Fernsehen gesehen und glaubt, daß du verrückt bist.«

»Annabelle, schau, das geht jetzt wirklich zu weit. Es besteht gar kein Grund, die Polizei zu rufen. Man hat mir alles über verdächtige Päckchen erklärt. Dieses hier sieht einfach nicht danach aus.«

Sie stand ungefähr sechs Meter von mir entfernt, ihre Hand schwebte über der Wählscheibe und sie war kühl, sehr kühl.

»In Ordnung, Freundchen. Dann mach es auf.«

Margaret Maron
Früchtebrot und Bohneneintopf

Es ist kein Wunder, daß Margaret Maron bei den Krimis hängengeblieben ist; schließlich ist ihre eigene Mutter einer der größten Fans von Kriminalromanen überhaupt. Und es überrascht deshalb auch nicht, daß Margaret zustimmte, mit einer Kurzgeschichte zu diesem Band beizutragen. Sie hat sich nämlich in erster Linie immer als Autorin von Kurzgeschichten gesehen, auch wenn sie bekannter für ihre raffiniert konstruierten Romane ist. Und es ist kein Zufall, daß diese Geschichte hier im ländlichen North Carolina spielt. Die Wurzeln der Autorin reichen sieben Generationen tief in diesen sandigen Boden zurück, auf dem sie, südlich von Raleigh, immer noch auf der Farm ihrer Familie lebt.

Der einzige Mensch, der das Privileg besitzt, Margarets Werk in seiner Entstehungsphase zu lesen und zu kritisieren, ist ihr malender Ehemann Joseph Maron. Ihrer Aussage nach geraten sie dabei häufig ins Streiten, aber ihr System scheint – dem Zuspruch von seiten der Kritiker und den häufigen Nominierungen für diverse Preise auf dem Gebiet der Kriminalliteratur nach zu schließen – jedenfalls zu funktionieren. Bis jetzt hat erst einer ihrer Romane, *Bloody Kin*, in dem zwar fiktiven, aber dennoch sehr realen Colleton County, N. C., gespielt, doch weitere sollen folgen. In der Zwischenzeit haben Sie hier die Chance, den Silvesterabend im Zauberland des Bohneneintopfs zu verbringen.

Marnollas erste Frage, nachdem ich sie auf Kaution aus dem Gefängnis geholt hatte, lautete: »Was ist ein Revisionist?« Ihre zweite war: »Wirst du nicht allmählich etwas zu alt dafür, dich in eine so enge Schuhschachtel zu zwängen?«

»Wenn du mit einem Cadillac hättest abgeholt werden wollen, hättest du James Rufus Sanders anrufen müssen«, erklärte ich ihr in Anspielung auf den erfolgreichsten schwarzen Anwalt von Colleton County, North Carolina. Ich schaltete die Heizung meines – zugegebenermaßen – kleinen Sportwagens an und half ihr, den Sicherheitsgurt über ihren breiten Hüften zu befestigen, deren Umfang durch einen unförmigen Wintermantel noch vergrößert wurde. »Du meinst wohl Rezidivtäter?«

»Wahrscheinlich. Irgend etwas in der Art. Miss Utley hat gesagt, ich sei einer, und ich wollte ihr nicht die Genugtuung geben und sie auch noch danach fragen. Ist doch was Schmutziges, oder?«

»Miss Utley sagt nie schmutzige Sätze, und das weißt du«, erwiderte ich, während ich von dem Parkplatz des Gerichtsgebäudes herunterfuhr und nach Darkside abbog, das einzige Viertel in Dobbs, das auch nur annähernd rein schwarz ist. »Richter müssen zu allen höflich sein, aber bei Gewohnheitsdelinquenten...«

»Rede nicht wie ein Anwalt daher, Deb'rah«, fuhr sie mich an. »Würde ich das wollen, dann *hätte* ich Mr. Sanders angerufen.«

»Das heißt doch nur, daß es nicht das erste Mal war, daß Billy Tyson dich dabei erwischt hat, wie du in seinem Laden geklaut hast, und dieses Mal würde er dich am liebsten *unter* den Knast bringen und nicht nur hinein«, schnauzte ich.

Sie lehnte sich zurück und knöpfte ihren dunkelblauen Wintermantel auf. »Nein, das wirst du nicht zulassen.«

Es war zwar bereits drei Tage nach Weihnachten, aber sie hatte immer noch einen künstlichen Stechpalmenzweig angesteckt, an dem zwei winzige gelbe Plastikglöckchen hingen, die mit Goldflitter verziert waren und munter in der niedrigstehenden Wintersonne funkelten.

Marnolla Faison war kaum zehn Jahre älter als ich, aber ihr kurzes, schwarzes Haar war schon von grauen Strähnen durchzogen, und ihre schwieligen Hände hatten zwanzig Jahre härter geschuftet als die meinen. In Wahrheit hatten unsere Familien länger füreinander gearbeitet, als wir beide uns erinnern konnten, und wie es aussieht, wird es in der nächsten Generation damit weitergehen, auch wenn Marnolla die Farm bereits verlassen hatte, noch ehe sie ganz erwachsen war.

»Wie bist du bloß auf die Idee gekommen, mit diesen vielen Babysachen durchschlüpfen zu können?« fragte ich. »*Zwei* Schachteln mit Windeln! Wer hat denn überhaupt ein Baby bekommen?«

»Niemand«, antwortete sie.

Ich hielt an der roten Ampel an, und wir winkten Miss Sallie Anderson zu, die an der Ecke stand und die Straße überqueren wollte.

Miss Sallie deutete Marnolla an, daß sie die Fensterscheibe herunterkurbeln solle, und beugte sich ins Wageninnere, um uns zu begrüßen. Ihre weißen Locken waren von einem duftigen blauen Schal bedeckt, der einen zarten Geruch nach rosenwassergetränkten Duftkissen und Talkumpuder verströmte. »Hattet ihr ein schönes Weihnachtsfest?«

»Ja, Ma'am«, antworteten wir im Chor. »Wie war es bei Ihnen?«

»Wirklich nett.« Ihr Gesicht war von einem Netzwerk feiner Linien überzogen wie ein Stück Seidenpapier, in das man erst ein Weihnachtsgeschenk eingewickelt hatte und das hinterher von vorsichtigen Händen wieder glattgestrichen worden war. »Jack und Caroline waren mit ihrem neuen Baby da, und der Kleine ist seinem Urgroßopa wie aus dem Gesicht geschnitten. Sie haben ihn nach Jed benannt, wißt ihr.«

Der Fahrer hinter uns hupte, aber nicht aggressiv. Nur um uns wissen zu lassen, daß die Ampel auf Grün umgesprungen war und daß er nicht an uns vorbei konnte, da wir mitten auf der Fahrbahn standen; wenn es uns also nichts ausmachte …

Es war niemand, den ich kannte, aber Miss Sallie glaubte, daß er Hallo sagen wollte, und winkte ihm zerstreut zu. »Ich wollte euch gar nicht lange aufhalten«, sagte sie. »Ich wollte nur, daß du Zell ausrichtest, wie sehr uns ihr Früchtebrot geschmeckt hat. Es war so saftig und süß, das beste, das ich seit dem Tod deiner Mutter gegessen habe.«

»Ich werde es ihr ausrichten«, versprach ich und nahm den Fuß von der Bremse. »Und dabei fällt mir ein«, fuhr ich an Marnolla gewandt fort, während sie das Fenster wieder heraufkurbelte und wir weiterfuhren, »daß Tante Zell dir auch ein Früchtebrot geschickt hat.«

»Das ist wirklich nett von ihr. Bäckt sie es immer noch so, wie es deine Mutter früher gemacht hat?«

»Soweit ich weiß, ja.«

Boshaft kichernd meinte Marnolla. »Kein Wunder, daß es Miss Sallie so gut geschmeckt hat.«

Sie wußte doch immer, wie sie mich ärgern konnte.

»Vergiß mal Tante Zells Früchtebrot«, erklärte ich ihr. »Wir sprachen gerade darüber, daß du für einen gewissen ›Niemand‹ Babywindeln gestohlen hast. Hat dieser Niemand vielleicht auch einen Namen?«

»Du kennst sie nicht.«

Auf ihrem Gesicht zeigte sich ein verschlossener Ausdruck, und so wußte ich, daß es keinen Sinn hatte, weiter in sie zu dringen, um den Namen herauszuholen. War ohnehin nicht so wichtig. Wer immer diese Mutter auch war, sie war schließlich nicht diejenige, die versucht hatte, mit einer nagelneuen Babyausstattung aus Billy Tysons Bigg Shopp zu spazieren. Es war durchaus nicht so, daß Marnolla stehlen *wollte* oder überhaupt die *Absicht* hatte, etwas mitgehen zu lassen; es war nur so, daß ihr Herz immer größer als ihr wöchentlicher Scheck von der Handtuchfabrik war und sie manchmal etwas impulsiv reagierte. Da ihre Tochter Avis einen tollen Job in Kalifornien, sie aber keine Familie mehr hatte, um die sie sich kümmern konnte, versuchte sie, jedes heimatlose Wesen zu bemuttern, das ihr über den Weg lief.

»Was wird Avis nur denken, wenn sie das hier erfährt?« schimpfte ich sie.

266

»Sie wird es nie erfahren«, sagte Marnolla bestimmt.

Avis war ein bißchen jünger als ich und zur Welt gekommen, als Marnolla gerade vierzehn war. Avis war das erste Baby, mit dem ich näher zu tun hatte, und ich lungerte bei jeder sich bietenden Gelegenheit an ihrer Wiege herum, hielt vorsichtig ihre winzigen Händchen in den meinen und bestaunte jede Einzelheit an ihr, hinunter bis zu dem kleinen Finger ihrer linken Hand, der an der Spitze etwas krumm war, so wie der von Marnolla. Als Marnolla und Sid nach Dobbs hineinzogen und Avis noch ein Säugling war, trauerte ich sehr. Sid verschwand ein paar Jahre später nach Kalifornien; und als Avis fünfzehn war und eine wilde Phase an der Schule durchlebte, nahm sie dreißig Dollar aus Marnollas Geldbörse und trampte zu ihrem Vater, um bei ihm zu leben.

Marnolla nahm es zuerst sehr schwer, erkannte aber schließlich, daß Avis die stärkere Hand ihres Vaters brauchte, um nicht über die Stränge zu schlagen. Jedesmal, wenn ich Marnolla traf und daran dachte, mich nach ihr zu erkundigen, hatte Marnolla nichts als Gutes über Avis und ihr Leben zu berichten: Avis hat gerade die High-School beendet; Avis hat Kurse an einer Abendschule belegt; Avis hat einen wirklich guten Job erwischt, der irgend etwas mit Computern zu tun hat, was, das wußte Marnolla nicht so genau.

»Sie ist immer noch nicht verheiratet«, berichtete Marnolla jedesmal. »Sie ist wie du, Deb'rah. Sie arbeitet viel zuviel und lebt viel zu gut, um sich mit Mannsbildern und Kleinkindern herumzuärgern.«

Es freute mich, daß es Avis so gutging, aber es war wirklich zu schade, daß sie einfach nicht die Zeit fand, ihre eigene Mutter zu besuchen. Nicht, daß ich das jemals Marnolla gegenüber erwähnt hätte, sie war ja so stolz auf ihre Avis. Trotzdem mußte ich oft denken, daß Marnolla – hätte sie nur jemanden gehabt, der ihr nahe stand – nicht ständig versuchen würde, mehr Leuten zu helfen, als sie sich eigentlich leisten konnte. Die Einsamkeit ist ein großes Loch, das manchmal nicht leicht zu füllen ist.

Ich lenkte den Wagen nach rechts und hielt vor ihrem handtuchbreiten Häuschen an: drei schmale Zimmer, die so hintereinander lagen, daß die Kugeln bei der Hintertür wieder ausgetreten wären, wenn man durch die Vordertür hineingeschossen hätte. Das Holzhaus war alt und hätte dringend etwas Farbe benötigt, aber der Vorgarten war sauber und geharkt, und um das Verandageländer waren weihnachtlich bunte Lichterketten geschlungen. An der Tür hing ein Kranz aus silbernem Lametta.

»Ich würde dich ja hereinbitten«, sagte Marnolla, »aber du hast es wahrscheinlich eilig.«

»Da hast du recht«, stimmte ich ihr zu. »Ich muß Billy Tyson sprechen, ehe seine ganze Weihnachtsstimmung wieder verflogen ist. Vielleicht kann ich ihn noch einmal umstimmen. Dir ist aber schon klar, Marnolla, daß du ihm keinen Vorwurf machen kannst, wenn er jetzt so sauer ist, nachdem du das letzte Mal auf einen ganzen Stapel von Bibeln geschworen hast, nie mehr etwas aus seinem Laden zu stehlen.«

»Richte ihm aus, daß es mir leid tut«, sagte sie, als sie neben der geöffneten Wagentür stand. Eine Bö des frostigen Dezemberwindes bewegte die goldenen Glöckchen an ihrem Mantel, und sie glitzerten im nachmittäglichen Sonnenschein. »Sag ihm, daß ich es nie mehr tun werde, ehrlich.«

Sie kam mir aber gar nicht so zerknirscht vor, und Billy Tyson sah mir auch nicht gerade so aus, als sei er voller weihnachtlicher Milde, als ich sein Büro hinter den Registrierkassen im Bigg Shopp betrat. Er warf mir einen ärgerlichen Blick zu und fuhr fort, Zahlen in seine Rechenmaschine zu tippen.

»Sind Sie wegen Marnolla Faison hier?«

»Nun, in Ihrer Werbung steht, daß Sie die Sachen heuer praktisch für ein Butterbrot verschleudern.«

Das brachte nicht das von mir erhoffte Schmunzeln.

»Vergessen Sie's, Deb'rah. Dieses Mal werde ich meine Anzeige nicht zurückziehen.«

Er hatte im Laufe der Jahre sogar noch mehr an Gewicht zugelegt als Marnolla, und die kahle Stelle an seinem Hinterkopf war noch größer geworden seit damals, als ich das erste Mal in seinem Büro gestanden und ihm sein Vorhaben ausgeredet hatte, Marnolla wegen Ladendiebstahls anzuzeigen.

»Wieso klaut sie eigentlich immer nur bei mir?« knurrte er. »Wieso geht sie nicht zu K-mart oder zu Rose's?«

»Weil sie Sie kennt«, sagte ich. »Sie würde nie Fremde bestehlen.«

»Aber nur, weil Fremde sie bereits beim ersten Mal ins Gefängnis gesteckt hätten. Und das hätte ich auch tun sollen.« Er starrte mich böse an. »Und das *hätte* ich auch getan, wenn Sie es mir nicht ausgeredet hätten. Nun, dieses Mal nicht mehr, Missy. Dieses Mal werden Sie, wenn ich vom Richter gefragt werde, ob ich noch etwas zu sagen hätte, nicht von mir hören, daß ich ihn bitte, sie mit einer lumpigen kleinen Geldstrafe davonkommen zu lassen. Dieses Mal wird sie ein Gefängnis von innen kennenlernen, falls ich etwas zu sagen habe. Und das werde ich, verdammt noch mal! Als Vorsitzender der Einzelhändlervereinigung muß ich ein Vorbild sein.«

»Sie sind ein gutes Vorbild, Billy«, sagte ich einschmeichelnd.

»Das sagen alle, aber es ist Weihnachten, und ein kleines Baby hat ein paar Sachen gebraucht, und...«

»Verdammt, Deb'rah, Sie können an Weihnachten wirklich nicht behaupten, unsere Einzelhändlervereinigung hätte nicht ihren Teil dazu beigetragen. Wir sind äußerst sozial eingestellt und geben und geben und...«

»Und das weiß auch jeder zu schätzen«, versicherte ich ihm.

»Aber Sie wissen doch, wie Marnolla ist.«

»Marnolla ist eine gemeine Diebin und wird ins Gefängnis wandern, wie es sich gehört! Jedesmal, wenn sie sich als Wohltäterin einer armen Seele aufspielen will, kommt sie hierher und nimmt *mir* etwas weg, um es *denen* zu geben.«

»Oh, jetzt kommen Sie aber, Billy. Wieviel hat sie denn tatsächlich gestohlen? War es dreißig Dollar wert? Vierzig?« Ich griff nach meiner Brieftasche, aber er winkte ab.

»Das ist egal, und wenn es nur fünf Cent gewesen wären. Es geht um das Prinzip.«

»Prinzip hin oder her, Sie wissen doch, daß sie nicht mehr als ein paar Wochenenden bekommen wird.«

»Nicht, wenn Perry Byrd den Fall verhandelt«, meinte er schadenfroh.

Jetzt hatte er mich. Richter Perry Byrd ist ein glühender Verehrer von Prinzipien. Vor allem dann, wenn seine Klientel schwarz oder spanischer Abstammung ist.

»Ich vermute, der Weihnachtsstreß hat Sie einfach zu sehr mitgenommen«, sagte ich. »Feiern Sie schön Neujahr, und wir reden nächste Woche noch mal darüber.«

»Sie können reden, soviel Sie wollen.« Er wirkte verstockt wie ein Esel. »Dieses Mal bekommen Sie mich nicht wieder rum.«

Ich machte noch einen schnellen Rundgang durch die Schuhregale im Bigg Shopp für den Fall, Billy könnte doch etwas Hübsches reduziert haben. Und da stand auch ein entzückendes Paar grüner Pumps mit offenen Fersen. Ich hatte zwar nicht ein einziges Kleidungsstück, das dazu paßte, aber Tante Zell hatte mir letztes Jahr mehrere geblümte Sommerkleider genäht, und dazu würden die Schuhe gut passen.

Außerdem kosteten sie nur achtzehn Dollar fünfzig.

Billy war aus seinem Büro gekommen, um an der Schnellkasse auszuhelfen. Ich schenkte ihm ein zuckersüßes Lächeln, als ich ihm die Schuhe und einen Zwanziger reichte. »Aber vielleicht ist es Ihnen ja lieber, wenn ich bei K-mart oder bei Rose's einkaufe?«

»*Zahlende* Kunden sind mir im Bigg Shopp immer willkommen«, meinte er und gab mir mein Wechselgeld.

Aber wenigstens lächelte er endlich. Ich steckte das Wechselgeld in die Sammelbüchse für behinderte Kinder, die neben der

Kasse stand, und ging wesentlich beschwingter hinaus auf den Parkplatz, da ich glaubte, ihn vielleicht doch noch vor Marnollas Verhandlung weichklopfen zu können, wenn ich ihn nur lange genug bearbeitete.

Als ich meine neuen Schuhe in den Kofferraum legte, fand ich das Früchtebrot, das Tante Zell an Marnolla geschickt hatte.

Einen Augenblick dachte ich daran, in den Laden zurückzulaufen und es Billy zu schenken. Aber in seiner momentanen Stimmung würde er das wahrscheinlich eher als Bestechungsversuch auffassen und weniger für ein der Jahreszeit angepaßtes Geschenk halten.

Aus irgendeinem Grund treiben die Leute gerne ihre Späßchen mit weihnachtlichem Früchtebrot, und man erzählt sich den Witz, daß in Wahrheit nur ganze hundert Stück in den Vereinigten Staaten in Umlauf seien, die von einem Jahr zum anderen immer weitergeschenkt würden.

Diese Leute haben noch nie ein Stück von Tante Zells Früchtebrot gekostet.

Zum ersten verarbeitet sie nur Nüsse aus Colleton County. Nicht diese kümmerlichen, vertrockneten englischen Walnüsse, die man im Laden kaufen kann, sondern dicke, fette Pecannüsse und große schwarze Walnüsse. Sie nimmt nicht sehr viel Zitronat, geht aber sehr verschwenderisch mit den selbstgetrockneten Äpfeln und Feigen um. Wenn Ende Oktober die dunklen, festen Laibe aus dem Ofen kommen, werden sie von Tante Zell gleich als erstes, noch ehe sie abkühlen können, in Mull gehüllt und mit einem großzügigen Schuß einer Flüssigkeit bedacht, die Tante Zell euphemistisch »Kezzies Spezialapfelsaft« nennt. Bis Weihnachten werden sie jede Woche so behandelt.

(Sie sagt, Kezzie habe seit Mutters Tod und seit er auf die Hauptfarm zurückgekehrt ist, keinen weißen Whiskey mehr gebrannt. Der Apfelschnaps, den er ihr jedes Jahr im Frühling bringt, stamme aus seinem privaten Vorrat, den er irgendwo versteckt hat, wo er vor sich hin reifen kann. Jedenfalls ist es das, was er ihr erzählt.)

Ich lebe bei Tante Zell, der Schwester meiner Mutter, in der Stadt, und meinen Vater erwähne ich nur ungern, aber es ist tatsächlich das beste Früchtebrot in Colleton County, und das ist keine Angeberei. Das einzige Mal, als Tante Zell vor zehn Jahren damit an einem staatlichen Wettbewerb teilnahm, hat sie ein blaues Band gewonnen.

Es wurde schon dunkel, als ich zu Marnolla zurückkam. Die Lichter auf der Veranda glitzerten farbenfroh in der Dämmerung, und die scheckige Katze, die zusammengerollt auf dem Geländer lag, kam mir entgegen, als ich die beiden Stufen hochstieg und an die Tür klopfte.

Als Marnolla öffnete, schlüpfte die Katze zwischen ihren Beinen hindurch. Sie hob sie hoch, streichelte ihren schlanken Körper und blieb abwartend an der Tür stehen.

Ihr eigener Körper war in einen langen, wollenen Hausmantel gehüllt, der warm und weihnachtlich aussah. »Was hat er gesagt?« fragte sie.

Es war kalt auf der Veranda, und ich konnte drinnen den Duft von heißem Kaffee und Maisbrot riechen. »Gehen wir doch in die Küche, und ich erzähle dir alles.«

»Nein.«

Ich dachte, das sei ein Scherz. »Jetzt komm, Marnolla. Ich erfriere hier draußen.«

»Wenn ich dich reinlasse, dann fängst du bloß wieder an, Fragen zu stellen und dich aufzuregen«, sagte sie.

»Worüber soll ich mich denn aufregen?«

»Siehst du? Schon stellst du wieder Fragen«, knurrte sie, trat aber zur Seite und ließ mich ins Wohnzimmer. Dort war es dunkel bis auf den bunten Schein ihres Weihnachtsbaumes. Normalerweise war das Zimmer peinlich sauber aufgeräumt; doch heute abend waren zusätzlich zu dem erwarteten Durchein-

272

ander aus geöffneten Päckchen am Fuß des Baumes auch noch ein Stapel Decken am Ende der Couch und darauf ein Kissen vorhanden.

»Hast du jemanden zu Besuch?« fragte ich, während die Katze sich aus dem Wohnzimmer hinüber ins Schlafzimmer und dann in die Küche trollte.

Bevor Marnolla mir antworten konnte, hörte ich, wie jemand mit der Katze sprach. Im nächsten Augenblick kam ein junges Mädchen ins Zimmer, und schlagartig war mir klar, weshalb Marnolla versucht hatte, ausgerechnet Babysachen zu stehlen. Das Mädchen sah keinen Tag älter als zwölf aus. (Später erfuhr ich, daß sie fünfzehn war.) Bis auf ihren dicken Bauch war sie schlank und zart gebaut und hatte ein kindliches Gesicht. Doch ihre wunderbaren, mandelförmigen Augen waren die einer verängstigten Erwachsenen, so, als hätte dieses Kind Dinge gesehen, die kein Kind in Amerika jemals sehen sollte.

»Sie heißt Lynette, und sie wird eine Weile bei mir wohnen«, sagte Marnolla mit einer Stimme, die jede weitere dumme Frage von vornherein verbot. »Lynette, das ist Miss Deborah Knott. Mein Daddy hatte von ihrem Daddy Land gepachtet.«

Das Mädchen nickte mir schüchtern zu, kam aber nicht zu uns und sagte auch nichts, als sie die Katze auf den Arm nahm und wieder verschwand. Marnolla hatte alle Stacheln ausgefahren, so daß ich nur kurz beschrieb, wie wild entschlossen Billy Tyson war, sie hinter Gittern zu sehen. Dann gab ich ihr das Früchtebrot und verdrückte mich wieder zur Vordertür hinaus.

Marnolla folgte mir auf die Veranda und schloß die Tür hinter sich. »Lynette ist der Grund, weshalb du verhindern mußt, daß sie mich ins Gefängnis stecken«, sagte sie. »Sie ist doch noch selbst ein Baby und hat sonst niemanden, also muß ich da sein, Deb'rah. Hörst du mich?«

»Ich höre dich«, seufzte ich und fuhr in der Dunkelheit durch Seitenstraßen nach Hause, die immer noch festlich geschmückt waren mit Nikolausschlitten und hölzernen Rentieren, auch wenn der mit Scheinwerfern angestrahlte Rudolph auf dem Dach eines Nachbarn bereits ein wenig ermattet aussah.

Tante Zell hatte zum Abendessen Hühnchenpastete gemacht und war hocherfreut, Miss Sallies lobende Worte über ihr Früchtebrot zu hören, aber die Geschichte mit Marnolla machte ihr Sorgen.

»Vielleicht hat Billy Tyson doch recht«, meinte ich, als sie mir den Spinat reichte. »Vielleicht braucht sie *tatsächlich* ein paar Tage hinter Gittern, damit sie endlich aufhört, alles mögliche aus seinem Laden mitgehen zu lassen.«

»Aber wenn doch ein Baby unterwegs ist...«

Tante Zell hielt inne und schüttelte den Kopf angesichts einer Situation, die nicht so leicht zu lösen war. »Ich werde für dich beten.«

»Das wäre schön«, erwiderte ich.

Während mir Marnollas Problem wirklich zu Herzen ging, war sie doch nur eine Klientin unter vielen, und ich ließ mir von keinem dieser Fälle die Feiertage verderben.

In der Woche zwischen Weihnachten und Neujahr fanden keine Verhandlungen statt, so daß wir in der Kanzlei Dienst nach Vorschrift machten. Ich erledigte tagsüber meine Pflichtanrufe bei meinen Brüdern und ihren Frauen, stürzte mich abends mit Freunden aus Raleigh ins Nachtleben und schwänzte am Sonntag die Kirche, da mir allmählich saubere Blusen und Unterwäsche ausgingen; so konnte ich schnell eine Trommel waschen, während Tante Zell aus dem Haus war.

Sie schwört zwar Stein und Bein, daß sie nicht abergläubisch ist; und dennoch, wenn ich zwischen den Jahren den Wunsch äußere, meine Kleidung zu waschen, fängt sie sofort damit an, lang und breit herumzujammern, daß sie im neuen Jahr bestimmt ein Totenhemd waschen müsse. Ich habe immer wieder versucht, ihr zu erklären, daß das nur bei Bettwäsche der Fall sei, aber sie will das Risiko nicht eingehen.

Statt nun jedes Jahr erneut mit ihr zu streiten, warte ich lieber, bis sie weg ist.

Als sie aus der Kirche nach Hause kam, hatte sie sich ziemlich über Billy Tyson geärgert. »Ich habe ihn im Geiste christlicher Nächstenliebe angefleht, die Wange ein weiteres Mal hinzuhalten und Marnolla noch eine Chance zu geben, aber er wollte nur wissen, ob der Arbeiter seinen Lohn nicht wert sei.«

Ich schaute sie verständnislos an.

»Nun, als er es gesagt hat, schien mir das durchaus einen Sinn zu ergeben.« Sie grinste und ähnelte in dem Moment so sehr meiner Mutter, daß ich sie einfach umarmen mußte.

Am Silvesterabend traf ich beim Schlußverkauf von Fancy Footwork zufällig Tracy Johnson. Sie ist eine der scharfzüngigsten Assistentinnen des Staatsanwaltes, groß und gertenschlank, mit kurzem, blondem Haar und wunderschönen Augen, die sie bei Gericht immer hinter überdimensionalen Brillengläsern versteckt. Ich traf sie dabei an, wie sie gerade wehmütig ein paar schwarze Lackpumps mit zehn Zentimeter hohen Stilettoabsätzen anprobierte.

Mit bedauernder Miene gab sie dem Verkäufer die Schuhe zurück und schlüpfte in ein Paar mit flacherem Absatz. Die waren in Ordnung, aber eben nichts Aufregendes. Tracy stolzierte vor dem Spiegel auf und ab und seufzte. »Als ich am Duke war, hätte ich fast einen Basketballspieler geheiratet.«

Ich versuchte, mir ein Leben ohne hohe Absätze vorzustellen.

»Das wäre es vielleicht wert gewesen«, sagte ich. »Die meisten der Spieler am Duke machen immerhin ihren Abschluß, oder nicht?«

»Irgendwann schon. Oder sie sagen es jedenfalls. Ist auch egal. Richter sind auch nicht gerade angetan von großen Frauen.«

Ihre Augen verengten sich, als ich nun die Schuhe anprobierte, auf die sie eben schweren Herzens verzichtet hatte, und ich ahnte sofort, daß ich einen Fehler begangen hatte.

»Wie ich höre, wird Marnolla Faison nächste Woche wieder bei uns sein«, sagte sie zuckersüß. »Aller guten Dinge sind drei, nicht wahr?«

Hastig streifte ich die Lackschuhe von meinen Füßen. Es war kein gutes Zeichen, daß sich das Büro des Staatsanwalts an Marnolla erinnerte.

»Woodall will neunzig Tage beantragen.«

Drei Monate! Mir wurde fast schlecht. Jetzt konnte ich nur noch hoffen, daß Richter O'Donnell den Fall verhandeln würde.

Als ob sie meine Gedanken gelesen hätte, meinte Tracy, während sie dem Verkäufer ihre Kreditkarte hinstreckte, um damit die Schuhe mit den flachen Absätzen zu bezahlen: »Ach übrigens, Perry Byrd wird den Vorsitz haben.«

Rosa- und goldfarbene Schichtwolken säumten den östlichen Himmel, als derjenige von uns, der als Fahrer bestimmt worden war, mich am Neujahrstag zu Hause ablieferte. Ich hatte ganz vergessen, wer ihn dazu bestimmt hatte. Die Wagenladung Freunde, die mit mir nach Dobbs zurückkam, war nicht dieselbe, mit der ich Dobbs verlassen hatte, und ich konnte mich überhaupt nicht mehr erinnern, wo die einzelnen abgeblieben waren, da ich in dieser Nacht auf mindestens fünf Partys gewesen war. Ich erinnerte mich, daß ich Randolph Englert genau in dem Moment einen Kuß gab, als die Kugel am Times Square fiel, und ich weiß noch, daß Davis Reed und ich gegen drei Uhr morgens ein intimes kleines Champagnerfrühstück mit Hafergrütze und irgendwelchem Fusel zu uns nahmen, irgendwo zwischen Pittsboro und Chapel Hill. Darüber hinaus verweigert die Zeugin die Aussage.

Ich hatte ungefähr vier Stunden geschlafen, als das Telefon neben meinem Bett klingelte. Der Geruch nach Bohneneintopf und Schweinebauch war von der Küche nach oben gezogen und hatte meinen gereizten Magen noch weiter irritiert, und Billy Tysons laute, ärgerliche Stimme machte das Pochen in meinen Schläfen auch nicht erträglicher.

»Wenn das Ihre Vorstellung von einem Jux ist, damit die Einzelhändlervereinigung dumm dasteht«, brüllte er, »dann werden wir . . .«

Ehe er seinen Satz vollenden konnte, hörte ich Tante Zells Stimme im Hintergrund. »Geben Sie mir sofort das Telefon, Billy Tyson! Ich sagte Ihnen doch, daß sie mit diesem Baby nichts zu tun hat. Deb'rah? Du kommst besser hierher, Liebling. Ich brauche deine Hilfe, um etwas Verstand in seinen Schädel zu hämmern.«

Es dauerte einen Moment, bis mein eigener Schädel zu pochen aufhörte und ich begriff, daß Tante Zell nicht unten war und sich um ihren traditionellen Bohneneintopf kümmerte.

»Wo bist du?« krächzte ich.

»Im Krankenhaus, wo sonst. Das erste Baby des Jahres ist da, und es ist von dieser Lynette, die bei Marnolla wohnt, und Billy sagt, daß sie es disqualifizieren wollen.«

»Warum?«

»Weil es« – ihre Stimme senkte sich zu einem Flüstern – »illegitim ist.«

»Ich bin gleich da«, versprach ich.

Trotz meiner Kopfschmerzen und meines gereizten Magens duschte ich mich pfeifend. Manchmal hat der liebe Gott Sinn für Humor.

Jedes Jahr im Januar begrüßt die Einzelhändlervereinigung unter großer öffentlicher Anteilnahme das erste Baby des neuen Jahres, das in Dobbs geboren wird, mit einer Nikolaustüte voller schöner Sachen: mit Babykleidung und Windeln aus dem Bigg Shopp oder K-mart, Babynahrung oder Fläschchen aus unseren beiden Drugstores, einem Zinnbecher unseres örtlichen Juweliers, einer Gratisgeburtsanzeige der Druckerei The Print Place, einem Nachtlicht von Websters Hardware und mehreren Pfunden gemischter Schweinswürste, die die Dixie Dew Packing Company spendiert.

Die Rassenintegration hatte offiziell bereits vor meiner Geburt in North Carolina Einzug gehalten, aber ich war schon zwölf, ehe man in Colleton County endlich auch der Meinung war, daß Separatismus nichts mit Gleichheit zu tun hat, und man endlich anfing, die vielen tristen schwarzen Schulen zu schließen. Und ich besaß bereits meinen Führerschein, als das erste schwarze Baby sich als das Neugeborene des Jahres in Dobbs qualifizieren konnte.

Ich konnte kaum glauben, daß Lynettes Baby nun das erste uneheliche Kind sein sollte, das der Storch vor dem Dobbs Memorial Hospital abgelegt hatte, aber heuer war das erste Jahr, in dem Tante Zell den Vorsitz des Frauenhilfswerkes hatte, und sie war schon immer für Fair play gewesen.

Sie würde Billy schon davon überzeugen, das Richtige zu tun, und vielleicht konnte ich ihn anschließend noch dazu bringen, die Anzeige gegen Marnolla zurückzuziehen.

»Vergessen Sie's«, knurrte Billy. »Sie wird nicht eine Nadel für die Windeln von uns bekommen.«

Wir drei saßen am Konferenztisch im Besprechungszimmer des Frauenhilfswerks gleich neben der Haupthalle. Eine Thermoskanne voll Kaffee und ein paar Becher standen in der Mitte auf einem Tablett, und Tante Zell schob mir einen Teller mit aufgeschnittenem Früchtebrot zu. Ich hatte nicht einen Bissen hinunterbekommen, ehe ich ins Krankenhaus gefahren war, und fragte mich, ob mein Magen mit Apfelschnaps getränktes Früchtebrot wohl als passende Füllung betrachten würde.

Billy biß in eine saftige Scheibe, als wäre das nichts als trockenes Brot. »Außerdem, was wissen wir schon über dieses Mädchen? Was, wenn sie eine Prostituierte ist oder drogenabhängig? Was ist, wenn das Baby mit AIDS geboren wurde? Es könnte ja in drei Monaten tot sein.«

»Wird es nicht«, sagte Tante Zell. »Ich habe kurz einen Blick auf ihr Krankenblatt geworfen, Lynette ist kerngesund. Das hat ihr Bluttest in der Geburtsvorsorge ergeben.«

»Das ist mir egal. Die Einzelhändlervereinigung steht für traditionelle, christliche Werte, und es kommt überhaupt nicht in Frage, daß wir unmoralisches und sündhaftes Verhalten auch noch belohnen, indem wir ein uneheliches Kind mit Geschenken überhäufen.«

»Was soll das, Billy Tyson«, schimpfte meine Tante. »Was wäre wohl gewesen, wenn die drei Weisen dem Christkind gegenüber die gleiche Einstellung gehabt hätten? Den Gesetzen der Menschen nach war Er, streng genommen, schließlich auch unehelich, oder nicht?«

»Bei allem gebührendem Respekt, Miss Zell, aber das ist etwas ganz anderes, und das wissen Sie auch«, erwiderte Billy. »Außerdem war Maria mit Josef verheiratet.«

»Aber Josef war nicht der Vater«, erinnerte sie ihn sanft.

»Ich möchte wetten, für den *Ledger* ist das ein gefundenes Fressen.« Ich goß mir eine dampfende Tasse Kaffee ein und trank durstig. »Da soll wohl wieder ein Kind für die Sünden seiner Väter büßen. Und dann gibt es ja auch noch diesen Schnellredner bei dem Radiosender. Das ist genau seine Kragenweite.«

»Verdammt, Deb'rah, das Mädchen ist nicht einmal von hier!« jammerte Billy. »Sie wollen *mir* doch nicht weismachen, daß Lynette DiLaurenzio ein guter alter Name aus Colleton County ist.«

»Jesus war auch nicht aus Bethlehem«, murmelte Tante Zell. Ich kann zwar auch aus der Bibel zitieren, beschloß aber, daß es an der Zeit für ein bißchen Juristensprache war. Wie zum Beispiel *ex post facto*

»Was ist das?« fragte Billy.

»Das bedeutet, daß Gesetze nicht nachträglich geändert werden können. Das heißt, solange Sie mir in diesem Fall nicht schwarz auf weiß beweisen können, daß die Einzelhändlervereinigung in ihren Bestimmungen stehen hat, das erste Baby habe ehelich zu sein, solange werde ich darauf bestehen müssen, daß – gleichgültig, woher Lynette DiLaurenzio auch stammt – ihr Baby rechtmäßig Anspruch auf alle Waren und Dienstleistungen hat, die alle anderen Neugeborenen normalerweise auch bekommen. Und wenn Sie weiterhin so schlecht über die junge Mutter reden, kann daraus ganz leicht eine Verleumdungsklage werden.«

»Oh, Jesus!« stöhnte Billy.

»Genau«, meinte meine Tante. Solange er noch mit dem Rücken zur Wand stand, legte ich am besten auch gleich ein gutes Wort für Marnolla ein. »Außerdem«, fuhr ich fort, »wie wird das aussehen, wenn Sie dem Mädchen im Namen der Einzelhändlervereinigung alle diese Dinge geben und dann die Frau ins Gefängnis werfen lassen, die es bei sich aufgenommen hat?«

»Okay, okay«, sagte Billy, der wußte, wann er verloren hatte. »Aber dieses Mal übernehmen *Sie* die Gerichtskosten.«

Tante Zell beugte sich über den Tisch und tätschelte seine Hand. »Es wäre mir eine Ehre, wenn ich das übernehmen dürfte, Billy.« Zu dritt marschierten wir nach oben in die Entbindungsabteilung, um Marnolla und der jungen Mutter die guten Nachrichten zu überbringen.

Lynette schlief, und so begleitete Marnolla uns hinunter in die Halle zur Säuglingsabteilung, wo wir hinter Glas das neugeborene kleine Mädchen bewunderten. Mit rotem Gesicht und aus vollem Halse brüllend, strampelte die Kleine unter ihrer rosa Decke und fuchtelte mit ihren winzigen Händchen in der Luft herum. Auf Billys Gesicht breitete sich ein ebenso dümmliches Grinsen wie auf dem von Tante Zell aus, und ich wußte, daß auch ich ähnlich dumm vor mich hin grinste. Was haben neugeborene Babys nur an sich? Während ich Marnolla über die Schulter schaute, erinnerte ich mich wieder an jenes Wunder vor langer

Zeit, als sie mir zum ersten Mal Avis in den Arm gedrückt hatte. Einen winzigen Augenblick lang fühlte ich mich fast so heilig wie einer der Heiligen Drei Könige, da ich schließlich mit dazu beigetragen hatte, die Ankunft dieses kleinen Mädchens auf der Welt etwas reibungsloser zu gestalten.

Bis jetzt hatte keiner Marnolla gesagt, daß das Baby den jährlichen Wettlauf gewonnen hatte, und ihre anfängliche Überraschung verwandelte sich bald in ein skeptisches Zögern, als Billy meinte, er würde die Zeitung und den Radiosender verständigen und alles für den Bericht über die Überreichung der Geschenke an diesem Nachmittag vorbereiten.

»Wird das in der Zeitung *und* im Radio gebracht werden?« fragte sie.

»Und das ist noch nicht alles«, flötete ich. »Da es sich ja ziemlich merkwürdig anhören würde, wenn die Leute erführen, daß man dich für den Versuch bestraft, genau die Dinge für das Baby zu besorgen, die es jetzt geschenkt bekommt, hat Billy freundlicherweise zugestimmt, die Anzeige zurückzuziehen.« Ich bemühte mich, in seiner Gegenwart nicht allzu hämisch zu grinsen.

»Nein«, sagte Marnolla.

»*Nein?*« fragte Billy.

»Was soll das heißen: ›Nein‹?« fragte ich.

»Nur nein. N-e-i-n, nein. Wir wollen von der Einzelhändlervereinigung nichts haben.« Marnolla wandte sich mit ernster Miene an Billy. »Ich meine, es ist sehr freundlich von Ihnen, aber nehmen Sie doch ein anderes Baby dafür her. Sie hatten von Anfang an recht, Billy. Was ich getan habe, war falsch, und ich bin bereit, dafür ins Gefängnis zu gehen.«

Ich ertappte mich dabei, daß ich mich fragte, ob die drei Weisen aus dem Morgenland wohl genauso dumme Gesichter gemacht hätten, wenn Josef ihnen erklärt hätte, danke, nein, aber er würde ihren Weihrauch und die Myrrhe nicht wollen.

»Was ist mit Lynette?« fragte Tante Zell. »Sollte sie nicht auch ein Wörtchen mitzureden haben? Du verlangst von dieser jungen Mutter schließlich, daß sie Geschenke im Wert von mindestens dreihundert Dollar zurückweist.«

»Schon eher fünfhundert«, warf Billy entrüstet ein.

Einen Moment lang wankte Marnolla; dann entschied sie sich. »Sie wird auch ohne das Zeug zurechtkommen. Ich werde mich um sie und das Baby kümmern. Also halten Sie diese Reporter von ihr fern, verstanden?«

Ich packte sie am Arm. »Marnolla, ich muß mit dir reden.«

Sie versuchte sich loszureißen, aber ich sagte: »Unter vier Augen. Als deine Anwältin.«

Widerstrebend folgte sie mir in den Raum des Frauenhilfswerkes. Sobald sich die Tür hinter uns geschlossen hatte und wir allein waren, drückte ich sie auf einen Stuhl und fuhr sie an: »Was, zum Teufel, ist hier los? Erst verlangst du von mir, daß ich alle Hebel in Bewegung setze, um dich vor dem Gefängnis zu bewahren, und jetzt, da fast ein Wunder passiert ist, sagst du, daß du hinein *willst*?«

»Ich habe nicht gesagt, das ich *will*«, korrigierte Marnolla mich. »Ich sagte, daß ich dazu bereit sei, wenn die Leute dafür Lynette in Ruhe lassen.«

»Das läuft doch auf dasselbe hinaus«, sagte ich und rannte dabei auf und ab, als ob ich bei Gericht und vor den Geschworenen stünde.

Aber dann begriff ich schließlich, was sie gesagt hatte, und ich erkannte, daß es nicht dasselbe war.

»Wieso willst du nicht, daß Lynettes Name in der Zeitung oder im Radio erwähnt wird?« fragte ich.

Marnolla warf mir einen bösen Blick zu.

»Wer soll nichts davon erfahren? Der Vater des Kindes? Ist sie einem Mann davongerannt, der sie mißhandelt hat?«

Marnolla zögerte einen Sekundenbruchteil, aber dann nickte sie heftig. »Du hast es erraten, Schätzchen. Wenn er erfährt, wohin sie sich geflüchtet hat, dann wird er...«

»Du lügst«, sagte ich. »Sie stammt nicht aus unserem County, und außerhalb davon liest kein Mensch den *Ledger*, und der WCYC reicht kaum bis Raleigh.«

Während ich das sagte, platzte Tante Zell ins Zimmer. Das sah ihr gar nicht ähnlich, aber ich war Marnollas wegen so verzweifelt, daß mir das kaum auffiel.

»Deb'rah, Liebling, warum läufst du nicht kurz nach Hause, schaust in meinen Schrank und bringst mir eines von diesen hübschen, neuen Bettjäckchen? Nimm ein rosafarbenes. Rosa sieht bestimmt recht nett aus, wenn sie ein Foto von Lynette und dem Baby machen, meinst du nicht auch, Marnolla?«

Marnolla hatte Tante Zell immer viel Respekt entgegengebracht, aber an diesem Morgen bekam jeder sein Fett ab. Doch noch ehe das Gewitter auf sie niederprasseln konnte, trat Tante Zell der Angelegenheit mit einer Scheibe Früchtebrot und einem strengen Blick an mich entgegen. »Deborah?«

Wann immer sie alle drei Silben meines Namens ausspricht, lasse ich mich normalerweise auf keinen Streit mit ihr ein.

»Und nimm gleich noch eine Packung Rübenkraut aus dem Gefrierschrank, wenn du schon dort bist«, rief sie mir nach.

Die meisten meiner Brüder haben nette Frauen geheiratet, und sie alle scheinen Tante Zell sehr zu mögen, doch was die Auswahl ihrer Geschenke angeht, fällt ihnen nie etwas Neues ein. Ich möchte wetten, daß sich mittlerweile ein Dutzend Bettjäckchen in ihrem Schrank stapeln, die Hälfte davon rosafarben und noch alle in der Originalverpackung. Ich entschied mich für ein weiches, warmes Kaschmirjäckchen mit einem breiten Spitzenkragen und ging dann hinunter, um das Rübenkraut aus dem Gefrierschrank zu holen.

Nachdem ich die Feiertage über zuviel und zu üppig gegessen hatte, war mir unser traditionelles Neujahrsmahl immer willkommen: Bohneneintopf mit Rübenkraut und in der Pfanne gebratenem, hauchdünnem Maisbrot.

Als ich am Herd vorbeikam, griff ich mir eine dünne Scheibe von dem Schweinebauch, die dem Bohneneintopf sein Aroma gab, und rührte versuchshalber das Ganze einmal um. Von dem Zehncentstück, das Tante Zell normalerweise immer hineingibt, war jedoch nichts zu hören. Auch wenn man diese silberne Münze, die Glück und Reichtum verspricht, nicht in seinem Teller findet, reicht es schon, wenn man nur genügend Bohnen ißt; denn je mehr Bohnen, desto mehr Geld bekommt man im neuen Jahr. Ich hoffe, Marnolla würde sich auch so einen Eintopf kochen. Ihr Ärger mit Billy wäre zwar bald vorbei, aber irgendwo in meinem Hinterkopf nagten die Sorgen noch an mir wie ein zahnloser Hund an einem Knochen, ich hatte nur keine Ahnung, warum.

Als ich ins Krankenhaus zurückkam, sah ich Marnollas Augen an, daß sie geweint hatte. Tante Zell auch; aber was immer auch geredet worden war, Marnolla hatte schließlich zugestimmt, daß alles wie geplant ablaufen sollte. Wir machten Lynettes Haar zurecht und putzten sie heraus, bis sie wirklich wie eine junge Madonna mit Kind aussah.
Billy hatte die Medien versammelt, und Tante Zell hatte ein paar der Entbindungsschwestern um das Bett postiert, um zusätzliches Interesse zu demonstrieren.
Mich interessierte jedoch viel mehr, wie Marnolla und Tante Zell es geschafft hatten, daß sich die allgemeine Aufmerksamkeit abwandte von der dunklen Vergangenheit der schüchternen jungen Mutter und hin auf die strahlende Zukunft des Babys konzentrierte.
Als alle wieder draußen waren, hörte ich, wie Tante Zell zu Marnolla sagte, daß die Leute den ganzen Rummel bestimmt schon vergessen hätten und ihre Neugierde gestillt wäre, wenn das Baby erst mal eine Woche zu Hause war. »Aber dann wird das Kind immer noch alle Geschenke haben, und die Kleine und Lynette werden dich haben.«

Ich fuhr Marnolla nach Hause; keine von uns sagte viel, bis sie aus dem Wagen stieg. Da beugte sie sich zu mir vor, tätschelte mir die Wange und sagte: »Vielen Dank, Schätzchen. Ich weiß zu schätzen, was du alles für mich getan hast.«

Ich nahm ihre schwieligen Hände in die meinen, und Zuneigung und Mitleid stiegen in mir hoch. Na gut, vielleicht hatten diese Hände tatsächlich etwas gestohlen, als sie leer waren, und vielleicht war ihr Altruismus doch nicht ganz so uneigennützig – wer von uns kann vor dem letzten Richter schon etwas anderes von sich behaupten? Was ich jedoch nicht vergessen konnte, war, daß eben diese Hände einst den Tabak meines Vaters geschnitten und die Tischtücher meiner Mutter gebügelt hatten. Und ich hatte sie wieder vor Augen, wie sie vor dreißig Jahren ein anderes kleines Mädchen festhielten; ein kleines Mädchen, dessen kleiner Finger der linken Hand so krumm wie der ihre war.

Und ebenso krumm war der linke kleine Finger des kleinen Babys im Dobbs Memorial.

Tante Zell mußte sich auch daran erinnert haben. Ich fragte mich, was wohl wirklich aus Avis geworden war. Dieser verlorene, verängstigte Ausdruck in Lynettes Augen deutete nicht gerade auf eine behütete und stabile Kindheit hin. Drogen? Gewalt? War Avis überhaupt noch am Leben? Ich konnte Marnolla schlecht fragen, wie ihre schwangere Enkeltochter sie in Dobbs gefunden hatte, und Tante Zell würde ihr Vertrauen in sie bestimmt nicht enttäuschen, das wußte ich.

»Ich hoffe, du hast dir auch einen Topf voller Bohnen gekocht«, sagte ich.

Sie nickte. »Einen ganz großen Topf sogar, während ich Lynettes Wehen überwacht habe.«

»Dann iß brav alles auf«, sagte ich. »Du wirst jeden Cent brauchen können, der dir in den nächsten Jahren in die Hände kommt.«

»Da hast du recht!« Ihr Tonfall war jämmerlich, aber ihr

Lächeln strahlend, als sie mir zum Abschied die Hand drückte.

»Ein gutes neues Jahr, Deb'rah, und Gott segne dich.«

»Dich auch, Marnolla.«

»Oh, das hat Er schon, Schätzchen«, erklärte sie mir. »Das hat Er schon.«

Copyrightvermerke